PANINI BOOKS

DIE ROMANREIHE:

HELLGATE LONDON
Buch 1: Exodus
Mel Odom
ISBN 978-3-8332-1646-6

HELLGATE LONDON
Buch 2: Goetia
Mel Odom
ISBN 978-3-8332-1746-3

HELLGATE LONDON
Buch 3: Allianz
Mel Odom
ISBN 978-3-8332-1784-5

HELLGATE LONDON
Das Game für PC

HELLGATE
LONDON

Buch 3

ALLIANZ

Mel Odom

Ins Deutsche übertragen
von Mick Schnelle

PANINI BOOKS

Die Deutsche Bibliothek – CIP-Einheitsaufnahme
Ein Titeldatensatz für diese Publikation ist bei der
Deutschen Bibliothek erhältlich.

Dieses Buch wurde auf chlorfreiem,
umweltfreundlich hergestelltem Papier gedruckt.
In neuer Rechtschreibung.

Amerikanische Originalausgabe:
„Hellgate London, Book 3: Covenant“ by Mel Odom,
published in the US by Pocket Star Books, a Division of Simon & Schuster,
Inc., New York, September 2008.

Übersetzung: Mick Schnelle
Lektorat: Susanne Picard, Luitgard Distel
Redaktion: Mathias Ulinski, Holger Wiest
Chefredaktion: Jo Löffler
Umschlaggestaltung: tab indivisuell, Stuttgart
Cover art by Blur Studio
Satz: Greiner & Reichel, Köln
Druck: Norhaven A/S, Viborg, DK

ISBN 978-3-8332-1784-5
1. Auflage, Januar 2009

www.paninicomics.de/videogame

Für Dr. Gary Wade, der mir hilft,
die Welt klarzusehen.

DANKSAGUNG

Ich danke Bill Roper und dem Flagship-Team dafür, dass sie ein großartiges Spiel erschaffen haben und es mich spielen ließen. Dank auch an Marco Palmieri, den Lektor, der alles erst möglich machte.

Prolog

In der Nähe von Chipping Ongar
Epping Forrest
Essex, England
8. Januar 2025

„Das ist Wahnsinn, Emily. Du musst von hier verschwinden, bevor es zu spät ist. Die Dämonen sind nicht deine Freunde. Sie werden *niemals* deine Freunde sein.“ Rob Houghton redete auf seine Schwester ein, aber er wusste, dass sie nicht auf ihn hören würde. Sie hörte nur auf die innere Stimme, die sie angeblich vernahm.

Der Brand war noch nicht weit aus London herausgedrungen. Dieser merkwürdige Klimaeffekt entstammte dem Höllentor, das sich bei der St. Pauls Kathedrale am Abend vor Allerheiligen geöffnet hatte. Aber jedermann wusste, dass er irgendwann kommen würde. Gelegentlich durchstreiften Dämonen den Wald. Ihre Schreie hallten in den abgelegenen Gegenden durch die Luft.

Der Brand hatte das Land in eine höllengleiche Landschaft verwandelt, in der sich nur Dämonen wohlfühlten. Niemand aus der Forschungseinrichtung, in der Rob vor der Ankunft der Dämonen gearbeitet hatte, konnte erklären, was er eigentlich genau war.

Einige glaubten, der Brand verwandle das Land in die passende Umgebung für die Dämonen. Aber dieses Argument wurde widerlegt, als sich herausstellte, dass die bösartigen Kreaturen sehr gut mit den normalen Gegebenheiten des Planeten klarkamen. Andere glaubten, dass die Dämonen diese Veränderung nicht bewusst herbeiführten. Angeblich verursachte bereits ihre Anwesenheit, dass der Brand sich wie ein krebsartiges Geschwür über die Erde ausbreitete.

Rob selbst war der Überzeugung, dass der Brand einfach nur eine weitere Waffe der Dämonen war. Indem sie diesen Klimaeffekt entfesselten, vernichteten die Dämonen das Trinkwasser und die Vegetation. Einfach alles, was Nutz- und Wildtiere zum Überleben brauchten. Er war davon überzeugt, dass so die natürliche Nahrungskette vernichtet werden sollte.

Im Süden konnte er London sehen. Er meinte sogar, das Höllentor ausmachen zu können, jenes Tor zwischen zwei Dimensionen, das den Dämonen freien Zugang zur Erde gewährte. Auf jeden Fall erkannte er die ständig daraus aufsteigenden dunklen Wolken. Sie wurden von einem merkwürdigen grünen Licht beleuchtet, das über dem Stadtgebiet zu schweben schien.

Chipping Ongar war eine kleine Stadt im Großraum London. Robs Mutter war hier aufgewachsen, bevor sie zur Universität gegangen war, wo sie seinen Vater kennengelernt hatte. Als Kinder hatten Rob und Emily hier oft ihre Großeltern besucht. Die besaßen einen kleinen Bauernhof außerhalb der Stadt. Als die Katastrophe über London hereinbrach, hatte Rob seine Schwester in dem Chaos gesucht und sie aus der Stadt gebracht.

Seit der Invasion lebten sie auf dem Hof ihrer Großeltern. Oma und Opa waren schon lange tot. Robs Eltern hatten es nicht geschafft, aus London herauszukommen.

Eine Zeit lang hatte Rob geglaubt, dass er und Emily die Invasion aussitzen könnten. Das war vor vier Jahren gewesen, aber bislang war keine Besserung in Sicht.

Schlimmer noch, Emily war diesen verqueren Mystikern verfallen, die überall aufgetaucht waren, um die Dämonen und ihre arkanen Kräfte willkommen zu heißen.

„Emily!“, rief Rob erneut.

Sie sah ihn an und er konnte ihrem Blick kaum standhalten.

Als er Emily von der Universität genommen hatte, war sie 20 Jahre alt. Sie war zwar nicht mehr wirklich kindlich und unschuldig gewesen – schließlich verlor man auf einem College nun mal einen Teil seiner Unschuld –, aber sie war auch noch nicht das, was man erfahren nannte.

Emily war klein und schlank, von knabenhaftem Körperbau, der von Modelagenturen, Hollywood und der Werbung propagiert worden war. Ihr von Natur aus rotes Haar reichte ihr bis zum Kinn und war in der Mitte gescheitelt. Sie hatte aschgraue Augen.

Rob trug dicke Kleidung gegen die Winterkälte. Doch der Parka mit Kapuze, die Handschuhe und der gefütterte Overall hielten ihn kaum warm, während der Wind um ihn herumpfiff. Die Böen führten neuen pulverigen Schnee mit sich, der wie umherwirbelnde Zuckerkristalle wirkte. Die weiße Pracht lag hell schimmernd auf der Baumrinde. Kaltes Mondlicht schien durch die skelettartigen Zweige.

Trotz der markdurchdringenden Kälte trug Emily nur so etwas wie ein Top mit Nackenträgern und einen Slip. Sie hatte keine Schuhe an, obwohl der Schnee ihr bis ans Schienbein reichte. Es war ein Outfit, das wahrscheinlich jede Studentin vor ihren Eltern und älteren Brüdern versteckt hätte.

Aber Emily hatte kein Problem mit Nacktheit. Sie behauptete, dass Kleidung ihre Verbindung zu den arkanen Kräften störte, welche die Dämonen auf die Welt gebracht hatten.

Rob glaubte ihr nicht. Er war Naturwissenschaftler. Er glaubte an Dinge, die man wiegen und messen konnte. Magie war etwas für Rollenspielfreaks.

Nicht alle Kabalisten, wie sie sich nannten – Rob nannte sie Kultanhänger –, hatten eine derartige Kontrolle über ihren Körper. Wie Rob gesehen hatte, trugen viele von ihnen Winterkleidung.

„Rob“, sagte sie in dem unheimlichen Tonfall, den sie sich im Laufe der Zeit angewöhnt hatte. „Du solltest nicht hier sein.“

„Genauso wenig wie du“, konterte Rob. Er inspizierte das Dunkel. Die Dämonen liebten das Dunkel, weil sie sich darin verstecken konnten.

„Dir wird kalt“, sagte Emily. „Du solltest zurück ins Haus gehen.“

„Nicht ohne dich.“

Ruhig, mit gelassenem Gesichtsausdruck, wandte sie den Blick wieder dem Vollmond zu. „Du bist hier draußen nicht sicher.“

„Das gilt doch auch für dich.“

„Mir geht es gut.“

Rob schüttelte vehement den Kopf. „Ich gehe nicht ohne dich, Em.“

„In Ordnung“, sagte sie und klang für einen Augenblick wie die kleine Schwester, die er vor Jahren aus der Universität geholt hatte. „Komm mit, wenn du willst, aber lauf weg, wenn es Ärger geben sollte.“ Sie setzte sich in Bewegung.

„Ärger?“ Rob folgte ihr. „Was für Ärger?“

Emily antwortete nicht. Sie schritt durch den Schnee, als wäre er gar nicht vorhanden. Ihre nackte Haut wurde blaugrün und Rob fiel auf, dass sie im Mondlicht plötzlich *schuppig* wirkte. Das war ihm auch schon bei anderen Gelegenheiten aufgefallen, aber nie so deutlich wie heute Nacht.

Viele Kultanhänger hatten sich Körperteile von besiegten Dämonen eingepflanzt. Sie behaupteten, dass sie so ihre Kräfte verstärkten. Rob glaubte nicht, dass das stimmte. Als Genetiker konnte er sich nicht vorstellen, wie so etwas funktionieren sollte. Der Empfänger eines transplantierten Organs änderte nicht plötzlich seine eigene DNS. Doch genau das war es, was die Kultanhänger behaupteten. Nur dass ihre Veränderung auf arkaner Ebene stattfand statt auf genetischer.

„Es wird Ärger geben“, erklärte Emily.

Unsicher schob Rob eine Hand in seine Manteltasche und spürte den schweren Webley .455 Revolver, der von seinem Großvater stammte. Bevor er aus London geflohen war, hatte Rob nie eine Feuerwaffe angefasst. Jetzt wusste er nicht nur, wie er damit umgehen musste, sondern er hatte so lange geübt, bis er mit der Webley vertraut war.

„Dann solltest du auch nicht gehen“, protestierte Rob.

„Ich muss.“

„Warum? Wer sagt das?“

„*Ich* sage das.“

Aufgeschreckt zog Rob die Webley aus der Manteltasche. Die Pistole war so groß, dass sie die Handschuhe überragte. Er zielte auf den Schatten nahe einer blattlosen Ulme.

„Wer sind Sie?“, verlangte Rob zu wissen.

„Das ist Sucher Orrus“, sagte Emily. „Ich wollte mich hier mit ihm treffen. Nimm die Waffe weg, Rob. Die brauchst du nicht. Du bist unter Freunden.“

Rob senkte die Waffe nicht. Es erschien ihm richtig so. Und hier waren garantiert keine Freunde, die er gekannt hätte.

Sucher Orrus blieb an dem Baum stehen und musterte Rob aus seinen unter der Kapuze verborgenen Augen. Er war groß und hager, was man selbst unter seiner Winterkleidung erkennen konnte. Sein Kopf wirkte zu massig für die dünnen Schultern. Er stützte sich auf einen langen Stab.

„Sie haben nichts von mir zu befürchten“, sagte Orrus.

„Ich beschütze meine Schwester“, antwortete Rob.

Der große dürre Mann brach in Gelächter aus. „Ihre Schwester kann weit besser auf sich aufpassen, als Sie das können.“

„Da bin ich anderer Meinung.“

„Das spielt keine Rolle“, sagte Orrus. „Sie ist hier, weil ich sie darum gebeten habe.“

„Warum?“

Orrus trat unter dem Baum hervor. Offenbar hatte er sich in der Vergangenheit verletzt und war zumindest zum Teil verkrüppelt.

Als er das Gesicht des Mannes im Mondlicht erkennen konnte, dachte Rob, ihm würde übel.

Der Kopf des Kultanhängers war vom Nasenrücken bis zum Haaransatz mit kleinen Dämonenhörnern überzogen. Bizarre Tätowierungen in einem halben Dutzend Farben bedeckten seinen rasierten Schädel. Wulstiges Narbengewebe um die Augenhöhlen herum zeigte, wo jemand Knochen und Gewebe entnommen hatte. Zwei weitere Hörner, diesmal nach unten gerichtet, entsprangen auf beiden Seiten des Kinns. Sein Atem kondensierte an der kalten Luft zu einem Schwall grauen Nebels.

„Weil sie etwas vollbracht hat, was sonst niemand in unserer Septe kann", erklärte Orrus. „Sie hat den Geist eines Dämons berührt."

Rob hielt die Pistole auf den Mann gerichtet. „Ich weiß nicht, welchen Mist Sie meiner Schwester eingeredet haben, aber …"

„Die Kabalisten haben nichts damit zu tun", sagte Emily. „Ich habe wirklich den Geist eines Dämons berührt. Ich habe Sucher Orrus heute Abend hierher gebeten, um mir zu helfen."

„Wobei zu helfen?" Die Pistole in Robs Hand wurde schwer. Sie zitterte und seine Schulter schmerzte von dem Gewicht.

„Ich träume von dem Dämon", sagte Emily mit ruhiger Stimme. „Ich träume jede Nacht von ihm." Zum ersten Mal seit Monaten oder Jahren wirkte sie verzweifelt. „Ich kann dir nicht erklären, wie das ist, Rob, aber ich muss es unter Kontrolle bekommen … oder es wird mich vernichten."

Angst schnürte Rob die Kehle zu. „Du musst nur fort von hier. Wenn du erst mal weg bist, Emily …"

„Dann träume ich woanders von dem Dämon", unterbrach sie ihn. „Sucher Orrus glaubt, dass er mir helfen kann."

Rob zögerte, aber er hielt die Waffe nach wie vor auf den Kultanhänger gerichtet.

„Bitte", flüsterte Emily. „Rob, erlaube es mir. Ich halte das nicht mehr viel länger aus." Schmerz und Angst glitzerten in ihren Augen. „Ich schaffe das nicht allein."

„Ich kann ihr helfen", sagte Orrus. „Sie können das nicht."

Rob wusste, dass er verloren hatte, und senkte die Waffe. Aber er verstaute sie nicht in der Tasche. „Was werden Sie tun?" Der Wind schien plötzlich viel kälter zu sein.

„Ich werde die Verbindung unterbrechen", sagte Orrus.

„Dann legen Sie los."

Die Entscheidung des Kultanhängers, im Freien zu bleiben, verblüffte Rob. Genauso überraschte ihn die Ankunft von sieben weiteren Mitgliedern aus Orrus' Gruppe. Sie stellten sich im Mondlicht zu ihnen unter die nackten Zweige. Kleine Schneeflocken fielen.

Zwei der Neuankömmlinge, beides Männer, trugen kaum mehr Kleidung als Emily. Auch ihre Haut wirkte, als wäre sie von Schuppen überzogen.

Auf Orrus' Befehl hin setzte sich Emily mit übereinandergeschlagenen Beinen auf den gefrorenen Boden. Der Anführer der Kultanhänger hockte sich ihr gegenüber.

Rob dachte erneut darüber nach, wie sehr sich das Leben seit der Ankunft der Dämonen verändert hatte. Das Leben in der Stadt – und seinen Job in der Forschungsabteilung von Gardner's Genetics – gab es nicht mehr. Seine minderjährige Schwester hatte sich von einer Literaturstudentin, die Werke von Neil Gaiman und Ian Rankin las, in eine Art seltsame Zauberin verwandelt.

Dabei war Emily wirklich eine Zauberin. Rob hatte gesehen, wie sie Magie gewirkt hatte: Sie bewegte Dinge mit der Kraft ihres Geistes, erzeugte Feuer aus dem Nichts und konnte Gedanken mit einer unheimlichen Genauigkeit lesen. Im Laufe der Zeit begann er, sich vor ihr zu fürchten. Das geschah sehr zu seinem Leidwesen, denn sie konnte das sicher spüren.

Am meisten hasste Rob aber seine Hilflosigkeit. Als sie seinerzeit die Stadt verlassen hatten, suchten sie beide nach essbaren Dingen. Doch nach und nach hatte Emily begonnen, sich für diese Kultanhänger zu interessieren. Sie hatten sich gestritten, was sie früher nie getan hatten. Aber dennoch hatte sie das Studium der alten Bücher nicht aufgegeben, die ihr die Kultanhänger zum Kopieren geliehen hatten.

Er würde sie nie alleinlassen. Das hatte er sich geschworen, als sie beide lebend der Stadt entkommen waren.

Orrus holte einen Gegenstand aus seinem Umhang und legte ihn zwischen Emily und sich selbst auf den Boden. Er sah aus wie ein Leuchtturm aus Jade.

„Das ist mein Foci“, sagte der Kultanhänger mit sanfter, beruhigender Stimme. „Damit bekomme ich Zugriff auf deine Gedanken und sorge dafür, dass du sie besser kontrollieren kannst.“

„Ja.“ Emily saß im Lotussitz. Ihre Hände lagen auf den Knien.

„Schau ihn an“, summte Orrus. „Schau auf den Foci und spüre den Traum in dir. Entfessle seine Kraft. Du wirst nicht einmal Energie brauchen, um den Traum damit zu speisen.“

Rob fand die Worte des Mannes reichlich aufgeblasen. Es war nur Geschwätz, mit dem er sich wichtigmachte.

„Speise den Traum in meinen Foci ein“, sagte Orrus. „Ich helfe dir dabei. Wir werden beide den Traum sehen. Dann überwältigen wir ihn und errichten Schutzvorkehrungen.“

Der Leuchtturm aus Jade leuchtete schwach. Das flackernde Grün war kaum gegen den weißen Schnee erkennbar.

„Es haben schon andere zuvor von Dämonen geträumt“, sagte Orrus. „Viele Male. Man braucht eine große Menge an Energie, um so etwas zu bewerkstelligen. Und stets fließt die Energie nur in eine Richtung, es sei denn, der Träumende behält die Oberhand.“

Rob konnte sich vor Wut nur mühsam beherrschen. Er konnte kaum fassen, dass Emily an all das glaubte.

Aber die Kräfte sind real, oder nicht? Das ist nicht alles Müll. Doch wenn sie nicht mit diesen arkanen Mächten herumgespielt hätte, wäre sie nicht in dem schlechten Zustand, unter dem sie jetzt dermaßen litt.

„Gut so“, sagte Orrus. „Nur noch ein bisschen mehr.“

Der Jade-Leuchtturm glühte plötzlich hell wie ein Stern. Der Schnee darum herum begann zu schmelzen und er sank ein Stück ein. Die Hitze wurde so groß, dass der Schnee nach und nach mehrere Zentimeter um die Statue herum verschwand.

Robs Nackenhaare stellten sich auf. Säure biss in seinem Magen. Das hier durfte nicht geschehen. Emily glaubte schon viel zu sehr an die Macht der Dämonen.

„Greif nach dem Traum“, sagte Orrus. „Bring ihn hervor.“

Ein grünes Leuchten ging von dem Jade-Leuchtturm aus. Figuren schienen sich in der gut einen halben Meter durchmessenden Rauchwolke zu winden.

„Wie viele kannst du sehen?“, fragte Orrus sanft.

„Zwei“, antwortete Emily. „Den Dämon und die Frau, die er als sein Eigentum genommen hat.“

„Woher weißt du das?“

„Ich kann Teile ihres Gesprächs hören.“

„Konzentriere dich stärker“, sagte der Kultanhänger. „Ich helfe dir dabei.“

Als er in den Rauch auf die Figur starrte, bemerkte Rob, dass er die beiden Wesen auch sehen konnte. Der grüne Rauch klärte sich und gleichzeitig wurde alles deutlicher. Unaufgefordert trat er auf Emily zu.

„Fassen Sie sie nicht an“, sagte Orrus.

Verärgert blickte Rob zu dem Kultanhänger.

„Wenn Sie Emily jetzt anfassen, könnte Ihre Schwester sterben“, sagte Orrus. „Wollen Sie das?“

„Nein.“

„Dann hören Sie auf mich. Das ist eine gefährliche Arbeit. Für uns beide.“ Orrus blickte auf den glühenden Leuchtturm. Trotz des kalten Windes, der Schnee um ihn herumwirbelte, war das Gesicht des Kultanhängers mit Schweiß bedeckt. „Emily.“

„Ja.“

„Weißt du, wo du bist?“

Emily zögerte. Sie runzelte die Stirn und erinnerte Rob sofort an das kleine Mädchen, das seine Schwester einst gewesen war.

„Im Untergrund“, antwortete sie.

„In welchem Untergrund?“

„Keine Ahnung.“

„Was macht du dort?“

„Ich suche etwas.“

„Was?“ Orrus blieb geduldig.

„Ich weiß es nicht.“

„Weiß der Dämon, dass du dort bist?“

„Nein“, sagte Emily. „Ich glaube nicht.“

„Du musst vorsichtig sein. Verliere den Dämon nie aus den Augen. Wir müssen immer wissen, was er tut.“

„In Ordnung.“

Rob bemerkte, dass der Leuchtturm noch greller leuchtete. Die Hitze verwandelte den Schnee in eine silbrige Pfütze. Während er den Rauch beobachtete, wurde er in die Lache hineingezogen.

Rob glaubte, kurz geblinzelt zu haben, denn als er seine Augen wieder öffnete, befand er sich in einer unterirdischen Höhle. Als Kind auf dem Bauernhof seiner Großeltern hatte er Höhlen aufgestöbert und war dort hineingekrochen. Es waren kleine Löcher am Hang gewesen, erschaffen von wandernden Felsen oder Kindern, die vor ihm dort gewesen waren. Drinnen hausten meist Insekten und es fanden sich merkwürdige Gegenstände, die andere Altersgenossen bei früheren Besuchen mitgebracht hatten.

Er und Emily hatten gescherzt, dass es sich um Hobbithöhlen handeln würde. Sie hatten sich alle möglichen Abenteuer vorgestellt und jede Menge gefährliche Feinde, die sie bekämpften. Aber diese Löcher hatten nur wenige Meter in die Hügel hineingeführt.

Sie waren kein Vergleich zu dem riesigen Raum, den er jetzt entdeckt hatte. Die Wände, der Boden und die Decke, zehn oder zwölf Meter über ihm, bestanden allesamt aus festem Stein. Rob wusste nicht, wie er in der Dunkelheit sehen konnte, doch er konnte es.

Das ist nur ein Trick, überlegte er. *Orrus hat dich hypnotisiert.* Er versuchte aufzuwachen, konnte es aber nicht. Er blieb im Traum und in der Höhle gefangen.

„Wo bist du?" Orrus' Stimme schien aus der Luft zu kommen.

„Ich weiß es nicht", wiederholte Emily.

Rob wandte sich nach rechts und sah sie. Sie stand mit leuchtender Schuppenhaut weiß glühend in der Dunkelheit. Er fragte sich, ob er deshalb in der Finsternis der Höhle sehen konnte. Als er sich selbst ansah, bemerkte er, dass er ebenfalls leuchtete.

„Bist du allein?", fragte Orrus.

„Rob ist bei mir."

Bestürzung schnürte die Kehle des Kultanhängers zu. „Er sollte nicht dort sein, Emily."

„Ich habe Angst."

„Da stehst du doch drüber."

„Nicht jetzt. Jetzt habe ich Angst."

Rob sah sich um, aber Orrus war nicht bei ihnen.

„Emily, er sollte nicht dort bei dir sein."

„Ich will ihn dabeihaben."

„Du solltest nicht …"

„Nein", sagte Emily und schüttelte den Kopf. „Rob bleibt hier."

„Ich bleibe hier", sagte Rob. Es war egal, wie er hierhergekommen war. Immerhin konnte er sie hier wenigstens beschützen. „Verschwinde und lass sie in Ruhe, alter Mann."

„Sie wissen nicht, was Sie da tun oder was Sie riskieren", sagte Orrus.

„Ich weiß, dass Sie vielleicht das Leben meiner Schwester in Gefahr bringen, und ich bin möglicherweise der Einzige, dem etwas an ihr liegt", knurrte Rob. „Leben Sie damit."

„Emily, sieh dich um", sagte Orrus. „Kannst du den Dämon erkennen?"

„Nein."

„Such ihn. Ich kann dich zurückholen, wenn du da rausmusst."

Rob griff nach seiner Schwester und schloss die Hand um ihre kalte, schuppige Haut. „Em, wir sollten nicht hier sein."

Sie sah ihn an. Schmerz und Furcht lagen auf ihrem Gesicht. „Ich muss einen Weg finden, um das zu beenden, Rob. Die Albträume werden schlimmer. Ich … Ich sehe dasselbe wie der Dämon. Ich sah, wie er einem Mann die Hand vom Arm riss und sie einer Frau gab. Ich muss wissen, was für ein Dämon das ist und was er will." Sie wartete. „Bitte."

Er gab nach, traurig, seine Schwester in so einer schlechten Verfassung zu erleben. Das Gewicht der Pistole in seiner Tasche beruhigte ihn ein wenig. „In Ordnung, Em. Dann sollten wir loslegen." Er zog die Pistole.

„Sieh dich um", sagte Orrus. „Der Dämon ist dort irgendwo. Wir müssen herausfinden, wo du bist. Und wir müssen erfahren, wonach der Dämon sucht."

„Ist gut." Emily sah sich auf dem staubigen Boden um. Dann zeigte sie nach links, eine Schräge hinauf in einen anderen Tunnel. „Da lang."

Rob zog seine Schwester durch die unterirdische Kammer und erkannte schnell, dass die Höhle größer war, als er ursprünglich angenommen hatte. Ihm wurde auch klar, dass sie nicht wussten, wo sie sich befanden. Es gab keinerlei Hinweise.

„Jetzt runter“, sagte Emily und lief nach rechts.

Rob folgte ihr, rutschte aus und schlitterte die steile Schräge fast sechs Meter hinunter. Zerschrammt und zerschlagen kam er auf die Beine und versuchte wieder zu Atem zu kommen.

„Ist alles in Ordnung?“, fragte Emily.

„Mir geht es gut.“ Rob stieß den Atem aus. „Es war steiler, als ich gedacht hatte.“

„Ich weiß. Alles sieht hier anders aus.“ Emily ging weiter.

Verbissen folgte ihr Rob. Er wusste nicht, wie weit sie bereits gegangen waren. „Ich glaube, ich weiß, wo wir sind, Em.“

„Wo denn?“ Sie blieb stehen und schaute sich wieder in alle Richtungen um. Dabei wirkte sie verzweifelt.

„Wenn wir immer noch in London sind ...“ *Wann hättest du je gedacht, so etwas mal zu sagen?*, fragte sich Rob. „... dann müssen wir uns darunter befinden.“

„Also wo?“

„Londinium. Genau dort befinden wir uns.“

Londinium hielt man für die antike Stadt der Römer am nördlichen Ufer der Themse. Rob war von den archäologischen Funden fasziniert gewesen, die man während neuester Ausgrabungen gemacht hatte. Kurz bevor die Dämonen erschienen waren, hatten Archäologen einen völlig neuen Abschnitt der antiken Stadt unter den Ruinen der darüberliegenden Sektionen entdeckt.

Emily führt sie durch einen sich windenden Tunnel. An den Wänden befanden sich Inschriften.

„Warte, Em.“ Rob wandte sich der Wand zu und war wieder erstaunt, wie gut er sehen konnte.

„Ich leihe dir meine Sicht“, sagte Emily, die sich zu ihm gesellte. „So kannst du im Dunkeln sehen.“

Rob sah sie an. „Du kannst im Dunkeln sehen?“

„Ja“, antwortete sie, als wäre das völlig normal.

Natürlich war es beeindruckender, dabei zuzusehen, wie sie

Feuer aus dünner Luft erschuf. Rob verfolgte diesen Gedankengang nicht weiter, denn in seinem naturwissenschaftlich geprägten Gehirn schmerzte er. Andererseits galt das auch für die ganze Sache mit den Dämonen. Selbst wenn er versuchte, sie sich als Außerirdische aus einer anderen Dimension vorzustellen, hatte er noch Probleme.

„Siehst du die Inschrift?" Rob wies auf die Wand.

„Kannst du sie entziffern?", fragte Emily.

„Das ist Latein. Natürlich kann ich das lesen." Rob studierte die Worte. „Dort steht: ‚Tor zum Reich der Toten'."

„Nicht besonders einladend, oder?"

Es tat Rob leid, dass er ihre Aufmerksamkeit darauf gelenkt hatte. „Nein, wirklich nicht."

„Zumindest stoßen wir hier unten nicht auf Gollum", sagte sie fröhlich und einen Moment lang ähnelte sie der alten Emily, an die Rob sich erinnerte. „Wir sollten uns beeilen. Je eher wir hier fertig sind, desto eher sind wir wieder zu Hause." Sie drückte seine Hand und ging dann weiter.

Nur wenige Augenblicke später erkannte Rob, warum der Gang „Tor zum Reich der Toten" genannt wurde. Als sie aus dem Tunnel traten, kamen sie in eine Höhle voller Grüfte. Ein kleiner Teich befand sich in der Mitte.

Klaffende Löcher bedeckten die Wände. In allen lagen verweste Skelette. Einige trugen Kleidung, andere nur primitive Rüstungen. Neben vielen lagen Bronzeschilde und Waffen.

„Das ist ja ein Traum für Archäologen." Rob ging zu einer der Grüfte, kniete nieder und studierte das Skelett und die Waffen, die dort lagen.

„Hier gefällt es mir nicht."

Rob hörte die Angst in der Stimme seiner Schwester und sah auf. „Es ist alles in Ordnung, Em. Diese Typen sind schon lange tot."

„Man sagt, dass heutzutage die Toten durch London streifen." Emily schlang die Arme um sich, als wäre ihr plötzlich kalt.

Ron hatte diese Geschichten auch gehört. Die Flüchtlinge, die erst spät die Stadt verlassen hatten, berichteten darüber. Die Dämonen, zumindest einige von ihnen, hatten die Macht, die Toten aus den Gräbern zu holen und selbst die im Kampf gefallenen Menschen wiederzubeleben. Er wusste nicht, ob das stimmte, aber es gab keinen Grund, daran zu zweifeln.

Er stand auf und ging zu seiner Schwester. „Alles ist gut." Er umarmte sie kurz, doch es wirkte unbeholfen, weil er die Kraft in ihr spürte. Seit sie begonnen hatte, sich zu verändern, war sie auch viel stärker geworden als er.

Sie sah ihn an. „Ich musste es tun, Rob. Ich musste einfach."

Er wusste, dass sie seine Gedanken gelesen oder zumindest erraten hatte. „Schhhhh. Nicht. Darüber müssen wir jetzt nicht sprechen."

„Du hättest dich nie verändert", sagte sie. „Selbst nachdem die Kabalisten uns von der Kraft berichtet hatten, die dort draußen vorhanden war. Du hast ihnen nicht geglaubt. Ich musste es tun. Einer von uns beiden musste sich ändern, damit wir in Sicherheit waren."

Rob wusste nicht, was er darauf antworten sollte.

„Selbst wenn du dich verändert hättest", sagte sie und strich mit ihrer rauen Hand über seine Wange, „wärst du nicht so stark geworden wie ich." Sie lachelte schwach. „Ich wurde dafür geboren, Rob. Ich kann dämonische Kräfte beherrschen. Und das werde ich auch."

Mit einem Schaudern löste sich Rob von ihr. Er kam gegen das Gefühl nicht an, sich von diesem Ort wegzuwünschen. Unabhängig davon war er sicher, dass sie nie wieder die Schwester sein würde, die sie gewesen war.

Er sah sie verletzt an.

Rob schalt sich einen Idioten, weil ihm klar wurde, dass sie, wenn sie den Gedankengang vorhin hatte lesen können, diesen ebenfalls kannte. Er überlegte, was er sagen sollte, aber er fand die Worte nicht schnell genug. Sie wandte sich ab und ging.

Er folgte ihr um den Teich in der Mitte der Höhle herum. Erst da erkannte er, warum die Archäologen die Kammer bislang nicht gefunden hatten: Der Brand hatte nicht nur das Wetter, sondern auch die Themse beeinflusst. Der Pegel des Flusses war derart gesunken, dass das Wasser, statt in die Nordsee zu fließen, nun aus dem Meer ins Landesinnere strömte. Das sich vermischende Salz- und Süßwasser war die meiste Zeit nicht mehr trinkbar. Die Überlebenden von London waren auf Brunnen und Regenwasser angewiesen.

Und das abfließende Wasser hatte auch diese Höhle freigelegt. Der Teich war gar kein Teich. Er war nur der Rest dessen, was einst in der Höhle gewesen war.

Emily blieb plötzlich stehen, sodass Rob aufschließen konnte. In der Ferne leuchtete ein Licht, das der Teich reflektierte. Das strahlende Leuchten schwebte in der Luft und enthüllte zwei Gestalten.

Rob hatte nie zuvor einen leibhaftigen Dämon gesehen. Während der Flucht aus London war er mit Emily im Schlepp direkt zum Bauernhof seiner Großeltern gegangen. Später, als er Benzin für seinen Wagen gekauft hatte, hatte er Fernsehberichte über die Monster gesehen, die die Gegend um die St. Pauls Kathedrale und das Zentrum von London verwüsteten.

Der Dämon war gut zweieinhalb Meter groß und die beiden Hörner auf seiner primitiven Stirn waren noch mal gut dreißig Zentimeter lang. Das Gesicht war mit Narben übersät, die seine Gesichtszüge rauer machten. Er war muskulös wie ein Gewichtheber, aber sein Körper war von roten Schuppen bedeckt, die wirkten, als würden sie brennen. Eine grünblaue Rüstung, aus den Schuppen einer Riesenechse gefertigt, bedeckte Brustkorb, Arme und Beine. In einer Hand hielt er einen großen Dreizack aus Obsidian, ein Schwert steckte in der Scheide.

Die Frau bei ihm war eine Kultanhängerin. Sie hatte ebenfalls Hörner und eine chitinartige Rüstung, die ihre Brüste und die Hüfte bedeckte. Dazu trug sie dunkle Segeltuchhosen. Vier Hörner entsprangen ihrem Kopf, wanden sich vom Hinterkopf nach vorne und bildeten so einen schützenden Käfig vor ihrem Gesicht. Sie hatte einen entstellten Körper, denn auf jedem Zentimeter Haut, den Rob sehen konnte, prangten Tätowierungen. Bogenförmige Knochen standen aus ihrem rechten Unterarm hervor. Die rechte Hand war anders als die Linke. Sie wirkte silbergrau, als sie im grellen Licht leuchtete.

Die Frau streifte durch die Grüfte und zerstörte sie, während sie hineingriff und Knochen und verfaulte Kleidung durchwühlte. Metall klirrte, als es auf Stein traf.

„Das ist der Dämon aus meinen Träumen", flüsterte Emily.

Das sind keine Träume, dachte Rob. Er wusste aus den Nachrichtensendungen und von Live-Reportagen, dass der Dämon nicht so groß war wie viele andere. Aber dieser schien besonders bösartig zu sein.

„Zeig ihn mir", befahl Orrus.

Die Kultanhängerin durchsuchte weiterhin die Grüfte.

„Such es", knurrte der Dämon. „Es muss da irgendwo sein. Die Römer haben es hierher gebracht. Dann ließen sie es zurück, weil sie glaubten, es wäre verflucht."

Die Kultanhängerin blieb plötzlich stehen, dann hielt sie ein Kurzschwert hoch. „Das hier?", fragte sie und zeigte dem Dämon die Waffe. „Ist es das?"

Der Dämon streckte die Hand aus. Rot glühende Asche wirbelte von dem Schwert auf, bevor er es berührte. „Ja."

Rob erkannte das Schwert augenblicklich. Es war nur 60 Zentimeter lang, aber die Römer hatten es benutzt, um seinerzeit die

Welt zu unterwerfen. Der Capulus, der Griff des Schwertes, war verziert und bestand aus Einlagen aus Elfenbein, Lapislazuli und Obsidian. Es hatte bestimmt einem Offizier oder einem wichtigen Menschen gehört.

Emily bildete aus den Zeigefingern und den Daumen ein Dreieck. Dadurch sah sie auf die beiden Kreaturen – Rob weigerte sich, die Frau als Mensch zu bezeichnen.

Schnell wie eine Katze wirbelte der Dämon herum. Sein bitterböser Blick haftete auf Emily.

„Wer bist du?“, wollte der Dämon wissen.

Einen Moment lang war Rob bewegungslos. Dann packte er Emilys Hand und zog sie mit sich. „Lauf! Jetzt! Lauf!“ Er zog sie hinter sich her, als er den Weg zurückrannte, den sie gekommen waren.

Sie würden trotzdem nicht entkommen. Der Dämon wirbelte den Dreizack aus Obsidian durch die Luft und wies dann auf die beiden. Augenblicklich nahm ein Flackern Gestalt an und holte Emily und Rob schnell ein. Rob sah es kommen und wusste nicht, was er tun sollte.

Dann traf es ihn mit voller Wucht. Es fühlte sich an, als wäre Robs Körper zerschmettert worden. Er versuchte zu schreien, aber er hatte dazu nicht genug Luft in den Lungen.

Gerade als es ihm schwarz vor Augen wurde, wurde die Welt plötzlich wieder weiß. Rob wirbelte kopfüber durch die Luft und krachte auf den schneebedeckten Boden. Er überschlug sich unkontrolliert und knallte dann gegen eine Kiefer. Benommen sah er, dass Emily neben ihm aus dem Nichts erschien.

Der Leuchtturm stand in einer Pfütze aus geschmolzenem Schnee und leuchtete weiterhin wie ein Signalfeuer. Das grüne Licht erhellte die schwarze Nacht.

Rob schnappte nach Luft und kam auf die Beine. Sein Körper

schmerzte, als er auf Emily zutaumelte. Er spürte die Kälte, wo der Schnee seinen Körper bedeckte.

„Was habt ihr getan?“ Orrus zog sich an seinem Stab hoch und stellte sich auf seine verkrüppelten Füße.

„Wir haben gar nichts getan, Sie dummer Idiot“, zischte Rob. „Der Dämon hat uns gesehen und uns mit seiner Energie getroffen.“ Er brachte das Wort „Zauberspruch“ nicht über die Lippen.

Emily kam leichtfüßig auf die Beine, als wäre sie nicht gerade über fünf Meter durch die Luft gestoßen worden. Sie schüttelte sich und der Schnee fiel von ihr ab, als hätte sie ihn statisch abgestoßen.

„Der Dämon hat euch gesehen?“, fragte Orrus.

Rob wirbelte zu dem Mann herum, um ihn zu beschimpfen. Aber Emily antwortete ruhig, bevor er loslegen konnte.

„Ja“, sagte sie. „Der Dämon hat uns gesehen.“

„Wer war es?“, wollte Orrus wissen.

„Er hat uns keine Visitenkarte mitgegeben“, sagte Rob. „Es wird Zeit, dass wir von hier verschwinden. Wir haben unser Glück schon überstrapaziert.“ Sie konnten froh über die vier guten Jahre auf dem alten Bauernhof sein.

„Ich weiß nicht, wer es war“, sagte Emily. „Er war in keinem der Bücher verzeichnet, die ich kenne.“

„Das ist schlecht.“ Orrus schüttelte den Kopf. „Hat euch der Dämon markiert?“

„Ich glaube nicht.“

„Em“, bettelte Rob. „Wir haben keine Zeit, um mit dem Blödmann eine Quizshow zu veranstalten.“

Emily sah ihn an. „Alles, was wir über die Dämonen herausfinden, ist wichtig, Rob. Wir können sie kontrollieren. Wir können uns ihre Kräfte zunutze machen und so unsere Welt verbessern. Wir können zurückschlagen und sie besiegen – wenn wir nur herauskriegen, was sie wissen.“

„Nein“, sagte Rob. „Sie wollen, dass du das glaubst. Aber es stimmt nicht. Du kannst unmöglich die Fähigkeiten dieser Kreaturen erlernen. Du hast am Tag der Invasion gesehen, wie die Polizei und das Militär vernichtet wurden.“

„Die waren auch nicht vorbereitet“, sagte Emily ruhig. „Wir schon.“

„Du kannst dich auf so etwas nicht vorbereiten. Das ist unmöglich.“

„Es ist möglich …“

Ein eindringliches schrilles Geräusch hallte plötzlich durch den Wald. Rob presste die Hände auf die Ohren und versuchte herauszubekommen, von wo es kam. Es tat dermaßen weh, dass seine Ohren dröhnten. Schließlich erkannte er, dass das Geräusch aus dem Leuchtturm drang.

Orrus bemerkte es ebenfalls und trat mit einem vorsichtigen Blick zurück. Er sprach einige Worte und legte eine Hand auf das Artefakt. Ein leuchtender Energieausbruch schoss aus dem Leuchtturm und explodierte schließlich laut wie ein Pistolenknall. Bruchstücke aus Jade prallten gegen Bäume und Büsche.

Plötzlich befand sich der Dämon, den sie in der Höhle gesehen hatten, mitten unter ihnen. Wütend knurrte er etwas in seiner Sprache.

Die Kultanhänger wandten sich ab und flohen unter die Bäume. Orrus versuchte ebenfalls wegzukommen, aber der Dämon spießte die Brust des alten Mannes mit dem Dreizack auf. Der Seher trat um sich und wand sich, doch der Dreizack nagelte ihn auf dem schneebedeckten Boden fest. Dann lag er mit dem Gesicht nach unten reglos auf dem Boden. Blut strömte aus seinem Körper und verteilte sich auf dem Schnee.

Rob packte Emily erneut. Der Dämon wandte sich ihr zu und streckte seine Hand aus. Eine Welle aus schimmernder Energie breitete sich aus und schloss Emily ein.

Emily wirkte plötzlich, als wäre sie besessen. Sie zuckte unter einem unsichtbaren Griff. Rob spürte, wie die Elektrizität auf seiner Haut prickelte. Dann wurde ihm das Mädchen aus der Hand gerissen und er fiel zu Boden. Er versuchte aufzustehen, aber seine Muskeln gehorchten ihm nicht.

Hilflos sah Rob zu, wie Emily aufrecht dastand. Dann schwebte sie wenige Zentimeter über dem Boden. Sie war unbeweglich wie eine Statue und wurde eindeutig von einer anderen Kraft getragen. Ihre Augen weinten rote Tränen. Rob brauchte einen Moment, bevor er erkannte, dass die Flüssigkeit Blut war.

Dann explodierte Emilys Kopf.

Von Panik erfüllt zwang sich Rob auf die Beine und lief zu einem Busch. Er wusste nicht, ob er es bis dorthin schaffen würde.

Eins

Schatten bedeuteten Sicherheit. Zumindest die meiste Zeit. Sie boten allerdings keine Deckung und keinen Schutz, wenn diese Schatten jemanden verbargen, der sich darin verstecken wollte. Und wenn jemand darin angriff, verloren die Schatten völlig ihren Wert.

Leah Creasey versuchte optimistisch an die nächste Aktion heranzugehen. An den eigenen Tod zu denken, war der Tarnung nicht dienlich. Und im Moment war Deckung ihr bester Verbündeter.

Sie beruhigte sich, als sie die Straße der Greenwich Peninsula im Südosten Londons hinabschlich. Hier gab es kaum einen Flecken, den die Dämonen nicht kontrollierten. Deshalb hielten sich die meisten Menschen von hier fern und die Dämonen hatten nichts mehr zum Jagen. Weil sie das Jagen aber liebten, waren auch die meisten Monster in lohnendere Gefilde abgewandert.

Momentan wurde der Bereich nicht so stark bewacht wie in der Vergangenheit. Aus persönlicher Erfahrung wusste Leah, dass die Dämonen für das Jagen lebten. Sie schoben nicht gern Wachdienst oder verrichteten Tätigkeiten, bei denen sie ihrer Blutgier nicht nachgeben konnten.

Halb die Straße hinunter befand sich eine Feuertreppe, die das 34-stöckige Gebäude hinaufführte. Leah trug einen leichten Nanoflex-Kampfanzug, der die menschliche Stärke samt Geschwindigkeit erhöhte. Er bedeckte sie vom Kopf bis zu den Zehen.

Ihr Kopfschutz war verstärkt, um Querschläger abzufangen. Außerdem diente er dazu, Dämonenklauen daran zu hindern, ihr das Gesicht herauszureißen. Weiterhin besaß er ein Kommunikationsgerät und Programme zur Sichtverbesserung. Zusätzlich trug sie einen Rucksack mit Reservemunition, Nahrung und anderen Versorgungsgegenständen bei sich. Das schwere Poseidon-Scharfschützengewehr auf ihrem Rücken fühlte sich vertraut und beruhigend an.

„Scout blau, hier Basis“, meldete sich eine weibliche Stimme. Commander Jane Hargrove überprüfte ihre Untergebenen auf diesem Nachteinsatz. „Sind Sie in Position?“

„Gleich.“ Leah sprang dank des elastischen Nanoflex-Kabels mühelos drei Meter hoch. Dieser Kampfanzug beruhte auf modernster Technologie, allem überlegen, was das Militär sonst so zur Verfügung hatte.

Nur Leah wusste, dass die Anzüge, so nützlich und gut sie sich auch auf ihren Geheimoperationen erwiesen haben mochten, kein Vergleich zu den Angriffs- und Verteidigungseigenschaften der Templerrüstungen waren. Immerhin hatten die Templer, die Entwickler der Anzüge, ihre Pläne dem Militär gegeben. Aber der Geheimorden hatte das Beste für sich behalten. Leah machte ihnen daraus keinen Vorwurf. Angesichts der Feinde, denen sie sich entgegenstellen mussten, brauchten die Templer auch einen Vorteil.

Leah erwischte die Leiter und zog sich mit Leichtigkeit hinauf. Der Anzug verstärkte ihre Stärke und Geschwindigkeit, wodurch sie selbst die Leistungsfähigkeit eines Olympioniken übertraf. Fast mühelos rannte sie die 33 Stockwerke in der Dunkelheit hinauf. Der Strom im gesamten Bereich der Innenstadt von London war bereits ausgefallen, als sich das Höllentor bei der St. Pauls Kathedrale geöffnet hatte.

Auf dem Dach nahm sie das Poseidongewehr vom Rücken und legte sich hin. Die integrierte Balanceflüssigkeit ihrer Stiefel, Knie- und Ellbogenschoner schützte sie vor dem harten Dach und machte gleichzeitig ihre Bewegungen lautlos. Die anorganische reibungsfreie Flüssigkeit beeinträchtigte jedoch nicht ihren

Tastsinn. Sie spürte die Oberfläche, aber sie verletzte sich nicht daran.

Leah lag flach auf dem Bauch und schaute auf das kuppelförmige weiße Gebäude unter ihr. Die Londoner nannten es nur O2. Eigentlich war es Millennium Dome getauft worden und errichtet worden, um Londons drittes Jahrtausend zu feiern. Unglücklicherweise hatte es sich für die Investoren nicht wie erwartet gelohnt. Deshalb war es in ein Freizeitzentrum mit Geschäften und einem Sportstadion umgewandelt worden.

Die weiße Kuppel bestand aus Polytetrafluorethylen, einem synthetischen Fluorpolymer, das leichter war als die Luft, die von der Kuppel eingeschlossen wurde. Ein Netzwerk von Kabeln hielt sie an Ort und Stelle. Jetzt prangten allerdings mehrere Löcher in dem Material, weshalb die Kuppel wie ein zerstörtes Wespennest aussah.

Der Anblick passte. Nach Angaben von Hargroves Offizieren waren dort mehrere Darkspawns eingezogen und hatten die Kuppel in eine Waffenfabrik verwandelt.

Leah und ihre Gruppe wollten diese Anlage der Dämonen zerstören.

Wenn sie konnten. Im besten Fall wäre es sowieso nur ein Aufschub.

„Scout blau“, meldete sich Hargrove erneut. Die Worte der Kommandeurin klangen irritiert. Es konnte auch Furcht darin mitschwingen. Selbst nach vier Jahren Kampf gegen die Dämonen verschwand die Angst nicht.

„Ich bin hier.“ Leah legte ihre Wange gegen den Gewehrkolben. Die elektronische Verbindung entstand sofort und die Teleskopsicht des Gewehrs wurde direkt auf ihr rechtes Sichtfeld projiziert. Mit dem linken Auge überprüfte sie immer noch die Straße unter ihr. Jahre der Übung ermöglichten ihr, von einem Auge auf das andere zu schalten, ohne dabei eins der beiden schließen zu müssen.

„In Ordnung“, sagte Hargrove, „schicken Sie die Drohnen rein.“

Leah legte eine Hand an die Seite ihres Helms und betätigte das Kontrollfeld. Die Ansicht in ihrem linken Auge änderte sich leicht, als sie sich grünlich färbte. DROHNEN-/BOT-VERFOLGUNG AKTIVIERT stand links oben über der Ansicht. Sie musste Freund und Feind dort unten unterscheiden können.

Fast augenblicklich erschienen Dutzende grüne Lichter in der Nachbarschaft. Sie standen allesamt für Bots und Drohnen, die aus der Technikabteilung des Geheimdienstes stammten. Vor der Invasion durch die Dämonen hatten mehrere dieser Modelle lediglich als Pläne oder Prototypen existiert. Jetzt konnte der Geheimdienst sie selbst produzieren. Man konnte sie nur nicht schnell genug herstellen.

Einige der Bots flogen wie Spielzeugflieger durch die Luft, während andere das steinige Terrain auf übergroßen Rädern wie Geländewagen überwanden. Es sah wie der Angriff der Kinderspielzeuge aus.

Allerdings waren Spielzeuge bei Weitem nicht so tödlich wie die Bots. Sie waren mit schweren Waffen ausgerüstet – HARP-Gewehren, Flammenwerfern, Granatwerfern und anderem – und wurden von den Cyber-Einheiten innerhalb der Gruppe gesteuert.

Leah hielt nach lohnenswerten Zielen Ausschau. Sie zwang sich auszuatmen und entspannte sich in den hypnoseähnlichen Zustand, den sie in ihrer Ausbildung als Scharfschützin gelernt hatte.

Die erste Welle der Bots markierte feindliche Ziele mit Infrarotstrahlen. Die Drohnen folgten unverzüglich und eröffneten das Feuer darauf.

In aller Ruhe suchte Leah einen der Infrarotstrahlen und folgte ihm zu ihrem ersten Ziel. Niemand wusste, wie viele Darkspawns sich in der zerstörten Kuppel befanden. In längst vergangenen Tagen hatten Tausende Menschen dort eingekauft oder Sportveranstaltungen besucht.

Auf den ersten Blick wirkten Darkspawns wie Seesterne. Sie

hatten spitze, konische Köpfe, graugrüne Haut und mehrere Augen in ihren platten Gesichtern. Sie bewegten sich auf schweren dreizehigen Echsenklauen, die Gegner zerreißen und vernichten konnten.

Leahs Finger schlossen sich um den Abzug des Poseidongewehrs. Ihres Ziels sicher, betätigte sie den Abzug und fing den Rückstoß ab. Ein Energiestrahl – den die Techniker als „spektral“ bezeichneten, weil es das elektromagnetische und elektrische Feld eines Dämons oder Menschen unterbrach – zischte los.

Der Darkspawn taumelte zurück. Leah schoss noch mal und sah, wie er stürzte. Der Dämon kam nicht wieder auf die Beine. Eine der Drohnen erfasste ihn und spie Griechisches Feuer über ihn. Die Flammen zwangen den Dämon nieder und er rollte über den Boden, um sie zu löschen. Dann brach er zusammen.

Leah suchte sich das nächste Ziel: einen Todesspäher. Die Bezeichnung stammte von Informanten unter den Kabalisten. Sie stimmte mit den Informationen überein, die Leah aus den Geschichten der Templer gezogen hatte, zu denen ihr Simon Cross Zugang gewährt hatte.

Sie zog den Abzug wieder und wieder durch, fing den Rückstoß ab und blieb auf ihr Ziel fixiert. Auf anderen Gebäuden befanden sich ebenfalls Scharfschützen.

Sie alle, das war Leah klar, lebten gefährlich. Sie suchte nach einem neuen Gegner, als der Letzte zu Boden ging und nicht wieder aufstand.

„Komm schon, Baby“, bettelte Ingenieur dritter Klasse Geoffrey Baker. „Steh auf. Beweg dich. Bleib nicht einfach liegen und warte darauf, zerstört zu werden.“

Durch die Verbindung zu seiner Drohne und den Bots im O2-Gebäude sah Baker, wie seine Kampfdrohne die Beine, im Versuch aufzustehen, hilflos bewegte.

„Los doch. Du bist verletzt, aber noch nicht tot." Baker duckte sich hinter einem umgeworfenen Auto. Rost überzog die Risse im Metall. Der Rost widersprach Bakers Reinlichkeitsgefühl und er widerstand nur schwer der Regung – selbst jetzt, wo er um sein Leben kämpfte – das Eisenoxid einfach wegzuwischen.

Er drückte auf die Kontrolleinrichtung, die sich an seinem rechten Unterarm befand. Die Finger seiner linken Hand tanzten über den berührungsempfindlichen Bildschirm, als er die Reparaturprogramme der Drohne aktivierte. Die Drohne überbrückte selbsttätig einige Kurzschlüsse, aber die größeren Schäden konnten nur im Labor behoben werden.

Feuer aus einem NanoDyne-Shockstorm zischte unangenehm nah an ihm vorbei. Baker duckte sich instinktiv darunter weg, suchte an anderer Stelle Deckung und legte das F-S-Railgewehr an, das er in der rechten Hand trug.

Die elektrische Energie, die das Shockstorm verwendete, riss den Darkspawn aus der Dunkelheit, als er nach Baker griff. Die scharfen Klauen glitten nur wenige Zentimeter an seinem Gesicht vorbei.

Selbst nach vier Jahren des Kampfes gegen die Dämonen erschreckte sich Baker noch, riss sein Railgewehr hoch und feuerte. Die Reaktion geschah rein instinktiv, weil er es so immer wieder geübt hatte. Was, wie sein Ausbilder ihm wiederholt gesagt hatte, auch der Grund für das Training war.

Das Railgewehr feuerte und hüpfte dabei in Bakers Hand. Die Kugeln aus abgereichertem Uran drangen durch die Haut des Dämons und rissen Löcher auf. Widerwärtig violettes Blut strömte aus den Wunden. Augenblicklich stieg Fäulnisgeruch auf, der stärker war als der des Ozons des Shockstorms.

Der Dämon taumelte zurück. Die Geschosse trennten eins seiner Beine ab.

„He, Baker", sagte der schwarz gekleidete Agent hinter dem

jungen Ingenieur. „Gute Idee, ihm den Fuß abzuschießen. Wird verdammt hart für ihn, weiter darauf zu stehen."

„Das wollte ..." Baker versuchte *ich nicht* zu sagen, aber das konnte er nicht mehr. Der Agent klopfte ihm bereits auf die Schulter und lief zu einer anderen Stellung.

Baker beruhigte sich und wandte seine Aufmerksamkeit wieder der Drohne im O2 zu. Die Neuverschaltung war abgeschlossen. Durch die „Augen" eines Bots sah er die Drohne.

Von der „Taille" aufwärts wirkte sie leicht menschlich. Der Kopf ließ sich um 360 Grad drehen. Die Augen konnten selbst unter schwachen Lichtbedingungen sehen, und das thermisch oder infrarot. Die beiden Arme enthielten je ein XMS10-Jackhammer-Gewehr. Das Unterteil bestand aus einem Kettenantrieb.

Die Drohne drückte mit beiden Armen, bis sie wieder auf den Ketten stand. Ein Darkspawn griff sie sofort an und feuerte Energieblitze aus einer Waffe, die Baker nicht zuordnen konnte. Es gab einfach zu viele verschiedene Dämonenwaffen und diese Bastarde bauten ständig neue.

Die Energieblitze warfen die Drohne zurück. Mit der Fernsteuerung befahl Baker ihr aufzustehen und weiterzumachen. Über einen Bot beobachtete er, wie die Drohne mit beiden Händen drückte und sich aufrichtete.

„Auf geht's", sagte der Ingenieur zu sich selbst. Er war erleichtert. Er ließ den Bot kehrtmachen und sah sich um.

Obwohl die Bots mit F-S-Nachtsichtgeräten bestückt waren, blieb das Innere der Kuppel weitgehend im Dunkeln. Der Bot sah keine fünf Meter weit. Glücklicherweise hatte Baker ihn auch mit Sonar ausgestattet. Als er auf dieses System umschaltete, füllte sich sein Okular mit dem flachen Bild der umherstreifenden Dämonen.

Er gab der Drohne den „Feuer frei"-Befehl.

Die Drohne gehorchte sofort. Obwohl er von den merkwürdigen

Geschehnissen zu weit entfernt war, durchsuchte Baker den Bereich. Einen der namentragenden Dämonen zu erwischen, einen, der die Anlage leitete, wäre sicherlich zu viel verlangt gewesen.

Als der Bot sich durch die Inneneinrichtung der Kuppel schlängelte, markierte ein Lasersignal plötzlich einen Darkspawn, keine sechs Meter entfernt. *Okay, den erwischen wir.*

Bots waren dazu entworfen, das Vordringen der Dämonen zu verlangsamen. Sie verfügten nicht über schwere Waffen wie die Drohnen, hatten aber Schall- und Mikrowellengeneratoren an Bord, die bei den meisten Dämonen Brechreiz und verschwommene Sicht auslösten. Außerdem sorgten sie für Schmerzen.

Der Darkspawn hob seine Waffe, dann wurde er von den Mikrowellen des Bots getroffen. Die Kreatur taumelte zur Seite und schaffte es kaum, sich aufrecht zu halten.

Bakers Finger glitten über den Touchscreen, ohne darauf zu schauen. Er sah die Drohne durch die Linsen eines anderen Bots, als sie die Jackhammer anhob und feuerte. Die Drohne schoss, warf das leere Magazin aus und lud ein neues nach. Dann feuerte sie erneut.

Die Kugeln des Gewehrs bestanden aus einem weichen Metall, das erst zerplatzte, wenn es in die Haut des Gegners eingedrungen war. Die Hälfte der Kugeln enthielt Griechisches Feuer. Die andere Hälfte bestand aus Plastiksprengstoff, der auf Flüssigkeiten reagierte. Sobald die aufgeplatzten Kugeln mit dem Blut des Gegners in Kontakt kamen, explodierten sie.

Feuer spritzte aus den schweren Wunden in der Brust des Dämons. Dann zerbarst die Brust, als der Sprengstoff hochging. Von den Explosionen fast ausgehöhlt, stolperte der Darkspawn rückwärts und fiel zu Boden, wo er reglos liegen blieb.

Baker sandte seine Bots und Drohnen tiefer in das Gebäude. Er konzentrierte sich so sehr darauf, was seine Geräte erfassten, dass er nicht bemerkte, dass er nicht mehr allein war, bis es zu spät war.

Er spürte den Blick auf sich gerichtet und wandte sich nach rechts um. Auf dieser Seite trug er das Sichtgerät, sodass sein Blick eingeschränkt war. Der Klingenscherge grinste Baker an. Das Ding war über zwei Meter groß, mit breitem Kopf und Schultern und von einem dunkelgrünen Panzer bedeckt, der es wie ein Insekt wirken ließ. Stacheln entsprangen seinen schweren Unterarmen.

Der Ingenieur versuchte sein Railgewehr hochzureißen, aber er wusste, dass es bereits zu spät war. Der Klingenscherge durchstieß seine Panzerung und durchdrang das Herz. Baker konnte am Eindringwinkel der Waffe erahnen, dass die Stacheln mehrere Zentimeter weit aus seinem Rücken herausschauen mussten.

Er versuchte zu atmen, konnte es aber nicht. Seine Drohnen und Bots reagierten nicht, sie waren nutzlos mitten im Gefechtsgebiet gefangen. Verzweifelt versuchte er, seine Gerätschaften zu sich zu rufen. Sie bewegten sich, würden es aber nicht mehr rechtzeitig schaffen. Etwas in der Dunkelheit zerstörte einen der Bots.

Baker merkte, dass der Bot offline ging, genauso wie sein Leben schwand. Er versuchte erneut zu atmen und versagte wieder. Jetzt spürte er, wie sich die Lungen mit Blut füllten.

Wo ist mein Feuerschutz?

Jemand hätte auf ihn aufpassen müssen.

Die Knie gaben nach und seine Sicht verengte sich auf einen Punkt. Das Letzte, was er sah, war, wie der Kopf des Klingenschergen zerplatzte, als einer der Scharfschützen den Dämon erwischte – leider zu spät.

Zwei

Zombies, überlegte Warren Schimmer gereizt, *kann man außerhalb der Stadt nur schwer kontrollieren.* Er sah zu der Gruppe von 40 Untoten, die er befehligte. Zumindest in der Stadt neigten sie dazu, mehr oder weniger zusammenzubleiben, weil die engen Straßen sie dazu zwangen.

Warren hasste die Gegend, in der sie sich jetzt befanden. Er war nicht oft außerhalb Londons gewesen und niemals in Kent. Dort waren sie weit vorgedrungen und folgten einem Fluss, dem Rother, in Richtung Romney Marsh. Der Gestank der Salzmarschen erfüllte die Luft und erschwerte das Atmen.

Nur wenige Bäume wuchsen hier, obwohl sich hartnäckig einige Eichen und Erlen hielten. Die waren derzeit von Schnee bedeckt. Das makellose Weiß ließ das Land unschuldig wirken und verbarg die tückischen Moore und Löcher, die es hier überall gab.

Warren hielt seine Gruppe von Untoten fern der Hauptstraße, blieb aber in Sichtweite der Straße und des Flusses. Hier lebten immer noch Menschen unter ziemlich rauen Bedingungen. Die Dämonen waren bis hierher noch nicht vorgedrungen.

Warren wusste, dass er sich keine Freunde machen würde, wenn Überlebende aus der Stadt oder hier lebende Bauern ihn hier mit den Zombies sahen. Wahrscheinlich würden sie ihn augenblicklich töten.

Er zog seinen Mantel enger um sich. Auch wenn London von Dämonen bevölkert wurde, schätzte er die Wärme in der Stadt. Er hätte sie jederzeit gegen die Kälte eingetauscht. Natürlich abgesehen davon, dass der Brand das Land tötete und die Themse austrocknete.

Entschlossen ging Warren weiter. Das, wonach er suchte, was immer es auch sein mochte, war nicht mehr sehr weit entfernt. Er blieb in Bewegung und lauschte dem gefrorenen Gras, das unter seinen Schritten knackte.

„Vielleicht sollten wir hier für heute Rast machen", schlug Naomi vor.

Sie war mittlerweile seine ständige Begleiterin. Als er sie vor vier Jahren kennengelernt hatte, hatte sie sich besser mit den arkanen Kräften ausgekannt als er. Aber nachdem er sich mit Merihim verbündet hatte – von ihm vereinnahmt worden war, war der treffendere Ausdruck –, war Warren der Lehrer geworden und sie die Schülerin.

Sie war einige Jahre älter als er. Klein, gut gebaut und schön. Nach Frauen wie Naomi sahen sich Männer um. Sie war die Art Frau, bei der Warren in normalen Zeiten niemals eine Chance gehabt hätte. Ein paar Verbesserungen hatte es durch die Ankunft des Bösen also doch gegeben.

Ihr Körper war von Tätowierungen und Piercings überzogen. Zwei kurze gebogene Hörner entsprangen ihrer Stirn. Als Kabalistin liebte sie die Fähigkeiten der Dämonen und versuchte wie die Höllenwesen auszusehen.

Warren wollte das nicht. Als er zuerst auf Merihim getroffen war, hatte der Warren in Brand gesetzt und dadurch schwer verletzt. Seine normale schwarze Haut sah danach gesprenkelt und grotesk aus. Er hatte Haare verloren und dafür jede Menge Narbengewebe erhalten. Jetzt war das alles verschwunden. Eine kleine Gefälligkeit der fordernden Stimme, die üblicherweise in seinem Kopf hauste.

Aber er hatte wieder eine Hand. Der Templer Simon Cross hatte ihm seine echte Hand genommen. Merihim hatte ihm eine neue gegeben und das Dämonenfleisch hatte Warrens Körper verändert. Ihn so modelliert, dass er das perfekte Behältnis für die Hand war. Selbst jetzt, nachdem Merihim ihm seine Hand wieder abgenommen hatte, blieben die Änderungen erhalten.

Die Stimme hatte ihm ebenfalls eine Hand geschenkt. Diese besaß er noch. Sie war von außerirdischer Schönheit statt von dämonischem Schrecken. Sie bestand aus Silber und wirkte, als hätte ein Uhrmacher sie gefertigt. Sie war voller kleiner Zahnrädchen und verflochtener Kabel. Aber es lag auch Magie darin. Sie funktionierte so leicht und schnell wie Warrens alte Hand. Das Tollste aber war, dass er damit auch Dinge spüren konnte.

„Hast du mich verstanden?“, fragte Naomi. „Ich will wissen, ob wir hier übernachten können?“

„Nein“, antwortete Warren. Er wusste, dass das nicht möglich war. Die Stimme in seinem Kopf hatte ihm gesagt, dass er nicht anhalten durfte, bevor er nicht gefunden hatte, was er suchte. „Wir müssen weiter.“

„Mir ist kalt.“

Er konnte es ihr nachfühlen und auch ihm ging es nicht besser. Ihm gefiel auch nicht, was er tun musste. Er wollte nur ein warmes Feuer und ein gutes Buch.

Stattdessen strich er im Mondenschein unter einem leuchtenden Sternenhimmel mit einer Horde Zombies als Wächter durch den salzigen Morast. In der Stadt konnte man sich nachts ungesehen bewegen, hier war das unmöglich.

Nicht erst jetzt hegte er einen tiefen Groll gegen Naomi. Als er seine Hand verloren hatte, war sie gerade so lange bei ihm geblieben, um zu sehen, dass es ihm gut ging. Dann war sie verschwunden. Die junge Frau war erst vor ein paar Wochen wieder aufgetaucht, als sie ihn beim Durchstreifen der Stadt entdeckt hatte. Sie hatte ihn nach seiner neuen Hand gefragt. Es war ihm nicht richtig erschienen, es ihr zu verraten.

„Die Zombies verlieren uns schon wieder.“ Naomi klang bockig wie ein Kind.

„Ich weiß.“ Warren blieb auf einem Hügel stehen und sah zurück. Er war mit 60 Zombies losgezogen, die er allesamt aus den Gräbern innerhalb Londons erweckt hatte. Jetzt waren nicht einmal mehr 40 übrig.

Er hatte nur Leichen aus älteren Gräbern geholt, deren Beerdigungen über 80 Jahre zurücklagen. Es war ein Armenfriedhof gewesen, ein Ort, wo Unbekannte und Mittellose begraben gewesen waren. Kein Bestatter hatte sie mit Konservierungsstoffen vollgepumpt. Sie waren bis auf die Knochen, Haarbüschel und das ledrige Fleisch verwest. Während der letzten Jahre hatte Warren die Erfahrung gemacht, dass diese Art Zombies haltbarer waren als diejenigen, die Formaldehyd oder andere Chemikalien enthielten.

Kommt her!, befahl er. Er brauchte nicht zu sprechen. Er schickte den Befehl einfach an die Zombies mittels arkaner Energie.

Die Zombies ließen von allen anderen Aktionen ab und wandten sich ihm zu. Das Licht von Mond und Sternen enthüllte die klaffenden Löcher ihrer Augenhöhlen und die zerbrochenen Zähne. In diesem Moment erinnerte sich Warren an eine Dokumentation über Präriehunde, die er im Fernsehen gesehen hatte. Die Zombies besaßen dieselbe starre Aufmerksamkeit.

Kurz danach näherten sie sich ihm. Einige kamen unter den Bäumen und aus dem Schilfgras hervor, das sie fast vollständig verbarg. Schneeflocken wirbelten um sie herum, als sie das weiße Pulver von den Pflanzen stießen.

Wandelnde Zombies auf offenem Feld zu kontrollieren, war ein wenig wie auf eine Horde Katzen aufzupassen, überlegte Warren.

„Du hättest so lange warten sollen, bis du eine ganze Armee zusammenhast“, sagte die stille, melodiöse Stimme in seinem Kopf. „So wie ich es vorgeschlagen habe.“

Warren stritt nicht mit ihr. Das Abweichen von ihrem Plan war unausweichlich geworden, als er die Leichen in London aus den Gräbern holte. Er stand nicht vollständig unter ihrer Kontrolle, so wie es bei Merihim gewesen war. Es störte ihn auch nicht.

Sie hieß Lilith und behauptete, Adams erste Frau gewesen zu sein. Sie wurde in der Mythologie erwähnt und oft hieß es, sie wäre die Mutter aller Dämonen, Vampire und dunklen Geschöpfe, welche die Nacht bevölkerten.

Warren kannte nicht ihre ganze Geschichte. Er hatte Lilith unbeabsichtigt in einem arkanen Buch gefunden, das er auf Befehl Merihims gestohlen hatte. Der Dämon hatte es vergessen, woraus Lilith ihren Vorteil zog. Sie war mächtig, wie sie Warren gesagt hatte, aber sie war nicht bereit, es mit Merihim aufzunehmen. Noch nicht.

Der Gedanke daran, Merihim zu bekämpfen, bereitete Warren Übelkeit und führte zu Angstanfällen. Schließlich hatte ihn der Dämon zweimal mit Leichtigkeit besiegt. Und auch wenn er nicht exakt das tat, was Lilith von ihm verlangte, wollte er sich doch nicht völlig von ihr lösen. Er brauchte ihren Schutz.

Als der letzte Zombie vor Ort war und am Fuß des Hügels wartete, wies Warren auf drei von ihnen.

„Nach vorne“, befahl er.

Die drei Zombies lösten sich von der Gruppe und wanderten weiter in Richtung Romney Marsh. Einer versank prompt in einem der salzigen Moore, die das Land durchzogen. Kurze Zeit später kletterte er wieder daraus hervor. Nicht alle schafften es, aus den bodenlosen Löchern wieder aufzutauchen.

Warren wartete kurz und folgte ihnen dann. Dabei trat er in die Spuren der Zombies, damit er nicht einsank. Es schneite immer noch und die Schneeflocken tanzten um ihn herum.

Naomi ging neben ihm. Warren spürte ihre Gegenwart und ihre Stimmung legte sich schwer auf seine. Nach all der Zeit konnte er sehr leicht ihre Gefühle erkennen.

„Du hast mir immer noch nicht gesagt, wonach wir hier draußen eigentlich suchen“, sagte Naomi.

„Stimmt.“

Naomi seufzte empört. Ihr Atem war grau im kalten Wind. „Wir sind hier mitten im Nirgendwo. Ich kann es doch keinem verraten.“

Warren sah sie an und dachte erneut, dass es keine gute Idee gewesen war, sie mitzunehmen.

„Sie wird dir nur Ärger bereiten“, sagte Lilith. Zwischen wirbelnden Schneeflocken ging sie plötzlich neben Warren her. Sie war größer als Naomi, fast so groß wie Warren. Ihre milchweiße Haut ließ sie vor dem Schnee fast verschwinden und betonte ihre schwarzen Augen und das lange schwarze Haar nur umso mehr. Sie trug ein fließendes langes Kleid mit tiefem Ausschnitt und Trompetenärmeln. Der schneidende Wind beeinflusste weder ihre Kleidung noch ihr Haar.

Naomi konnte Lilith nicht sehen, weil sie eigentlich gar nicht da war. Zumindest nicht in physischer Gestalt. Sie manifestierte, damit Warren sie sehen konnte, aber sonst niemand. Warren wusste immer noch nicht, ob das durch die silberne Hand möglich wurde.

„Warren“, sagte Naomi, „hörst du nicht?“

„Ich habe dich verstanden“, sagte Warren. Die Antwort galt beiden Frauen. Keiner von beiden gefiel die Erwiderung.

„Wenn du mir nicht vertraust, warum hast du mich dann mitgenommen?“

„Weil ich gespürt habe, dass ich dich brauche.“

„Wozu?“

„Das weiß ich nicht.“

„Sie ist eine verdammte Spinnerin.“ Lilith lächelte. Das Mondlicht und die Schatten betonten ihren brutalen Gesichtsausdruck. „Ich habe dir gesagt, dass sie Ärger machen wird. Lass sie besser hier zurück. Oder töte sie.“

Der Gedanke war Warren auch schon gekommen. Gewalt als Mittel zur Problemlösung schien für ihn allmählich normal zu werden. Bevor das Höllentor sich geöffnet hatte und die Dämonen eingetroffen waren, war das anders gewesen. Er war stets weggelaufen. Deshalb hatte ihn auch jeder, dem er je vertraut hatte, über den Tisch gezogen.

„Sie ist keine Spinnerin", sagte Warren. Aber er spürte, dass er das nur sagte, weil Lilith ihm verschwiegen hatte, was sie hier eigentlich suchten. Sie hatte ihm nur befohlen, dass er mitkommen solle. „Dort draußen ist etwas."

„Woher weißt du das?"

„Weil ich es spüre." Warren hob seine metallene Hand. „Hiermit."

Naomi wollte etwas sagen, dann sah sie die Hand an und schloss den Mund. Er hatte bereits bewiesen, dass er mit den arkanen Kräften der Dämonen viel besser umgehen konnte als sie. Mit der neuen Hand hatte er jetzt Zugang zu Fähigkeiten, die ihm zuvor verwehrt gewesen waren.

„In Ordnung", sagte sie schließlich. Sie zog den langen Mantel enger um sich. „Aber ich hoffe, wir finden es bald."

Ein weiterer Zombie fiel in eins der Sumpflöcher, die kaum vom Eis verdeckt wurden. Das scharfe Knackgeräusch klang kurz auf, bevor der Zombie in das schwarze Wasser stürzte. Er tauchte nicht wieder auf.

Nur ein kurzes Stück entfernt stieg grauer Rauch vor dem dunklen sternenerfüllten Himmel auf. Das Gefühl zog Warren genau in diese Richtung.

Lilith trat neben ihn. „Du solltest dich beeilen", sagte sie ruhig. „Du wirst verfolgt."

Drei

Simon Cross hasste, was er tun würde. Die ganze Aktion war unfair. Seine Opfer – ihm fiel kein passenderer Begriff ein – hatten keine Chance. Das einzig Gute daran war, dass der Tod schnell kommen würde.

Es ist nur Fleisch, sagte er sich selbst. *Du besorgst Fleisch für die anderen. Sie verlassen sich auf dich.*

Das Reh stand keine eineinhalb Meter entfernt. Es scharrte mit dem Huf im Schnee, bis es einige Büschel Gras freigelegt hatte, die noch nicht abgestorben waren. Die Erde gefror nicht sofort nach Wintereinbruch. Es dauerte, sie klammerte sich ans Leben.

Weitere Rehe standen auf den Hügeln. Sie bearbeiteten ebenfalls den Boden mit den Hufen und ihren Schnauzen. Mehrere waren trächtig, ihre Kitze würden im Frühling geboren werden. Das war zumindest verheißungsvoll.

Vorausgesetzt, wir essen nicht die ganze Herde auf, schränkte Simon ein.

Die Gefahr bestand tatsächlich, denn die hydroponischen Systeme in der Zuflucht, die er als Festung gewählt hatte, schafften es nicht mehr, die wachsende Zahl der Menschen dort zu versorgen. Der Ausbau der Zuflucht und die Erweiterung um weitere hydroponische Tanks dauerte und erforderte Baumaterialien.

Eins der Hauptprobleme war, dass die Bevölkerungszahl in ihrer Zuflucht anstieg. Neben neuen Überlebenden, die die Templer immer noch aus dem zerstörten London und den Vororten herbrachten, wurden auch Babys geboren. Simon konnte sich nicht vorstellen, dass jemand tatsächlich Kinder in diese von Dämonen bedrohte Welt setzte, aber es geschah.

Konzentriere dich, sagte er sich selbst.

Das Reh fraß die weichen Schösslinge.

Eine Zeit lang, nachdem er London und die Templer verlassen hatte, weil er den Glauben an die Existenz von Dämonen verloren hatte, hatte er als Wildhüter in Südafrika gearbeitet. Er hatte gelernt, Tiere zu verfolgen und zu jagen. Es war ein ehrenhafter Beruf gewesen. Durch seine Fähigkeiten als Templer war er für diesen Beruf wie geschaffen.

Hauptsächlich hatte er aber Leute geführt, die Tiere auf Video filmen wollten. Seiner Partnerin, Saundra McIntire, hatte das Töten nicht gefallen. Er hatte Saundra gemocht und die Bezahlung war anständig gewesen. Deswegen hatte er damals nur selten Jagdgesellschaften angeführt.

Andererseits hatten die Tiere, die er ab und zu jagte, stets eine faire Chance gegen ihn gehabt. Seine Stärke, Geschwindigkeit und Instinkte waren gegen ihre angetreten. Er hatte nie an „vorbereiteten" Jagden teilgenommen, bei denen Tiere gejagt wurden, die zuvor gefüttert und an bestimmte Gebiete gewöhnt worden waren. Das war ein reines Abschlachten gewesen.

Man hat sie wegen der Trophäen getötet, erinnerte sich Simon. *Die hier dienen nicht als Trophäen, sondern als Nahrung für Menschen.*

Er wusste, dass er recht hatte und dass es nötig war. Aber er mochte trotzdem nicht, was er tun musste. Schlimmer noch – er glaubte, dass diese Art der „Jagd" Schande über seine Rüstung brachte.

Er trug die dunkelblaue und silberne Palladiumrüstung der Templer. Simon wusste, dass er einen direkten Treffer aus einer Panzerkanone aushalten konnte. Durch die erhöhte Stärke und Geschwindigkeit der Rüstung wurde er übermenschlich. Stärker und schneller als alles, was dem Reh je gegenübergestanden hatte.

Ausgenommen Dämonen, überlegte Simon. *Wenn sie von Dämonen gejagt würden, müssten sie deutlich schlimmere Kreaturen erleben als mich.*

„Simon!", rief Nathan Singh über die Kommunikationseinrichtung des Anzugs.

„Hier", antwortete Simon.

„Sollen wir loslegen, Kumpel?" Nathan Singh war einer der anderen Templer, der an der Jagd teilnahm. „Nicht dass ich es eilig hätte, dieses Blutbad namens *Angriff der Menschen* zu beginnen. Aber wenn wir noch länger warten, wird es auch nicht einfacher."

Simon atmete tief ein. „Ich weiß."

„Also los, und dann ab nach Hause."

Nach Hause.

Simon hörte den Begriff in sich widerhallen. Es war ein guter Gedanke, aber er träumte nicht mehr davon. Die Wahrscheinlichkeit, dass die Welt zu seinen Lebzeiten wieder normal werden würde, war alles andere als hoch.

„In Ordnung", sagte Simon. „Zählt mit, wie viele wir töten. Wir nehmen nur so viele, wie wir brauchen. Wir hören auf, wenn es genug sind."

Grimmig nahm er den Griff seines Kurzschwerts in die rechte Hand. Er trug die Templerklinge auf dem Rücken. Er würde sie nicht besudeln, indem er damit Rehe tötete. Das würde auch keiner der anderen Templer tun. Sie alle hatten zusätzliche Stahlklingen von guter Qualität geschmiedet. Die waren nicht gesegnet worden wie ihre rechtmäßigen Waffen.

„Los!" Simon setzte sich in Bewegung. Er näherte sich dem nächsten Reh, das er sich bereits zuvor ausgesucht hatte. Das Tier bekam nicht mit, wie er sich näherte. Sein Schwert durchstach das

Tier und teilte sein Herz, bevor ihm klar wurde, dass der Tod nahte. Simon zog das Schwert heraus, die Beine knickten unter dem Tier weg und es brach zusammen.

Danielle war so schnell wie er gewesen, aber sie zählte ihren Erfolg noch vor ihm. „Eins", sagte sie.

„Zwei", antwortete Simon.

„Drei", sagte Boyd Lister.

Und Nathan keuchte knapp nach Boyd: „Vier."

Zu der Zeit begann die Herde loszustampfen. Sie rannte über den schneebedeckten Boden. Muskeln spannten sich an und schossen förmlich in Bewegung, als die Rehe um ihr Leben liefen.

Die „Jagd" ging unvermindert weiter, so wie die gnadenlose Zählerei.

In weniger als drei Minuten war alles vorbei. Simon fühlte sich schlecht und voller Ekel. Dabei beobachtete er, wie die Herde sich in Sicherheit brachte. Sie liefen in den Südwesten Londons. Alles, was heutzutage leben wollte, ging in diese Richtung.

In der Rüstung hatte Simon einen 360-Grad-Rundumblick der Umgebung. Er sah die Körper der toten Rehe hinter ihm liegen. Das Jagdgebiet war den Messungen der Anzug-KI nach weniger als eine viertel Meile lang.

Simon versuchte sich einzureden, dass es nicht siebzehn Tiere waren, die tot auf dem Boden lagen, sondern über eine Tonne Fleisch, das die Menschen in der Zuflucht brauchten.

Er bückte sich und nahm eine Hand voll Schnee, um die Klinge zu reinigen. Roter Matsch tropfte auf den Boden, aber allmählich wurde das Schwert sauber. Er verstaute es und packte den Kadaver seines letzten Opfers. Schließlich legte er sich den Körper des Rehs über die Schulter, wobei er die 150 Kilo kaum wahrnahm, und ging zur Mitte des Jagdbereichs.

Sie hängten die Rehe an den Bäumen auf, wo ihre Körper wie obszöne Früchte wirkten. Alle Templer wussten, wie man Dämonen tötete. Dazu wurden sie vom ersten Tag ihres Lebens an ausgebildet. Aber nur wenige konnten jagen. Simon hatte es ihnen beibringen müssen.

Danielle und drei andere standen Wache, während Simon, Nathan und vier weitere Templer die Tiere ausnahmen. Simon arbeitete schnell. Dampfende Eingeweide sammelten sich zu seinen Füßen.

„Achtung", unterbrach ihn die Anzug-KI. „Eindringlinge nähern sich."

Simon wandte seine Aufmerksamkeit dem HUD zu und beobachtete die sich nähernden Gestalten. Sie waren lang und dünn. Bevor die Dämonen in diese Welt eingefallen waren, wäre er sicher gewesen, die Ziele sofort identifizieren zu können. Mittlerweile hatte er zu oft falschgelegen. Selbst vier Jahre nach der Invasion war er noch nicht in der Lage, alle Dämonen identifizieren zu können, weil ständig neue auftauchten.

„Identifiziere Eindringlinge", befahl Simon.

„Canis lupus", antwortete die weibliche Stimme der KI.

„Wölfe", sagte Danielle.

Simon beobachtete, wie die Gestalten sich den Templern näherten. Normale Wölfe stellten keine Bedrohung dar. Ihre Klauen und Zähne würden niemals die Rüstungen durchdringen können. Aber Kreaturen veränderten sich oftmals, wenn die Dämonen sie sich vorgenommen hatten. Die torkelnden Leichen, die aus den Friedhöfen krochen und angriffen, bewiesen das.

Nathan stand mit seiner dunkelgrauen Rüstung, die rot durchwirkt war, in der Nähe. Mit 1,80 Metern war er 15 Zentimeter kleiner als Simon und deutlich leichter, weil er nicht so breite Schultern hatte. Er trug einen Schnurrbart, kurz geschnittenes schwarzes Haar und besaß die Tätowierung eines Drachen, die von der Schulter bis zum Ellbogen seines linken Arms reichte.

„Glaubst du, sie greifen an?“, fragte Nathan. Sein Visier blieb undurchsichtig und blutrot. Es war so dunkel, dass nur ab und zu rote Flecken im Mondlicht glitzerten.

„Nein“, antwortete Simon ruhig. Ihre Stimmen waren außerhalb der Anzüge nicht zu hören, deshalb konnten die Wölfe nicht sicher sein, dass sie wirklich Menschen waren. „Die sind nur hungrig. Vielleicht auch neugierig.“

„Es wäre besser, wenn sie nicht angreifen würden. Ich habe keine Lust, noch weiter zu töten.“ Nathans Stimme klang hohl. Flecken getrockneten Bluts überzogen seine Rüstung.

Simon gab ihm im Stillen recht und wandte sich dem nächsten Reh zu. Er nahm ein kurzes Messer, um ihm den Bauch aufzuschlitzen. „Den Aufzeichnungen nach ist die Wolfspopulation angestiegen, seit wir in die Zuflucht gezogen sind. Man weiß noch nicht, ob es an einer erhöhten Geburtenrate liegt oder ob sie durch den Brand in diese Gegend getrieben wurden.“

„Hat das Anwachsen des Wolfsbestands irgendwelche Auswirkungen?“

„Es gab eine Zeit am Anfang dieses Jahrhunderts, da wurde der Grauwolf wieder hier in Europa angesiedelt. Durch den Fortschritt der Zivilisation war er fast ausgestorben.“

„Aber die Population steigt wieder.“

„In nur vier Jahren, seit das Höllentor sich geöffnet hat“, stimmte Simon ihm zu. „Und in absehbarer Zeit könnte es noch schwieriger werden. Wenn die Rehpopulation sich ausdünnt, könnten die Wölfe auf die Idee kommen, dass Menschenfleisch auch lecker ist.“ Er konzentrierte sich auf seine Klinge und versuchte nicht darüber nachzudenken, welche Konsequenzen sich daraus ergaben. „Wenn das passiert, wird es für die Flüchtlinge aus London und den Vororten schwieriger, hier draußen zu überleben. Aber – wenn wir die Zustände hier bedenken – frage ich mich, ob das überall so ist.“

„Du fragst dich also, was die Vermehrungsrate der hiesigen

Jäger – also die der natürlichen Jäger – für den Rest der Welt bedeutet?“

„Ja, so ähnlich“, stimmte ihm Simon zu.

„Vielleicht solltest du darauf hoffen, dass die Wölfe Geschmack an Dämonen finden.“

„Das tue ich. Es wird nur nicht passieren. Ich glaube, dass Wölfe und andere Jäger in Zukunft eine größere Bedrohung außerhalb des Einflussgebiets des Brandes werden. Wir sind nicht mehr die herrschende Spezies auf der Welt.“

Obwohl sie schon seit Jahren keine Informationen mehr erhalten hatten, wusste Simon, dass sich auch anderswo auf der Welt Höllentore geöffnet hatten.

„Einen Krieg gewinnt man eine Schlacht nach der anderen“, sagte Nathan.

„Ich weiß. Wir brauchen nur einen Vorteil. Etwas, das uns den Dämonen für eine Weile ebenbürtiger macht.“

„Professor Macomber übersetzt immer noch das Goetia-Manuskript. Er und andere Mitglieder der Forschungsabteilung glauben, dass sie damit etwas erreichen.“

Professor Archibald Xavier Macomber war Spezialist für tote Sprachen. In diesem Zusammenhang war er auch eine Art Dämonologe geworden. Bevor sich das Höllentor geöffnet hatte, hatte er als Gefangener in einer Nervenheilanstalt in Paris gelebt. Als die Patienten befreit wurden, irrten sie durch die Straßen oder wurden auf der Stelle getötet.

Macomber war unter denjenigen mit mehr Glück gewesen.

Einer von Leah Creaseys Kontakten hatte ausgehandelt, dass Macomber Simon übergeben wurde. Der Professor hatte Simons Vater Thomas Cross gekannt, wusste viel über den Templerorden und dass sich keiner von ihnen dem Kampf entziehen konnte. Eine Zeit lang hatte Terrence Booth – der gegenwärtige Hochlord des Hauses Rorke und Anführer der Templer, die noch im Untergrund lebten – Macomber gefangen gehalten. Simon war gezwungen gewesen, Macomber zurückzuholen, und musste dabei gegen Templer kämpfen, die eigentlich seine Brüder hätten sein sollen.

Macomber hatte angeblich Informationen in dem alten Goetia-Manuskript gefunden, das von König Salomon geschrieben worden war. Darin stand detailliert, wie man arkane und naturwissenschaftliche Barrieren gegen die Dämonen errichten konnte. In den Annalen der Templer war davon nie die Rede gewesen.

Simon wagte nicht, zu hohe Erwartungen in diese möglichen Verteidigungssysteme zu setzen, aber es war schwer, sich nicht zu wünschen, dass dieses Wissen tatsächlich existierte. Es gab zu viele Männer, Frauen und Kinder, die sich auf ihn verließen. Er durfte sie nicht enttäuschen.

„Zurück an die Arbeit", sagte Simon schließlich. „Danielle und die anderen geben uns derweil Deckung."

„Vielleicht sind die Wölfe geduldig und warten auf die Überreste."

Simon hoffte es. Er wandte sich der Ricke zu, die er gerade ausnahm. Die Klinge seines Messers glitt mühelos durch das Fleisch und er konzentrierte sich auf die Arbeit.

„Simon", sagte Danielle leise.

„Ja."

„Wir bekommen Ärger."

„Was ist los?"

„Wir haben eine Gruppe Zerstörer geortet, die sich von Osten her nähert."

Vier

Leah richtete das Poseidongewehr auf den Klingenschergen aus, der gerade die Stacheln aus dem Leichnam des jungen Ingenieurs zog. Sie hatte keinen Zweifel daran, dass Baker tot war. Und selbst wenn er es nicht war, würde er es sein, bevor jemand bei ihm sein konnte.

Und die Dämonen würden ihn lange vor dem Team erreichen.

Beruhige dich. Mach deine Arbeit, sagte sie sich selbst. *Du hast ihn getötet. Du hast ihn zu lange aus den Augen gelassen, sodass der Dämon an ihn herankam.*

Das Fadenkreuz lag zitternd auf der Brust des Klingenschergen.

In diesem Beruf sterben Menschen. Das hatte Leahs erster Vorgesetzter an dem Tag gesagt, an dem sie ihn kennenlernte. *In diesem Beruf sterben Menschen. Dafür wurden Sie eingestellt. Egal ob aus Patriotismus oder für Geld, ich hoffe mal, bei Ihnen ist es beides, sterben Menschen. Hoffentlich helfen Sie uns dabei, die Rechnung auszugleichen.*

An diesem Tag hatten sie den Leichnam eines Agenten zurückbekommen. Ihr Vorgesetzter – sein Codename war Winder gewesen, seinen echten Namen hatte sie nie erfahren – hatte ihr die Leiche des jungen Mannes gezeigt. Er war über Wochen brutal gefoltert worden. Am Schluss hatte man ihn enthauptet.

Das Rettungsteam konnte dem armen Kerl nicht helfen, sagte Winder. *Sie haben es auch nicht hingekriegt, seinen Körper wieder so herzurichten, damit seine arme Mutter ihn sehen kann. Aber eins konnten sie für ihn tun, bevor sie ihn heimbrachten.*

Leah hatte gewartet. Sie war gleichermaßen zu Tode erschreckt, halb wahnsinnig und fühlte sich schlecht. Sie hatte nicht gewusst, welche Reaktion man von ihr erwartete. Winder hatte ihr keinen Hinweis gegeben.

Bevor es diesen jämmerlichen kleinen afrikanischen Staat verlassen hat, hatte Winder gesagt, *hat unser Team die Rechnung ausgeglichen. Dieser Westentaschen-Warlord ist jetzt Würmerfutter.* Er schaute den Leichnam des jungen Mannes an. *Manchmal können wir in dieser Branche nicht mehr tun, als darauf zu hoffen, dass jemand die Bücher in Ordnung bringt, wenn man aus dem Spiel genommen wird, sei es aus Pech oder wegen etwas anderem.*

Leah hatte starr auf den Leichnam geschaut.

Machen Sie schon und reden Sie sich ein, dass Ihnen so etwas nie passieren wird, hatte Winder gesagt. *Reden Sie sich selbst ein, dass Sie gut sind oder Glück haben. Vielleicht glauben Sie das ja. Zumindest eine Zeit lang. Aber in irgendeiner Nacht, egal ob in Ihrem eigenen Bett oder in einem Hotel, wo Sie unter fremdem Namen wohnen und alles für eine Operation riskieren, die Sie nicht verstehen, erkennen Sie, dass es auch Ihnen passiert.*

Leah hatte versucht, den toten Körper auszublenden. Neben dem grauenhaften Aussehen durchzog der Geruch des Todes den Raum des Leichenbestatters.

Er wird in aller Stille beerdigt, hatte Winder gesagt. *Keine glorreiche Heimkehr für ihn. Und wissen Sie, warum?*

Leah hatte leicht zitternd den Kopf geschüttelt.

Weil MI-6 nicht zugeben kann, ihn zu kennen, hatte Winder gesagt. *Die Königin wird ihn verleugnen. Seine Mutter wird nie erfahren, wie er eliminiert wurde. Ist das nicht ein wundervolles Wort dafür? „Eliminiert?“*

Leah hatte Nein gesagt, es wäre nicht wundervoll.

Winder hatte gelacht. *Vielleicht wird aus Ihnen eine gute Agentin, Schätzchen. Sie kommen nicht hier rein und singen „Gott schütze die Königin" und verbreiten patriotischen Unfug. Vielleicht leben Sie ja länger. Dieser Junge wurde in den Tod geschickt. Hat einen unlösbaren Auftrag erhalten. Aber dieser Auftrag trieb seinen Mörder aus der Deckung und das Rettungsteam konnte das Ziel erledigen.*

Der Gedanke hatte Leah entsetzt.

Winder musste die Reaktion auf ihrem Gesicht gelesen haben. Damals konnte sie ihre Gefühle noch nicht so gut verbergen. Heute, da war sie sich sicher, hätte er nie herausbekommen, wie sehr seine Ansprache sie getroffen hatte.

Dann hatte Winder sie ausgelacht. *Nehmen Sie es doch nicht so verdammt persönlich. Er hat nur seinen Job gemacht. Mehr wird von Ihnen auch nicht verlangt. Nur manchmal erwartet man, dass Sie sterben. Kein sehr schöner Gedanke, oder?*

Stimmt, hatte Leah geantwortet.

Nun, dafür werden Sie hier beschäftigt. Winder hatte die Wange des amputierten Kopfes getätschelt. *Er war ein guter Junge. Hat nie Fragen gestellt. Hat alles richtig gemacht. Ist sogar korrekt gestorben. Mehr kann man wirklich nicht verlangen.* Er wartete und sah sie an, dabei hatte er immer noch schmierig gegrinst. *Und wollen Sie wissen, wer so herzlos war, den armen Kerl in so einen qualvollen Tod für sein Land zu schicken?*

Leah war zu keiner Antwort fähig gewesen.

Wollen Sie wissen, was für ein Mensch man sein muss, um so etwas verdammt Schreckliches zu tun?, hatte Winder gefragt.

Nein, hatte sie gesagt.

Ich, sagte er mit derselben sanften Stimme. *Ich habe ihn in die Folter und letztlich in den Tod durch den kaltblütigen Bastard geschickt. Nur damit wir den Warlord, das eigentliche Ziel, aufspüren konnten. Was halten Sie davon?*

Leah war schlecht geworden. Winder hatte sie zu einem Becken geführt, wo sie sich übergeben hatte. Als sie fertig war, hatte er ihr Gesicht mit einem warmen Tuch gesäubert. Sie hatte den toten Agenten im Spiegel über dem Becken gesehen.

Und wenn Sie an der Reihe sind, hatte Winder sanft gesagt, *werde ich auch Sie in den Tod schicken. Glauben Sie nur nicht, dass ich das nicht tue. Jedes Mal, wenn ich Sie losschicke, müssen Sie sich bewusst sein, dass Sie vielleicht nicht zurückkommen. Das müssen Sie als Erstes wissen, um am Leben zu bleiben.*

Vier Monate später war Winder verschwunden. Niemand hatte je gesagt, was mit ihm geschehen war. Leah hatte einmal gefragt und ihr wurde gesagt, dass sie das nichts angehe. Sie hatte nie wieder gefragt.

Leah schob die bitteren Erinnerungen beiseite. Sie wusste, worauf sie sich eingelassen hatte. Sie hatte nur nicht damit gerechnet, es mit Dämonen zu tun zu bekommen. In ihrer Vorstellung waren nur Terroristen und Staatsfeinde vorgekommen.

Und auch der junge Ingenieur hatte gewusst, was er tat.

Sie bewegte das Fadenkreuz des Poseidons von der Brust zum entsetzlichen Gesicht des Klingenschergen.

Schießen Sie ja nicht zu voreilig, hatte ihr Scharfschützenausbilder immer gesagt. *Zielen Sie auf das Zentrum des Körpers. Kopfschüsse sind etwas für amerikanische Cowboys und Kunstschützen. Sie sind keins von beidem. Sie sind ein Killer und Sie werden der beste Killer sein, den ich aus Ihnen machen kann.*

Leah zog den Abzug durch. Es gab einen Rückstoß, als der Blitz aus spektraler Energie den Lauf des Scharfschützengewehrs verließ. Der Klingenscherge taumelte seitwärts, als der Energiestoß ihn an der Schläfe erwischte. Durch das Fernrohr sah sie nur die optischen Schäden wie verkohltes und blutiges Fleisch. Was im zentralen Nervensystem des Dämons angerichtet wurde, sah sie nicht.

Nachdem sie das Gewehr wieder ausgerichtet hatte, zog Leah den Abzug erneut durch. Dieses Mal implodierte der Schädel des

Dämons. Die Kreatur fiel auf die Knie und stürzte dann vornüber auf den Körper des jungen Ingenieurs.

Leah atmete tief durch und versuchte den Kopf freizubekommen. Sie konnte nicht alle Geschehnisse in der Schlacht kontrollieren. Es passierte einfach zu viel gleichzeitig. Im großen Plan war sie – wie der junge Agent – nur ein kleines Rädchen im Getriebe.

„Team blau und rot", rief Commander Hargrove über Funk, „bestätigen Sie Einsatzbereitschaft."

Frei übersetzt heißt das, dachte Leah, *gebt Laut, damit jeder weiß, dass ihr noch lebt.* „Scout blau bereit", flüsterte sie gerade laut genug, damit das Mikrophon in ihrem Helm es mitbekam.

Während sie zusah, änderten sich die Verhältnisse auf dem Schlachtfeld. Mehrere blaue und rote Lichter auf der Karte verschwanden. Sie schätzte, dass ihre Verluste bislang ein Viertel betrugen.

„Kurier bleibt einsatzfähig", verkündete Commander Hargrove. „Wir machen weiter mit der Operation."

„Verstanden", antwortete Leah, die wusste, dass das Kommunikationsteam der Kommandantin eine Antwort erwartete. „Scout blau ist bereit." Sie feuerte weiter auf Ziele, die sie entdeckte. „Bereit machen für Lieferung", befahl Hargrove.

„Verstanden." Leah nahm ein weiteres Ziel ins Visier und feuerte erneut. Ein Darkspawn brach zusammen.

„Scout blau", rief eine männliche Stimme. „Hier ist Firefox-Kurier."

„Firefox-Kurier anzeigen", sagte Leah. Augenblicklich erschien eine vierköpfige Gruppe auf dem computergenerierten Sichtfeld.

Firefox-Kurier war die zweite Gruppe von Sprengstoffexperten. Insgesamt gab es vier Teams. Jedes transportierte Sprengladungen, die die Waffenfabrik der Dämonen zerstören sollten.

„Was kann ich für Sie tun, Firefox-Kurier?", fragte Leah.

„Wir werden von dämonischen Scharfschützen in Schach gehalten. Sie sind am nächsten an uns dran."

Leah richtete ihre Aufmerksamkeit auf die Gebäude rund um das O2. Sie verfolgte das gegnerische Feuer zu fünf Scharfschützen zurück. Das Aufflackern der Dämonenwaffen machte es leicht, sie aufzuspüren.

„Firefox-Kurier, Scout blau bestätigt fünf Scharfschützen", sagte Leah.

„Fünf klingt richtig."

„Sind Sie unverletzt?" Leah konzentriert sich auf den Scharfschützen auf einem der nahe gelegenen Gebäude.

„Wir haben Verwundete", antwortete der Offizier von Firefox-Kurier. „Aber wir sind noch einsatzfähig."

„Ich schaue mal, ob ich Ihnen etwas Platz verschaffen kann."

„Fürchterlich nett von Ihnen."

Leah konzentrierte sich auf den Todesscharfschützen, bestimmte den Zeitpunkt, an dem die Kreatur sich vorbeugen würde, um zu feuern, und betätigte dann den Abzug. Sie zielte mitten auf den Körper und sah, wie der Dämon zur Seite gerissen wurde. Bevor er wieder aufstehen konnte, schoss sie ihm in den Kopf. Der Dämon verharrte und fiel dann zu Boden.

Todesscharfschütze Nummer zwei und drei wurde ebenso schnell ausgeschaltet. Sie ahnten nicht, dass auf sie gefeuert wurde, bis es zu spät war. Als Leah den Vierten ins Visier nehmen wollte, erkannte sie, dass der Dämon geflohen war. Sie ignorierte ihn einen Moment lang und wandte sich dann dem fünften Scharfschützen zu.

Als sie ihn im Visier hatte, bemerkte sie, dass er sie ebenfalls aufs Korn genommen hatte. Der Kopf des Todesscharfschützen befand sich direkt hinter seinem schweren Gewehr. Sie wusste, dass nur ein Herzschlag sie vom Tod trennte. Doch Leah nahm das Fernrohr des Dämons ins Visier und betätigte den Abzug. Im selben Moment zischte etwas nur wenige Zentimeter an ihrem Kopf vorbei.

Das Fernrohr des Scharfschützen zerbarst und sein Kopf zuckte zurück. Der Dämon fiel geräuschlos um. Elektrische Energie schlug nur wenige Meter von Leahs Position auf dem Dach ein. Sie duckte sich und überlegte anhand der Schussbahn, wo sich ihr Gegner befand. Ihr war klar, dass der Scharfschütze, der ihr zuvor entgangen war, jetzt wieder im Spiel war.

Leah rollte zur Seite und blieb dann ausgestreckt liegen. Das Poseidongewehr lag vor ihr und sie zielte auf den Darkspawn.

Unten auf der Straße war Firefox-Kurier bereits auf dem Weg. Die Männer und Frauen dieser Einheit hielten die Köpfe unten, als sie auf das O2 zurannten. Sie trugen allesamt schwere Panzerungen über den schwarzen Anzügen und hatten Sprengladungen dabei, die mit Plastiksprengstoff gefüllt und mit arkaner Magie behandelt worden waren.

Leah machte den letzten Scharfschützen aus, als der sich an einem Fensterrahmen in Position brachte. Sie zielte auf die Körpermitte und versuchte einfach nur, das Ziel zu treffen. Dann betätigte sie den Abzug.

Der erste Treffer warf den Darkspawn rückwärts. Das Monster ließ seine Waffe fallen und riss die Arme hoch, während es versuchte, auf den Beinen zu bleiben. Der zweite Schuss verwandelte die Brust in eine Masse aus zerschmetterten Knochen und zerstörten Organen.

„Guter Schuss, Scout blau."

„Danke." Leah hielt nach weiteren Zielen rund um das Sprengkommando herum Ausschau. Aus dem Augenwinkel sah sie einen Schatten, der sich über das Dach auf sie zubewegte. Sie rollte erneut zur Seite und hörte das Schreien des Blutengels, der nach ihr griff. Die Klauen des Dämons kratzten über das Dach und hinterließen Furchen darauf.

Steh auf! Leah sprang auf. Gegnerisches Feuer vom Boden verfolgte sie. Einer der Darkspawns feuerte einen Raketenwerfer ab und das Geschoss schlug in die Seite des Gebäudes ein. Orange und schwarze Flammen brachen hervor.

Hitze strich über Leah, als die Druckwelle sie von den Füßen warf. Sie stürzte, kam jedoch sofort wieder auf die Beine. Als sie über die Schulter schaute, erkannte sie, dass der Blutengel sie immer noch jagte.

Der Blutengel sah aus wie eine Frau und besaß menschliche Intelligenz. Er breitete seine ledrigen Flügel aus, um sich vom Wind tragen zu lassen. Purpurrote Runen leuchteten auf der dunklen Dämonenhaut. Dieses Mal streckte der Blutengel die Klauen aus und feuerte einen Blitz aus spektraler Energie ab, der Leah nur um Zentimeter verfehlte und Löcher in das Dach des Gebäudes brannte.

Leah sprang über eins der Löcher, das plötzlich vor ihr entstanden war. Sie landete auf dem vibrierenden Dach und konnte nur mit Mühe das Gleichgewicht halten. Angst verstärkte den Adrenalinfluss, der ihren Körper bereits durchströmte. Blutengel gehörten zu den wildesten Dämonen, die durch das Höllentor gekommen waren. Sie ließ das Scharfschützengewehr fallen und rannte zum Rand des Gebäudes. Mit dem Blutengel im Nacken war kein Ort auf dem Dach mehr sicher.

Als sie die Dachkante erreichte, warf sie sich vorwärts. Sie glaubte, dass sie schrie, hoffte aber, dass sie das nicht getan hatte, weil es zu peinlich war, über Funk gehört zu werden. In der nächsten Sekunde überkam sie Panik, als sie den langen Sturz in Richtung Straße antrat.

Fünf

Ein Schauder durchfuhr Simon, als er daran dachte, dass sich die Zerstörer von Osten her näherten. Zerstörer gehörten zu den dümmsten Dämonen. Aber sie waren dennoch gefährlich. Sie lebten, um zu töten, und sie jagten stets in Rudeln.

„Wenn du eine Gruppe erfasst hast, die auf uns zukommt", sagte Simon, „dann kannst du darauf wetten, dass es nicht die einzige ist."

„Ich habe sie", sagte Danielle. Sie hatte während der letzten vier Jahre schwere Gefechte geschlagen. Ihr ganzes Leben lang hatte sie trainiert, um ein Templer zu sein. Ihre Spezialität waren Klingenwaffen.

„Log mich ein." Simon beobachtete sein HUD.

„Hochladen der eintreffenden Informationen bestätigen?", fragte die Rüstungs-KI.

„Ja."

„Übertragung läuft."

Während Simon zusah, öffnete sich ein Fenster in der oberen linken Ecke seines HUDs. Es war eine thermografische Anzeige von neun warmblütigen Wesen, die auf der Hügelkuppe standen und den Jagdbereich beobachteten.

„Bestätige vorläufige Identifikation der Dämonen als Zerstörer", sagte die Rüstungs-KI. „Größe und generelle Charakteristiken, einschließlich der Körpertemperatur, passen zu den bekannten Werten."

Simon schickte die Übertragung zu den anderen Templern, die die Rehe ausnahmen. Sie alle verstummten und wandten sich in die Richtung der herannahenden Dämonen.

„Sie warten“, sagte Nathan.

„Ja.“ Simon verstaute das Messer wieder in der Rüstung. „Nehmt so viele von den Rehen mit, wie ihr könnt, und dann nichts wie weg hier.“

„Vor einem Kampf fliehen?“, fragte Campbell, einer der jüngeren Templer. „Vor Abschaum wie Dämonen?“

„Wenn wir es schaffen“, sagte Simon, „dann ja.“

„Wir sind hier, um Dämonen zu töten“, protestierte Campbell.

„Wir sind nicht hier, um uns von ihnen abschlachten zu lassen, Kumpel“, antwortete Nathan ruhig. „Du bist noch nie einem Dämon gegenübergetreten.“

„Dafür kann ich nichts“, antwortete Campbell. „Ich bin dazu bereit.“

Es gab eine Menge Templer, die noch nie gegen Dämonen gekämpft hatten. Simon versuchte die Jüngeren so lange wie möglich von Gefahren fernzuhalten. Zu viele der jungen, unerfahrenen Templer starben mangels ausreichenden Trainings.

„Wir werden noch genügend Möglichkeiten zum Kämpfen bekommen“, sagte Danielle, bevor Nathan etwas antworten konnte, „und ausreichend Dämonen bekämpfen. Das Wichtigste, was du erkennen musst, ist, dass Zerstörer *niemals* jagen, wenn sie nicht in der Überzahl sind.“ Sie wartete. „Außer denen dort drüben warten da draußen noch weitere.“

Simon legte sich ein Reh über die linke Schulter. Er griff nach seinem Hauptkampfschwert und zog es aus der Scheide auf dem Rücken. Die Klinge leuchtete. Das aus Palladium und Stahl geschmiedete Schwert war über 90 Zentimeter lang, zweischneidig und gerade wie ein Lineal. Die Parierstange war massiv, schwer und aus vergangenen Gefechten zerkratzt. Die Runen, die sich auf der Klinge befanden, beherbergten die arkanen Kräfte, die Simon und sein Vater in das Metall eingearbeitet hatten, als sie das Schwert schmiedeten.

„Schaut mal hierher“, sagte Trent leise.

Simon nahm Trents zusätzliche Übertragung an, die in das HUD gespeist wurde. Elf Zerstörer näherten sich von Norden. Nur einen Augenblick später erspähte Linda Estep sieben weitere im Süden.

Alle drei Gruppen zogen sich um die Templer zusammen.

„Die wollen uns einkesseln, Kumpel“, sagte Nathan.

„Zerstörer gehen nicht so methodisch vor.“ Simon lief leichtfüßig nach Westen, die einzige Richtung, die ihnen blieb. „Irgendjemand führt sie.“

„Zu schade, dass ihre Falle nicht zugeschnappt ist, bevor wir sie erfasst haben“, sagte Nathan.

Simon rief Karten der Umgebung auf und lud sie auf das HUD. Die transparenten Einblendungen behinderten seine Sicht nicht. Er hatte schon als Kind gelernt, mehrere Audio- und Videoübertragungen zur selben Zeit zu verarbeiten. Die Templer, die er vor vier Jahren um sich geschart hatte, waren fast jeden Tag hier draußen. Während der letzten paar Jahre hatten sie die Umgebung gründlich studiert.

Im Westen wurde es problematisch. Das Gelände dort war abschüssig und tückisch. Aus kleinen Hügeln wurden 20 Meter hohe Klippen, die über Tälern aus zerborstenem Kalkstein aufragten.

Die Zerstörer handelten so, als wüssten sie das.

„Sammle die Gruppe“, befahl Simon. „Wir versuchen im Süden durchzubrechen, bevor sie uns auf die Klippen treiben können.“

Die Templer sammelten sich. Simon und Nathan übernahmen die Führung. Sie blieben fünf Meter voneinander getrennt und liefen mit langen, weiten Schritten. Das eingebaute Gyroskop half Simon beim Laufen. Auf seinem HUD erfasste er jetzt die Zerstörer. Sie waren bereits so nah, dass er die eingespeisten Übertragungen der anderen Templer nicht mehr benötigte, um die Feinde aufzuspüren. Trotz des hohen Tempos der Rüstung holten die Zerstörer auf.

Während des Laufs versuchte Simon, nicht an all das Fleisch zu denken, dass sie an den Bäumen hängend zurücklassen mussten. Die Rehe waren ohne Grund gestorben und die Leute in der Zuflucht würden hungern müssen, wenn nicht etwas geschah. So etwas ärgerte ihn.

„Feindliche Kräfte 35 Meter entfernt“, informierte ihn die Rüstungs-KI.

Simon benutzte die Lichtverstärker-Software, die in die optischen Systeme implementiert war. Sie entzog der Szenerie die Farbe und alles wurde schwarz-weiß und grün unterlegt. Das menschliche Auge konnte die meisten Unterschiede in der Farbe Grün ausmachen.

Die sieben Zerstörer stachen aus der Umgebung hervor. Ihre Körper waren schwarz wie Tinte, mit zu großen Köpfen für die schmalen Schultern. Sie reichten Simon fast bis zur Hüfte. Die Dämonen bewegten sich auf allen vieren und erinnerten Simon deshalb an Krokodile. Ihre Schwänze, die fast so lang waren wie ihre kräftigen, schlanken Körper, wedelten aufgeregt vor Erwartung.

„Etwas stimmt nicht“, sagte Simon. „Wir sind zu zehnt und das sind nur sieben. Sie sollten die Flucht ergreifen und nicht bleiben.“

„Vielleicht können sie nicht zählen, Kumpel“, meinte Nathan.

„Es geht nicht ums Zählen. Die Zerstörer hätten gewusst, wenn sie zu wenige wären, um ihre Beute zu erlegen.“

Ein kalter Schauder lief Simons Rückgrat hinab, als er sah, wie die Zerstörer im Süden die Position hielten, während die anderen Dämonen sich im wilden Galopp von Norden und Osten näherten.

Dann schlossen die Templer zu den Zerstörern auf. Kurz bevor die beiden Gruppen aufeinanderstießen, blieben die Zerstörer stehen und stießen ihr tiefes, gutturales Bellen aus. Ein Krieger allein hätte durch diese Verzögerung dem Kampf entgehen können. In der Gruppe ging das nicht. Die Dämonen sprangen ihnen mit klaffenden Mäulern entgegen.

Simon ließ das Reh von der Schulter gleiten und hoffte darauf, dass er es noch einsammeln konnte, bevor er floh. Er zog den Bolzenwerfer von der Hüfte und umfasste ihn. Die Pistole war groß, L-förmig und mit sechs rotierenden Läufen in der Lage, eine erstaunliche Feuerrate zu erreichen. Palladiumnadeln dienten als Munition.

In der 360-Grad-Rundumsicht sah Simon, wie Danielle ihre zweite Schmelzklinge zog. Die zweite war etwas kleiner als die erste, die sie in der rechten Hand hielt. Sie hatte während der letzten paar Monate hart trainiert, um mit zwei Klingen in die Schlacht zu ziehen. Die Schmelzklingen enthielten eine hochkonzentrierte Einlage aus sorgfältig kontrollierter Lava, die die Eigenschaften des Schwertes verstärkte.

Die Waffen leuchteten auf, als sie die Klingen mit ihrer Stimme aktivierte. Beide Schwerter glichen flüssigem Feuer und loderten stolz in der Finsternis der Nacht. Danielle konnte man in einem Nachtkampf kaum übersehen.

Die Zerstörer drangen vor, griffen allerdings nicht an, zogen sich jedoch auch nicht zurück.

Mit einer fließenden Bewegung wandte sich der führende Zerstörer Simon zu. Der schreckliche Schlund war aufgerissen und entblößte Reihen gezackter Zähne, die nach innen gebogen waren. Wenn ein Zerstörer sein Maul schloss, wirkte das wie eine Bärenfalle. Ein Opfer musste sich das betreffende Körperteil abhacken, um wieder freizukommen.

Statt auf den Angriff des Zerstörers zu warten, ergriff Simon die Initiative. Er sprang hoch in die Luft und richtete den Bolzenwerfer auf den Zerstörer. Als er den Abzug betätigte, drang ein steter Strom von Palladiumnadeln in die schuppige Haut der Bestie ein.

Der Zerstörer brüllte vor Schmerz, war aber nicht schwer genug verletzt, um von seiner Beute abzulassen. Neben dem ersten stellte sich ein zweiter Zerstörer auf die Hinterbeine und stürzte sich auf Simon.

Nathans Feuerfeld-Werfer spie Granaten aus, die dem zweiten Zerstörer in die Kehle flogen. Die Explosion warf die Kreatur zurück und überzog sie mit Flammen. Bevor sie sich wieder aufrappeln konnte, feuerte Nathan weitere Geschosse ab, die den Zerstörer am Kopf trafen. Er brüllte, spuckte Feuer und wand sich vor Schmerzen.

„Verankern", befahl Simon der Rüstungs-KI und trat dem Zerstörer gegen den Kopf. Verankerungsdorne, die einen Templer im Angriff festhalten sollten, schossen aus den Stiefeln hervor. Die Dorne waren 30 Zentimeter lang, einer an jedem Fuß.

Der erste Zerstörer wich von seinem brennenden Artgenossen zurück, bewegte sich aber nur wenige Zentimeter. Simons linker Fußdorn krachte durch seinen dicken Schädel. Doch der Dorn am rechten Fuß drang nur in den Hals des Dämons ein. Simons beträchtliches Gewicht drückte den Zerstörer dabei zu Boden.

Der Dämon zerrte seinen Kopf unter Simon hervor, der zur Seite kippte, weil er das Gleichgewicht nicht halten konnte. Die Stärke des Monsters überraschte ihn. Er hatte erwartet, dass er den Dämon am Boden festnageln würde.

Simon krachte auf den Rücken, aber die Rüstung und die spezielle dämmende Flüssigkeit, die sich zwischen ihm und der Rüstung befand, fingen den Fall ab. Der Zerstörer kam über ihn, doch sein Kopf bewegte sich merkwürdig auf dem dünnen Hals. Er schnappte dennoch nach Simon und seine Fänge kratzten über die Rüstung.

Simon hob den Bolzenwerfer und feuerte aus kürzester Entfernung. Die Nadeln verwandelten das linke Auge des Zerstörers in eine blutige Masse und drangen durch die Augenhöhle und die Schläfe.

Blutverschmiert weigerte sich der Zerstörer zu sterben. Er knurrte und grub seine Vorderbeine in den Boden. Dann sprang er erneut vorwärts. Simon wurde mitgeschleift und fiel wie eine Gliederpuppe um.

„Verankerung lösen“, befahl er.

Die Dorne lösten sich vom Kopf und Hals des Zerstörers. Augenblicklich baute der sich auf den Hinterbeinen auf und schlug mit den Vorderbeinen nach Simon. Simon spürte, wie ihn der Schlag zu Boden warf.

„Achtung“, informierte ihn die Rüstungs-KI, „Anzugsintegrität bei 81 Prozent.“

Simon rollte zur Seite, als der Zerstörer versuchte, den Angriff zu wiederholen. Der Boden bebte, als der schwere Vorderfuß zuschlug. Nach einer weiteren Rolle bekam Simon wieder festen Boden unter den Füßen. Er feuerte erneut mit dem Bolzenwerfer. Der Zerstörer stellte den Kopf schief, um ihn mit seinem gesunden Auge sehen zu können. Hinter ihm wälzte sich der andere Zerstörer, den Nathan beschossen hatte, vor Schmerzen herum, während die an ihm haftenden Flammen Blasen auf dem Dämonenfleisch warfen.

„Weitere Dämonen nähern sich von Norden und Osten“, sagte die Rüstungs-KI.

Ein kurzer Blick auf das HUD zeigte Simon weitere Wellen von Dämonen, die auf sie zukamen. Er wusste, dass sie es nicht mit allen aufnehmen konnten. Sie mussten hier die Reihen der Zerstörer durchbrechen.

Sechs

Leah breitete die Arme und Beine in Seesternhaltung aus, während sie fiel. Trotz ihrer Panik wegen des langen Sturzes durfte sie den Blutengel nicht vergessen. Der Sprung vom Gebäude hatte Leah ein wenig zusätzliche Zeit verschafft, aber sie wusste, dass es nicht viel war.

Ganz ruhig, sagte sie sich. *Du hast das doch schon mal gemacht. Das ist nichts Besonderes.*

Aber sie wusste, dass sie sich selbst belog. Die Ausrüstung, die sie benutzen wollte, war nur unter optimalen Voraussetzungen erprobt worden. Und bei Nacht hatte sie sie noch nie verwendet.

Sie schlug ihre geballte Faust auf das Aktivierungsfeld, das sich direkt unter ihrem Hals befand, und wartete auf den scharfen Schmerz. Der NanoDyne-Hanggleiter, der aus einem Rucksack hervorschoss, zog an ihr. Das dünne schwarze Kevlarnetz bewegte sich entlang der Teleskopstreben, die von Nanobots betrieben wurden. In weniger als einer Sekunde waren die sechs Meter breiten Flügel ausgefahren und füllten den Rahmen aus.

Die Gurte schnitten so plötzlich in Leahs Fleisch, dass ihr der Atem wegblieb. Sie unterdrückte einen Schmerzensschrei. Sie hatte den Hanggleiter zuvor nur im Stehen ausgefahren. Als sie die Flügel überprüfte, sah sie, dass sie wild vibrierten. Einen Moment lang fragte sie sich, ob die Streben das hohe Tempo ihres Sturzes aushalten würden. Wenn sie brachen, war alles vorbei. Der Aufprall nach dem langen Fall würde sie töten.

Immerhin kriegt dich der Blutengel nicht, dachte sie grimmig. Sie nahm die Kontrolleinheit, die von den Flügeln herabhing, und richtete den Gleiter aus, um einem der höheren Gebäude auszuweichen. Sie kurvte in Richtung des O2 und aktivierte eine Nanorakete mit chemischer Treibladung. Dadurch erzeugte sie einen 32 Sekunden andauernden Schub, um mit ihrem Gleiter an Höhe zu gewinnen.

Der Blutengel stürzte sich auf Leah. Die Klauen des Dämons durchdrangen den linken Flügel des Gleiters, als bestünde er aus Papier statt aus einem speziell behandelten kugelfesten Material.

Leah ließ die Steuerung einen Moment lang los, zog eine Pistole aus dem Schulterholster unter ihrem linken Arm und eine zweite, die sie an der Hüfte trug. Die erste Waffe war ein XM41-Thermalblaster, ein kleiner Raketenwerfer, der Sprengköpfe verschießen konnte. Die andere Waffe war eine SRAC-Maschinenpistole mit hoher Feuerrate.

Durch eine Drehung am Gleitergeschirr richtete Leah den Thermalblaster auf den Blutengel aus, den sie durch den Riss im Flügel anvisierte. Sie hoffte, nicht versehentlich den Flügel zu treffen, dann zog sie den Abzug und feuerte das Geschoss ab, das wie ein kleiner Feuerball wirkte. Sie schloss die Augen. Die Augen zu schützen, war ihr zur zweiten Natur geworden.

Grelles Licht leuchtete hinter Leahs Augenlidern auf, als die Rakete den Blutengel traf. Die Hitzewelle der Explosion umhüllte sie kurz, dann war sie verschwunden. Flammen zehrten an dem Blutengel. Er schrie vor Schmerz und Enttäuschung.

Leah zielte erneut und feuerte ein weiteres Mal. Die zweite Rakete krachte wieder gegen die Haut des Dämons.

Der Blutengel kreischte erneut und stürzte. Doch Leah wusste, dass sie ihn noch nicht besiegt hatte. Sie griff nach oben und tippte mit der Waffe auf die kleine Kontrolleinheit, die sich über ihr befand. „Autopilot“ stand auf dem kleinen Bildschirm. Augenblicklich richteten sich die Flügel in einem sanften Gleitwinkel aus, der auf dem kürzesten Weg zum Boden führte.

„Achtung. Landegeschwindigkeit zu hoch", blinkte es auf der kleinen Anzeige. „Kein direkter Flugweg möglich."

Ich weiß, ich weiß. Leah folgte dem brennenden Blutengel mit den Augen. Fast im gleichen Atemzug erloschen die Flammen um den Dämon. Der Blutengel schlug mit den Flügeln und näherte sich zu einem weiteren Angriff.

Leah richtete die SRAC-Maschinenpistole auf den Dämon und betätigte den Abzug. Die Pistole hüpfte in ihrer Hand. Jeder dritte Schuss war eine violette Leuchtkugel. Leah folgte dem Dämon mit der Kugelspur. Die Geschosse schlugen in den Blutengel ein und rissen Löcher in seinen Körper. Leah traf den Dämon abermals mit dem Raketenwerfer.

Von den Flammen geblendet, raste der Blutengel direkt auf Leah zu. Der Dämon stieß erneut arkane Energie aus und kreischte dabei.

Leah steckte den Raketenwerfer weg und griff sich die Steuereinheit des Hanggleiters. „Autopilot abgeschaltet." Ihr Daumen glitt über den Knopf zur Raketenaktivierung. Sie hielt ihn gedrückt und wollte dabei bis fünf zählen.

Stattdessen erwischte sie der Energiestoß des Blutengels. Der Hanggleiter wirbelte wild herum. Die Stützstreben bebten und knackten.

„Achtung!", blitzte es über den LED Bildschirm. „Scherwind ist …"

Leah ignorierte den Rest des Hinweises. Es war nicht wichtig. Das Leitsystem konnte ihr auch nur sagen, wie schlimm alles war. Und das war ihr bereits bekannt.

Sie drückte den Steuerhebel nach vorn und aktivierte die Raketen, weil sie aus dieser Richtung den wenigsten Widerstand erwartete.

Das brachte sie erneut auf die Flugbahn des Blutengels.

Sie umfasste die SRAC-Maschinenpistole und feuerte mitten in den Körper des Dämons. Die mit Sprengladungen versehenen

Kugeln bohrten sich durch die Schuppen des Blutengels in das darunterliegende Fleisch und explodierten dann. Kleine faustgroße Krater entstanden auf dem Körper des Dämons und verwandelten ihn in eine wahre Mondlandschaft.

Während sie mit der Steuerung kämpfte, verfiel Leah beinahe in Panik, als sie ein Gebäude nur wenige Meter von sich entfernt aufragen sah. Die Flügelspitze krachte immer wieder dagegen. Orange Funken sprühten, als das Metall über den Stein kratzte. Das Kratzgeräusch klang so schrecklich wie das Kreischen des Blutengels.

Ganz ruhig. Ganz ruhig. Leah steuerte mit leichter, aber sicherer Hand. Der Höhenmesser zeigte ihr an, dass sie sich noch 20 Meter über dem Boden befand. Hoch genug, um sich zu Tode zu stürzen.

Der Blutengel näherte sich und krachte gegen das Gebäude. Er prallte von der Mauer ab und fiel in einem Durcheinander von gebrochenen Gliedmaßen und zerstörten Flügeln, das immer noch von dem Raketenangriff brannte.

Leah stieß einen wilden Jubelschrei aus, bevor sie sich dessen bewusst wurde. Im nächsten Moment schliffen die Flügelspitzen des Hanggleiters am Gebäude und sie krängte. Panisch, plötzlich allein auf das eigene Überleben konzentriert, trat Leah mit dem rechten Fuß gegen die Wand und stieß sich ab. Die Stützen des Gleiters kreischten und zitterten.

Weil sie wusste, dass sie nichts mehr zu verlieren hatte, aktivierte Leah die Raketen und hoffte das Beste. Der Schub katapultierte den Gleiter vom Gebäude weg, aber der Seitenwind erwischte ihn und schlug ihn wieder gegen die Wand. Leah wirbelte wild herum und kämpfte dagegen an, dass der Gleiter in das Gebäude krachte. Dann war sie daran vorbei und glitt über offenes Gelände.

Nachdem sie wieder alles unter Kontrolle hatte, steuerte Leah auf die Straße zu. Sie wusste, dass sie zu schnell herunterkam, aber sie konnte nichts dagegen tun. Plötzlich waren Leuchtspurgeschosse und Explosionen um sie herum und erhitzten die Luft, schüttelten sie durch oder versprühten Elektrizität über ihren Anzug.

Knapp fünf Meter über dem Boden schnitt sich Leah aus dem Gurt und fiel. Sie landete auf den Füßen und rollte sich augenblicklich ab. Die Verstärkungen des Anzugs hätten ihr auch eine stehende Landung ermöglicht, aber dann wäre sie ein zu leichtes Ziel für die Dämonen gewesen.

„Hier, Leah! Zu uns!“ Einer der orangefarbenen Punkte der Agenten pulsierte plötzlich, um Leahs Aufmerksamkeit zu erregen. Sie riss sich zusammen und rannte, dabei zog sie beide Waffen.

Zwei Männer und eine Frau lagen in Deckung hinter einem umgeworfenen Doppeldeckerbus, der neben dem ausgebrannten, rostigen Wrack eines Panzers lag – eine düstere Erinnerung an das britische Militär, das die Invasionen der Dämonen im Jahr 2020 nicht hatte aufhalten können. William Pittsfield, der Mann, der Leah gerufen hatte, war in Sachen Militär und Geheimdienst ein Veteran, und das bereits seit Jahrzehnten. Er war einer der Überlebenden.

„Ganz schön ungemütlich hier draußen heute Abend, oder?“, fragte Pittsfield.

„Vielleicht ein wenig“, stimmte Leah ihm zu.

Pittsfield spähte um den Bus herum und zielte mit seinem Grizzlygewehr. Energiestrahlen zischten in Zweisekunden-Salven daraus hervor. Eine Gruppe Darkspawns, die sich ihnen gerade näherte, wurde wie Weizen von einer Sense weggemäht. Ihre schwelenden Körper lagen zerschmettert auf dem Boden.

„Eins muss man unserer kleinen Teeparty lassen“, meinte Pittsfield lakonisch, „es gibt keinen Mangel an Zielen.“ Er lud seine Waffe nach.

„Was ist mit den Sprengstoffteams?“, fragte Leah.

„Eins haben wir verloren“, sagte Evelyn Herrington. „Hier waren mehr von den Biestern, als wir erwartet hatten.“

Leah sagte nichts. Es war schwer, die exakten Zahlen der Dämonen einzuschätzen. So viele sahen gleich aus, als wären sie aus austauschbaren Teilen zusammengesetzt. Und um alles noch komplizierter zu machen, bewegten sich die Dämonen auch noch andauernd.

„Wir brauchen eine bessere Aufklärung für diese Anlagen", sagte Leah.

„Stimmt." Robert Wickersham war der Jüngste von ihnen. Er war erst volljährig geworden, als der Krieg gegen die Dämonen bereits lief. Wickersham duckte sich und feuerte mit dem XM55 20-Millimetergewehr, das er bei sich trug. Ein Todesscharfschütze, ein Dämon, der sich in einem der nahe liegenden Gebäude befand, wankte aus dem Fenster und krachte auf den darunterliegenden Boden.

„Guter Schuss", meinte Evelyn.

„Danke."

Eine plötzliche Explosion erschütterte den Bus. Einen Augenblick lang dachte Leah, dass er umkippen würde. Dann krachte er mit einem mahlenden Geräusch wieder zurück.

Leah verfolgte die Schussrichtung der Explosion.

„Sprengstoffteam drei", erklärte Pittsfield düster. „Sie haben es nicht in die Kuppel geschafft."

„Gibt es Überlebende?", fragte Wickersham.

Pittsfield schüttelte den behelmten Kopf.

„Wir können unsere toten Kameraden nicht den Dämonen überlassen."

„Ich weiß." Pittsfield sah sie an. „Sind alle bereit?"

„Ja", sagte Leah.

Die anderen beiden stimmten ebenfalls zu,

„Gut", antwortete Pittsfield. „Dann los, aber schnell! Wir werden diese Biester ein wenig ärgern." Er blickte um die Ecke des Busses und lief los.

Leah folgte ihm.

Sieben

Simon führte sein Breitschwert mit all seiner verstärkten Kraft. Die Klinge fuhr ins reptilienhafte Gesicht des Zerstörers. Blut spritzte über Simons Visier und bedeckte 76 Prozent davon, wie ihm die Rüstungs-KI mitteilte. Automatisch zog er sich zurück, verstaute den Bolzenwerfer an seiner Hüfte und wischte das Blut vom Visier. Die Sicht blieb verschmiert, aber es war besser als zuvor.

Das Gesicht des Zerstörers war von dem Schwert beinahe völlig in zwei Hälften zerteilt worden. Die Waffe blieb im Fleisch des Dämons stecken, als Simon daran zog. Den ruckartigen Bewegungen nach vermutete er, dass die Kreatur benommen war. Simon benutzte beide Hände, um seine Waffe freizubekommen, überstand einen hochgradig uneffektiven Schlag gegen seinen Körper und rammte dann das Schwert in die Brust des Dämons, um sein Herz zu durchstoßen.

Von der Templerklinge durchbohrt, erzitterte der Zerstörer und richtete sich auf. Dann fiel sein blutiger Schädel zur Seite. Der Körper folgte bald und der Dämon ging zu Boden.

„Carnagoren!“, rief jemand.

Noch ein wenig außer Atmen wirbelte Simon herum und schaute an dem brennenden Scheiterhaufen vorbei, der von dem Zerstörer übrig geblieben war, den Nathan erlegt hatte. Die restlichen Templer hatten die Dämonen ebenfalls angegriffen und tapfer gekämpft. Glücklicherweise waren alle Krieger noch am Leben.

Allerdings wühlten sich bereits Carnagoren aus dem Boden. Mindestens ein Dutzend brach an die Oberfläche durch. Schwarze Erde verteilte sich über dem weißen Schnee.

Die Carnagoren ähnelten Panzern. Sie waren so schwer wie Elefanten. Dicke Haut bedeckte ihre Körper und bildete eine natürliche Rüstung. Stoßzähne und reihenweise gezackte Zähne füllten ihre Mäuler. Gezackte Dornen standen von ihren Rücken ab. Hakenförmige Klauen, die zum Graben wie auch zum Kämpfen dienten, befanden sich an den Zehen. Ein Carnagor konnte die Rüstung eines Templers damit aufreißen. Simon hatte das selbst schon gesehen.

Es ist eine Falle. Die kühle Erkenntnis traf Simon. Eine solche Aktion überstieg die geistigen Fähigkeiten von Zerstörern und Carnagoren bei Weitem.

„Erfasse die Dämonen", befahl Simon der KI. „Markiere bekannte Arten."

„Erfasse. Markiere bekannte Dämonen: Zerstörer, Carnagoren und ein Scherge."

„Stelle Schergen frei und zeige ihn an." Simon wich einem heranstampfenden Carnagor aus. Selbst mit seiner Schnelligkeit entkam er dem Angriff nur knapp. Die Schulter des Dämons erwischte Simons rechten Fuß und stieß ihn in die Richtung eines weiteren Carnagors, der gut sechs Meter entfernt war.

Der zweite Carnagor fuhr herum und versuchte seinen Angreifer zu beißen. Simon erwischte einen großen Stein und warf ihn dem Carnagor in den Hals. Der Stein ließ das Monster einen Augenblick lang würgen. Es hustete, spuckte und schlug mit den Vorderfüßen nach dem Maul. Die rasiermesserscharfen Klauen erwischten immer wieder sein hässliches Gesicht. In seiner Panik bemerkte der Carnagor die Schnitte gar nicht.

„Schergen herausgefiltert", sagte die Rüstungs-KI. „Zeige ihn an."

Simon stand auf und zog seinen Blockadeschild vom Rücken. Der Schild war in einer Templerschmiede gefertigt worden, danach hatte man ihn mit arkaner Energie überzogen und mit

NanoDyne-Technologie veredelt. Die Nanobots sammelten Energie aus dem elektromagnetischen Feld. Voll aufgeladen war der Schild eine genauso mächtige Waffe wie eine effektive Verteidigung.

Auf dem HUD sah Simon den Schergen orange markiert. Schergen besaßen Intelligenz und konnten Befehle ausführen und sie erteilen. Sie waren nicht so kräftig oder schlau wie Dunkle Willen oder andere Dämonen, aber sie waren dennoch gefährliche Gegner.

Der Scherge ritt auf einem Fäulniskoloss. Der war dreieinhalb Meter groß und kräftig gebaut, mit breiten Schultern .und einer schmalen Taille. Die reinste Zerstörungsmaschine. Die grüne Haut leuchtete vor züngelnder Energie.

Auf dem Fäulniskoloss sitzend, die Füße um den Hals des größeren Dämons geschlungen, trieb der Scherge sein wildes Reittier voran. Mit seiner dicken grauen Haut sah der Scherge aus, als wäre er aus etwas Größerem zusammengestaucht worden. Die Hände der Schergen wurden bei ihrer Geburt entfernt und die Arme mit organischen Gelenken oder technischen Implantaten versehen, wodurch man sie mit verschiedenen Waffen ausrüsten konnte. Sie trugen Austausch-„Hände" bei sich, sodass sie eine große Auswahl an Angriffsmöglichkeiten hatten. Die rechte Hand dieses Schergen auf dem Fäulniskoloss sprühte vor Elektrizität und die linke leuchtete in dunklem Violett.

Die Dämonen wussten, dass wir hier jagen, überlegte Simon verzweifelt. *Sie haben auf uns gewartet.*

Er sah sich um und erkannte, dass Nathan vor einem angreifenden Carnagor zu Boden ging. Der Dämon hatte sein Bein auf Nathans Brust gelegt und ihn niedergeschlagen. Wild grub der Carnagor seine Füße ein und versuchte seine nach vorn gerichtete kinetische Energie auszugleichen, um herumzuwirbeln und seinen zu Boden gefallenen Gegner zu attackieren.

„Nathan!“, brüllte Simon, während er auf seinen Freund zulief.

Doch der gab keine Antwort. Nathan lag halb begraben im Schnee und Dreck.

Simon legte eine Hand auf Nathans Helm. Die Verbindung der Rüstungen untereinander projizierte Nathans Lebenszeichen auf Simons HUD.

„Singh, Nathan, Gehirnerschütterung, Stimulation bereit machen?“

„Aktiviere Stimulation“, befahl Simon.

Nathans Rüstung klebte ein Medikamentenpflaster auf den Körper des Templers. Simon wusste, dass heilende Chemikalien bereits durch seinen Körper strömten, aber es dauerte einige Sekunden, bevor Nathan sich selbst helfen konnte.

Der Carnagor hatte sich gefangen und rannte erneut auf Nathan zu. Weil Simon wusste, dass er Nathan nicht packen, ihn vom Boden heben und sie beide rechtzeitig vor dem wild gewordenen Carnagor retten konnte, stellte sich Simon dem Dämon hinter dem Blockadeschild in den Weg. Der Schild hatte beinahe einen Meter Durchmesser.

„Verbinde Schild mit Rüstungsenergie“, sagte Simon mit rauer Stimme.

„Schild verbunden“, antwortete die Rüstungs-KI. „Energie voll aufgeladen.“

„Verankern.“ Simon schaute in die fiebrigen roten Augen des Carnagors, der auf ihn zudonnerte.

„Verankerung zu diesem Zeitpunkt nicht empfohlen“, sagte die KI. „Schlage Ausweichmanöver vor. Persönliche Sicherheit ist gefährdet.“

„Verankern“, befahl Simon. „Überschreibe Kommando.“

Er spürte die Vibration, als die Dorne sich tief in den Boden bohrten. Kurz bevor der Carnagor ihn erreichte, beugte sich Simon vor, um den Dämon mit dem Schild zu treffen, und hoffte, dass er keinen sinnlosen Tod starb. *Der Tod war aber besser, als den Dämonen in die Hände zu fallen.*

Beim Zusammenprall schien die Welt zu explodieren. Am Anfang seiner Ausbildung als Templer, als er noch Extremsportarten wie Base Jumping und Nanospring-Skateboarden betrieben hatte, mit Sprüngen von knapp 100 Kilometern pro Stunde aus über 25 Metern Höhe, war er nie so hart aufgeprallt.

Der Blockadeschild war dazu entworfen worden, kinetische Energie abzudämpfen. Egal was auch dagegenprallte, die arkane Energie fing es in Kombination mit dem Nanotech auf und wehrte es ab. Das funktionierte in der Theorie gut. Der Templer, der den Schild entworfen hatte, meinte, dass die Waffe ein fahrendes Auto aufhalten konnte.

Nur hatte das niemand je ausprobiert.

Und niemand hatte den Schild je gegen einen heranrasenden Carnagor eingesetzt.

Simon wurde von dem Aufprall zurückgeworfen. Sein Körper schmerzte und er war sicher, dass seine Beine aus dem Unterkörper herausgerissen worden waren. Der Schild war so fest gegen seine Knie, Schultern und Brust geknallt, dass er den Atem aus der Lunge gepresst hatte, trotz der Anti-Aufprallenergie und der Panzerung der Rüstung.

Er landete auf seinem Hintern und rollte durch den Schnee und die aufgewühlte Erde. Dabei verlor er irgendwann den Schild, aber er behielt sein Schwert. Sein Blick wurde trüb, als er sich zu konzentrieren versuchte. Er hatte den Carnagor von Nathan ferngehalten. Hinter dem Dämon kam Nathan erschöpft auf die Beine und griff nach seinem Schwert.

„Willst du dich umbringen?“, fragte Danielle.

„Ich hatte eigentlich gehofft, das vermeiden zu können“, antwortete Simon, als er auf den angreifenden Carnagor blickte. Er versuchte seine Beine zu bewegen, dann merkte er, dass seine

Ankerdorne Steinbrocken aus dem Boden gerissen hatten. Er deaktivierte die Verankerung und die Steine lösten sich. Simon wollte sich erheben, als der Carnagor ihn plötzlich niederdrückte. Er hatte keine Zeit mehr, auszuweichen.

Kurz bevor der Kopf des Carnagors seine linke Hand erwischte, sprang Simon hoch und rollte sich über die massige Schulter des Dämons ab. Er schlug seine Stiefelsohlen gegen das Rückgrat des Carnagors.

„Verankern“, befahl Simon erneut.

Augenblicklich schossen die Dorne aus den Stiefeln und drangen tief in den Körper des Carnagors ein. Zumindest einer davon durchtrennte das Rückgrat des Dämons. Den Schritten des Carnagors fehlte es plötzlich an Kraft, sie wurden wackelig. Aber das Monstrum warf seinen Kopf herum. Dabei blitzten seine Stoßzähne.

Simon fasste sein Schwert mit beiden Händen und drehte sich um. Dann rammte er es dem Carnagor durch den Hals. Dadurch verwandelte sich der Carnagor in einen Haufen leblosen Fleischs, dem noch nicht klar war, dass er bereits tot war.

Simon zog die Ankerdorne zurück und sprang vom Rücken des Dämons. Bei der Landung versank er in einer eineinhalb Meter hohen Schneewehe und musste sich daraus befreien. Die KI ortete den Schild und er ging geradewegs darauf zu.

„Danke für die Rettung, Kumpel“, sagte Nathan und gesellte sich zu ihm.

Simon nickte, dann inspizierte er das Gelände mit einem Blick. „Rückzug“, sagte er über Funk. „Nach Westen.“

„In der Richtung befinden sich die Klippen, Simon“, protestierte Danielle.

Simon sah die Templerin in der Ferne, wie sie mit dem Schmelzschwert einem Zerstörer den Bauch aufschlitzte und ihm mit dem zweiten Schwert den Kopf abschlug.

„In allen anderen Richtungen befinden sich Dämonen", sagte Simon. „Wir haben keine andere Wahl. Los jetzt."

Die Jagdgruppe der Templer löste sich von den Dämonen und rannte los. Durch ihre erhöhte Geschwindigkeit und Kraft hatten sie einen leichten Vorteil gegenüber den Monstern. Aber trotz der kurzen Strecke, die sie bis zu den Klippen zu überbrücken hatten, war dieser Vorteil nicht ausreichend.

Simon lief weiter, löschte aber die HUD-Markierung des Schergen nicht, der auf den Schultern des Fäulniskolosses saß.

Acht

Die Straße war ein Schlachtfeld. Das Blutbad breitete sich um Leah herum aus. Sie hielt ihre Pistolen hoch und feuerte ununterbrochen. Wie Pittsfield gesagt hatte, gab es keinen Mangel an Zielen.

Einen Augenblick später erreichten sie die Überreste des Sprengkommandos. Über ein Dutzend Zombies durchstöberten die Leichname der sechs Männer und Frauen. Die widerlichen Kreaturen wirkten wie blutbedeckte torkelnde Imitationen menschlicher Wesen.

Entsetzt erkannte Leah, dass zumindest eine Handvoll dieser Scheußlichkeiten aus den Männern und Frauen gefertigt waren, die in dieser Schlacht gekämpft hatten. Irgendein Dämon musste sie irgendwo von der Schwelle zum Tod zurückgerissen haben und gegen ihre ehemaligen Kameraden schicken.

Pittsfield fluchte und legte sein Grizzlygewehr an. Als die Energiestrahlen die blutigen Zombies trafen, zerfielen die Kreaturen in Fetzen. Drei vergingen, bevor sich die Aufmerksamkeit der anderen auf Pittsfield richtete. Weitere Blutzombies kamen hinter umgestürzten Wagen und Haufen aus Stein und Mörtel hervor, die von nahe gelegenen Gebäuden stammten.

„Lauft!“ Leah unterstützte Pittsfield mit ihren eigenen Waffen. „Es sind zu viele!“

Einer der Blutzombies sprang auf eine zerstörte Mauer. Mit aufgerissenem Schlund wollte er sich auf Leah und ihre Begleiter stürzen.

Sie reagierte instinktiv, hob den Thermalblaster und jagte dem Zombie eine Rakete ins offene Maul. Die Kreatur explodierte.

Verkohlte Fleischbrocken flogen herum und rauchiger Gestank erfüllte die Luft.

Pittsfield geriet in Bedrängnis. Die Blutzombies konzentrierten sich auf ihn und trieben ihn zurück. Das Grizzlygewehr war zu lang, um auf die kurze Entfernung effektiv zu sein. Leah trat schräg hinter ihn und eröffnete das Feuer aus dem SRAC. Die Zombies vergingen unter dem Dauerfeuer, aber es kamen immer mehr nach.

„Wir müssen uns zurückziehen“, sagte Leah.

„Niemand ist in die Kuppel eingedrungen“, knurrte Pittsfield. „Und hier liegt eine Sprengladung.“

Leah sah den Behälter, in dem der Sprengstoff lagerte. Zwei Krater und Schussspuren zeigten, wo die anderen Ladungen hochgegangen waren und dabei nur neue Schäden auf der Straße angerichtet hatten.

„Wenn diese verdammte Kuppel nicht zerstört wird ...“, fuhr Pittsfield fort, während er einem Blutzombie den Kopf zerschoss. Er beendete den Satz nicht.

Der Blutzombie ging in einer Fötusposition zu Boden und begann wild zu zucken. Leah wusste aus eigener Anschauung, dass sich die Kreaturen manchmal regenerierten. Sie feuerte ein Dutzend Explosivgeschosse in den Leichnam, der in tausend Stücke zerfiel.

Wenn es sich daraus immer noch wieder zusammensetzt, dachte sie wild, *wird es wenigstens etwas länger dauern.* Sie sah zur Sprengladung hinüber. „Ich berge den Sprengstoff.“

Pittsfield schulterte das Grizzlygewehr und zog eine HARP-Pistole und einen Eruptor. Die HARP-Pistole war eine Harmonische-Resonanz-Projektions-Waffe, die elektronische Generatoren und Schall benutzte, um einen Energiestrahl zu erschaffen. Ein derartiger Strahl konnte Schallwellen sehr schnell modifizieren. Ursprünglich war diese Technologie für den Bergbau geschaffen worden, weil man das Energiefeld, das sie erzeugte, kontrollieren konnte. Es vernichtete anorganische Materie wie Steine, Metall oder Glas.

Die HARP-Technologie zerstörte auch organische Materie, die keinen körperlichen Rhythmen mehr unterlag. Die Herzen von Zombies schlugen nicht und es wurde kein Blut durch Venen und Arterien gepumpt. Sie waren für HARP anorganisch.

Als Pittsfield die HARP-Pistole abfeuerte, strahlte sie einen weiten Kegel der Vernichtung aus. Die getroffenen Blutzombies blieben stehen, dann schüttelten sie sich und zerbarsten in tausend Stücke. Eine Sekunde später zerfielen Teile – und manchmal sogar ganze Blutzombies – in ihre Atome und verschwanden in einem blauweißen Lichtbogen, der den Raum erfüllte.

Die Blutzombies außerhalb des Zerstörungsbereichs stolperten zurück. Offensichtlich mussten sie auch etwas von der HARP-Strahlung spüren, denn um tatsächlich Furcht zu empfinden, waren sie zu tot.

Leah fiel auf, dass zwei der toten Mitglieder des Sprengkommandos ebenfalls getroffen worden waren. Nur Teile ihrer Körper lagen noch dort, wo sie gestorben waren.

Pittsfield fluchte.

Leah wusste, dass der Mann den gefallenen Kameraden nicht noch mehr Schaden zufügen wollte. *Sie haben es nicht gespürt,* dachte sie. *Und so können sie wenigstens nicht wiederbelebt und gegen uns eingesetzt werden.*

„Ich habe die Sprengladungen", sagte sie und stürmte vorwärts. Sie steckte die SRAC weg und behielt nur den Thermalblaster in der Hand. Leah bückte sich und packte die Sprengladung am Griff. Dann lief sie weiter. Zum Nachdenken blieb ihr keine Zeit.

Eine Gruppe dämonischer Todesschützen bog um die Ecke eines Gebäudes und kniete sich schnell nieder, um sie ins Visier zu nehmen. Sie richtete den Thermalblaster aus und feuerte dreimal.

Nur eine der Raketen traf die Gruppe. Die beiden anderen hämmerten in die Straße und die Wand des Gebäudes. Flammen loderten im gesamten Bereich auf und schlossen die Darkspawns ein, die die eigentliche Explosion überlebt hatten.

Leah rannte, verbannte alle Gedanken an Überleben und Tod. Sie konzentrierte sich darauf, ihre Feinde zu umgehen und weiter vorzudringen. Das Feuergefecht war so wild gewesen, dass sich der Rauch mit dem natürlichen Nebel der Themse gemischt hatte. Man konnte kaum die Isle of Dogs erkennen, die in der Mitte des Flusses lag.

„Hier ist Scout blau", sagte Leah, als sie über den kopflosen Körper eines Fäulniskolosses sprang. Ein toter Mann in schwarzer Kleidung lag mit verdrehten und gebrochenen Gliedmaßen in der riesigen Hand des Dämons. Säure aus dem Kehlsack des Fäulniskolosses hatte den Schutzanzug weggefressen und das Fleisch darunter verätzt.

„Wir hören Sie, Scout blau", antwortete Commander Hargrove.

„Scout blau ist jetzt Sprengkommando drei." Leah versteckte sich in einer nahe gelegenen Straße, um einer Horde von Darkspawns zu entgehen, während Energieblitze und Geschosse dort einschlugen, wo sie eben noch gestanden hatte.

„Verstanden", antwortete Hargrove.

Auf dem Display, das die Informationen der Schlacht schematisch darstellte, wechselte ihre Kennung von Scout blau auf Sprengkommando drei.

„Viel Erfolg, Sprengkommando drei", sagte Hargrove.

„Ja, Ma'am. Danke, Ma'am."

Die Straße war eine Sackgasse. Eine fünf Meter hohe Mauer stand ihr im Weg. Auf ihrer Karte war sie als Durchgang gekennzeichnet. Leah fluchte, weil sie wusste, dass die Aufklärungsdaten für diesen Bereich ziemlich dürftig waren. Sie schob die Schuld nicht allein auf die Agenten, die die Daten beschafft hatten. Es war beinahe unmöglich, mit den Dämonen und ihren Maschinen Schritt zu halten.

„Hier hoch, Leah."

Sie blickte über die Schulter und sah Wickersham hinter sich stehen.

„Ich gebe Ihnen Deckung", sagte er. Rauch stieg von seiner linken Schulter auf, wo ein Darkspawn ihn erwischt hatte. Blut lief über das schwarze Material seines Anzugs.

„Sie sind verletzt", sagte Leah.

„Wir sind gleich tot, wenn Sie sich nicht beeilen."

Hinter ihm kamen mehrere Darkspawns die Straße herunter.

Leah schlang die Sprengsätze über die Schulter und verstaute den Thermalblaster. Sie drückte auf den Knopf an ihrem linken Armband. Ihre Anzüge waren nicht so stark automatisiert wie die der Templer, vieles musste man von Hand erledigen.

Mikroskopische Haken schossen aus ihren Handschuhen, Ellbogen und Knien. Weitere wuchsen aus den Kappen der verstärkten Stiefel. Als sie die Mauer am Ende der Straße erreichte, sprang sie darauf zu und knallte Handflächen, Ellbogen, Knie und die Stiefelkappen gegen Stein und Mörtel. Die Haken gruben sich in den Stein und gaben ihr genug Halt, um die Wand wie eine Echse emporzuklettern. Das Klettern hatte sie oft geübt und sie hatte Wochen investiert, um es zu perfektionieren.

Wickersham folgte ihr auf die gleiche Weise.

Nahe der Mauerkrone wartete Leah, sammelte sich und hechtete nach der Kante. Sie erwischte sie, zog sich daran hoch und kletterte darüber. Einen Herzschlag später landete Wickersham neben ihr. Energieblitze schlugen in die Wand ein und zischten in der Luft um sie herum.

Leah rannte die Mauer entlang auf das Gebäude in Richtung des O2 zu. Sie warf sich dagegen und kletterte zwei weitere Stockwerke hoch zum Dach.

Wickersham folgte ihr, aber er landete ungeschickt und lag mit dem Gesicht nach unten auf dem Boden. Er gab einen unterdrückten Schmerzensschrei von sich, dann fluchte er. Schließlich kauerte er sich hin und schob sich auf die Füße.

„Sie klettern hinter uns her", sagte Wickersham.

Leah griff in ihren Rucksack und holte eine HARP-Granate daraus hervor. Sie schlug die Granate gegen das Dach, um den Zeitzünder zu aktivieren. Die Granate pulsierte in blauem Licht und der Countdown begann.

Die Agentin benutzte die Aufklärungsdaten, die die Bots lieferten, und ließ die Granate über die Dachkante in die Masse der Darkspawns hineinfallen, die gerade eine Leiter aus Fleisch und Blut bildeten. Es waren zwei Stockwerke, aber die Dämonen hatten ausreichend Körper.

Die Granate landete in der wimmelnden Masse. Ein paar der Darkspawns erkannten die Gefahr und versuchten noch, von der Mauer zu springen. Aber es war vergebens. Die Granate ging hoch und das blauweiße Licht erfüllte die Straße.

Leah sah zur Seite und bemerkte, dass die Dämonen allesamt verschwunden waren. Arme, Beine, Köpfe und Torsi bedeckten den Boden und zeigten den Detonationsradius an. Ein großer Teil der Mauer war ebenfalls verschwunden.

Und dadurch auch ein großer Teil des Gebäudes.

Das Dach vibrierte und neigte sich mit einem Mal.

Leah erkannte die Gefahr, packte Wickersham beim Harnisch und zog ihn mit sich. „Die Träger auf dieser Seite des Gebäudes sind weg!", rief sie.

Beide rannten los und schafften es nur knapp, vor dem Einstürzen des Gebäudes über das Dach zu laufen. Die Zerstörung näherte sich und toste wie eine Welle, die sich in ihrem Rücken brach.

Als sie den Rand des Dachs erreichten, waren es noch gut zwölf Meter bis zum Boden. Ein Sprung über vier Stockwerke war machbar, aber die Dämonen besetzten dieses Gebiet. Leah war klar, dass sie den Dämonenhorden auf der Straße keinen Augenblick standhalten würden.

„Auf die andere Seite“, keuchte sie und sprang in die Luft. Dabei setzte sie alle verstärkende Kraft ihres Anzugs ein. „Das ist unsere einzige Chance.“ Sie schoss wie eine menschliche Rakete vorwärts.

Wickersham war nur einen Sekundenbruchteil hinter ihr. Er zischte ungeschickt durch die Luft. Einige der Darkspawns unten auf der Straße erkannten sie. Kugeln, Strahlen und arkane Geschosse folgten Leah und Wickersham über die Straße.

Leah wusste, dass sie das Dach des nächsten Gebäudes wahrscheinlich nicht erreichen würden. Sie steuerte ihren Fall auf ein Fenster zu, weil sie nicht glaubte, dass ihr Anzug die Kollision mit der Mauer überstehen würde.

„Zu den Fenstern!“, rief sie Wickersham zu. Sie wusste nicht, ob er sie gehört hatte oder zu antworten versuchte. In der nächsten Sekunde krachte sie durch das Glas. Glitzernde Scherben schnitten durch die Luft und reflektierten das Leuchten des Feuers und die Entladungen der Waffen.

Leere Kleiderregale bedeckten den Boden des Geschäfts. Alles von Wert war schon vor Jahren mitgenommen worden. Leah keuchte, als der Aufprall ihr die Luft aus den Lungen trieb. Dann lag sie in Fötusposition auf dem Boden, die Hände über den Kopf geschlagen und die Knie angezogen, um ihren Bauch zu schützen.

Überrascht stellte sie fest, dass sie noch lebte, erhob sich und schaute aus dem zerstörten Fenster. Todesschützen rannten auf den Laden zu.

Hinter ihnen fiel das einstürzende Gebäude auf die Straße. Tonnen von Steinen, Mörtel und Glas krachten auf die versammelten Darkspawns. Was vor Sekunden noch wie ein verhängnisvoller

Fehler gewirkt hatte, entpuppte sich jetzt als ein mächtiger Schlag gegen die Dämonen.

Leah taumelte zurück, als herumfliegende Steinbrocken und Mörtel durch das Ladenfenster geflogen kamen. Die Audiorezeptoren des Anzugs versuchten die Geräusche zu übermitteln, versagten aber angesichts dieses wahren Crescendos. Sie konnte gerade wieder atmen, als der Schutt sie erwischte. Leah überprüfte, ob sie die Sprengladung noch besaß, und zog den Thermalblaster.

Drei Darkspawns krochen durch das zerbrochene Fenster. Leah feuerte drei Raketen in sie hinein. Der Eingang des Ladens verwandelte sich in ein flammendes Inferno und die Erschütterung durch die Explosion trieb die Darkspawns wieder auf die Straße.

Ein weiterer Dämon versuchte sich durch die Tür zu kämpfen, aber die hatte sich offensichtlich verklemmt. Wickersham schoss dem Dämon mit seinem M3-Perforator in den Schädel. Kopf und Gesichtszüge verschwanden, der Darkspawn taumelte zurück und fiel.

Durch das Fenster sah Leah, dass der Darkspawn tot war und andere Dämonen um ihn herum verstreut unter den Ruinen des Gebäudes lagen.

„Glück gehabt", sagte Wickersham bitter. „Man könnte sagen, dass Sie das Haus ruiniert haben, Leah."

Weitere Darkspawns näherten sich.

„Können Sie laufen?", fragte Leah. Wickershams ganzer Oberkörper war praktisch mit Blut überzogen. Ein paar schartige Glasreste steckten darin.

„Ich habe wohl keine andere Wahl." Wickersham wollte sich die Scherben herausziehen.

„Nicht", warnte ihn Leah. Sie hatte das Glas in ihrem Körper ebenfalls nicht angerührt. „Das Glas könnte das Einzige sein, was uns vor dem Verbluten bewahrt."

„Oh." Wickersham zog seine Hand zurück. „Nun, ich glaube,

dann sollte ich dankbar dafür sein.“ Schmerz überdeckte seinen spöttischen Tonfall.

Leah schritt durch die Hintertür des Ladens, die auf eine kleine Gasse führte. Sie bezog die Richtungsangaben von den Bot-Scans, dann machten sie sich erneut auf in Richtung O2.

Sie blieben in den Schatten und entdeckten, dass sie sich hinter den dämonischen Linien befanden. Die Scans zeigten auch, dass die Dämonen die Schlacht gewannen und die Angreifer immer weiter zurücktrieben.

Die Kuppel war noch weniger als 25 Meter entfernt. Wracks lagen auf dem Weg. Carnagoren und bislang nicht identifizierte Dämonen hatten den Boden aufgerissen.

„Wenn wir drin sind“, sagte Leah, „ist der Fluss unsere einzige Hoffnung.“

Wickersham nickte. „Es muss nur einer von uns da rein.“

„Wollen Sie hierbleiben?“

„Nein. Ich wollte vorschlagen, dass Sie das tun.“

Die Agentin schüttelte den Kopf. „Ich habe das angefangen. Ich werde es auch beenden.“

„Dann sollten wir es erledigen, bevor alles noch schlimmer wird. Denn genau das wird geschehen.“ Wickersham schulterte sein Perforatorgewehr und zog seine NanoDyne-Firestarter, die er ebenfalls dabeihatte.

Leah rannte los und Wickersham folgte ihr. Sie waren huschende Schatten im Nebel, im Rauch und in der Dunkelheit der Kuppel. Statt zu versuchen, sich den Weg durch den Haupteingang zu erkämpfen, sprengte sich Leah durch die Mauer. Die Erschütterung zerstörte die Wand und ließ Schutt herunterrieseln.

Das O2 sah völlig anders aus, als Leah es in Erinnerung hatte. Sie war hier bei Sportveranstaltungen und auf Konzerten gewesen, hatte mit ihren Freundinnen eingekauft. Jetzt beherbergte das Gebäude merkwürdige dämonische Gerätschaften. Grün leuchtende

Energiezellen erhellten die Dunkelheit. Merkwürdige Transportbänder und Maschinen rumpelten, waberten, quietschten und lärmten, während Waffen über die Fertigungslinie liefen.

Darkspawns arbeiteten an den Maschinen und hielten alles am Laufen. Andere rannten auf die Öffnung zu, die Leah in die Wand gesprengt hatte. Ihre Waffen blitzten.

„Sprengkommando drei", unterbrach sie Commander Hargrove. „Wir sehen, dass Sie ins Zielgebiet eingedrungen sind."

„Bestätigt." Leah feuerte mit dem Thermalblaster auf die heranstürmenden Darkspawns und trieb sie zurück. Wickersham unterstützte sie mit seinem Feuer.

„Legen Sie die Sprengladung und kommen Sie da raus", befahl Hargrove. „Wir haben den Countdown gestartet. Sie haben zehn Sekunden. Neun …"

Leah benutzte die gesteigerte Stärke des Anzugs, um die Sprengladung tief in das O2 zu werfen. Kombinierte HARP-Ladungen und hochkonzentrierter Sprengstoff bildeten das zerstörerische Paket.

„Gehen Sie!", befahl sie Wickersham.

Der junge Mann wandte sich ab und lief ohne zu fragen zurück durch das Loch.

„Zum Fluss", befahl Leah, während sie ihm folgte. Etwas traf sie in der rechten Gesichtshälfte. Schmerz schoss durch ihren Kopf und ihre Sicht wurde augenblicklich eingeschränkt. Adrenalin bekämpfte den größten Schmerz, während sie sich zwang weiterzulaufen.

„Fünf", sagte Hargrove und setzte den Countdown fort.

Wickersham stolperte, als er auf den Fluss zurannte. Leah fing den Mann am Arm ab und half ihm auf. Sie taumelten und liefen im Gleichschritt weiter.

„Zwei", zählte Hargrove unerbittlich.

Selbst mit dem erhöhten Tempo des Anzugs waren sie noch nicht am Fluss angekommen, als Hargrove Null erreichte.

Ein riesiger Blitz loderte hinter Leah und Wickersham auf.

„Springen Sie“, sagte Leah, als sie noch zehn Meter vom Fluss entfernt waren. „Tauchen Sie, so tief Sie können.“

Als die Themse noch voll gewesen war, der Wasserstand aufgrund der globalen Erwärmung sogar gestiegen war, hatte der Fluss die Ufer bedeckt. Jetzt hatte der Brand so viel Wasser verdampft, dass der Wasserspiegel eineinhalb Meter tiefer lag als früher. Leah hoffte, dass die Themse durch die Ausbaggerarbeiten von 2012, die mehr Flussverkehr ermöglichen sollten, dennoch tief genug war.

Das Donnern der Explosion holte sie ein, während sie sich in der Luft befanden. Aber sie fielen bereits ins Wasser, als die Luft hinter ihnen sich mit Feuer und Geröll füllte.

Leah tauchte sechs Meter tief auf den düsteren Boden zu und entdeckte ein Boot, das vielleicht nach der Ankunft der Dämonen gesunken war.

Flammen zischten über den Fluss und färbten das Wasser gelb und orange. Wickersham hielt sich am Deck des Bootes fest, während dunkles Blut aus seinen Wunden sickerte. Leah machte dasselbe.

Ihr Helm saß eng um ihr Gesicht und veränderte seine Form ein wenig. Die Sicherheitssysteme wurden aktiv, nachdem der Anzug die Veränderung der Umwelt registriert hatte. Er dichtete sich um ihren Kopf herum ab und Sauerstoff strömte in ihre Lungen. Das würde zehn Minuten vorhalten. Leah zwang sich, langsam zu atmen, auch wenn ihr Herz wild pochte.

Geröll aus der Kuppel versank im Fluss. Ein paar verkohlte Dämonenleichen waren ebenfalls darunter. Über dem Ufer sah es aus, als hätte die Morgenröte den Himmel entzündet.

„Gute Arbeit, Sprengkommando drei“, sagte Commander Hargrove. „Wir bestätigen die Zerstörung des Ziels. Sind Sie noch da?“

„Ja, Ma’am.“

„Sie waren doch zu zweit.“

„Wir beide, Ma'am", sagte Wickersham schwach.

„Gut. Kommen Sie zurück zum Treffpunkt und dann sehen wir mal, wie schwer Sie verletzt sind."

„Ja, Ma'am."

Wickersham sah Leah an. „Sind Sie in Ordnung?" Er versuchte mit der Hand ihr Gesicht zu berühren.

Instinktiv zog sich Leah zurück. Ein Nebel aus dunklem Blut war dort, wo ihr Kopf gewesen war.

„Nicht", sagte sie. Das Blut überzeugte sie, dass seine Berührung schmerzvoll gewesen wäre, obwohl die gesamte Seite des Gesichts sich wie betäubt anfühlte.

„Sie bluten stark", sagte Wickersham.

„Das tun wir beide. Auf, gehen wir." Leah ließ das Boot los und schwamm unter Wasser weiter. Da die brennende Kuppel so nah war, fand sie sich im Fluss leicht zurecht.

Sie war jedoch nicht auf die Skelette vorbereitet, die den Flussgrund bedeckten. Die leuchtend weißen Knochen, allesamt menschlich, waren im Schlamm eingegraben. Leah wusste nicht, wie die Leichen dorthin gelangt waren, vielleicht als die Dämonen die Brücken zerstört hatten, oder ob sie von Schiffswracks und zerstörten Booten stammten.

Oder ob die Dämonen sie einfach wie Abfall hierher brachten.

Der Anblick erfüllte Leah mit Furcht. Seit dem Beginn des Dämonenkrieges hatte die Zentrale immer gesagt, dass sie diesen Konflikt niemals gewinnen würden. Das Beste, worauf die Agency hoffen konnte, war, die Dämonen ebenfalls am Siegen zu hindern. Zumindest konnten sie die Dämonen bremsen und den Preis des Sieges erhöhen.

Das reicht nicht, überlegte Leah. Sie dachte an die toten Männer und Frauen, die am Morgen nicht zurückkehren würden. Die Darkspawns waren Kanonenfutter in den Plänen der Dunklen Willen und höheren Dämonen.

Der Schlag von heute Nacht hatte eine Waffenfabrik ausgeschaltet, aber diese Fabrik würde binnen Wochen oder Monaten neu aufgebaut werden. Im besten Fall, selbst wenn man all die Toten und Opfer bedachte, war das eine Verzögerungsaktion.

Leah versuchte nicht daran zu denken, als sie weiterschwamm. Aber selbst das wurde ihr zu viel. Der pochende Schmerz in ihrem Kopf beförderte sie schließlich in die schwärzeste Nacht, die sie je gekannt hatte.

Neun

Die Schneewehen wurden in Richtung der Klippen immer höher. Als sie dort ankamen, arbeiteten sich die Templer durch hüfthohe Verwehungen. In der bedeckten Landschaft blieben verräterische Fußabdrücke zurück. Simon stürzte mehr als ein Mal und kämpfte, um wieder auf die Beine zu kommen.

Als ob sie spüren konnten, dass ihre Beute keine Möglichkeit hatte, irgendwo anders hinzufliehen, sammelten sich die Zerstörer und Carnagoren jetzt. Durch die Nachtluft über ihnen flogen ein paar Dämonen, die Simon nicht sofort identifizieren konnte, und wurden zu Silhouetten vor dem nächtlichen Sternenhimmel.

Der Scherge blieb auf dem Fäulniskoloss sitzen. Er griff über seine Schulter und zog einen Speer mit einer Obsidianspitze hervor, die sogar in der Nacht irgendwie düster glühte. Das schwarze Licht zeichnete sich gegen den reinen weißen Schnee ab.

„Templer", knurrte der Scherge mit gutturaler Stimme. „Willst du aufgeben?"

Simon trat vor. Drei Templer waren im Kampf gefallen. Nur sieben standen noch auf den windgepeitschten Klippen. Weder Bäume noch Felsen boten zeitweiligen Schutz.

„Wer bist du?", wollte Simon wissen und hielt dabei Schwert und Schild vor sich.

Der Scherge atmete tief ein und schüttelte den Kopf. „Im Augenblick bin ich niemand. Ich trage keinen Namen. Ich kam in deine erbärmliche Welt, um zu kämpfen und zu töten, um mir einen Namen zu machen. So war es schon immer. Wer bist du?"

„Simon Cross, vom Haus Rorke, niemand, der sich einem Dämon ergibt."

Der Dämon nickte. „Rorke. Dieses Haus kennen wir." Er grinste und zeigte dabei seine gelben Zahnstümpfe. „Wir haben deine Vorfahren getötet."

Simon wusste nicht, ob das stimmte. Kontakte zwischen Menschen und Dämonen waren selten. Er überlegte, wie er aus dieser Sache herauskommen konnte. Ihm fiel nichts ein. Ausgebrannt wegen des Mangels an Schlaf und durch die Stimpacks, die er benutzt hatte, um während der letzten Tage fit zu bleiben, taumelte er.

„Sag mir, wo die anderen sind", forderte der Dämon.

Simon fasste sich ein Herz und bewegte sich nicht. Wenn der Dämon nicht wusste, wo die Zuflucht der Templer lag, dann bestand noch Hoffnung. Wenn die Jagdgruppe nicht zurückkam, würden die anderen wissen, dass etwas schiefgegangen war, und waren alarmiert. Sie würden ein paar Tage warten, wie Simon es angeordnet hatte, und dann Trupps ausschicken. Es gab immer noch die Möglichkeit, Unschuldige hier herauszuhalten.

„Es gibt keine anderen", sagte Simon.

Der Scherge lachte spöttisch. „Ist das die Antwort, Templer, die du mir bei deiner Ehre gibst?"

„Ich bringe Dämonen keine Ehre entgegen", sagte Simon. „Weder Höflichkeit noch Gnade. Auf dieser Welt kann entweder deine Art überleben oder meine, Dämon."

„Wir werden die anderen aufspüren", versprach der Dämon. „Nachdem ich dich gefunden habe, werde ich mir deinen Kopf mit meinem Speer holen und meinen Meister wissen lassen, dass die anderen Templer sich in diesen Hügeln und Wäldern verstecken. Dann werden wir sie finden und sie alle töten."

„Ihr habt uns noch nicht getötet", erwiderte Danielle scharf.

„Das wird nicht mehr lange dauern", sagte der Scherge. Er richtete seinen Speer auf Simon.

Simon hatte kaum Zeit, den Schild vor sich zu halten, als ein schwarzer Strahl aus dem Speer trat. Der Schild lenkte den größten Teil der elektrischen Ladung aus der arkanen Waffe ab. Aber die dazugehörige Kraft stieß Simon zurück und warf ihn um.

„Achtung", sagte die Rüstungs-KI. „Verteidigungswerte sinken auf 43 Prozent."

Gemeinsam griffen die Carnagoren und Zerstörer an. Ihre klauenartigen Füße wühlten sich durch den Schnee. Am Ende arbeitete aber ihre Zahl gegen sie und sie gerieten sich gegenseitig in die Quere.

Simon stand auf und trat an die Front. Die kleineren und schnelleren Zerstörer schlugen als Erste zu. Simon erwischte den ersten und brach ihm den Hals, aber als sein Körper an Simons Schild hinabrutschte, war der nächste Zerstörer bereits heran. Die Bestie sprang auf Simons Kopf zu. Er holte mit dem Schwert aus und zerteilte den Zerstörer beinahe in zwei Hälften. Sein Schwert verfing sich im Rückgrat des Dämons. Simon trat auf seinen besiegten Gegner zu und riss das Schwert aus ihm heraus.

Bevor er sich erholen konnte, schoss der Scherge erneut mit dem Strahl aus dem Speer auf ihn. Dieses Mal sah Simon die grünen Kristalle, die den Schaft bedeckten. Sie pulsierten vor Energie.

Der Schnee offenbarte verräterische Spuren. Simon versuchte sich zu verankern, aber die Dorne drangen nur in den Schnee ein und fanden keinen Halt. Schwarze Flammen zehrten an seiner Rüstung und versperrten ihm die Sicht.

„Verteidigung auf 28 Prozent gesunken", sagte die Rüstungs-KI.

„Analysiere das Feuer", befahl Simon.

„Analyse unvollständig", antwortete die KI. „Keine ausreichenden Informationen in der Datenbank."

Trotz der Rüstung spürte Simon die Hitze, die seine Haut auszutrocknen drohte. Er hob den Schild, um den Strahl abzublocken, und hatte ihn gerade ausgerichtet, als ein Carnagor vor ihm auftauchte. Simon stieß mit dem Schwert vor und durchtrennte den Carnagor in der Mitte. Aber die riesigen Füße des Dämons schlugen gegen den Schild und warfen den Templer zurück.

Simon spürte, wie sein rechter Fuß über die Kante der Klippe glitt, und versuchte sich vor dem Sturz zu bewahren. Der aufgeschlitzte Carnagor traf ihn wieder und trieb Simon erneut weiter zurück.

Der Schwung des Dämons schob Simon über die Kante, aber der Carnagor konnte sich ebenfalls nicht mehr bremsen und stürzte mit ihm in die Tiefe. Beide begannen den langen Sturz auf den zerklüfteten Boden unter ihnen zu.

Mitten im Fall übernahmen Simons Reflexe und seine Ausbildung seinen Kampf. Er hatte viel über Stürze und wie man die kinetische Energie geschickt ausnutzte, gelernt. Seine Erfahrungen im Extremsport hatten zudem seine Grenzen erweitert und das Ungewöhnliche für ihn zur Gewohnheit gemacht.

Mit dem Kopf vorausstürzend, schlug Simon die Hand gegen die Wand der Klippe. „Verankere rechte Hand."

Augenblicklich schossen die Dorne der KI aus seinem Handgelenk und bohrten sich tief in den harten Fels der Klippe. Simons Sturz endete abrupt und wenig angenehm, als seine Hand an der Klippe hängen blieb. Er befand sich plötzlich wieder richtig herum, aber seine Hand hing hinter ihm fest. Schmerz durchzuckte Handgelenke und Arme. Er stemmte die Stiefelsohlen gegen die Wand und verankerte auch sie.

Simon schob den Schild auf den Rücken, befestigte auch die linke Hand und löste gleichzeitig die rechte. Er pendelte ein wenig und schaute auf den zerschmetterten Körper des Carnagors unter ihm hinab.

Nathan schrie panisch auf.

Simon sah hoch, als eine Lawine aus Schnee über die Klippe

stürzte. Er registrierte kaum, dass Nathan ebenfalls fiel, bevor er nach ihm griff. Simons Hand schloss sich fest um die Knöchel seines Freundes. Einen Moment lang dachte Simon, dass seine Schulter auskugeln würde, aber sie hielt.

„Der Herr liebt die seinen“, keuchte Nathan, als er wie ein Pendel an Simons Hand baumelte. „Ich dachte wirklich, ich wäre tot, Kumpel.“

„Ich auch“, sagte Simon.

Einer der fliegenden Dämonen stieß vom Himmel herab. Als er sich näherte, schätzte Simon, dass er nicht größer war als ein afrikanischer Geier, aber das war immer noch verdammt groß. Er hatte Fledermausflügel und einen gespaltenen Schwanz, der halb so lang war wie er selbst.

Der fliegende Dämon schlug wild mit den Flügeln und bremste sich so ab. Dann schlug er mit dem Schwanz zu und versuchte das mit Stacheln versehene Ende durch Simons Visier zu bohren. Kleine Risse entstanden auf der schlagfesten Polycarbonatschicht.

„Achtung“, sagte die Rüstungs-KI. „Wiederholte Schläge …“

Der Dämon wirbelte herum und griff im Blutrausch versunken erneut an. Die Risse im Visier wurden länger und breiter.

„… führen zur Durchdringung des Visiers“, beendete die KI ihre Warnung. „Atmosphärische Dichtungen zerstört.“

Simon schwang Nathan auf die Wand zu. „Mach dich daran fest“, knurrte er, dann hörte er, wie Nathans Dorne sich verankerten. Simon verließ sich auf die Verankerung seiner Rüstung und wandte sich dem Dämon zu.

Die Bestie blieb bei ihrer bewährten Angriffsmethode und schlug erneut mit dem Schwanz zu. Dieses Mal allerdings packte Simon den Schwanz und hielt die gefährlichen Dornen weniger als einen Zentimeter vor seinem Visier auf.

Der Dämon versuchte zu entkommen und flatterte wild mit den Flügeln. Als er erkannte, dass ihm das nicht gelang, flog er auf

Simon zu, griff mit seinem rasiermesserscharfen Schnabel an und zerkratzte die Rüstung des Templers.

Zwei weitere geflügelte Dämonen sammelten sich vor Simon. Er wirbelte den Dämon an seinem Schwanz herum. Knochen zerbarsten, als das Monster gegen die Klippe knallte. Er ließ den toten Dämon los und hob seinen freien Arm, um sich gegen die beiden neuen zur Wehr zu setzen.

Bevor sie bei ihm waren, zog Nathan seinen Feuerfeldwerfer. Flammen schossen aus der Pistole hervor und verbrannten die beiden Dämonen. Tot oder sterbend fielen sie wie Steine vom Himmel.

„Danke", sagte Simon.

„Keine Ursache", antwortete Nathan. „Wenn du nicht gewesen wärst, Kumpel, könnte ich jetzt nicht hier herumhängen."

Simon wandte sich erneut der Klippe zu und benutzte die Verankerung seiner Rüstung, um nach oben zu klettern. Als er sich selbst hochzog, rief er die anderen Templer über Video in seinem HUD an. Danielle und die anderen vier kämpften verzweifelt gegen die Übermacht. Dann ging Honeywell unter dem Angriff eines Carnagors zu Boden. Der Dämon richtete sich wild vor animalischer Freude auf und hämmerte auf die gestürzte Templerin ein.

Simon kletterte über die Kante und kam auf die Beine. Er zog sein Schwert, während er schon auf dem Weg war, um Honeywell zu helfen. Er hoffte, dass er sie noch rechtzeitig erreichte. Nathan folgte ihm.

Der Carnagor sah Simon und versuchte ihn zu stellen. Bevor die Bestie angreifen konnte, schnitt ihr Simon mit dem Schwert die Kehle durch. Er rammte eine Schulter in den Dämon, um ihn von Honeywell wegzudrücken.

Sei am Leben, bettelte Simon, während er sich hinkniete und eine Hand auf Honeywells Brust legte. Die Verbindung der beiden Rüstungen funktionierte sofort und übertrug die Lebensdaten der Templerin.

Honeywell lebte. Aber sie war sehr schwach. Die Liste der gebrochenen Knochen und inneren Verletzungen war lang. Sie würde nicht kämpfen können und überlebte diese Schlacht vielleicht sowieso nicht.

„Initiiere medizinische Kontrolle“, sagte Simon und nahm mit Honeywells KI Kontakt auf.

„Medizinische Kontrolle initiiert“, antwortete die Rüstungs-KI.

„System herunterfahren.“

„Bestätigt. Kris Honeywell benötigt sofortige medizinische Betreuung.“

„Verstanden“, antwortete Simon. Er stand auf und holte den Schild vom Rücken. Sobald er ihn in Position hatte, fuhr der Anzug ihn wieder hoch. Im selben Augenblick stand Nathan neben ihm und die Zerstörer nahmen Notiz von ihnen.

„Was sollen wir tun, Kumpel?“, fragte Nathan, als er einen Zerstörer mit dem Feuerfeldwerfer erschoss. Flammen flackerten um den Zerstörer auf und er heulte vor Schmerz.

Simon erwischte eine der heranspringenden Bestien mit seinem Schild, schlug sie zu Boden, dann zertrat er ihr die Kehle und zerstörte so die Luftröhre. Er trat erneut zu und trieb den Stiefeldorn durch ihr Gehirn.

„Wenn wir Honeywell auf die Beine bekommen, können wir versuchen die Klippen hinabzusteigen.“

„Die Zerstörer können klettern.“

„Aber die Carnagoren nicht.“

„Stimmt.“

Simon rammte einem Zerstörer sein Schwert durch den Schädel. Doch es kamen immer mehr. Er rief Danielle und die anderen zu sich. Tapfer kämpften die Templer sich durch die Flut an Dämonen. Nathan und zwei andere Templer bildeten eine Barriere mit ihren Schilden, während Danielle und die restlichen Schwertmeister jeder mit zwei Klingen kämpften. Die Zerstörer starben und bildeten eine Mauer aus Toten.

Die Carnagoren hielten sich zurück. Simon vermutete, dass sie nur begrenzten Raum auf den Klippen zur Verfügung hatten. Die schmale Fläche reduzierte auch die Möglichkeit, sich unter ihnen durchzuwühlen. Die Carnagoren trompeteten im Blutrausch.

„Ihr werdet sterben, Templer“, verspottete ihn der Scherge von den Schultern des Fäulniskolosses herab. „Dann hole ich mir Verstärkung. Wir suchen diejenigen, die ihr beschützt. Wir werden sie finden und töten.“

Zehn

Simon schlang sich die ohnmächtige Honeywell über die Schulter und wollte gerade die Klippe hinabklettern, als der Boden erbebte. Er überprüfte das HUD und fand die Quelle der Vibrationen: drei schwarze Geländewagen arbeiteten sich durch den Schnee auf die Dämonen zu.

Simon erkannte sofort, dass sie aus der Zuflucht stammten. Keiner der Templer aus London wäre so weit hinausgefahren.

Die Fahrgestelle der Geländewagen befanden sich normalerweise 90 Zentimeter über dem Boden, aber jetzt mussten sie sich durch tiefe Schneewehen arbeiten. Die eineinhalb Meter hohen Reifen mit Spikes wühlten den Schnee auf. Die Templer hatten die Wagen, die auf den Entwürfen der britischen Militärwagen Panther MLV basierten, speziell modifiziert. Sie waren mit aktiver Panzerung ausgestattet, Raketenwerfern, schweren XM171-Thermokanonen und einer F-S-Grinderkanone. Die Hundeaugen, die mitgeführten Drohnen, die die Ziele für die Waffen des Geländewagens markierten, flogen hoch über ihnen und übermittelten die Informationen an die Waffenoffiziere.

„Haltet aus, Simon", sagte eine vertraute Stimme.

„Wertham", sagte Nathan glücklich. „Ich wusste gar nicht, dass du so spät noch auf bist."

Simon fühlte sich ein kleines bisschen erleichtert. Wertham war noch vom alten Schlag, ein Mann, der Thomas Cross ausgebildet hatte, als er noch jung gewesen war. Wenige der alten Templer lebten noch, die meisten waren Lord Sumerisle bei der St. Pauls Kathedrale in den Tod gefolgt.

„Ich habe eine Ausnahme gemacht, als ich herausfand, dass ihr noch nicht zurückgekehrt wart.“

„Dein Befehl lautete doch, in der Zuflucht zu bleiben“, sagte Simon.

„Ach wirklich?“ Wertham klang unschuldig. „In meinem Alter kann man sich eben nicht mehr auf sein Gedächtnis verlassen.“

Die Geländewagen feuerten ohne zu zögern. Die Hundeaugen-Drohnen markierten die Ziele, damit sie die Templer am Rand der Klippen nicht aus Versehen treffen konnten. Feuerbälle flogen aus den Kanonen der Geländewagen und die Palladiumgeschosse hinterließen rauchende tote Carnagoren.

„Angriff!“, kreischte der Scherge den Carnagoren und Zerstörern zu. „Angriff!“ Auf sein Kommando wandte sich der Fäulniskoloss um und floh über die schneebedeckte Landschaft.

„Wertham!“, rief Simon.

„Ja.“

„Da läuft ein Fäulniskoloss nach Osten.“ Simon gab die Koordinaten an den Waffenoffizier über die Rüstungs-KI weiter.

„Wir haben ihn, Simon.“

„Er darf uns nicht entkommen.“

Die Kanonen des Geländewagens schwangen herum und feuerten. Die Thermokanonen verfehlten das Ziel. Die Projektile aus der Grinderkanone schnitten durch die Bäume, erreichten den fliehenden Dämon aber nicht.

„Ich kann ihn nicht ausschalten“, sagte der Waffenoffizier. „Die Bäume stören die Erfassung durch die Drohnen.“

Simon rannte los und nutzte die erhöhte Leistung des Anzugs, um über die dünne Linie der Verteidiger zu springen. Er landete im tiefen Schnee, stolperte und stürzte beinahe. Der Schütze aus dem nächststehenden Geländewagen tötete zwei Zerstörer, die Simon folgen wollten.

Beim Geländewagen angekommen, legte Simon Honeywell ab.

„Holt sie rein“, befahl er. „Sie muss sofort medizinisch behandelt werden.“

Der Geländewagen walzte vorwärts und deckte so die Templerin mit seinem Chassis zu. Simon wusste, dass sie Honeywell durch den Notausstieg unter dem Fahrzeug einladen würden.

Simon kämpfte sich durch den Schnee und erreichte Werthams Geländewagen. Er sprang auf und kniete sich hin. Über das HUD beobachtete er, wie die Thermokanone mehrere Zerstörer über die Klippe katapultierte und Geschosse die Carnagoren zur Explosion brachten.

Nathan und Danielle führten die Templer bereits in die Sicherheit der Geländewagen.

„Alles unter Kontrolle, Wertham“, sagte Simon. „Bring mich zu dem Fäulniskoloss und seinem Reiter.“

„Schon auf dem Weg.“

Simon hielt sich an dem Geländewagen fest. Er prallte gegen die Außenhaut des Fahrzeugs, als es sich in Bewegung setzte. Die Reifen auf der rechten Seite bewegten sich nicht, während die linken sich durch Schnee und Erde wühlten. Dann donnerten sie über das raue Terrain und verfolgten den fliehenden Dämon.

„Wir haben ein paar Leute verloren, oder?“ Werthams Stimme dröhnte nicht mehr so wie vorher. Er sprach mit Simon über eine private Leitung.

„Ja“, stimmte Simon zu. „Es war mein Fehler.“

„Nein, war es nicht.“

„Ich war zu lasch. Ich hätte mehr Leute mitnehmen und Kundschafter ausschicken sollen.“

„Mehr Leute hätten mehr Aufmerksamkeit auf sich gezogen“, sagte Wertham. „Das wissen wir beide. Kleine Gruppen sind schneller und unauffälliger.“

Simon stimmte ihm im Stillen zu. Sicherheit und Tarnung mussten immer genau gegeneinander abgewogen werden, wenn man

Jagdgruppen aussandte. Wenn sie einfach in der Zuflucht unter sich geblieben wären, hätte niemand ausziehen müssen.

Aber dann hättest du auch niemanden retten können, der den Weg aus London heraus gefunden hat, schalt sich Simon.

„Wir können uns nicht einigeln“, sagte Wertham. „Das haben wir doch schon besprochen, als wir uns in der Zuflucht angesiedelt haben. Wir alle waren uns einig, dass wir die Flüchtlinge nicht im Stich lassen können.“

„Ich weiß.“

„Anders als die anderen.“

„Ich weiß.“ Die Templer im Untergrund wollten die Invasion der Dämonen aussitzen. Die Anführer der Häuser benutzten das Massaker bei der St. Pauls Kathedrale, um die Dämonen davon zu überzeugen, dass alle Templer tot waren. Sie wollten im Geheimen weitertrainieren und eine neue Generation heranwachsen lassen, bevor sie gegen die Dämonen antraten.

Simon wollte das nicht. Der Brand zehrte an London. Er spürte, dass es nichts mehr zu retten gäbe, wenn sie warteten, bis die Templer ihre Armee aufgebaut hatten.

Am Anfang hatten nur wenige Templer es genauso gesehen. Als er nach London zurückgekehrt war und schließlich gegen Terrence Booth, den Hochlord des Hauses Rorke, gekämpft hatte, war Simon von den Templern verstoßen worden. Alle Privilegien waren ihm aberkannt worden. Aber er hatte den Untergrund nicht allein verlassen. Während der letzten vier Jahre, besonders seit die Templer entdeckt hatten, dass Booth Simon unter dem Versprechen eines Waffenstillstandes festgesetzt hatte, waren viele zu ihnen gekommen.

Führe ich sie nur in den Tod?, fragte Simon sich bitter. In der Zuflucht hatten sich die Dinge nicht gut entwickelt. Booth und einige der anderen Templer, die im Untergrund geblieben waren, bezeichneten ihn als Ausgestoßenen und behaupteten, dass er Templer dazu brachte, die Sicherheit des Untergrunds zu verlassen, um dann den Dämonen in die Hände zu fallen.

Er verbannte diese düsteren Gedanken und erkannte, dass er mittlerweile oft davon heimgesucht wurde. Dann konzentrierte er sich auf den fliehenden Dämon.

Der Scherge musste sterben.

Simon hing grimmig am Geländewagen, der sich über das unebene Gelände bewegte. Das spitze Vorderteil verdrängte die Schneewehen, die explosionsartig auseinanderstoben. Die Flocken landeten auf Simons angebrochenem Visier und schmolzen augenblicklich, weil der Anzug die Sicht frei halten wollte. Wassertropfen bildeten sich am Visier und sickerten durch die Risse, die der geflügelte Dämon hinterlassen hatte.

Zweimal hob das Geländefahrzeug ab und landete mit krachenden Stößen wieder auf dem Boden. Simon kniete sich hin und spürte, wie er gegen die Außenwand geworfen wurde.

„Bist du noch da?", fragte Wertham.

„Ja", antwortete Simon.

„Ich kann dem Dämon nicht in den Wald folgen."

„Ich weiß." Simon spähte durch die Bäume. Glücklicherweise konnte er durch die Lücken zwischen den Stämmen den Dämon sehen. Dem Monster boten sich dort nicht allzu viele Verstecke. „Bring mich nur nah genug ran."

Der Geländewagen erreichte den Wald. Kleine Schösslinge und Unterholz verschwanden unter den riesigen Reifen des Kampfwagens. Das permanente Knacken und Krachen drang über Simons Audiosysteme.

Immer wieder beleuchtete das Mondlicht die fliehenden Dämonen durch die Bäume. Der Scherge hatte offensichtlich den Geländewagen entdeckt und bemühte sich, davon so viel Abstand wie möglich zu halten.

„Halt hier an“, sagte Simon, dann sprang er vom Wagen.

Weil der Geländewagen immer noch mit 65 Kilometern pro Stunde über das unebene Gelände brauste, als Simon absprang, halfen ihm die gyroskopischen Systeme der Rüstung, sich auf den Beinen zu halten. Dennoch prallte er von einem Baum ab, hinterließ Schrammen in der Rinde und brach durch Äste, die über fünf Zentimeter dick waren.

Er schlug auf den Boden auf und rollte sich ab. Schwert und Schild auf seinem Rücken verursachten Schmerzen, aber er hatte solche Manöver jahrelang geübt. Als er wieder aufstand, zog er das Schwert.

Er rannte wie ein Hirsch durch den Wald und sprang über umgefallene Bäume. Das HUD zeigte ihm, dass Wertham den Geländewagen am Waldrand gestoppt hatte. Drei weitere Templer waren ausgestiegen und folgten ihm.

Als Simon zu den Dämonen aufschloss, glitt der Scherge vom Rücken des Fäulniskolosses. Augenblicklich wandte sich der große Dämon zu Simon um. Er stapfte ungeschickt durch den Wald, in diesem Gelände wirkte er wie ein Fremdkörper.

Simon riss seinen Schild herum, hielt ihn vor sich und benutzte ihn, um die massigen Fäuste des Fäulniskolosses abzuwehren. Die kräftigen Treffer trieben Simon einen Moment lang zurück, dann trat er nach rechts, schlug dem Dämon den Schild vors Knie und hörte, wie es zerbarst.

Der Fäulniskoloss heulte vor Schmerz und fiel auf das Knie. Er schlug mit seiner großen Faust nach Simon, verfehlte ihn aber um einige Zentimeter.

„Kümmert euch um den“, befahl Simon einem der aufschließenden Templer.

Die drei Templer näherten sich gnadenlos dem Fäulniskoloss. Der Dämon spie Gift aus seinem Kehlsack, aber einer der Templer hob einfach seinen Unterwerfungsschild an. Aus spektraler Energie geformt, glühte der Schild und wurde durchsichtig, bis er getroffen wurde. Dann wurde er undurchsichtiger, je nach der Stärke der Treffer. Der Schild fing die Hauptlast des Gifts ab, während die anderen beiden Templer angriffen.

Simon beobachtete den Kampf über das HUD, während er den Schergen verfolgte. Der Dämon sprang hoch, packte einen dicken Ast mit einer seiner kybernetischen Hände und zog sich daran hoch. In der Deckung des Baumstammes steckte er eine Waffenhand auf sein Handgelenk.

„Du dickköpfiger Templer“, stichelte der Dämon. „Kommst extra hierher, um zu sterben.“

„Ich werde nicht derjenige sein, der stirbt“, sagte Simon.

Geschmeidig wie ein Affe ließ sich der Scherge auf einen Ast unter ihm fallen und feuerte mit dem Blaster. Überrascht ließ sich Simon zurückfallen, als die Energie gegen seinen Helm schlug. Das Visier barst weiter.

„Achtung“, sagte die KI. „Primäre Rüstung bei 18 Prozent. Weitere Templerpräsenz geortet. Schalte auf reinen Verteidigungsmodus.“

Der Erschöpfung nahe, zwang sich Simon auf die Beine. Er verfolgte den Dämon, der sich durch die Bäume hangelte. Die drei Templer bekämpften immer noch den Fäulniskoloss. Er durfte den Schergen nicht entkommen lassen.

Der Scherge versuchte erneut einen Angriff, aber dieses Mal war Simon vorbereitet. Als sich der Dämon abermals fallen ließ und seine Waffenhand hob, nahm Simon den Schild und blockte damit den Energiestoß.

Im schnellen Rückzug, offensichtlich einen Gegenschlag erwartend, kletterte der Scherge durch die Zweige. Simon nahm den Schild ab, packte ihn an der Kante und wandte sich den Bäumen zu. Als er noch Extremsport betrieben hatte, hatte er oft Frisbeescheiben geworfen, um die Hand-Auge-Koordination zu stärken.

Außerdem waren in seiner Erinnerung damit irgendwie Strände und Mädchen verbunden. Durch die Rüstung war der Schild unglaublich leicht.

Als sich der Scherge auf einem Zweig niederließ, der sich außer Schussweite befand, warf Simon den Schild. Bei einem Durchmesser von 90 Zentimetern wog der Schild bestimmt 20 Kilogramm. Der Schild krachte durch die Äste und drang in den Kopf des Schergen ein.

Durch den Treffer fast schon enthauptet, fiel der Dämon wie ein Stein vom Baum. Als er auf den Boden krachte, war Simon bereits mit dem Schwert in der Hand bei ihm.

Obwohl sein halber Schädel vom Schild weggerissen worden war, lebte der Dämon noch. Er sah Simon aus seinen boshaften schwarzen Augen an. Er zuckte, als er aufzustehen versuchte. Dann fiel er zurück.

„Offensichtlich muss ich mich heute meinem Schicksal stellen, Templer“, sagte der Scherge.

„Und du hast dir keinen Namen verdient“, verspottete ihn Simon. „Zu schade aber auch.“

„Vielleicht komme ich vom Quell der Mitternacht zurück“, sagte der Dämon.

Der Quell der Mitternacht war ein Ort, an dem Dämonen und Schatten wiedergeboren wurden. Simon hatte schon Zeit seines Lebens Geschichten darüber gehört. Er hatte jahrelang versucht, ihn sich vorzustellen, doch es war ihm nie gelungen.

„Du hast keine Seele, Dämon“, sagte Simon. „Wenn du stirbst, wirst du zerstört. Nichts bleibt von dir übrig.“

Der Dämon lachte trotzig. „Glaubst du das wirklich?“

„Ja.“

„Dann bist du ein Narr. Der Quell der Mitternacht wird mich zu sich rufen und aus mir machen, was er will. Wenn ich stark genug bin, wenn ich dem Weg des Schatten gut genug gefolgt bin, kehre ich zurück.“ Der Scherge schnaufte, als er zu atmen versuchte. „Wenn nicht, wird der Quell der Mitternacht dennoch meine Essenz aufnehmen und daraus weitere Dämonen erschaffen.“

Der Gedanke jagte Simon einen Schauer den Rücken hinab. *Wie kann man nur gegen eine unauslöschliche Armee bestehen?*

„Deine Welt wird verlieren, Templer“, flüsterte der Dämon. „Alle Welten vor dieser sind gefallen.“

„Doch diese nicht“, sagte Simon. „Unser Schicksal ist größer als eures.“

Der Dämon lachte. „Wer hat dir das denn gesagt?“

„Ich habe es sogar schriftlich.“ Selbst das Goetia-Manuskript wies darauf hin. „Das ist die Wahrheit, die uns von unserem Schöpfer gegeben wurde.“

Etwas von dem, was Simon gesagt hatte, erzeugte Furcht bei dem Schergen. Er sah die Besorgnis in den geweiteten Augen des Dämons.

„Die Wahrheiten“, flüsterte der Dämon, „werden niemals wieder …“ Dann erzitterte er und wurde still. Die Pupillen wurden starr, dann wuchsen sie und verwandelten sich in schwarze Seen.

Simon sah auf die Kreatur hinab und fragte sich, was er gesagt hatte, um so eine Reaktion auszulösen. *Hatte der Dämon „Wahrheit“ oder „Wahrheiten“ gesagt?* Er wusste es nicht mehr.

„Ist er tot, Lord Cross?“

Als er mit seinem Adelstitel angesprochen wurde, sah Simon die drei sich nähernden Templer. Obwohl die Templer in der Zuflucht sich während der letzten Monate angewöhnt hatten, ihn Lord Cross zu nennen, war er noch immer nicht vertraut damit. Lord Cross war sein Vater gewesen und selbst Thomas Cross hatte sich nicht oft so nennen lassen.

„Ja“, sagte Simon. „Er ist tot.“ Er nahm seinen Schild von dem Templer entgegen, der ihn zurückgeholt hatte, dann kniete er sich hin und wusch mit dem Schnee das Dämonenblut weg.

„Sergeant Wertham würde gern so schnell wie möglich von hier verschwinden“, sagte ein anderer Templer.

„Besonders, da ihr heute Abend gar nicht hier sein solltet“, antwortete Simon. „Ich kann mir vorstellen, dass er jetzt das große Zittern kriegt.“

„Das tut uns leid, Lord Cross.“

Diese Visiere versagen völlig, wenn es um Sarkasmus oder Ironie geht, überlegte Simon. Er schaltete sein Visier durchsichtig, damit der Templer sein Lächeln sehen konnte.

Auch ihre Visiere wurden durchsichtig und ihre Jugend erstaunte ihn. Er hatte sie alle selbst ausgebildet und hatte zweien sogar beim Schmieden der Rüstungen geholfen.

„Das war ein Scherz“, erklärte Simon.

„Oh.“ Aber keiner der drei entspannte sich und lächelte.

Simon führte sie aus dem Wald. Eine schnelle Überprüfung des HUDs zeigte ihm, dass zwei weitere Geländewagen zu den Rehkadavern fuhren. Zumindest war die Aktion doch zu etwas nutze gewesen. Abgesehen davon, dass sie die drei verlorenen Templer nicht ersetzen konnten. Jedes dieser Leben war wertvoll.

Schweren Herzens stapfte Simon durch den Schnee und hoffte, dass er wenigstens ein paar Stunden Ruhe haben würde, bevor er erneut in die Schlacht ziehen musste. Seine Gedanken wanderten zu Leah und er fragte sich, wie es ihr wohl ging. Sie hatten sich seit Wochen nicht mehr gesehen.

Aber das war in Ordnung, überlegte er. Sie hatte ihre Geheimnisse, wer sie zum Beispiel eigentlich war und wen sie repräsentierte, und er hatte seine. Seit er sie das letzte Mal gesehen hatte, hatte Macomber bedeutende Fortschritte bei der Übersetzung des Goetia-Manuskripts gemacht. Er hasste es, wenn er sie darüber belügen musste, aber er würde es tun.

Zumindest so lange, bis er sicher war, dass ihre Absichten und Ziele zueinanderpassten.

Elf

„Die werden uns nicht gerade mit offenen Armen empfangen."

Warren, der die Männer beobachtete, die sich hinter den Bäumen und dem Unterholz versteckten, wusste, dass Naomi recht hatte. Die Leute, die hier draußen lebten oder die London entflohen waren, neigten nicht dazu, jedem zu trauen, der die Straße entlangkam.

Die Zombies verstärkten das Vertrauen auch nicht gerade.

„Ich war auch nicht davon ausgegangen, dass sie uns willkommen heißen würden", antwortete Warren. Eigentlich hatte er überhaupt niemanden treffen wollen, während er Liliths Weganweisungen folgte.

Ein kleines Stück vor ihnen – wenn ihre Richtung immer noch stimmte – trat ein Mann aus den Schatten, direkt vor einem Wäldchen. Er war dünn und wirkte angespannt. Warren erkannte das anhand der Aura des Mannes. Die Anspannung konnte man aber auch leicht so erraten, da er ein Gewehr auf sie richtete.

„Keinen Schritt weiter!", rief der Mann.

„Wir kommen in Frieden." Warren verlangsamte seine Schritte nicht, nur Naomi blieb etwas zurück.

Der Mann schoss knapp über Warrens Kopf hinweg. Der Knall hallte über das Sumpfland.

„Wenn du nicht augenblicklich dort stehen bleibst, du dummer Idiot, können deine Begleiter dich nach Hause tragen."

Warren blieb stehen.

„Du musst nicht darauf achten, was der Mann sagt." Lilith stand neben Warren und hatte die Arme gebieterisch verschränkt. „Du kannst die Zombies angreifen lassen."

„Wir könnten es auch diplomatischer versuchen.“ Warren widerstand dem Impuls, sich den Weg durch die Männer und Frauen zu erkämpfen, die sich in der Dunkelheit versammelt hatten. Als er noch Merihims Sklave gewesen war, hätte er nicht zurückweichen dürfen.

„Schwäche zu zeigen, ist schlecht“, sagte Lilith.

„Anhalten und reden, ist keine Schwäche“, antwortete Warren.

„Das sehe ich auch so“, sagte Naomi. „Aber ich glaube nicht, dass sie uns vorbeilassen werden.“

„Gibt es einen anderen Weg?“, fragte Warren Lilith. „Können wir sie umgehen?“

„Wir könnten. Aber es würde länger dauern und du würdest weitere Zombies verlieren. Du willst hier draußen doch nicht ohne Verteidigung herumlaufen?“

Warren stimmte ihr im Stillen zu. „Wir verlieren auch ein paar Zombies, wenn wir gegen diese Leute kämpfen.“

„Ja.“ Der grüblerische Ausdruck auf Liliths Gesicht schien echt zu sein. „Aber so könnten wir vielleicht neue Zombies erschaffen. Du könntest hier eine völlig neue Armee ausheben.“

Der Gedanke machte Warren krank. Als er noch für Merihim gearbeitet hatte, hatte er über solche Sachen nicht viel nachgedacht. Er hatte zu viel Angst um sein eigenes Leben gehabt, als sich um die Leben anderer zu sorgen.

Manchmal, wenn er sicher war, allein zu sein – was selten geschah, denn entweder Naomi oder Lilith waren immer da –, fühlte er sich schlecht, wenn er daran dachte, wie das mit seiner Wohngenossin Kelli verlaufen war. Sie war keine richtige Freundin gewesen, aber gelegentlich hatte sie sich ihm gegenüber doch nett verhalten.

Nach seinem ersten Zusammentreffen mit Merihim, als er verbrannt und von dem Dämon mit Narben entstellt worden war, hatte Warren sich Kellis Willen untertan gemacht und sich zu ihrem

Herrn aufgeschwungen. Selbst nach ihrem Tod hatte er sie wiederbelebt und als Wache benutzt. Das war sie geblieben, bis er sie zerstörte, als sie Naomi verletzen wollte.

Warren wollte diese Leute nicht töten. Manche waren alt und viele nicht mehr als Kinder.

„Du bist weich“, schalt ihn Lilith.

„Ich muss sie nicht töten“, antwortete Warren.

„Was ist?“ Naomi trat näher an ihn heran. „Was hast du gesagt?“

Die Zombies wurden ungeduldig.

Warren wandte sich an den Mann mit dem Gewehr. „Wir wollen euch nichts tun. Wir kommen in Frieden.“

„Vielleicht, aber du wirst in Stücke gerissen, wenn du noch einen Schritt weitergehst“, sage der Mann mit rauer Stimme. „Das ist unser Land. Und wir wollen keine Fremden hier.“

„Wir sind nur auf der Durchreise.“

„Aber nicht heute Abend. Ihr verschwindet besser und sucht euch einen anderen Weg.“

„In Ordnung“, sagte Warren. „Kannst du mir eine Richtung empfehlen?“

Der Mann zögerte. „Kommt darauf an, wo du hinwillst.“

Warren sah Lilith an.

Ihre gerunzelte Stirn zeigte deutlich, dass sie mit seiner Aktion unzufrieden war. „Tiefer ins Sumpfland.“

Warren gab die Information weiter.

„Dann wartet ihr besser bis zum Morgen“, sagte der Mann. „Das Sumpfland ist tückisch. Besonders im Mondschein. Und wir haben Geschichten von Wesen gehört, die dort draußen hausen.“

„Was für Wesen?“

„Dort draußen sind Jäger, die sich um ihr Revier streiten. Wölfe und so was. Und außerdem jede Menge wilder Hunde, die aus der Stadt kommen oder von den Bauernhöfen am Rand von London, die überfallen wurden.“

„Das klingt nicht sehr einladend", sagte Warren.

„Ist es auch nicht."

„Wir wollen hier nur durchgehen. Und einen trockenen Platz finden, an dem wir schlafen können."

„Überall, aber nicht hier."

Warren spürte Gefahr und sah die Straße zurück, die sie gekommen waren. Er erblickte eine Eule, die vorbeiflog, dann schloss er die Augen und griff nach dem nächtlichen Jäger.

Als Warren wieder sehen konnte, blickte er durch die Augen der Eule. Alles war scharf im Mondschein, aber in Schwarz, Weiß und Grau statt in Farbe. Er spürte auch den Hunger der Eule. Ihre Jagderfolge waren in letzter Zeit mager gewesen.

Warren übernahm die Kontrolle und zwang die Eule, den Weg zurückzufliegen, den sie gekommen waren. Sie flog über die Baumspitzen und hielt sich dabei niedrig, damit sie nicht so leicht gesehen werden konnte. Ihr Überlebensinstinkt passte zu dem von Warren.

Nur eine kurze Strecke entfernt bewegte sich ein bunter Haufen von Dämonen – die meisten waren nur Teufelsspäher, die ausgeschickt wurden, um die umgebende Landschaft auszukundschaften – auf den Spuren der herumstapfenden Zombies. Den Fußabdrücken im Schnee konnte man leicht folgen.

Einer der Teufelsspäher hob den Arm.

Einen Augenblick lang dachte Warren, dass der Dämon mit einer Waffe auf ihn feuern wollte. Mit pochendem Herzen vergaß er einen Moment lang, dass er ja nicht tatsächlich die Eule war. Er ließ sie wegfliegen.

Statt einer Waffe wie eine Pistole, die Warren erwartet hatte, entfaltete sich ein Aal oder eine Schlange aus der Hand des Dämons und katapultierte sich in die Luft. Das Tier breitete die Flügel aus und flog los.

Die Angst der Eule übertrug sich auf Warren. Sie versuchten

beide, der unglaublichen Kreatur zu entkommen. Während ihres Lebens hatte die Eule niemals so etwas Aalähnliches gesehen. Der Dämon war beinahe zwei Meter lang, farblos und hatte einen übergroßen muskulösen Kopf, so groß wie Warrens Faust. Als sich das Maul öffnete und er seine spitzen Zähne zeigte, die im Mondschein glitzerten, wirkte der Kopf sogar noch größer.

Trotz der eleganten Fähigkeiten der Eule in der Luft und Warrens Geschwindigkeit waren sie dem Dämon dennoch nicht gewachsen. Er holte die Eule mit Leichtigkeit ein, flog über ihr und stürzte sich dann auf sie.

Warren spürte, wie die Fänge des Dämons durch den Hals der Eule drangen, als wäre es sein eigenes Fleisch. Brennendes Gift floss durch seinen Körper, erreichte das Herz und stoppte es. Paralysiert fiel die Eule auf das schneebedeckte Sumpfland, als der Dämon Fleischstücke herausriss und sie auffraß.

Warren kehrte in seinen eigenen Körper zurück. Sein Herz pochte so wild, dass es fast aussetzte. Er taumelte und wäre beinahe gestürzt. Doch Naomi trat neben ihn und packte ihn am Arm. Ihre Stärke überraschte ihn, aber er wusste, dass die dämonischen Transplantate sie verändert hatten.

„Warren", zischte sie.

„Bleib wach", befahl Lilith. „Wenn du nichts unternimmst, werden die Dämonen uns einholen und uns töten. Dann sind wir alle verloren."

„Mir geht es gut." Obwohl er nicht wusste, ob er sich auf den Beinen halten konnte, wand sich Warren aus Naomis Griff. Sie ließ ihn los.

„Was ist?", fragte Naomi.

„Dämonen", keuchte Warren. „Wir werden verfolgt."

Naomi sah ihn angstvoll an. „Warum sollten sie uns folgen?"

„Das weiß ich nicht." Warren sah die Leute vor ihnen an.

„Was ist mit deinem Freund los?“, fragte der Mann mit dem Gewehr.

Warren wies in die Richtung, aus der sie gekommen waren. „Wir werden von Dämonen verfolgt. Sie werden in wenigen Minuten hier sein.“

Wilde Flüche ertönten von den Männern. Ein paar waren der Ansicht, Warren sollte auf der Stelle erschossen werden. Ihre Meinung schien sich langsam durchzusetzen.

„Ich kann euch helfen“, sagte Warren.

„Du?“, fragte der Mann skeptisch. „Mit den toten Dingern, die dir folgen?“

„Ich habe gewisse Kräfte“, antwortete Warren.

„Dämonenkräfte“, sagte jemand. „Er ist ein Dämonenfreund. Einer von denen, die so wie die Dämonen sein wollen. Der ist nicht besser, wenn ihr mich fragt.“

„Ich will nicht wie die Dämonen sein“, erklärte Warren. „Sie sind auch meine Feinde. Wenn ich zu ihnen gehören würde, müsste ich nur auf sie warten. Ich hätte euch nicht sagen müssen, dass sie kommen.“

„Das ist ein Trick“, meinte jemand anderes. „Er will nur diese toten Dinger zu uns bringen, damit sie uns die Kehlen aufschlitzen, wenn wir nicht aufpassen.“

„Narren“, zischte Lilith. „Lass sie sterben.“

Warren wankte unsicher. Er wollte nicht auf die Teufelsspäher treffen.

Naomi sah ihn an und erkannte seine Gedanken. Ihre dunklen Augen musterten ihn.

„Wir können sie nicht allein lassen“, sagte sie.

„Natürlich können wir das“, erklärte Lilith.

„Sie wollen uns hier nicht haben“, erklärte Warren.

Naomi nahm ihn am Arm, seinem Arm aus Fleisch und Blut, und hielt ihn. „Wenn wir sie zurücklassen, werden sie sterben.“

„Sie sterben doch sowieso", sagte Lilith. „Wenn nicht heute Abend, dann an einem anderen Tag. Sie sind zu schwach für diese Welt."

„Sie sterben sowieso", sagte Warren.

„Glaubst du denn, dass die Dämonen aufhören, uns zu jagen, nachdem sie diese Leute hier abgeschlachtet haben?", entgegnete Naomi.

Warren antwortete nicht.

„Das werden sie nicht tun", sagte Naomi. „Die Dämonen werden diese Leute töten und uns dann folgen, wohin auch immer du uns bringst."

Angst breitete sich in Warren aus.

„Diese Dämonen sind doch nicht hinter diesen Leuten her", sagte Naomi. „Sie suchen etwas und ich glaube, sie suchen dich."

„Das weiß sie nicht", sagte Lilith.

„Das weißt du nicht", stellte Warren fest.

„Merihim kann sie geschickt haben."

Angst strich durch Warren. „Ich bin ein Nichts für Merihim, seit er mir die Hand wieder genommen hat."

„Du hast den Geist mit dem Dämon geteilt", sagte Naomi. „Vielleicht fürchtet er, dass du dabei etwas Wichtiges erfahren hast."

Wenn er daran dachte, wie mächtig Merihim war, konnte Warren das nicht glauben. Er sah die Straße zurück, die sie gekommen waren, und versuchte zu überlegen, was er tun sollte. Sein Leben war nie zuvor so schwer gewesen. Nicht einmal, als er noch bei seiner magiebesessenen Mutter und seinem ausfälligen Stiefvater gelebt hatte. Die Entscheidungen waren damals einfacher gewesen.

Aber es waren dieselben, oder nicht?, fragte sich Warren. *Überleben oder nicht überleben. Der Einsatz hatte sich nicht geändert. Das Spiel war nur schwerer geworden.*

Zwölf

„Als Merihim dir die Hand abgenommen hat", sagte Naomi, „hat er nicht erwartet, dass du das überleben würdest. Es war ein Wunder, dass du nicht gestorben bist. Ich war dabei."

Du hast mich verlassen, musste Warren denken.

„Sie hat dich verlassen", sagte Lilith. „Nur ich wusste, was du brauchtest. Ich gab dir eine Hand. Lass dich nicht von dieser Frau beeinflussen. Sie denkt nur an sich selbst."

Warren sah Lilith an. *Und an wen denkst du?* Aber er wusste, um wen es ihr am meisten ging. Er konnte es ihr nicht vorwerfen. Er dachte auch am meisten an sich.

„Merihim hat nicht erwartet, dass du überlebst", sagte Naomi. „Er hat nicht damit gerechnet, dass du wieder mächtig wirst. Vielleicht bist du schon eine Bedrohung für ihn?"

Beides, wusste Warren, waren Tatsachen. In der Ferne kamen die Teufelsspäher über den Hügel. Sie stachen schwarz vor dem schneebedeckten Hintergrund unter dem silbernen Mondlicht hervor.

„Das stimmt", gab Lilith widerwillig zu. „So mächtig ich auch bin, konnte ich dich doch nicht vollständig von Merihim abschirmen. Vielleicht sucht er nach dir."

„Wenn Merihim mich finden wollte", sagte Warren, „könnte er das mit Leichtigkeit. Und er würde keine Teufelsspäher ausschicken."

„Würde er das nicht?", fragte Lilith. „Du bist noch nicht so wichtig, Warren. Merihim weiß noch nicht, was ich für dich tun werde. Er hat keine Ahnung, wie mächtig du mit meiner Hilfe wirst."

Warren hing an den Worten der Frau. Wenn er in dieser Welt überleben wollte, musste er mächtig genug sein. Dazu gab es keine Alternative. Selbst mit all seinen angeborenen Fähigkeiten, mit den Kräften, die er bereits kannte, war er nicht stark genug dafür, und er wusste es.

„Merihim könnte diese Teufelsspäher geschickt haben", meinte Naomi. „Du kannst das Gegenteil nicht beweisen. Wenn du dich irrst, folgen sie uns in den Sumpf und töten uns."

„Ich weiß."

„Wir müssen diese Leute für uns gewinnen. Sie irgendwie überzeugen, dass wir gemeinsam stärker sind als allein."

Warren steigerte sich in seine Angst hinein. Machte sie so groß und stark, dass er sie nicht mehr aushalten konnte. Dasselbe hatte er als Junge gemacht, während er im Haus seiner Mutter lebte. Als er praktisch gefühllos war, wandte er sich den bewaffneten Männern zu.

„Ich bin nicht derjenige, vor dem ihr Angst haben solltet", sagte er zu ihnen. „Unsere Feinde sind dort." Er wies mit dem Arm auf die herannahende Gruppe von Teufelsspähern.

„Er gehört zu denen", sagte jemand.

„Er will uns nur austricksen", meinte ein anderer.

Warren griff nach der Kraft, die ihn ständig durchströmte. Jetzt, da er sie kannte, wusste er, dass diese Kraft schon immer in ihm gewesen war. Selbst als Kind hatte er sie bereits besessen. Diese Kraft hatte ihm ermöglicht, sich in der Nacht zu retten, als sein Stiefvater seine Mutter getötet hatte und ihn ebenfalls umbringen wollte.

In dieser Nacht, in der seine Mutter nur wenige Schritte entfernt tot auf dem Boden gelegen hatte und eine Kugel praktisch schon in seinen Körper eingedrungen war, hatte Warren den Geist seines Stiefvaters übernommen. Trotz der Absichten des Mannes, ihn zu töten, hatte Warren ihn gezwungen, die Pistole gegen sich selbst zu richten.

„Ich wünschte, du wärst tot", hatte Warren zu ihm gesagt.

Er erinnerte sich noch an den ungläubigen Ausdruck in den Augen seines Stiefvaters, als er die Waffe von Warren abwandte und sich an die eigene Schläfe hielt. Martin DeYoung, sein Stiefvater, war ein kleiner Drogenhändler gewesen, der sich selbst nicht unter Kontrolle hatte. Er hatte auch das Bedürfnis von Warrens Mutter nach dem Arkanen nicht erkannt. In dieser Nacht, unter dem Einfluss der Drogen, die er selbst verkaufte, war sein Wille nicht besonders stark gewesen. Warren war wütend gewesen, nicht ängstlich. Angst war viel stärker als Wut. Warren verstand das, weil er sich nicht daran erinnern konnte, wann die Angst nicht Teil seines Lebens gewesen war.

Sein Stiefvater hatte in dieser Nacht vor Angst geschrien, aber er hatte sich nicht selbst aufhalten können. *„Nein! Zwing mich nicht dazu! Nein! Stopp! Bitte!"*

Aber Martin DeYoung hatte die Pistole an seine Schläfe gehalten und den Abzug betätigt. Die polizeiliche Untersuchung hatte die Schießerei als Mord und Selbstmord bezeichnet. Warren hatte nur knapp überlebt.

Warren sammelte all seine Kraft, zog sie aus der silbernen Hand und benutzte diese Energie, um die Gruppe der bewaffneten Männer zu beeinflussen. All ihre Geister fühlten sich wie Schlösser an. Einige knackte man leichter als andere. Er spürte, wie die Zylinder sich öffneten, als er daran arbeitete.

Er griff hinter die Furcht in ihren Köpfen und erreichte so den Teil des Gehirns, der an etwas Größeres glauben wollte. Männer, besonders ängstliche Männer, brauchten immer etwas Stärkeres, Größeres außerhalb ihres Selbst, an das sie glauben konnten.

„Das", sagte Warren mit Überzeugung, „sind unsere Feinde. Vor *denen* solltet ihr Angst haben. Nicht vor mir."

„Er hat recht", sagte jemand.

„Ich kann euch *helfen*", sagte Warren und er *drängte* sie mit all seiner Kraft. Die Teufelsspäher kamen näher. Einige der aalgleichen Kreaturen stiegen auf. „Ich helfe euch, wenn ihr *mich lasst.*“

„Er hat gewisse Kräfte“, sagte jemand. „Wir sind zu wenige, um gegen diese Dämonen bestehen zu können.“

„Lasst mich euch helfen“, sagte Warren.

Der Mann mit dem Gewehr senkte seine Waffe. „Lasst sie herein.“

„Bixby!“, rief ein anderer Mann bestürzt. „Was zum Teufel noch mal glaubst du, dass du da machst?“

Bixby wandte sich dem Mann zu. „Wir können die Dämonen nicht allein aufhalten. Und wenn wir sie nicht aufhalten, schlachten sie unsere Frauen und Kinder als Nächstes ab. Will das jemand von euch?“

Niemand antwortete.

Er wandte sich an Warren und sagte: „Kommt.“

Warren trat vor und versuchte, furchtlos zu wirken.

Naomi wusste, dass die Männer es hassten, ihnen vertrauen zu müssen. Die junge Frau spürte ihre Angst und die Wut überall um sie herum. Die Männer hassten die Zombies noch viel mehr und sie konnte es ihnen nicht verübeln.

Naomi hasste die Zombies ebenfalls. Sie vermutete, dass ihre angeborene Abneigung auch der Grund dafür war, dass sie die Kreaturen nicht aus den Gräbern herausholen konnte. Einige Kabalisten waren darauf spezialisiert, frisch Verstorbene wiederzubeleben. Sie riefen die Leichname von Kameraden, die noch einen Augenblick zuvor mit ihnen gekämpft hatten. Andere belebten nur die wieder, die bereits auf Friedhöfen begraben worden waren, und warteten geduldig, bis sich die Zombies aus den Särgen herausgearbeitet hatten.

Warren konnte beides mit Leichtigkeit. Sie hatte ihn schon dabei beobachtet.

Sie ging hinter einer dicken Eiche in Deckung. Der breite, alte Stamm verbarg sie und einen jungen Mann Anfang 20. Naomi spürte seinen Blick auf ihr ruhen und wusste, dass er sie genauso sehr fürchtete, wie er sie begehrte.

„Wie heißt du?“, fragte der junge Mann.

„Ich heiße Naomi.“

„Ich bin Desmond.“

Naomi sah ihn kurz an. Vor der Invasion schien die Welt voll dieser dünnen jungen Männer gewesen zu sein, die versuchten, sich zu behaupten. Warren Schimmer war einst genauso gewesen.

Der Mantel des jungen Mannes und der Hut wirkten zu groß für ihn. Er trug ein einschüssiges Gewehr.

Seit der Invasion hatte Naomi auch viel über Waffen gelernt. Ihr Wissen war in Bereichen größer geworden, an die sie früher nie gedacht hatte.

„Das ist nicht einfach nur ein Gewehr“, sagte Desmond verteidigend. Er packte die Waffe, als würde er sich schämen. „Wir haben die Munition modifiziert. Normale Kugeln können Dämonen nichts anhaben.“

„Nein“, stimmte Naomi zu, „das können sie nicht.“

„Also haben wir sie verändert.“ Desmond zeigte auf den Patronengurt, den er quer über der Brust trug. „Das sind Explosivgeschosse. Entworfen, um die Haut der Dämonen zu durchdringen und Gift hineinzuschießen. Es ist ein Nervengift, das wir aus einem dämonischen Fisch gewinnen, der in der Themse lebt.“ Er schluckte. „Heutzutage leben alle möglichen bösen Dinge im Wasser.“

„Ich weiß“, sagte Naomi. „Ich habe sie gesehen.“ Als sie noch in der Kabalisten-Septe von Hedgar Tulane gelebt hatte, hatte sie dämonische Kreaturen erforscht, die durch das Höllentor gekommen waren. Nicht alle waren Krieger oder wilde Tiere gewesen. Der Brand hatte eine Fülle von Pflanzen und Tieren mit sich gebracht.

„Den Fisch kann man nicht essen", erklärte Desmond. „Aber wir haben herausgefunden, dass sein Gift den Dämonen schadet."

„Das ist gut", sagte Naomi. Die Fähigkeit des Menschen, zerstörerische Dinge in der Natur – jeder Natur – zu entdecken, schien eine Konstante im Universum zu sein. Der menschliche Hang zur Selbstzerstörung war eins der ersten Dinge gewesen, die Naomi zu den Kabalisten getrieben hatte. Sie wollte einen friedlichen Weg zum Leben finden. Einen, der den Pfaden, die sich Gott und die Natur ausgedacht hatten, folgte.

Eine Zeit lang hatte sich die kabalistische Forschung auf die Verbesserung der Gesundheit und des Wohlgefühls beschränkt, indem sie Reiki-Methoden propagierte. Aber selbst da hatten einige Kabalisten bereits daran gearbeitet, zerstörerische arkane Kräfte zu meistern.

„Ich hoffe, es reicht." Desmond packte seine Waffe und sah angstvoll, wie die Dämonen sich näherten.

Die Teufelsspäher verteilten sich über das Sumpfland. Obwohl sie aus einer heißen Welt stammten, schienen ihnen der kalte Wind und die Schneeböen nichts auszumachen.

Plötzlich griffen die Teufelsspäher geräuschlos an. Sie brachten ihre Waffen in Anschlag und erhellten die Dunkelheit mit Feuer und Strahlen.

Die Menschen verteidigten sich und erwiderten das Feuer. Naomi wusste, dass nicht Tapferkeit die Dörfler kämpfen ließ. Es war die Angst. Sie hatten offensichtlich über die Jahre gelernt, dass sie vor den Dämonen nicht weglaufen konnten. Die würden sie nur einzeln jagen und töten.

Die Explosivgeschosse der Dorfbewohner richteten einen erstaunlichen Schaden an. Die Dämonen hatten offensichtlich keinen Angriff erwartet. Sie fielen zu Boden, wenn sie getroffen wurden. Normalerweise hätten sie nur eine Fleischwunde abbekommen. Das Gift in den Geschossen wirkte jedoch schnell. Selbst in dem fahlen Mondlicht sah Naomi, wie die Haut der Dämonen fleckig wurde und sich dann grün-gelb färbte, als die eiternden Wunden binnen Sekunden aufplatzten.

Von ihrem Kommandeur angetrieben, einem dicken Teufelsspäher, der zwei Pistolen trug, versuchten die verwundeten Dämonen aufzustehen. Die meisten schafften es nicht und fielen zurück in den Schnee. Diejenigen, die auf die Beine kamen, standen nicht lange, da sie sich dem Gift erneut beugen mussten. Sie zitterten, Schaum bildete sich vor ihrem Mund, dann blieben sie liegen.

Naomi rief ihre Kraft und konzentrierte sich. Sie breitete die Hände aus und ließ die Energie hindurchfließen. Augenblicklich brachen Kettenblitze aus ihren Hörnern hervor und schossen auf die Dämonen zu.

Die Blitze drangen durch die Dämonen und sprangen von den ersten fünf, die sie erwischte, auf sieben weitere über und drei dahinter. Fleisch verkohlte und fiel von den zerborstenen Knochen ab. Tote Dämonen zerfielen in Stücke.

„Jagt die Zombies auf sie!“, schrie ein Mann. „Lasst die Zombies angreifen!“

Die Zombies knieten vor den Bäumen und bildeten eine untote Barriere zwischen den Menschen und den herannahenden Dämonen. Naomi wusste, dass Warren eine Menge Militärstrategie aus den PC-Spielen gelernt hatte, mit denen er sich vor der Invasion beschäftigte. Seitdem war sein Wissen noch größer geworden.

Naomi spürte, wie ihr Herz plötzlich einen Sprung machte, als Warren vortrat. Er ließ die Zombies nicht angreifen, sondern streckte die Hände vor, eine aus Fleisch und Blut, die andere aus leuchtendem Metall. Warren formte mit Daumen und Zeigefingern ein Dreieck. Dann blies er hinein.

Flammen schossen aus dem Dreieck, das Warrens Finger bildeten. Der wirbelnde Feuerball fiel mitten zwischen die Teufelsspäher und explodierte.

Dreizehn

In loderndes Feuer getränkt, brach die Linie der herannahenden Dämonen in dem Moment zusammen, als die Dörfler gerade eine weitere Salve abgaben.

„Nachladen!“, brüllte Bixby. „Bereit! Zielt!“

Doch am Ende, da war sich Naomi sicher, war es nur eine Frage der Zeit, bis die Dämonen sie in die Flucht schlagen würden. Es waren einfach zu viele. Sie schwärmten wieder aus, getrieben von ihrem dunklen Meister. Ihre Waffen blitzten erneut auf. Von einem der Geschosse getroffen, taumelte Desmond rückwärts. Sein halber Kopf war weg. Er fiel auf die Knie und dampfendes Blut zischte auf dem weißen Schnee.

Naomi rief ihre Kraft erneut und stieß einen weiteren Blitz aus. Diese Aktion laugte sie aus. Ihr war bewusst, dass sie so etwas in absehbarer Zeit nicht mehr durchführen konnte. Aber dann wären die Dämonen bei ihnen. Sie kniete sich hin und nahm Desmonds Waffe und die Ersatzpatronen.

Während sich die Dämonen näherten, kamen die Zombies unbeholfen auf die Beine. Die Untoten bekämpften die Dämonen ohne Können, nutzten aber ihre Stärke und praktische Unzerstörbarkeit, weil sie nur zu kämpfen aufhörten, wenn der Schädel oder das Rückgrat zerschmettert war. Die Dämonen brandeten gegen die Zombies an wie eine Welle, die auf ein Riff trifft.

Einen Moment lang hielten die Zombies die Linie. Bixby und die anderen Dorfbewohner kämpften entschlossen und zogen sich nur dann zurück, wenn ihre Leben ansonsten verwirkt gewesen wären. Gewehrfeuer durchdrang die Nacht.

Dämonen wurden zerrissen, wenn die Giftkugeln in ihr Fleisch drangen. Dennoch brachen sie durch die Reihe der Zombies und eroberten groteske Trophäen.

Ein Teufelsspäher schlug mit dem Kopf eines Zombies nach Naomi, während er in der anderen Hand eine Waffe trug. Naomi presste das Gewehr fest gegen die Schulter und betätigte den Abzug. Der Rückstoß trieb sie einen halben Schritt zurück und quetschte ihre Schulter. Aber der Feuerstoß traf den Zombiekopf und verteilte ihn über den Dämon. Dessen Haut fing sofort Feuer. Doch die Bestie näherte sich weiter.

Verzweifelt verwendete Naomi das leere Gewehr wie einen Knüppel und schlug dem Teufelsspäher in die Seite. Einer von Bixbys Männern feuerte einen Schuss in den Kopf des Dämons und tötete ihn so.

Der Mann grinste Naomi einen Moment lang an, offensichtlich zufrieden mit sich, und begann zu sagen: „Du solltest aufpassen, wenn du geschossen …“

Dann erstarben seine Worte, als ein kleiner fliegender Dämon auf seiner Schulter landete und ihm in den Hals biss. In Panik schrie der Mann schrill auf und riss den Dämon von seiner Kehle. Dabei verlor er ein Stück Fleisch. Blut spritzte vom Hals, als der Mann versuchte, die Kreatur wegzuschleudern. Das Monster biss ihm in den Finger.

Ein anderer Mann erschoss den Dämon mit einem Gewehr, nur traf er dabei auch den Kopf seines Kameraden. Das Blut, Dämoneneingeweide und menschliches Fleisch verteilten sich über Naomi. Etwas Gift traf sie ebenfalls. Ihre Haut prickelte und brannte, aber sie hatte keine Zeit, sich zu sorgen, ob das Gift sie töten würde, denn ein weiterer Teufelsspäher schwang bereits sein Messer.

Naomi blockte es mit dem Gewehr ab und trat zurück. Warren tauchte plötzlich von der Seite auf. Er wies auf den Teufelsspäher. Das Monster erstarrte augenblicklich, als hätten seine Gelenke sich verkantet. Die Bestie bellte vor Angst und Schmerz und explodierte schließlich.

Naomi dankte Warren nicht. Er hätte sie ohnehin nicht gehört. Und es wäre ihm auch egal gewesen. Er hatte sie gerettet, weil es ihm in den Kram passte. Das hatte nichts mit Freundschaft zu tun.

Sie hantierte an dem Gewehr herum und bekam es auf. Naomi nahm eine der dicken Patronen, schob sie in den Lauf und schloss die Waffe wieder. Als sie das Gewehr an die geprellte Schulter hielt, schoss sie augenblicklich. Eine neue Welle des Schmerzes strömte durch ihren Arm, aber sie öffnete die Waffe erneut.

„Es sind zu viele!", rief Warren Lilith zu. Wenn ihn sonst noch jemand auf dem Schlachtfeld hörte, zeigte er es nicht.

Die Teufelsspäher bewegten sich jetzt tief im Wald. Und sie vernichteten die Menschen. Zwar verloren auch sie Kämpfer, aber dabei versuchten sie, so viele Gegner wie möglich mit ins Grab zu nehmen.

Warren spürte ihren Blutdurst. Dieses Gefühl überkam auch ihn. Er wusste nicht, ob dieser Drang natürlichen Ursprungs war oder ob Lilith ihn irgendwie beeinflusste. Während der letzten paar Tage war sie stärker geworden.

Aber so sollte es sein.

„Du kannst nicht weglaufen", sagte Lilith. Sie bewegte sich unbehelligt unter den Teufelsspähern, ohne von ihnen angegriffen zu werden.

Warren glaubte, dass einige der Dämonen Lilith spürten. Sie wichen manchmal vor ihr zurück. Als sie vor Jahrtausenden auf der Erde gewandelt war, zu einer Zeit, als die Menschheit noch in den Kinderschuhen steckte, waren Dämonen wie die Teufelsspäher ihr untertan gewesen und hatten sie als ihre grausame Herrin verehrt. Das stand in allen Geschichten, die Warren gelesen hatte.

Ein paar Reste ihrer Kraft waren wohl auch jetzt noch vorhanden und mit ihrem Astralkörper verbunden. Warren wünschte sich nur, dass Lilith ihre Feinde ebenfalls bekämpfen konnte.

„Wenn du zu fliehen versuchst", fuhr Lilith fort, „werden die Teufelsspäher dich jagen und töten."

Warren glaubte ihr. Er war sich des Todes um ihn herum bewusst. Er sammelte seine Kraft und schlug wieder und wieder zu. Die Energiestöße und Feuerbälle waren ihm zur zweiten Natur geworden. Das galt auch für die Schilde, die er binnen eines Lidschlags errichtete und wieder auflöste, so wie er sie gerade brauchte.

Einer der kleinen geflügelten Dämonen kam auf ihn zugeschossen. Er bemerkte ihn aus dem Augenwinkel, gestikulierte und beobachtete, wie das Monster explodierte. Warren versuchte nicht, zwischen Menschen und Dämonen zu unterscheiden. Wenn sie gegeneinander kämpften und sich in seiner Nähe befanden, jagte er sie beide in die Luft.

Warren redete sich ein, dass er überleben musste, egal wie. Es war nicht seine Schuld, dass er so viel mächtiger als Bixby und seine Freunde war. Er wusste auch, dass er sich nicht schuldig fühlen würde. Aber er kämpfte gegen diese Gefühle an.

Trotz seiner Bemühungen, sich abzuschirmen, wurde Warren von Blut bedeckt – das sowohl von Menschen wie auch von Dämonen stammte. Zum Glück war das wenigste Blut von ihm selbst.

Während er kämpfte, schlich er sich in die Geister einiger Dämonen ein. Sie wurden zu seinen Marionetten und wandten sich gegen ihre Kameraden, wenn sie seiner Kontrolle nicht entkommen konnten. Waren sie erst seine Sklaven, wurden die Dämonen wie Zombies und kämpften unabhängig von ihm.

Langsam wandte sich das Schlachtenglück. Übelkeit rumorte in Warrens Magen, als er über die Toten zu seinen Füßen taumelte. Fast alle Menschen waren getötet worden. Einige waren geflohen und wurden von Dämonen verfolgt.

Hätte ich nicht einige Dämonen übernommen, erkannte Warren, *wären wir bereits überrannt worden.*

Aber die Kontrolle zu behalten, zehrte an ihm. Sein Kopf pochte und seine Lungen arbeiteten wie Blasebälge, um Sauerstoff in die Blutbahn zu befördern. Obwohl er sich, so gut es ging, konzentrierte, sah er schon Dinge doppelt.

Ein Teufelsspäher feuerte seine Waffe auf Warren ab, aber Warren errichtete einen Schild. Der Querschläger fuhr durch einen der übrig gebliebenen Männer hindurch. Er fiel auf den blutbedeckten Boden. Der Tod war so plötzlich gekommen, dass der Mann nicht einmal hatte schreien können.

Warren verwandelte binnen eines Herzschlags den Schild in ein Geschoss und feuerte es auf den Dämon ab. Der Energieblitz enthauptete die Bestie. Bevor der Körper der Kreatur umfiel, errichtete Warren einen neuen Schild. Er benutzte beide Hände getrennt und zusammen und kanalisierte all seine Reserven.

Er kämpfte genauso gegen die drohende Bewusstlosigkeit wie gegen die Dämonen. Er wusste nicht, welche Seite gewinnen würde.

„Wer bist du, Mensch?", wollte ein Dämon wissen, als er gegen Warrens Energieschild schlug.

Warren hatte nicht die Kraft, zu antworten. Er spürte, wie der Schlag des Dämons gegen den Schild prallte und seinen Körper erschütterte. Er konzentrierte sich darauf, dass sein rechtes Bein nicht einknickte, da es allmählich schwach wurde.

„Woher hast du diese Hand?" Der Dämon hängte das Gewehr über die breiten Schultern und tauschte es gegen eine zweischneidige Axt. „Ist auch egal. Ich bekomme sie noch früh genug."

Warren wurde übel bei dem Gedanken daran, die Hand zu verlieren. Das war bereits zweimal passiert und er würde sich niemals daran gewöhnen. Panik überkam ihn und er verlor für einen Moment die Kontrolle über den Schild. Die Axt des Dämons krachte gegen die Kevlarweste, die Warren unter dem Mantel trug. Obwohl die Klinge nicht hindurchdrang, brachen ihm eine oder mehrere Rippen. Das Atmen wurde schmerzhaft, als er von dem Folgeschlag zurückgedrängt wurde.

„Wohin willst du?“, neckte ihn der Dämon. „Wir haben doch gerade erst angefangen zu spielen.“

Konzentriere dich! Konzentriere dich oder du bist ein toter Mann! Warren versuchte, die Doppelbilder des Teufelsspähers, die vor seinen Augen verschwammen, zusammenzusetzen. Er schaffte es nicht. Er streckte die Hand aus und es gelang ihm in allerletzter Minute irgendwie, die Axtklinge mit der Metallhand abzublocken.

Das Silber knirschte, als die scharfe Klinge über Warrens Handfläche glitt. Er packte fester zu und hielt die Axt fest. Der Dämon zog an der Waffe und bekam sie beinahe frei.

„Du bist stärker, als du aussiehst.“ Der Dämon hob den Klauenfuß und zielte damit auf Warrens Hals. „Nicht dass es dir irgendetwas nützen würde.“

Warren aktivierte alle Kräfte und kanalisierte sie durch die Axt in den Dämon. Der Teufelsspäher schaute auf, die Krallen schrammten über Warrens Hals.

Angst und Schmerz erfüllten die Augen des Dämons, als Warren seine pure Energie in ihn hineinjagte. Das Fleisch des Dämons bildete Blasen, die aufplatzten. Widerwärtiger Gestank stieg auf, sickerte aus den Knochen des Dämons, und zurück blieb nach wenigen Sekunden nur noch das Skelett. Dann zerfiel es zu Staub.

Keuchend, unfähig, Luft zu bekommen und sich auf den Beinen zu halten, sank Warren auf die Knie. Seine Metallhand zischte und schmolz sich durch den Schnee. Er achtete darauf, dass sie nicht sein Bein berührte, damit er sich nicht verbrannte.

Eine Handvoll Zombies bildete einen schützenden Kreis um ihn. Den meisten fehlten bereits einige Körperteile. Einer bewegte sich auf den Armen vorwärts, weil er keine Beine mehr hatte. Drei

Teufelsspäher hatten sich in den Kreis eingereiht und töteten selbst andere Dämonen, die versuchten, diese Sperre zu durchdringen.

„Du musst aufstehen", sagte Lilith. Mühelos passierte sie die Dämonen und Zombies. Sie zog an seiner Metallhand und war überrascht, dass Warren die Berührung tatsächlich spürte.

Warren wollte sich dazu zwingen, aufzustehen, aber er hatte nicht die Kraft dazu. Todesschreie erklangen überall um ihn herum. Er schloss die Augen und konnte sie nicht wieder öffnen.

Naomi war besorgt, da Warren schließlich doch überwältigt worden war. Sie kämpfte sich zu ihm durch. Dabei verließ sie sich auf eins der Sturmgewehre, das sie neben einem reglosen Leichnam gefunden hatte. Vor der Invasion hatte sie nicht viel über Waffen gewusst. Doch sie hatte dazugelernt, wie jedermann.

Als sie Warren erreichte, wandten sich die Zombies und die unter Warrens Kontrolle stehenden Dämonen gegen sie. Sie kam nur wenige Zentimeter weit, weil die Kreaturen nach ihr bissen und schlugen.

„Nein. Aufhören. Ich will ihm helfen." Naomi schaute Warren an, der auf dem Boden lag. Seine Oberlippe war blutverschmiert. „Er braucht Hilfe. Lasst mich durch."

Die Zombies und Dämonen blieben dort, wo sie waren. Naomi richtete das Sturmgewehr auf die Untoten und hätte auch geschossen, wenn sie nicht Angst gehabt hätte, aus Versehen Warren zu treffen.

Frustriert trat sie zurück. Erst da erkannte sie, dass die Kampfgeräusche weniger geworden waren. Erstarrt blickte sie sich um, sah die Toten und ihr wurde klar, dass sie die Schlacht tatsächlich gewonnen hatten.

Nicht gewonnen, berichtigte sie sich und betrachtete die wenigen noch lebenden Menschen. *Wir haben überlebt.*

Jetzt musste man abwarten, ob diese Dämonengruppe der einzige Angreifer gewesen war.

Vierzehn

Trotz der Müdigkeit und des gähnenden schwarzen Loches, das einem traumlosen Schlaf entstammte, wachte Simon auf. Er wollte weiterschlafen. Sein Körper verlangte es. Während der letzten vier Jahre hatte er keine ganze Nacht mehr durchgeschlafen, es sei denn, er war verwundet und von den Heilern der Templer künstlich ins Koma versetzt worden.

Als Kind hatte er nachts nie viel geschlafen. Selten hatte er länger als fünf oder sechs Stunden im Bett gelegen. Das war nicht immer gut gewesen. Sein Vater hatte auch seinen Schlaf gebraucht. Er hatte Simon allein aufgezogen, was die Sache nicht einfacher gemacht hatte.

Die Abwesenheit seines Vaters schmerzte Simon. Dieses Gefühl verfolgte ihn oft. Als er noch jünger gewesen war, hatte er unbedingt von seinem Vater loskommen und die Welt selbst entdecken wollen.

Thomas Cross hatte ihm zu viele Regeln auferlegt. Die Templer hatten ihm zu viele Regeln auferlegt. An manchen Tagen war sich Simon wie in einer Zwangsjacke vorgekommen. Dieses Gefühl war unerträglich geworden. Deswegen hatte er oft mit seinem Vater gestritten. Und auch als sich Simon gegen die Templerregeln aufgelehnt hatte, war er mit seinem Vater aneinandergeraten.

Aber Thomas Cross war immer da gewesen.

Jetzt war er das nicht mehr.

Doch Simon brauchte seinen Vater heute mehr denn je.

Durch seine Ausbildung und Erfahrung konnte Simon die aufkeimende Panik und die Angst kontrollieren. Er konnte den Tod seines

Vaters durch die Hand der Dämonen genauso wenig ungeschehen machen wie das Erscheinen des Höllentores. Er fand sich trotzdem nicht damit ab. Und er verweigerte sich jeder Alternative.

Die Ausbildung der Templer ließ bei Erwachsenen kein Wunschdenken oder Selbstmitleid zu. Das war rebellierenden Jugendlichen und jüngeren Männern vorbehalten, wie er selbst einst einer gewesen war. Doch diese Erfahrungen halfen ihm jetzt auch nicht weiter.

Müde, doch wohl wissend, dass er keinen weiteren Schlaf mehr erlangen würde, warf Simon die Decke zur Seite und setzte sich auf die Bettkante. Sein Körper schmerzte von den Strapazen, die er am vorigen Abend erlebt hatte. Seine Haut hatte sich an zahlreichen Stellen rot verfärbt. In ein paar Tagen würde er jede Menge blaue Flecken haben.

Er stand auf und war dankbar, dass er derzeit das untere Bett belegte. Der Betonboden war kalt unter seinen Füßen. Obwohl sie ihnen im Moment ausreichend Schutz bot, war die Zuflucht nicht als Dauerlösung gedacht gewesen. Sie hatte ursprünglich nur für Notfälle dienen sollen.

Ein sanftes Licht erhellte den Raum. Grelles Licht war in den Schlafräumen verboten, außer es herrschte Alarm. Templer beider Geschlechter teilten sich den Schlafraum. Da die meisten Betten noch belegt waren, musste es immer noch Nacht sein.

Nackt – den Templern war Nacktheit gleichgültig, da sie nur so die Rüstungen tragen konnten – machte Simon zwei Schritte vom Bett weg und begann mit Tai-Chi-Übungen, um Sauerstoff in sein Blut zu pumpen und seine verkrampften Muskeln zu lockern. Fast augenblicklich verschwanden die Verspannungen und er fühlte sich zumindest körperlich besser.

Er stieg in die Beinrüstung und spürte, wie die KI sich einloggte. Dann legte er die restliche Rüstung an, die ihn nahtlos umschloss. Der Helm war durch kovalente Bindungen auf subatomarer Ebene an seiner Hüfte befestigt. Bevor die KI es nicht anordnete, war der Helm ein separates Stück Ausrüstung und blieb solange fest dort hängen.

Simons Waffen waren bereits sauber. Er hatte sie noch vor dem Zubettgehen gereinigt. Das hatte sein Vater ihm beigebracht. Und er machte es heute noch genauso. Dabei ging es ihm nicht nur darum, die Waffen zu pflegen. Er wollte auch eine Verbindung zu seinem Vater aufrechterhalten. Am Ende jedes Tages, bevor er zu Bett ging, erinnerte ihn das Waffenreinigen daran, dass er dankbar sein musste, noch zu leben. Und seinem Vater musste er für die dazu nötige Ausbildung dankbar sein.

Bereit für den Tag, verließ Simon die Schlafräume, um zu frühstücken.

Simon saß am Frühstückstisch, der für Templer in voller Rüstung eigentlich zu klein war, und schaute auf seinen Helm, der vor ihm auf dem Tisch lag. Die kabellose Verbindung zwischen Helm und Anzug ermöglichte es ihnen, zu kommunizieren. Das Visier diente dabei als Bildschirm.

Simon sagte nichts, weil er es nicht musste. Mit wenigen Bewegungen seiner freien Hand rief er Berichte über die Zuflucht und die Vorratslage auf. Mit der anderen Hand aß er und schaufelte abwesend Haferbrei in seinen Mund.

Haferbrei gab es schon ewig zum Frühstück. Weil die Nahrungsmittel beschränkt waren und die hydroponischen Anlagen bei Weitem nicht ausreichend produzieren konnten, war die Auswahl beim Frühstück begrenzt. Immerhin gab es heute Morgen auch Rehsteaks. Nachdem sie die Dämonen besiegt hatten, waren sie ins Jagdgebiet zurückgekehrt, um ihre Beute zu bergen.

„Du lächelst ja gar nicht."

Simon sah auf, als sich Nathan Singh ihm gegenübersetzte.

Nathan wies mit dem Löffel auf Simons Helm. „Die Berichte

müssen schlecht sein." Er redete leise, damit die anderen Templer im Raum sie nicht hören konnten.

An einem Tisch in der Ecke saß eine Gruppe Jungen und Mädchen, die unter dem strengen Blick ihres Lehrers tuschelten und flüsterten. Egal, ob Dämonen die Welt bedrohten oder nicht: Kinder benahmen sich eben wie Kinder.

„Die Berichte sind schlecht", stimmte Simon ihm zu. Sein Haferbrei war kalt geworden, er aß ihn trotzdem. Es war für ihn keine Nahrung, sondern Treibstoff.

„Ich sage dir", sagte Nathan sarkastisch, „das liegt nur an all den neuen Leuten. Die fressen uns die Haare vom Kopf. Sie sind wie eine verdammte Heuschreckenplage."

Obwohl die Lage ernst war, musste Simon grinsen. Nathan machte immer Scherze, egal, wie dramatisch das Leben auch sein mochte. Auf seine Art war er wie die Kinder in der Ecke. „Für Typen wie dich haben wir einen Extratisch", ermahnte Simon ihn.

Nathan sah in die Ecke und schüttelte den Kopf. „Du meinst, ich sollte am Kindertisch sitzen? Niemals. Eher springen Kühe über den Mond, Kumpel, oder Schweine fliegen."

„Du bist früh auf." Simon schob seine leere Schüssel weg und nippte am Tee. Auch der war kalt geworden.

„Nicht unbedingt." Nathan schnitt ein Stück vom Rehsteak ab und steckte es sich in den Mund.

Simon zog eine Augenbraue hoch und sah seinen Freund an.

„Ich war noch gar nicht im Bett", gab Nathan zu.

„Was hat dich wach gehalten?"

Nathan lächelte breit. „Natalie Cho."

„Oh?" Das hatte Simon nicht erwartet. Normalerweise hatte Nathan immer wieder mal eine Freundin, blieb aber nie sehr lange bei einer Frau. So war er schon vor der Invasion gewesen. Jetzt, da die Welt am Abgrund stand, gab es noch weniger Grund, es ernst mit jemandem werden zu lassen.

Nathan zuckte mit den Schultern. „Wir … mögen uns sehr.“

„Ich verstehe.“

Nathan wartete. „Nun?“

„Nun, was?“

„Willst du mich nicht ermahnen?“

„Wie ermahnen?“

„Dass dies nicht die beste Zeit ist, um sich in jemanden zu verlieben.“

„Verliebst du dich denn?“

Nathan sah Simon an, als wäre er unglaublich dumm. „Ich denke, genau das habe ich dir gerade erzählt, Kumpel.“

„Oh.“

Irritiert runzelte Nathan die Augenbrauen. „Wieder dieses ‚oh‘. Ich glaube, dein Vater hat dir schon den richtigen Namen gegeben, *Simple* Simon.“

„Nun …“ Simon überlegte, was er antworten sollte. „Ich vermute, du magst sie.“

„Wir *mögen* uns beide. Und auch das habe ich dir bereits gesagt.“

„Richtig. Mir fällt es nur schwer, mich auf alles zu konzentrieren.“

„Wie alles?“

„Na, dich, Natalie Cho, die Zuflucht, den Mangel an Nahrung und vielleicht auch die Wasserknappheit, wenn es Sommer wird. Oder wenn der Schnee giftig wird. Und die Beerdigungen.“

Die Erwähnung der Beerdigungen nahm Nathan einigen Wind aus den Segeln. „Die Beerdigungen.“ Er atmete tief ein und aus. Dann sah er Simon an. „Vielleicht sollte sich jemand anderes darum kümmern, Kumpel.“

„Nein“, sagte Simon. „Ich habe sie dort rausgeführt. Ich habe sie sterben lassen … Wenn ich nur …“

Nathan langte über den Tisch und legte eine Hand auf seine Schulter. „Simon, wenn du irgendetwas daran ändern könntest, würde ich dir dabei helfen. Aber wenn du dich für alles, was passiert, verantwortlich machst … Verluste …“

„Das waren nicht nur einfach Verluste“, sagte Simon bitter. „Es waren Freunde.“

„Das weiß ich. Das weiß ich wirklich. Aber mir ist auch klar – und ihnen sicher genauso –, dass es keine Garantien für das gibt, was wir tun. Dazu … dazu wurden wir ausgebildet: Unsere Leben im Kampf gegen die Dämonen zu geben und an dieser Welt festzuhalten.“ Nathan nickte und hielt Simons Blick stand. „Sie haben ihren Teil dazu beigetragen. Ehre sie, indem du anerkennst, dass sie das taten, was sie ihren Ahnen geschworen haben. Und sie taten es heldenhaft. Lass sie in Ehren ruhen und erweise ihnen deinen ganzen Respekt. Sie waren keine Narren, die du in den Kampf geführt hast. Es waren Krieger.“

„Ich weiß und ich werde es tun.“

Nathan nahm seine Hand von Simons Schulter. „Das wirst du, wenn die Zeit kommt.“ Er wartete. „Willst du wissen, was wirklich erschreckend ist?“

Simon sah seinen Freund an und wusste, dass Nathan noch nicht alles gesagt hatte, was ihm auf der Seele lag. Er wartete.

„Natalie ist schwanger“, sagte Nathan. „Das haben wir letzte Nacht erfahren. Da hat sie den Test vom Labor erhalten. Sie ist in der sechsten Woche.“

Simon versuchte sich für seinen Freund zu freuen und lächelte schwach, aber er musste daran denken, dass sie in ein paar Monaten – in *zu* wenigen Monaten – ein weiteres Maul in der Zuflucht würden durchfüttern müssen.

„Gratulation“, sagte Simon.

„Ja.“ Nathan blieb einen Augenblick lang still. „Natalie ist bestürzt. Sie hat geweint, als die Schwester es ihr gesagt hat.“

„Hat sie Angst, das Kind könnte wie du aussehen?“ Simon versuchte humorvoll zu bleiben. Aber das war schwer.

Dennoch grinste Nathan. „Das war hart, mein Freund.“ Aber der Humor erstarb schnell in seinen Augen.

„Vielleicht zu hart“, stimmte Simon ihm zu.

„Nein.“ Nathan schüttelte den Kopf. „Es war okay. Ich hätte es selbst gesagt, wenn du es nicht gesagt hättest. Es ist nur so, dass Natalie darüber nachgedacht hat, ob sie das Kind überhaupt haben will.“

Das brachte Simon zum Schweigen. Templer kannten keine Abtreibungen. Das Leben war heilig. Gott gab das Leben als ein Geschenk. Selbst Kinder mit Geburtsfehlern blieben in den Templerfamilien und wurden wie ein Geschenk geliebt. Das passierte nicht oft, was mit der gesunden Lebensweise der Templer zusammenhing, aber es gab Geburtsfehler. Kinder, denen Gliedmaßen fehlten oder die behindert waren, wurden mithilfe der Rüstungen wieder normal.

Simon wartete.

„Sie weiß immer noch nicht, was sie wirklich will“, sagte Nathan. „Mal ganz davon abgesehen, dass sie auf keinen Fall jetzt ein Kind haben möchte. Sie will kein Kind zurücklassen, wenn sie im Feld getötet wird. Das hat sie hier schon zu oft erlebt.“

Simon wusste, dass es stimmte. Einer der Toten von gestern hinterließ Kinder.

„Kryonik wäre doch eine Möglichkeit“, meinte Simon. „Ihr könntet den Embryo einfrieren.“

Nathan grinste freudlos. „Nicht hier, Kumpel. Im Templeruntergrund wäre das sicher möglich gewesen, aber wir leben im Hinterland.“ Er spielte mit seinem Löffel. „Sie überlegt, in den Templeruntergrund zurückzugehen.“

Simon sagte nichts. Sein Gesichtsausdruck war völlig neutral. Unter diesen Umständen fiel ihm das leicht. Denn er wusste tatsächlich nicht, was er denken sollte.

„Dort können sie den Embryo entfernen“, sagte Nathan. „Ihn einfrieren und für später zurücklegen. Für die Zeit, wenn wir die Dämonen dahin geschickt haben, wo sie hergekommen sind.“

„Was, wenn das zu deinen Lebzeiten nicht mehr geschieht?“, fragte Simon.

„Und an dieser Stelle hatte ich auf einen Plan von dir gehofft.“

Simon schüttelte den Kopf. „Ich habe keinen. Ich bin im Überlebensmodus, nicht im Weltbeherrschungsmodus.“

„Ich bin enttäuscht.“

„Ich auch.“

Nathan rieb sich das Gesicht. Seine bärtigen Wangen kratzten an seinen gepanzerten Ärmeln. „Egal, Nathalie versucht darüber nachzudenken. Aber wenn sie zu dir kommt und fragt, ob sie zu den Templern im Untergrund zurückkehren darf …“

„Sie kann gehen“, antwortete Simon. „Ohne zu fragen.“

„Ich habe ihr gesagt, dass du so reagieren würdest, Kumpel, aber sie ist nervös. So kenne ich sie gar nicht.“ Nathan zögerte. „Da ist noch etwas. Wenn sie zurückgeht, dann gehe ich mit ihr.“

Simon hatte gewusst, dass das kommen würde, aber es war dennoch hart, es zu hören.

„Nur um Natalie dorthin zu bringen und sie wieder abzuholen“, sagte Nathan. „Sie wird nicht bleiben wollen. Sie will nur, dass man sich um unser Baby – unser Kind – kümmert.“

„Das verstehe ich.“

„Das Problem ist, ich habe dir gegen Terrence Booth geholfen. Er lässt mich vielleicht nicht wieder gehen.“

„Wenn du gehst“, sagte Simon, „stehst du unter meinem Schutz. Wenn er versucht, dich dort festzuhalten, finde ich einen Weg, dich da rauszuholen.“

„Habe ich dein Wort darauf?“

„Natürlich.“

Nathan streckte ihm die Hand entgegen. Simon nahm sie.

„Dann achte darauf, dass du in der Zwischenzeit nicht getötet wirst“, sagte Nathan. „Wenn wir zurück sind, brauche ich nämlich einen Onkel für mein Baby.“

Fünfzehn

„Wenn wir bei der aktuellen Verbrauchsrate bleiben, können wir also bestenfalls noch weitere fünf Wochen durchhalten. Wollen Sie uns das damit sagen, Lord Cross?“

Simon betrachtete die sieben Männer und Frauen, die sich in dem kleinen Raum versammelt hatten. Jeder von ihnen war aus freien Stücken in die Zuflucht gekommen. Da jetzt so viele Menschen in der Zuflucht lebten, waren einige wieder in die alte Aufteilung nach Häusern zurückverfallen.

Alle waren im Lauf der letzten vier Jahre zu ihm gekommen. Niemand von ihnen war in der Nacht dabei gewesen, als sie den Zug wieder flottgemacht und die ersten Überlebenden aus London herausgebracht hatten. Simon zögerte nicht, ihnen die Wahrheit zu sagen. Sie alle hatten sich ihm erst angeschlossen, nachdem sie erlebt hatten, wie hart das Leben hier draußen war.

Jeder der Templer hatte Thomas Cross gekannt und alle vertraten den Templerglauben, dass sie den Unterdrückten helfen mussten. Sie konnten die Männer und Frauen und Kinder, die im dämonenverseuchten London festsaßen, nicht im Stich lassen.

„Nahrung für fünf Wochen“, sagte Simon. „Doch das gilt nur, wenn wir Wild erlegen können. Ich will aber nicht die Wälder leerjagen …“

„Das wollen wir auch nicht, Lord Cross“, sagte Genevieve Baker. Sie war Anfang 60, wirkte allerdings immer noch beeindruckend in ihrer Rüstung.

„… und ich will nicht, dass wieder eine Jagdgruppe den Dämonen in die Falle geht“, endete Simon.

„Wir riskieren jedes Mal etwas, wenn wir in die Stadt gehen, um Nachschub und Kleidung für die Leute in der Zuflucht zu organisieren", sagte Victor Carlyle herablassend. Er war Anfang 50, schlank und fit. „Sie können nicht auf jeden Einzelnen von uns aufpassen, Lord Cross."

„Das ist klar", antwortete Simon.

„Dann müssen wir es einfach riskieren."

„Wir geben den Menschen schon jetzt gefährlich wenig Nahrung", sagte Marta Grimes. Sie war Ende 40, fit und sehr fachkundig. „Sie kriegen kaum noch genug. Wenn wir etwas brauchen, dann *mehr* Nahrung. Wir können die Kinder doch nicht verhungern lassen. Sie brauchen etwas zu essen, um zu wachsen und stark zu werden. Sie sind unsere Zukunft. Sie zu vernachlässigen, wäre tödlich."

Simon wusste das genauso gut. Aber er sagte nichts. Niemand im Raum hatte eine bessere Idee. Sie tauschten nur Erfahrungen aus.

„Wir dürfen auch die Bedürfnisse der Templer nicht vernachlässigen", bemerkte Micah Cuddy, ein Mann Anfang 30. „Die Rüstung kann physische Schwäche kompensieren, aber ein unterernährter Kämpfer begeht vielleicht Fehler, die sein Leben und das der anderen gefährden könnte. Unsere oberste Priorität sollte lauten, die Templer gut versorgt zu wissen."

„Und sie über das Wohlergehen der Kinder stellen?" Marta Grimes sah aus, als würde sie nur zu gern darüber streiten wollen.

„Die Templer sind unsere Verteidigung. Ein gut genährtes Kind ist nur ein größerer Appetithappen für die verdammten Dämonen, wenn sie unsere Kämpfer überwältigt haben."

„Dazu müssten diese Monster erst mal an den Kämpfern vorbeikommen."

„Wir wissen, dass uns die Dämonen jagen", bemerkte Solomon Tremaine ruhig. „Die Männer und Frauen, die letzte Nacht gestorben sind, beweisen das."

„Sie haben uns aber noch nicht gefunden“, sagte Marta.

„Das ist nur eine Frage der Zeit“, meinte Cuddy.

Simon wusste, dass sie alle älter waren als er. Niemand von ihnen hatte je seinen Platz in der Welt hinterfragt oder seine Fähigkeit als Anführer infrage gestellt. Wenn es aber so gewesen wäre, hätte er gern diesen Platz geräumt; *vielleicht,* gestand er sich selbst ein. Es wäre gut gewesen, wenn die Last der Verantwortung von seinen Schultern genommen worden wäre, aber es wäre auch schwer gewesen, die Kontrolle über das Tagesgeschäft in der Zuflucht abzugeben.

Er schuldete den Templern etwas, weil er sie vor sechs Jahren verlassen hatte. Er hatte auch den Flüchtlingen ein Versprechen gegeben und den Kriegern, die sich um sein Banner geschart hatten.

Am meisten schuldete Simon aber seinem Vater. So, wie sich die Dinge zwischen ihnen entwickelt hatten, konnte Simon nicht einfach beiseitetreten. Sein Vater verdiente etwas Besseres.

„Wenn es an der Zeit ist“, sagte Simon mit klarer, kontrollierter Stimme, „haben wir fünf Wochen. Nahrung stellt derzeit das Hauptproblem dar, nicht Wasser.“

„Was wäre, wenn wir den Leuten genug zu essen geben würden?“, fragte Marta.

„Dann wären es nur vier Wochen.“

Marta sah ihm in die Augen. „Ist es das wert, Lord Cross? Uns fünf Wochen lang zu Tode zu hungern, wenn uns die Dämonen bis dahin nicht finden? Oder sollten wir vier Wochen lang wie Menschen essen, die nicht von der Angst beherrscht werden? Wenn wir nur eine Woche hätten, bis wir entdeckt würden, wie sollten die Leute diese Woche leben? Voller Hoffnung? Oder hungrig?“

Simons Kopfschmerzen wurden immer schlimmer. Er war viel besser als Taktiker. Und er trat lieber gegen bewaffnete Dämonen an, als die Fragen der Männer und Frauen in diesem Raum zu beantworten. Ums Überleben zu kämpfen, war einfach, da gab es kein Zurück. Aber zu versuchen, die begrenzten Vorräte über die Zeit zu strecken, war eine sehr frustrierende Angelegenheit.

„Es wäre leichter", sagte Marta leise, „eine Entscheidung bezüglich der Rationierung zu treffen, wenn wir wüssten, wie wir den Nahrungsmangel bekämpfen könnten. Ich weiß, dass ich eine harte Entscheidung verlange, Simon, aber das sind die Zeiten, in denen Sie – in denen wir" – sie sah sich im Raum um – „auf unser Schicksal vertrauen müssen. Wir tun das Richtige."

„Sagen Sie das den Templern, die letzte Nacht gestorben sind", knurrte Cuddy. „Oder den Männern und Frauen, die Extraschichten schieben müssen. Ganz zu schweigen von den jungen Schülern, die nicht mal vollständig ausgebildet sind, bevor sie ihr Blut vergießen müssen."

„Genug", sagte Simon.

Alle verstummten sofort und sahen ihn an. Er übernahm selten während der Besprechungen derart die Kontrolle. Er fühlte sich unwohl dabei.

„Wir widerrufen die Rationierung", sagte Simon. Es war ohnehin nicht seine Idee gewesen. Die anderen hatten es so gewollt – mit Ausnahme Martas.

„Ich glaube nicht …", begann Cuddy.

Simon hob die Stimme und redete weiter. „Wir schicken mehr Jagdgruppen aus. Dabei dehnen wir das Jagdgebiet aus. Wir verdoppeln außerdem die Zahl der Jäger."

„Dadurch sind wir hier möglicherweise unterbesetzt", sagte Carlyle. Er war stets der Berechnende. „Oder die Templer werden bis auf die Knochen ausgezehrt."

„Wir stocken die Jagdgruppen mit den Männern und Frauen auf, die hier in der Zuflucht leben und die wissen, wie man jagt, oder dazu ausgebildet werden wollen." Simon schüttelte den Kopf. „Daran hätte ich schon längst denken können."

„Sollen dort draußen ungeschützte Zivilisten herumlaufen?“, fragte Genevieve.

„Es ist besser, sie jagen, als sie verhungern“, antwortete Simon.

„Wir haben geschworen, diese Menschen zu beschützen“, widersprach Carlyle. „Ihnen zu sagen, dass sie jetzt ihr Leben riskieren müssen, widerspricht dem doch.“

„Wir *beschützen* sie ja“, antwortete Simon mit lauter Stimme. „*Wir* bekämpfen die Dämonen und *wir* gehen die größten Risiken ein. Daran ändert sich nichts.“

Stille folgte seinen Worten und er wusste, dass sie schockiert waren. *Sie müssen auch später nicht die Beerdigungen leiten,* dachte er bitter.

„Wir können sie nicht schützen, wenn wir von ihnen verlangen, dass sie sich zu Tode hungern“, sagte Marta leise. Sie straffte sich. „Ich verstehe den Standpunkt von Lord Cross in dieser Sache. Er ist nicht besonders elegant oder befriedigend, aber er ist richtig.“

„Ich werde niemanden zum Jagen zwingen“, sagte Simon. „Wir befragen die Leute während einer großen Versammlung. Diejenigen, die uns helfen wollen, werden ausgebildet und mit Rüstungen ausgestattet, so gut wir das können.“ Er wartete. „Wir brauchen Hilfe dabei, diese Leute zu retten. Und sie können helfen, uns zu helfen.“

Am Ende gab es keine Diskussion mehr. Ob es ihnen gefiel oder nicht, sie wussten doch, dass er recht hatte.

„Ich möchte ein Ritter werden, Lord Cross.“

Simon sah in die großen Augen des sechs Jahre alten Jungen, der vor ihm saß. Mit jungen Zivilisten zu reden, fiel ihm am schwersten. Es war ja nicht so, dass sie nicht tapfer wären. Sie waren durch den der Jugend eigenen Glauben an die eigene Unverwundbarkeit furchtlos und dadurch wurden ihre Angebote noch schmerzlicher.

Schlimmer noch, die Templer brauchten die Kinder am meisten.

Erwachsene und Jugendliche lernten zu langsam. Ältere Templerkandidaten konnte man nicht dazu ausbilden, zu reagieren, ohne darüber nachzudenken. Dämonen konnten unglaublich schnell sein und der Unterschied zwischen Leben und Tod betrug oft nur eine Nanosekunde.

Simon kniete mit einem Bein auf dem Boden seines kleinen Büros. Danielle stand neben ihm und sagte nichts. Aus ihren Unterhaltungen, die sie während der letzten paar Monate geführt hatten, seit sie Kinder der Zivilisten mit den Templerkindern gemeinsam ausbildeten, war klar geworden, dass sie bei der Entscheidung genau wie er hin und her gerissen war.

„Du bist Chandler, richtig?“, fragte Simon. Er brauchte nicht mal die Hilfe seiner Rüstungs-KI, um auf den Namen des Jungen zu kommen. Er hatte es sich angewöhnt, die Namen all derer zu kennen, die länger als ein paar Wochen in der Zuflucht lebten.

Die blauen Augen des Jungen weiteten sich vor Schreck. „Sie wissen, wer ich bin?“

Simon nickte. Er trug den Helm an seiner Seite und setzte ihn in der Zuflucht auch nicht auf, damit jeder sah, wer er war. Dadurch sorgte er dafür, dass er mit den Bewohnern in Kontakt blieb.

„Allerdings.“ Simon nickte der Mutter des Jungen zu, die auf einem der Stühle vor seinem Metalltisch saß. „Deine Mutter heißt Nancy. Dein Vater heißt Craig und wir suchen ihn immer noch.“

Ein feierlicher Ausdruck lag auf dem Gesicht des Jungen. Tränen traten in seine Augen. „Ich weiß. Sie werden ihn eines Tages finden. Ich weiß, dass Sie das tun werden.“

Simon wusste nicht, was er darauf antworten sollte. Nachdem so viel Zeit vergangen war, es waren bereits über acht Monate, konnte nur noch ein Kind so viel Hoffnung haben.

„Warum willst du ein Ritter werden?“, fragte Simon.

„Um die Dämonen zu bekämpfen“, antwortete Chandler. Er überlegte einen Moment. „Ich muss sowieso gegen die Dämonen kämpfen, deshalb wäre es besser, wenn ich wüsste, wie man kämpft. Meinen Sie nicht auch?"

Simon hörte den ernsthaften Tonfall eines Erwachsenen aus den Worten des Jungen und wusste, dass Chandler lange über die Sache nachgedacht hatte. Überraschenderweise hatten alle Kinder, die sich meldeten, lange und angestrengt darüber nachgedacht. In vielen Fällen überraschten diese Gedankengänge sogar ihre Eltern.

Simon schaute einen Moment von dem Jungen weg und sah dessen Mutter an. Still, mit Tränen auf den Wangen, nickte die Mutter.

Keine Mutter sollte ihr Kind so etwas aussetzen müssen, überlegte Simon. Templerkinder und deren Eltern waren anders. Sie blieben immer in derselben Welt, Männer und Frauen. Aber die Eltern der Zivilisten gaben Zeit und eine gewisse Kontrolle über die Kinder ab. Die Templerausbildung war für einen Außenstehenden ein rüdes Erwachen.

Simon sah den Jungen wieder an und sagte: „Da stimme ich dir zu. Aber du solltest wissen, dass es sehr schwer werden wird. Die Ausbildung ist hart und du wirst nicht viel Freizeit haben."

„Das weiß ich", sagte Chandler. „Ich habe die Templerkinder beobachtet. Sie sind fast immer in der Schule."

„Das stimmt. Es gibt viel zu lernen."

Chandler lächelte. „Das ist okay. Ich lerne schnell."

Simon zuckte fast zusammen. Diejenigen, die nicht schnell lernten, starben oft früh. Er dachte an die Beerdigungen, die im späteren Tagesverlauf stattfinden würden. *Selbst die Guten sterben.*

„In Ordnung", sagte Simon und hoffte, dass er den Jungen nicht in ein paar Jahren im Kampf sterben sehen würde. „Du kannst mit den Templerkindern zusammen lernen."

Chandler strahlte und wirkte ein klein wenig nervös.

„Toll." Er zögerte. „Muss ich nicht einen Eid schwören oder so was?"

„Noch nicht."

Chandler wirkte enttäuscht. „Oh."

Hinter dem Rücken des Jungen hielt Danielle einen kleinen Finger hoch.

„Aber gib mir dein großes Ehrenwort."

Chandler grinste breit und streckte Simon seinen kleinen Finger entgegen. „Ich gebe das große Ehrenwort, dass ich ein loyaler Ritter sein werde."

„Und ich gebe das große Ehrenwort, ein loyaler und guter Anführer zu sein", sagte Simon.

Chandler zögerte. „Unterrichten Sie auch meine Klasse?"

„Ja." Simon unterrichtete immer noch – Nahkampf, Schwertkampf und Grundwissen über Dämonen –, wann immer er Zeit dafür hatte.

Die Mutter des Jungen erhob sich und ging zu Simon, der ebenfalls aufstand. Ihr Mund zitterte, als sie ihn ansah.

„Mama", fragte Chandler. „Warum weinst du?"

Sie sah auf ihren Sohn herab. „Weil ich so stolz auf dich bin, deshalb." Sie fuhr durch sein Haar, dann sah sie wieder Simon an. „Bitte … bitte achten Sie auf ihn. Er ist mein Junge. Er ist alles, was ich habe."

Sie hatte auch noch eine ältere Tochter gehabt, erinnerte sich Simon. Aber die hatte es nicht aus London herausgeschafft.

„Das werde ich", sagte Simon.

Die Frau nickte, bekam sich wieder unter Kontrolle, nahm ihren Sohn dann bei der Hand und verließ mit ihm den Raum. Still sah Simon ihr nach.

„Ist alles in Ordnung?", fragte Danielle. Sie nahm auch den Helm ab und sah ihn an.

„Ja."

„Mit den Jüngsten ist es am schwersten."

„Ich weiß."

„Sie vertrauen zu sehr."

„Ich weiß.“

„Jedes Mal, wenn ich einem von ihnen sage, dass wir sie in die Templerausbildung aufnehmen“, sagte Danielle, „fühle ich mich, als würde ich lügen.“

Simon nickte.

„Das ist die Lüge“, sagte Danielle.

„Dieser Abend“, sagte Simon düster, „sollte sie daran erinnern, dass auch das Leben als Templer gefährlich ist.“

Simon stand vor den Särgen aus Polycarbonat, in denen die sterblichen Überreste der gefallenen Templer lagen. Orchestermusik erfüllte den ganzen Raum, in dem die große Versammlung stattfand. Wenn man die Menschenmenge beurteilte, die sich auf Fässern und Klappstühlen drängte, war offensichtlich jeder, der nicht zu krank oder verwundet war, zu der Beerdigung erschienen.

Nach einiger Zeit beteten sie. Simon betete vor. Er fand schnell die passenden Worte. Zu schnell. Er wusste nicht mehr, wie viele Beerdigungen er während der letzten vier Jahre geleitet hatte. Er konnte sich noch an die Namen erinnern. Er erinnerte sich an die Menschen, aber er mochte sich nicht an die Zahl der Verluste erinnern.

Die Särge waren schlicht. Das Waffenemblem jedes Hauses stand reliefartig hervor. 3-D-Bilder der Toten befanden sich oben auf den Särgen.

Die Templer bildeten Ehrenwachen der einzelnen Häuser und es gab Grabreden. Simon schloss sich an und fühlte sich dabei hohl im Innern und zerbrechlich nach außen. Dort draußen zu stehen, wo jedermann ihn sah, gehörte zu den schwersten Dingen, die er je getan hatte. So war es immer.

Er machte eine kurze Pause, als er schließlich über seine Erinnerungen an die Verstorbenen sprach und warum man ihrer gedenken sollte. Dann räusperte er sich.

„Wir beerdigen hier heute unsere Brüder und Schwestern“, sagte er. „Ehemänner und Ehefrauen, Liebende. Väter und Mütter, Söhne und Töchter. Und am wichtigsten … wir beerdigen Freunde.“

Selbst auf den rauesten Gesichtern rannen Tränen. Es gab kein trockenes Auge im Raum.

„Wenn diese Templer heute hier wären“, sagte Simon leidenschaftlich, „würden sie sagen, dass sie nur für eine einzige Sache gestorben sind.“ Er erhob sein Schwert. „Sie starben, damit andere leben können. Für die Lebenden!“

Die anderen Templer nahmen den Ruf auf und erhoben ihre Waffen – Schwerter und Äxte – zur Decke. „Für die Lebenden! *Für die Lebenden!*“

Selbst die Zivilisten stimmten mit ein. Es war der Kampfruf der Templer, ein wildes Versprechen, das sie den Dämonen und der Finsternis gaben.

Im hinteren Teil hob Chandler – der nun das Neulingshemd der Templer trug – seine Faust und stimmte mit ein. Hoffnung erfüllte Simons Herz, als er die Entschlossenheit in den Augen des Jungen sah. Es gab Hoffnung. Die hatten die Dämonen noch nicht vertrieben.

Sechzehn

Warren schlief stundenlang unter den Toten.

Naomi wollte ihn bewegen, doch jeder ihrer Versuche wurde von Zombies vereitelt, die schützend um ihn herumstanden. Die Teufelsspäher waren schließlich Warrens Kontrolle entkommen. Naomi war sich nicht sicher, ob das geschehen war, weil die Dämonen stärker wurden oder Warren schwächer geworden war. Schließlich hatten sich die Zombies gegen die Dämonen gestellt und sie getötet, bevor sie sich verteidigen konnten. Weitere Dämonenleichen kamen zur Mauer aus Toten um Warren dazu.

Zuerst hatte Naomi gefürchtet, dass er sterben würde. Sie konnte nicht beurteilen, wie stark er verletzt war. Blut bedeckte ihn, aber der Menge nach konnte nicht alles von ihm stammen. Niemand konnte derart stark bluten.

Zumindest kein Mensch. Naomi bekam die Worte nicht mehr aus dem Kopf. Warren war nicht mehr menschlich. Merihims Einfluss hatte begonnen, ihn zu verändern. Das merkwürdige Buch, an dem Warren so viel lag, schien dabei der Katalysator gewesen zu sein.

Als sie Warren kennengelernt hatte, war er von Brandwunden stark vernarbt. Jetzt war seine Haut glatt und unverletzt. Er verfügte über keinerlei dämonische Transplantate oder Tätowierungen, die einem Kabalisten dabei halfen, die arkanen Kräfte zu verankern. Nach allem, was sie wusste, hätte Warren kaum oder gar keine Kräfte besitzen dürfen.

Die toten Dämonen und Zombies, die ihn umgaben, waren stumme Zeugen dafür, dass sie falschlag. Er besaß mehr Kraft als jeder andere, den Naomi kannte.

Sie blickte auf seine silberne Hand und beobachtete, wie sich sein Brustkorb langsam hob und wieder senkte. Sie fragte sich, ob sie im Falle seines Todes die Hand abnehmen und sie für sich benutzen konnte.

„Miss?"

Erschreckt und wütend darüber, dass es jemandem gelungen war, sich ihr unbemerkt von hinten zu nähern, sah Naomi zu dem dürren alten Mann auf, der hinter ihr stand. Er hielt eine dampfende Metallschüssel in der Hand.

„Hab 'n bisschen Suppe mitgebracht", sagte der alte Mann mit Cockneyakzent. „Die Missis hat darauf bestanden. Meinte, 's wär ihre verdammte Christenpflicht. Ist nicht viel. Aber meine Missis hat mit viel Liebe gekocht. Die Suppe wird Euch wärmen."

Naomi nahm die Schüssel an. Trotz der Entfernung zum Dorf – oder der Nähe, denn die Teufelsspäher hätten es beinahe gefunden – war die Schüssel und ihr Inhalt immer noch warm. Sie benutzte einen kleinen Zauber, um das Essen auf Gift oder Halluzinogene zu prüfen, fand aber nichts. Sie senkte ihre Nase über die Schüssel und atmete den Duft der Suppe ein.

„Ist Hühnersuppe, Miss." Der alte Mann wartete unsicher. „Der alte Vogel da drin war ein zäher Kerl und es war nich viel an ihm dran. Aber in der Suppe schmeckt er gut, nachdem die Missis mit ihm fertig war."

„Danken Sie Ihrer Frau dafür."

„Mache ich, mache ich."

Die meisten Überlebenden waren fort, um die Verwundeten und die schlechten Nachrichten heimzubringen. Aber sie hatten Wachen mit Waffen aufgestellt, die auf Warren und die Zombies achteten. Während der letzten paar Stunden hatten sie sich abgewechselt. Niemand sprach mit ihr. Niemand vertraute ihr. Sie war sich ziemlich sicher, dass die Dorfbewohner glaubten, sie würde die Zombies irgendwie unter Kontrolle halten.

„Lebt er noch?“, fragte der alte Mann.

„Ja.“ Naomi schlürfte die Suppe und genoss die Flüssigkeit, das matschige Gemüse, die Nudeln und die sehnigen Hühnerfleischstücke. Sie stillte ihren Durst mit sauberem Schnee, aber sie war noch nicht hungrig genug, um die Vorräte zu essen, die sie mitgebracht hatten.

„Wacht er auch noch ma auf?“

„Keine Ahnung.“ Naomi beobachtete den Schnee, der wie ein weißes Tuch die Landschaft bedeckte. Abgesehen von ihren eigenen Spuren und denen der Teufelsspäher schien die schneebedeckte Landschaft unberührt zu sein. London blieb ein dunkler Fleck in der Ferne, doch die Sonne stand am blauen Himmel und der Schnee glitzerte.

„Hat er das schon ma gemacht?“

„Nein.“

Der alte Mann schlang die Arme um sich. „Is nich normal, oder?“

Als sie sich die toten Dämonen und die Wache haltenden Zombies ansah, dachte Naomi, dass der Begriff „normal“ nicht mehr zu der Welt passte. Aber sie teilte die Einschätzung des alten Mannes.

„Nein.“

Der alte Mann bewegte sich unbehaglich.

„Was ist los?“, fragte Naomi.

Zögernd wich der alte Mann ihrem Blick aus. „Es is ja so, dass ein paar Leute im Dorf … also, sie wollen wissen, wann ihr beide weiterzieht.“ Er beeilte sich hinzuzufügen, „Nich, dass wir es eilig hätten oder so was.“

Naomi unterdrückte den aufsteigenden Ärger. Wütend zu werden, würde ihnen nicht weiterhelfen und konnte vielleicht den zerbrechlichen Frieden mit den Dorfbewohnern stören, die sie nach wie vor beobachteten. Immerhin versuchten die Leute nicht, sie zu töten.

„Weiß ich nicht“, sagte sie. „Zumindest nicht, bevor er aufgestanden ist.“

Der alte Mann kratzte sich den Kopf. Graue Haarreste ragten unter seiner Mütze hervor. Seine Nase und die Wangen waren rot vor Kälte.

„Vermute mal, Sie hoffen, dass er bis heute Abend auf den Beinen is."

Naomi sagte nichts. Sie war der Überzeugung, dass sie Glück hatten, wenn die Bewohner sie bis dahin nicht umzubringen versuchten. Sie konzentrierte sich auf die Suppe, atmete das Aroma ein, genoss die Wärme und aß rasch, weil die Bouillon schnell auskühlte. Nachdem Naomi fertig war, gab sie dem alten Mann die Schüssel zurück.

Sie sagte: „Danke." Sie hatte gelernt, stets höflich zu sein. Selbst in unangenehmer Gesellschaft.

Der alte Mann nahm die Schüssel, nickte, wünschte ihr alles Gute und ging. Seine Schritte knirschten auf der eisigen Kruste des Schnees. Irgendwo in der Ferne knackte ein Ast, der schließlich der Schneelast nachgab und brach.

Naomi beobachtete, wie sich Warrens Brust hob und senkte. *Wach auf,* dachte sie wütend. *Wach auf.* Aber sie fragte sich, ob Warren sich erholen würde. Sie hatte nie zuvor erlebt, wie jemand so viel pure Kraft eingesetzt hatte.

Die Überreste der Teufelsspäher lagen in einem Umkreis von über 30 Meter verstreut. Von den anderen Dämonen hatten viele verdrehte Gliedmaßen oder waren völlig verbrannt.

Was für ein Mann musste er sein, um zu so etwas fähig zu sein? Und was hatte es Warren gekostet?

Naomi sah auf das trostlose Land hinaus. Was machten sie eigentlich hier draußen? Er hatte in letzter Zeit viel für sich behalten und ihr nichts über seine neue Hand erzählt.

Frustriert legte sie den Kopf gegen den Baum, neben dem sie saß, zog die dicke Wolldecke, die einer der Dorfbewohner ihr gegeben hatte, um sich und schlief ein.

Ohne Vorwarnung wachte Warren auf. Grelles Licht stach ihm in die Augen – noch bevor er sie öffnete. *Tag,* sagte er zu sich selbst. Augenblicklich fragte er sich, ob das besser war, als wenn es noch Nacht gewesen wäre.

Er spürte ein ungewohntes Gewicht auf seinem Körper. Er bewegte sich, fürchtete einen Augenblick lang, lebendig begraben worden zu sein. Dann erinnerte er sich daran, dass er aus dem Grab heraus wohl kaum die Sonne sehen würde.

Seine Sinne waren so schwach, dass er nicht wusste, ob er sich hätte verteidigen können. Warren öffnete die Augen. Wortlos nahm er die Zerstörung um ihn herum auf. Die Zombies bewachten ihn immer noch unermüdlich. Sie sahen ihn nicht an, aber er wusste, dass sie seine Gegenwart spürten.

„Warren?"

Er folgte Naomis Stimme. Sie befand sich gerade außerhalb der Reichweite der Zombies. Sie wirkte verwirrt. Und verrückt. Dabei lächelte er fast. Als ob sie ihm irgendetwas antun könnte, was die Dämonen nicht schon längst versucht hatten.

Hinter ihr drängte sich eine Schar von Dorfbewohnern und richtete ihre Gewehre auf ihn. *So viel zum Thema Vertrauen,* dachte er. Wenn er all die stark verletzten Leichen um sich herum sah, konnte er es ihnen nicht vorwerfen.

„Warren? Hörst du mich?"

„Ja." Warren kroch auf die Knie. Sein Rücken und die Beinmuskeln protestierten schmerzhaft. Als er an sich und dem Blut, das ihn bedeckte, roch, wurde ihm schlecht. Er schluckte die aufkeimende Übelkeit mühsam herunter. „Habt ihr etwas Wasser?"

Naomi versuchte, ihm eine Flasche zu geben, aber ein Zombie schlug nach ihr. Sie verfluchte das untote Ding und trat einen Schritt zurück.

Warren zwang sich auf die Beine und taumelte einen Moment. Seine Sinne drehten sich. Dann trat er durch den Kreis der Zombies und nahm die Feldflasche. Er entfernte den Verschluss und trank gierig.

„Nicht so schnell", sagte Naomi. „Dir wird sonst noch schlecht."

Warren konnte nicht aufhören. Er fühlte sich, als hätte ihn jemand vollständig ausgepresst. Doch dann konnte er die Flasche gerade noch rechtzeitig absetzen, bevor er sich schon übergeben musste.

Wirklich beeindruckend für die Dorfbewohner, dachte er bitter, als er sich den Mund mit den Ärmeln seines Mantels abwischte.

Als er das zweite Mal zu trinken versuchte, machte er es langsamer. Er schluckte und sah sich auf dem Schlachtfeld um.

„Stimmt was nicht?", fragte Naomi.

„Ich suche jemanden."

Naomi sah sich um und sagte leise: „Die meisten Männer, die mit uns gekämpft haben, sind gestorben. Man hat die Leichen ins Dorf gebracht, um sie dort zu bestatten. Einige der Toten konnten sie aber wegen der Zombies und Dämonen nicht abtransportieren."

Warren spürte eine Welle der Ablehnung und Angst, die in den Männern im Unterholz brandete. Ihm war klar, dass, wenn sie ihn ungestraft hätten töten können, sie es getan hätten.

„Wir gewinnen keinen Beliebtheitswettbewerb", sagte er. „Aber das ist in Ordnung. Ich wollte hier sowieso nicht herziehen."

„Es wäre besser, wenn wir gehen würden."

„Ich weiß." Warren gab ihr die Feldflasche zurück und trat zu einem in der Nähe stehenden Dorfbewohner.

Dessen Haare und Bart waren grau durchwirkt. Er hielt eine schwere Pistole in den Händen. Trotz der Zombies in Warrens Rücken wich der Mann nicht zurück.

„Wir brauchen Vorräte", sagte Warren.

„Wir haben kaum genug für uns selbst", knurrte der Mann.

„Nur etwas für zwei Leute.“ Warren weigerte sich zu betteln. Er und Naomi brauchten Nahrung und Wasser und er war mächtig genug, sie sich ohne zu fragen zu nehmen. Das wussten sie alle. „Für nicht mehr als eine Woche.“

Der Mann wirkte, als dächte er darüber nach, die Pistole anzuheben und Warren ins Gesicht zu schießen. Warren wusste, dass der Mann es *wollte,* weil er dessen Gefühle spüren konnte. Aber die Angst behielt die Oberhand.

„Dann kommt mit mir. Ich sehe, was ich tun kann.“

Warren und Naomi folgten ihm. Die Zombies schlossen sich ihnen an.

„Die geben uns die Vorräte nur, weil sie uns loswerden wollen“, sagte Naomi.

„Ich will auch nur hier weg“, antwortete Warren. Doch ohne Lilith wusste er nicht, wohin sie sich wenden sollten. Er mochte das Gefühl nicht, sich verloren zu fühlen und keinen Plan zu haben. Sein ganzes Leben nach dem Kinderheim war verplant gewesen. Er hatte sich nie Fehler leisten können.

„Sie wissen auch, dass wir uns die Nahrungsmittel einfach so hätten nehmen können“, sagte Naomi.

Warren sagte nichts. Er zählte die Zombies, die ihn begleiteten. Ihre Zahl war seit der letzten Nacht gesunken. Außer Nahrung brauchte er noch Verstärkung. Er wusste, dass den Dorfbewohnern sein Plan nicht gefallen würde.

Während die Nahrungsmittel organisiert wurden, aß Warren hausgemachtes Brot, das in einem kleinen Holzofen gebacken worden war. Die Wärme stieg durch einen Kamin nach draußen und ein weiterer Kamin lenkte die Hitze um, wenn Brot gebacken wurde. Ihm erschien dieses System sehr einfallsreich. Warren aß auch eine Schüssel Eintopf, in dem sich eine Menge Gemüse und Kaninchenfleisch befand.

Er saß allein am Tisch. Naomi überwachte das Verstauen der Vorräte und keiner der Dorfbewohner aß mit ihm zusammen. Die Zombies warteten außerhalb des kleinen Hauses. Bevor die Untoten gekommen waren, war diese Stadt recht idyllisch gewesen.

Er starrte in sein Glas. Der Tee war stark und schwarz. Warren trank langsam, damit ihm nicht wieder schlecht wurde. Er musste die Nahrung bei sich behalten, um zu Kräften zu kommen. Als er in die dunklen Tiefen des Tees blickte, sah er Liliths Augen, dann wurde ihr Gesicht deutlicher.

„Du darfst nicht länger dort bleiben", sagte sie.

„Das tue ich nicht. Wo bist du?"

„Ich bin schon vorausgegangen." Lilith schien abgelenkt. „Ich musste einige Dinge überprüfen."

„Hast du irgendwelche Dämonen gesehen?"

Sie zögerte.

Warren wusste, dass sie ihn belügen würde, wenn ihr das nützte. Er hatte noch nie jemanden erlebt, der nicht lügen würde, um das zu bekommen, was er wollte.

„Habe ich nicht", antwortete sie. „Aber das bedeutet nicht, dass keine dort draußen sind."

„Haben die Dämonen, die uns aufgespürt haben, nach mir gesucht?", fragte Warren, „Oder waren sie hinter dir her?"

„Weiß ich nicht." Lilith hielt den Blickkontakt mit ihm aus den dunklen Tiefen des Tees.

Warren wusste sofort, dass sie log. Das gefiel ihm. Zu wissen, wenn jemand log, war fast so gut, wie zu wissen, wenn jemand ehrlich war.

„Ich glaube, sie waren hinter dir her", sagte er.

„Vielleicht, aber das ist auch egal. Du und ich wollen dasselbe."

„Ich will in Sicherheit sein. Ich glaube nicht, dass dich das interessiert."

„Niemand ist mehr sicher, seit sich das Höllentor geöffnet hat.

Wir sind alle in Gefahr. Das Einzige, was wir machen können, ist, so viel Macht wie möglich an uns zu reißen, damit wir es mit den Dämonen aufnehmen können." Sie machte eine Pause. „Ich kann dir dabei helfen."

Warren antwortete nicht darauf. Es konnte stimmen. Und selbst wenn nicht, musste man nicht darüber streiten.

„Wann gehst du von dort fort?", fragte sie.

„Ich bleibe über Nacht."

„Das ist ein Fehler. Die Dorfbewohner werden im Laufe der Zeit nur stärker, wenn du dort bleibst. Vertrautheit schafft Geringschätzung."

Warren war sich sicher, dass die Zombies ihn noch schneller gering schätzten.

„Bring zu Ende, was du dort tust", sagte Lilith. „Dann treffe ich dich außerhalb des Dorfes." Ihr Gesicht verschwand aus dem Tee.

Warren trank aus, setzte sich hin und wartete.

Weniger als eine Stunde später, kurz vor Anbruch der Nacht, zog sich Warren frische Kleidung über, die Naomi für ihn erbeten und auch bekommen hatte. Er schulterte den Rucksack, den Naomi ihm gab. Den anderen behielt sie für sich.

Sie wurden nicht gerade von einer Blaskapelle verabschiedet. Stattdessen beobachteten die bewaffneten Dorfbewohner sie wortlos. Warren schwieg ebenfalls. Sie warfen ihm vor, die Dämonen hergelockt zu haben, und vielleicht hatten sie ja recht.

Aber für das, was er als Nächstes vorhatte, würden sie ihn auf ewig hassen. Und fürchten.

Die Toten waren auf der Straße aufgebahrt worden. Einige der Männer hoben ein Massengrab für diejenigen aus, die im Kampf gegen die Zombies gefallen waren. Die Teufelsspäher waren auf einen mit Benzin übergossenen Scheiterhaufen geworfen worden und das auch nur, um wilde Tiere fernzuhalten.

Warren blieb vor den Toten stehen. Er zählte 23 Leichen. Das waren zweimal so viele Zombies, wie er jetzt hatte.

„Was hast du vor?“, fragte Naomi.

Warren antwortete nicht. Sie wusste auch so, was er plante.

„Das kannst du nicht machen.“ Naomi stellte sich neben ihn. „Das ist falsch.“

Warren sah ihr in die Augen und fragte: „Willst du hier ohne Schutz herumlaufen?“

Naomi fluchte, doch sie sagte nicht, dass er aufhören sollte. Aber sie trat von ihm weg.

Warren rief seine Kraft und war überrascht, wie schnell sie sich regeneriert hatte. Er streckte die Metallhand aus und richtete sie auf die Leichen.

„Erhebt euch!“, befahl er ihnen.

Augenblicklich bewegten sich die Leichen. Ängstliche Schreie und Flüche erklangen hinter Warren. Er ignorierte sie, da er all seine Konzentration auf den Zauber richten musste. Er hoffte, dass ihm niemand von hinten in den Kopf schoss.

„Tötet ihn!“, rief jemand.

„Haltet ihn auf!“, brüllte eine Frau. „Guter Gott, lass ihn meinen Sohn nicht in ein seelenloses Monster verwandeln!“

Aus dem Augenwinkel sah Warren, wie ein Mann mit einem Gewehr auf ihn zielte.

„Nicht“, sagte Naomi und streckte dem Mann eine Hand entgegen.

Er ignorierte sie. Bevor er den Abzug betätigen konnte, bewegte Naomi den Arm. Eine unsichtbare Mauer traf den Mann und warf ihn beinahe zehn Meter zurück. Er brach bewusstlos oder tot zusammen.

Keiner der anderen Dorfbewohner versuchte etwas.

Warren beobachtete, wie die Zombies sich ihm zuwandten. Er wusste nicht, wie viele Untote er in den vergangenen vier Jahren wiederbelebt hatte, die Zahl war auf jeden Fall immens. Aber egal, wie oft er es schon gemacht hatte, es faszinierte ihn doch immer wieder, wozu er in der Lage war.

Er sah die Zombies an. Voller Wunden und mit glasigen Augen waren sie wandelnde Albträume. Die meisten Zombies, mit denen Warren London verlassen hatte, waren schon stark verwest. In vielen davon befanden sich leere Kokons von Maden, die im wärmeren London ausgeschlüpft und in der Kälte des Winters erfroren waren.

„Kommt!“, rief er den Untoten zu und führte sie an, ohne einen weiteren Blick auf das Dorf zu werfen. Die schmerzvollen Schreie der Bewohner folgten ihm in das schneebedeckte Umland.

Siebzehn

„Haben Sie Schmerzen?“

Leah biss die Zähne zusammen. Sie wollte die Augen öffnen, schaffte es aber nicht.

„Nein“, antwortete sie. Sie versuchte die Arme zu heben und versagte auch dabei. Einen Augenblick später spürte sie die Riemen um ihre Handgelenke, Ellbogen und über ihrer Brust, die sie ans Bett fesselten.

Sie war in einem Krankenhaus. Das erkannte sie am medizinischen Geruch und dem permanenten Piepsen der Maschinen um sie herum. Das Letzte, woran sie sich erinnerte, war, dass sie im Fluss ohnmächtig geworden war.

„Sie haben Schmerzen“, sagte die Stimme eines Mannes.

„Damit komme ich klar. Warum kann ich meinen Arm nicht bewegen? Was stimmt damit nicht?“

„Sie müssen sich beruhigen“, sagte der Mann. „Das verstärkt die Schmerzen nur.“

„Der Schmerz ist gar nichts“, log Leah. „Helfen Sie mir aus diesem Bett heraus.“ Sie versuchte die Augen zu öffnen, konnte es aber nicht. „Stimmt irgendetwas mit meinen Augen nicht?“

Die Maschine piepte in der darauffolgenden Stille.

„Haben Sie mich verstanden?“, wollte Leah wissen.

„Sie hat einen hohen Toleranzwert“, stellte die ruhige Stimme des Mannes fest. „Aber wie Sie an den Werten auf diesem Ausdruck erkennen können, leidet sie unter unbeschreiblichen Schmerzen.“

„Das sehe ich, Doktor“, antwortete eine Frauenstimme ihm. „Danke.“

Leah meinte, die Stimme zu erkennen, doch bei den lauten Maschinen und den Schmerzen, die sie hatte, war sie nicht sicher.

„Können Sie ihr mehr Demerol geben?“

Demerol? Kein Wunder, dass Leahs Nase juckte. So reagierte sie immer auf dieses Betäubungsmittel.

„Wenn wir die Dosierung erhöhen, dann wird sie ohnmächtig oder ist so weit weggetreten, dass sie Sie nicht versteht.“

„Das darf nicht sein“, sagte die Frau. „Können Sie ihr nicht etwas geben, das sie wach hält?“

„Und schmerzfrei? Nein.“

Die Frau seufzte. „Dann betäuben Sie sie wieder.“

„Nein.“ Leah kämpfte gegen ihre Fesseln an. Sie verdiente etwas Kontrolle. Sie war kein Kind. Panik erfüllte sie. Sie wollte unbedingt wissen, in welchem Zustand sie sich befand. Eine ihrer größten Ängste war, dass sie auf einem Einsatz verkrüppelt werden könnte. „Reden Sie mit mir. Lassen Sie mich entscheiden …“

Wärme durchströmte ihren Arm und sie wusste, dass man ihr ein weiteres Betäubungsmittel gespritzt hatte. Sie kämpfte dagegen an, fluchte und war nicht gewillt, sich der Droge hinzugeben.

Doch Schwärze schlug über ihr zusammen.

Als Leah erneut erwachte, befand sie sich in einem dunklen Raum. Ihr Kopf war klarer und der meiste Schmerz war verschwunden. Doch ihr Schädel pochte immer noch wild. Sie versuchte ihren Arm zu heben, konnte es aber nicht.

Leah wandte den Kopf ihrem Arm zu und es fühlte sich an, als würde ihr Hirn an die Seite des Schädels knallen. Alles drehte sich, dann klärte sich das Blickfeld wieder. Beide Arme waren gefesselt.

Beide Arme.

Sie war euphorisch. Sie hatte auch noch beide Beine. Und alles andere schien sich auch am richtigen Platz zu befinden. Das war immer ein gutes Zeichen.

Wären da nicht die Verbände um ihren Kopf und über ihrem rechten Auge, hätte sie angenommen, alles sei in Ordnung. *Es ist bestimmt nichts, was man nicht heilen kann,* sagte sie sich.

Dann schlief sie wieder ein.

„Ah, sind wir wieder wach?"

Benommen wandte Leah ihren Kopf der Sprecherin zu. Die Blondine war Mitte 30, hatte schulterlanges Haar und grüne Augen. Sie war gepflegt und athletisch gebaut, was der hautenge schwarze, gepanzerte Anzug noch betonte. Ein Geflecht von Narbengewebe prangte an ihrer rechten Schläfe und auf den Wangen.

Sie hieß Lyra Darius. Sie war diejenige in der Agency gewesen, die die Wahrheit über Lord Patrick Sumerisle herausgefunden hatte. Neben seinem Amt im Ministerium für innere Angelegenheiten war Lord Sumerisle auch der Anführer der Templer gewesen.

„Ich bin wach", sagte Leah.

„Gut. Ich dachte mir, dass Sie es sind. Sie sind schon früher aufgewacht. Das hat das Personal derart aufgebracht, dass es mich gerufen hat."

„Tut mir leid. Ich wollte niemandem zur Last fallen." Leah versuchte die Antwort sarkastisch klingen zu lassen. Lyra Darius war sehr mächtig innerhalb der Organisation. Immerhin war sie diejenige gewesen, die bewiesen hatte, dass die Templer existierten, während die MI-6 und andere Geheimorganisationen noch nach ihnen gesucht hatten.

„Sie sind keine Last", sagte Lyra. „Ich bin nur froh, dass Sie noch leben. Eine Menge Männer und Frauen tun das nicht."

Einen Moment lang strömten Gedanken an all die Toten und die Zerstörung durch Leahs Kopf. Diese Erinnerungen und die Geräusche würden sie ihr ganzes Leben lang verfolgen.

Lyra erhob sich und legte das Buch, das sie gelesen hatte, beiseite. Sie stand an der Seite des Bettes und sah mit augenscheinlich ehrlicher Anteilnahme auf Leah herab. Ob diese Gefühlsregung wirklich echt war, konnte man schwer sagen. Anteilnahme gehörte zu den ersten Gefühlen, die man in der Agency lernte vorzutäuschen.

„Ich habe Wasser mitgebracht", sagte Lyra. „Und ich habe die Erlaubnis, dass Sie trinken dürfen, wenn Sie wollen."

„Ich habe Durst", sagte Leah.

Lyra goss Wasser aus einer Karaffe in ein Glas und stellte einen Strohhalm hinein. Sie hielt den Becher so, dass Leah aus dem Strohhalm trinken konnte.

„Wenn Sie meine Arme von den Fesseln befreien würden", sagte Leah, „könnte ich das selbst machen. Ich werde nicht gern wie ein kleines Kind behandelt."

Nach einem kurzen Zögern nickte Lyra. „In Ordnung, aber Sie müssen sich langsam bewegen. Die Ärzte sind sich nicht sicher, wie stark Sie beeinträchtigt sind."

„Beeinträchtigt von was?"

Lyra ließ alle Zurückhaltung fahren. „Sie haben das rechte Auge verloren, Leah. Sie leiden außerdem unter einem leichten Hirnschaden, der Ihre motorischen Systeme beschädigt haben könnte."

Adrenalin schien ihre Systeme zu überladen. „Mein Auge?"

Lyra sah sie teilnahmsvoll an. „Ja."

Wäre die Welt noch normal gewesen und hätte nicht mitten in einem dämonenverseuchten Albtraum gesteckt, Leah hätte geschworen, dass sie hier und jetzt zusammengebrochen wäre. So glaubte sie, dass ein Teil ihrer Ruhe daher kam, dass sie jetzt wieder die Kontrolle über ihren Körper hatte.

Befreit saß sie auf dem Bett und trank das Wasser durch den Strohhalm. In ihrem Kopf pochte es immer noch unter den Verbänden. Mit all den Kabeln und Sensoren an ihrem Körper fühlte sie sich schwach und zerbrechlich.

„Sie haben jetzt eine Menge zu verarbeiten, ich weiß", sagte Lyra.

„Immerhin besser, als tot zu sein." Aber das bedeutete nur wenig. Ein Auge zu verlieren, hieß, dass man mehr als 50 Prozent seines Sehvermögens verlor. Eigentlich waren es eher 60 Prozent. Und die Fähigkeit zum dreidimensionalen Sehen war ebenfalls fort. *Besser, als tot zu sein,* würde für eine ganze Weile ihr Mantra werden.

„Es ist besser", bestätigte Lyra.

Leah stellte den Becher auf den kleinen Tisch neben dem Bett. „Ist sonst alles in Ordnung?" Sie fragte sich, ob der Verlust eines Auges und ein möglicher Hirnschaden nicht schon genug Dinge auf der Liste an Problemen waren.

„Abgesehen von einer recht erstaunlichen Kollektion von Schnitten, Kratzern und Schlägen, sind Sie in gutem Zustand."

„Wir haben die Waffenfabrik zerstört, oder?"

Lyra nickte. „Das war ein Rückschlag für die Dämonen. Aber sie bauen bereits eine neue Anlage irgendwo anders in der Stadt."

„Wissen wir, wo?"

„Nein. Doch wenn wir eins während der letzten vier Jahre über unsere Gegner gelernt haben, dann, dass sie dieselben Dinge immer wieder tun."

„Sie müssen mich entschuldigen", sagte Leah. „Aber ich weiß nicht, wie gut die medizinische Technologie heute so ist. Ich war draußen im Feld."

„Man kann Ihr Auge nicht ersetzen." Lyras Stimme blieb leise, doch es klang keinerlei Anteilnahme darin mit. Nichts, das Leah hätte angreifen können. Es war nur eine Feststellung. „So weit ist unsere Technik noch nicht."

Leah nickte, sie konnte kaum den Brechreiz bezwingen. Sie

wollte sich den Verband vom Kopf reißen und beweisen, dass sie sehen *konnte.* Sie musste nur ihr Auge öffnen.

Eine der Maschinen piepste schneller.

Lyra sah zu den Instrumenten, dann sagte sie: „Ich kann eine Schwester rufen. Sie kann Ihnen etwas zur Beruhigung geben."

„Nein." Leah beobachtete die Maschine, während sie sich bemühte, tiefe, regelmäßige Atemzüge zu machen. Das Piepsen wurde langsamer. *Ich habe mich unter Kontrolle. Nicht meine Angst oder meine Wut bestimmen mein Handeln. Ich kann nur … ich selbst sein.*

Lyra lächelte. „Sehr gut."

Die Körperreaktionen zu kontrollieren, war etwas, das Leah bereits früh in ihrem Beruf gelernt hatte. Etwa zur gleichen Zeit, als man ihr auch etwa hundert unterschiedliche Arten gezeigt hatte, jemanden zu töten.

„Man hat Ihren Arm ersetzt", sagte Leah.

Lyra trug einen schwarzen Handschuh über ihrer rechten Hand, um die metallische Oberfläche zu verbergen. Sie hatte sich bewusst gegen eine kosmetisch attraktivere Hand entschieden. Stattdessen hatte sie etwas gewählt, das genauso eine Waffe wie eine Pistole oder ein Messer war.

„Ein Auge ist … komplizierter", antwortete Lyra. „Es gibt eine Prothese, die man mit Ihrem Hirn verkabeln kann. Ein Helm, wenn Sie so wollen, der diese Seite des Gesichts bedeckt und visuelle Daten in etwas verwandelt, was Ihr Hirn verstehen kann."

„Das klingt nicht sonderlich sexy."

„Ist es auch nicht. Es ist sperrig und hässlich. Aber es ist besser, als halb blind zu sein."

„Gut, die brutale Wahrheit zu hören."

„Wenn ich es Ihnen schönreden würde, würden Sie mir nicht zuhören."

„Ja", stimmte Leah zu.

„Mit dem Helm kann man auch nicht in Farbe sehen, weshalb man sich erst daran gewöhnen muss."

„Unterschiedliche Bilder, die das Hirn verarbeiten muss."

„Ja. Mir wurde gesagt, dass der Benutzer die Bilder schließlich in eins verwandelt. Es wird mit der Zeit leichter."

Leah sagte nichts.

„Ich weiß, dass Sie eine Menge verarbeiten müssen, Leah", sagte Lyra.

„Ja."

„Aber Sie haben keine andere Wahl."

„Was lässt man mich tun?"

Lyra betrachtete sie ernst. „Wenn Sie aus dem Krankenhaus entlassen worden sind – und ich meine *entlassen* und nicht etwa *entflohen* oder nach willkürlich abgebrochener medizinischer Behandlung –, werden Sie überprüft."

„Ich werde einen verdammten Schreibtischjob kriegen, oder?"

„Diese Berufe sind genauso wichtig wie die anderen."

„Dafür wurde ich nicht ausgebildet", erklärte Leah trotzig. „Meine Spezialität sind verdeckte Operationen."

Lyra schwieg einen Augenblick. „Wie lange, glauben Sie, werden Sie dafür brauchen, gegen die Ungerechtigkeit des Universums zu protestieren und sich selbst zu bemitleiden?" Ihre Worte waren geradeheraus und hart.

Leah betrachtete die Frau mit neuem Respekt. Sie hatte Lyra Darius schon ein Mal zuvor getroffen, und zwar ebenfalls in einer kritischen Situation.

„Sie reden nicht gern um den heißen Brei herum, oder?", fragte Leah.

„Dafür haben wir keine Zeit."

„Gut zu wissen."

„Sie sind immer noch eine wertvolle Agentin, Leah. Sie haben Qualitäten und Verbindungen, die ich sehr schätze."

Leah sah die Frau mit ihrem guten Auge an. „Sie kennen mich nicht. Wir haben uns erst ein Mal getroffen."

„Ein Mal hat gereicht."

Leah musterte die Frau nachdenklicher. „Jemand wie Sie, jemand, der so hoch oben in der Organisation sitzt, wäre nicht hier zu mir heruntergekommen, um mit mir ein Motivationsgespräch zu führen."

„Nicht, wenn Sie keins gebraucht hätten."

„Ich brauche keins."

Lyra lächelte, dabei spannte sich das Narbengewebe auf der rechten Gesichtshälfte ein wenig. „Dann sollte ich besser auf den Teil des Gesprächs kommen, in dem ich Sie ausnutzen will."

„Was sollte das sein?"

„Sie haben Freunde unter den Templern."

Leah bestritt es nicht. Bei ihrem letzten Gespräch hatte sie genau aus diesem Grund Probleme gehabt. Da sie viel mit Simon Cross zu tun hatte, hatte die Organisation geglaubt, dass sie unzuverlässig geworden war.

„Ich will, dass Sie Ihre Freundschaft mit ihm *ausnutzen*", fuhr Lyra fort.

„Wie?"

„Die Zentrale fragt sich, ob Simon Cross dem Gedankengang zugetan wäre, dass man ihm ein wenig hilft, Anführer aller Templer zu werden."

ACHTZEHN

Warren wachte kurz vor Sonnenaufgang auf. Er hatte die Nacht an einen Baum gelehnt verbracht, eingehüllt in eine dicke Decke, die er von den Dorfbewohnern erhalten hatte. Der eisige Glanz des neu gefallenen Schnees lag über der Decke, aber darunter war es warm. Die Hitze in seinem Körper wurde von seiner arkanen Kraft erzeugt. Die Decke half, sie zu halten.

Nur ein paar Meter entfernt, in die Hügelseite eingegraben und in eine andere Decke gehüllt, schlief Naomi mit bedecktem Kopf. Obwohl sie versucht hatte, auf dieselbe Art Wärme zu erzeugen wie Warren, war es ihr nicht gelungen, sie auch zu halten. Während der Nacht hatte Warren ihr etwas von seiner Stärke geliehen. Über diese Verbindung spürte er, dass es ihr gut ging.

„Du sorgst dich zu sehr um sie."

Als Warren wieder aufsah, stand Lilith vor ihm. Sie blickte in den grauen Sonnenaufgang und sah unglaublich bleich aus.

„Ich glaube nicht, dass ich das tue", antwortete Warren.

„Aber du schwächst dich, um ihr zu helfen."

„Sie ist eine Verbündete."

Lilith drehte sich um und runzelte die Stirn. „Sie ist eine Abhängige. Sie nimmt, gibt aber nicht."

„Als ich nach dem Kampf mit den Dämonen ohnmächtig war, wer hat sich da um mich gekümmert?"

„Die Zombies. Und die Dämonen, die du versklavt hattest."

„Die haben aber nicht mit den Dorfbewohnern gesprochen und sie überredet, mich nicht zu töten, während ich hilflos war."

„Selbst bewusstlos bist du nicht hilflos", entgegnete Lilith. „Die

Hand, die ich dir gegeben habe, passt besser auf dich auf als die von Merihim."

Warren fühlte sich unwohl, wenn sie über die Hand redeten. Warren hatte immer noch Albträume von der Nacht vor vier Jahren, als der Templer Simon Cross seine echte Hand abgeschnitten hatte. Und er mochte es nicht, wenn Lilith ihn darauf hinwies, dass sie ihm die Hand gegeben hatte. Dadurch wurde die Möglichkeit, dass sie sie ihm wieder wegnahm, nur realer.

„Naomi ist ein Mensch", sagte Warren. „Sie kann auf mich aufpassen wie du es nicht kannst."

Lilith ging auf ihn zu und ihr Kleid wallte im kalten Winterwind, während Schneeflocken durch sie hindurchwehten. Sie war offensichtlich nicht glücklich, aber Warren erwartete nicht, dass sie ihn angreifen würde.

„Was? Redest du etwa über die körperliche Beziehung, die du zu ihr hast?", fragte Lilith.

Warrens Wangen röteten sich vor Verlegenheit. Selbst nach allem, was er in den letzten vier Jahren erlebt hatte, nachdem er eine Kindheit hinter sich gebracht hatte, die alles andere als sicher oder liebevoll gewesen war, schien er bei einigen Dingen auf Sittsamkeit bedacht.

„Nein", sagte er. „Darüber rede ich nicht. Naomi existiert auf einer physischen Ebene, die du nicht kennst. Und sie kann mit Menschen umgehen."

Lilith ging zu Naomi und kniete sich neben sie. Warrens Herz verkrampfte sich in seiner Brust. Er stand auf und pellte sich aus der Decke, als Lilith mit der Hand über Naomis schlafenden Körper fuhr. Lilith konnte sie nicht berühren. Ihre Hand bewegte nicht mal die Falten auf der Decke.

„Deine Besorgnis um sie wird dir eines Tages noch Probleme bereiten", sagte Lilith.

„Warum?"

„Weil sie dich nur für ihre eigenen Zwecke ausnutzen will."

Das konnte Warren nicht bestreiten. Als Merihim seine Hand zurückgeholt hatte, hatte Naomi ihn verlassen. Natürlich war er zu dieser Zeit auch nicht mit ihr zusammen gewesen.

„Wir benutzen einander." Warren fixierte Lilith mit seinem Blick. „Wir *alle*."

Lilith lachte ihn aus. „Es macht Spaß, mir vorzustellen, was du tun würdest, wenn ich ebenfalls körperlich vorhanden wäre." Sie sah zu Naomi. „Dann wäre eine von uns überflüssig."

Das sind keine schönen Gedanken, sagte sich Warren.

Lilith hielt seinem Blick stand. „Aber da ich nicht körperlich bin und du mir trotzdem folgst, muss ich mich wohl nicht bedroht fühlen."

Warren kämpfte um eine gute Antwort, doch ihm fiel keine ein.

„Wie weit noch?"

„Wir werden heute Nachmittag dort ankommen. Wenn du nicht trödelst."

Warren kniete sich neben Naomi, fasste sie an der Schulter und schüttelte sie leicht.

„Ist da noch jemand?", fragte Naomi.

Verwirrt sah Warren sie an. „Noch jemand?"

„Bei uns."

Warren sah die Zombies an, die ihn begleiteten, dann durchsuchte er mit seinen arkanen Sinnen das nahe Unterholz und den Sumpf. Er fand nichts. „Nein", antwortete er. „Wir sind allein."

Einen Moment lang blieb Naomi stumm. Dann sagte sie: „Ich habe den Eindruck, dass noch jemand hier draußen bei uns ist. Das Gefühl habe ich, seit wir London verlassen haben."

Warren wusste, dass Lilith neben ihm ging, aber er ignorierte sie, weil er unter Naomis Beobachtung stand.

„Vielleicht", sagte Lilith, „ist sie nicht so dumm, wie ich dachte."

Warren war wütend und er fragte sich, ob Lilith sich entschieden hatte, Naomi ihre Gegenwart spüren zu lassen.

„Stimmt das?“, fragte Naomi. „Ist da noch jemand?“

„Wenn hier noch jemand wäre“, sagte Warren gereizt, „würdest du es dann nicht wissen?“

„Ich glaube schon. Deshalb habe ich gefragt.“ Naomi richtete den Blick auf den mit weißen Flecken übersäten Feldweg. Der bleigraue Himmel lag schwer darüber. Schneeflocken bildeten wirbelnde Schleier. „Ich konnte Merihim auch nicht sehen.“

„Weil er nicht wollte, dass du ihn siehst.“

„Was war damals denn anders als heute?“

Warren blieb stumm.

„Du hast mir doch auch von Merihim erzählt“, sagte Naomi. „Ich wollte nur wissen, warum du mir jetzt nichts sagst.“ Sie wartete. „Ich spüre, dass es etwas mit dem Buch zu tun hat. Das, das du lesen kannst, ich aber nicht.“

„Wie lange willst du noch ihrer Neugier gestatten, dich zu bedrohen?“, fragte Lilith.

Warren konzentrierte sich auf das Gehen. Er war immer noch erschöpft von dem Kampf letzte Nacht.

„Ich vertraue dir“, sagte Naomi.

„Eine Lüge“, zischte Lilith.

Warren wusste, dass Naomi log. Er spürte die Lüge. Aber er machte ihr keine Vorwürfe. Sie vertraute ihm ein wenig, doch nicht sehr.

„Ich vertraue dir“, sagte Warren.

Naomi fasste seine Hand, die aus Fleisch und Blut, und hielt sie fest. „Dann sag mir, was los ist.“

Warren spürte ihre Wärme und erinnerte sich der vier Jahre, die sie zusammen und getrennt gewesen waren. Er atmete tief durch und erzählte ihr von Lilith. Er verriet ihr nicht alles, aber doch einiges.

Lilith zischte wie eine verbrühte Katze und ging fort. Warren hatte Angst, als sie sich abwandte. Er wollte nicht, dass die Dämonin ihn verließ, doch er spürte auch, dass sie das nicht wirklich tun würde.

Du brauchst mich, dachte Warren.

Einen Moment lang sah Lilith ihn an. „Werde nicht eingebildeter, als es gut für dich ist, Mensch." Und mit diesem Satz zeigte sie ihm die tiefe Kluft zwischen ihnen auf.

„Glaubst du, dass sie *die* Lilith ist?", fragte Naomi. „Die, von der man annimmt, dass sie Adams erste Frau war?"

„Ich weiß es nicht."

Neugierde erfasste Naomi, als sie über die Frage nachdachte. Sie saßen unter Büschen auf einem Stamm. Warren hatte einen Baumstumpf besorgt und ihn mit seinen Kräften entflammt. Sie zog einen Brotlaib aus den Vorräten und Fleisch, um ihnen beiden Butterbrote zu schmieren.

„Weißt du viel über Lilith?", fragte Naomi.

„Sie ist nicht sehr gesprächig."

„Nicht sie." Naomi sah sich um und versuchte die Frau auszumachen, die Warren begleitete. Dass sie es nicht schaffte, ärgerte sie. Warren beschrieb sie als schön und jung, trotz ihrer Tausende Jahre andauernden Existenz. „Die aus den Legenden."

„Ich habe darüber nachgeforscht", antwortete Warren. Er kam näher ans Feuer, um sich zu wärmen.

Naomi streckte eine Hand aus. Die Energie, die sie benutzt hatte, um in der Winterkälte nicht zu frieren, hatte nur knapp dazu ausgereicht. Die Wärme des Feuers drang in ihren Körper und fühlte sich so viel besser an als alles, was sie zustande gebracht hatte.

„Sie soll die Mutter aller Dämonen sein", sagte Naomi. „Die Legende sagt, dass Gott sie erschuf und Adam schenkte. Dann trennte er die beiden und öffnete so offensichtlich einen Weg zur Welt der

Dämonen. Einige Quellen nennen diese Welt den Großen Abgrund, aber es könnte auch der Quell der Mitternacht sein."

„Vermute ich mal."

Warrens offensichtliches Desinteresse irritierte Naomi. „Bist du denn nicht wenigstens etwas neugierig?"

„Natürlich."

„Wenn du sie fragst, wirst du es wissen."

„Das habe ich bereits. Doch sie sagt es mir nicht. Außerdem habe ich gelernt, dass man schnell tot ist, wenn man zu viele Fragen stellt." Warren sah sie bedeutungsvoll an.

„Redest du von mir? Dass sie mich töten könnte?"

„Ja."

„Warum?"

„Weil sie dich nicht sonderlich mag."

Einen Augenblick lang meinte Naomi, ein spöttisches Gelächter zu hören. Sie hoffte, dass es nur der Wind gewesen war. Aber sie fürchtete, dass das nicht stimmte.

„Hat sie dir zumindest verraten, was wir hier draußen eigentlich suchen?"

Warren wünschte im Stillen, dass Naomi endlich Ruhe geben würde. Ihr von Lilith zu erzählen, war ein Fehler gewesen. Die ganze letzte Stunde, in der sie weiter auf ihrem Weg gegangen waren, hatte sie ihn mit ihren Fragen gelöchert.

„Nein", sagte er.

„Warum bist du ihr dann gefolgt?"

„Warum bist du mir gefolgt?", antwortete er.

„Weil du mich darum gebeten hast."

„Lilith hat mich darum gebeten."

Naomi runzelte die Stirn vor Unbehagen. Eine Zeit lang schwieg sie, aber Warren wusste, dass das nicht anhalten würde. Sobald sie sich eine neue Art überlegt hatte, wie sie Antworten auf ihre Fragen erhalten könnte, würde sie damit weitermachen.

Warren beobachtete die Landschaft. Schnee bedeckte die Hänge der Berge. Würden die Zombies nicht dazwischen herumlaufen, wäre der Anblick wahrlich idyllisch.

Sie waren jetzt weit entfernt von irgendwelchen Wegen. Er hatte seit zwei Stunden keinerlei Häuser oder andere Zeichen der Zivilisation mehr gesehen.

Plötzlich blieb Lilith stehen und ging zu einem Baum zu ihrer Linken. Warren folgte ihr unwillkürlich.

„Wo gehen wir hin?“, fragte Naomi.

„Weiß ich nicht.“ Warren schritt durch tote Gräser und Büsche, während er Lilith folgte.

Einen Augenblick später blieb Lilith stehen und wies auf eine Ansammlung schneebedeckter Ranken. „Hier“, sagte sie.

„Was?“, fragte Warren. Dann bemerkte er, dass sich die Ranken und Büsche um etwas von Menschenhand Geschaffenes wanden. Aufgeregt und ängstlich nahm er eine Handvoll Ranken und zog daran. Schnee wirbelte vom Boden auf und die Ranken rissen ab.

Naomi trat neben ihn. Sie zog ihr Messer und schnitt durch die Ranken und Büsche.

In wenigen Augenblicken legten sie eine niedrige Steinmauer frei, die von zerborstenem und verwittertem Mörtel notdürftig zusammengehalten wurde. Mehrere Lücken klafften darin. Warren untersuchte die Steine und hoffte auf irgendwelche Zeichen darauf.

„Was ist das?“, fragte Naomi.

„Keine Ahnung.“ Warren sah zu Lilith auf, die sie beobachtete.

„Sieht aus wie eine alte römische Mauer.“

Warren stimmte ihr zu. England war überzogen von Gebäuden und Mauern, die von den Römern errichtet worden waren, so wie in ganz Europa. Ihr Imperium hatte jahrhundertelang die Kontinente beherrscht. Eine Zeit lang hatte der Hadrianswall Nordengland vom Süden getrennt und die Pikten in Schach gehalten.

„Eine römische Mauer ist in diesem Teil des Landes nichts Besonderes“, sagte Naomi.

„Scheint so, als wenn niemand gewusst hätte, dass sie sich hier befand“, antwortete Warren. Furcht mischte sich mit seiner Aufregung angesichts dieser Entdeckung. Was auch immer Lilith suchte, es konnte nichts Gutes sein. Er hoffte, es würde ihn nicht umbringen.

Du glaubst nicht, dass es das tut, dachte Warren. *Sonst wärst du nicht hier.*

„Du musst die Mauer weiter freilegen“, sagte Lilith.

„Was suchen wir?“

„Ein Zeichen.“

„Was für ein Zeichen?“

„Ich weiß es, wenn ich es sehe.“ Unsicherheit lag in Liliths Gesichtszügen. Doch sie schüttelte sie ab. „Das ist der richtige Ort. Aber es hat sich so viel verändert.“

Warren trat von der Mauer zurück und rief die Zombies. „Hierher. Reißt das ab.“

Es war schwer, zu sagen, was Zombies verstanden und was nicht, bis es manchmal schon zu spät war. Einfache Befehle, die eine lebende, atmende Person leicht verstand, konnte man oft nur schwierig erteilen. Aber in diesem Fall verstanden die Zombies es augenblicklich. Sie fielen wie Heuschrecken über die Mauer her und entfernten die Büsche.

„Lass sie aufhören“, befahl Lilith schließlich.

Auf Warrens Befehl traten die Zombies von der Mauer zurück. Sie hatten zehn oder fünfzehn Minuten lang hart gearbeitet. Viele hatten jetzt gebrochene Finger und selbst die Hände der frischesten Zombies waren aufgescheuert. Die Untoten standen in der Nähe und warteten, zuckend und sich windend.

Lilith schaute sich die Mauer genauer an und folgte den Steinen mit ihrem manikürten Zeigefinger. Der Dreck von Jahrhunderten rieselte unter ihren Fingern von der Wand. Warren kannte keine andere Frau, die ihre Fingernägel auf diese Art riskieren würde. Aber immer wieder wirkten Liliths Nägel auch wie gekrümmte Klauen.

„Berührt sie die Steine?", fragte Naomi.

Zum ersten Mal sah Warren, wie Lilith mit der physischen Welt interagierte. Etwas hatte sich verändert. Und Veränderungen waren – zumindest seiner Erfahrung nach – nicht unbedingt etwas Gutes. Er wurde vorsichtig.

„Ja", flüsterte er.

Sekunden später hatte sie eine Form, die in die Steine graviert war, freigelegt. Warren fand, dass sie einem Vogel oder vielleicht einem Insekt glich.

Lilith sah sich um. Sie lächelte und wandte sich ihm zu. „Hier ist die richtige Stelle. Ich kann die Kraft spüren." Sie bückte sich nach einem losen Stein auf der Mauer. Dabei versuchte sie den Stein aufzuheben, aber er bewegte sich nur ein wenig und fiel herunter.

„Welcher Ort?", fragte Warren,

„*Mein* Ort." Lilith maß von der Mauer exakte Schritte ab. Bei 32 blieb sie stehen und wandte sich wieder Warren zu. „Du musst hier graben."

„Warum?"

„Weil das, was wir suchen, vergraben ist."

Warren sah auf den jungfräulichen Schnee und wusste, dass die festgestampfte Erde darunter gefroren sein würde. „Ich habe keine Schaufeln oder Grabwerkzeuge mitgebracht. Ich wusste ja nicht, dass wir graben müssen."

„Finde einen Weg", befahl Lilith. „Du bist doch nicht die ganze Strecke hierhergekommen, um jetzt zu versagen."

Neunzehn

Als sie ein paar Tage später aus der Krankenstation entlassen wurde, trug Leah eine Klappe über dem rechten Auge. Die Klappe und das Band, das sie festhielt, störten sie permanent. Darunter war die Augenhöhle leer. Die Chirurgen hatten lieber das ganze Auge entfernt, als eine Infektion so nahe am Gehirn zu riskieren.

Die Prothese – unnütz, abgesehen von der Möglichkeit, Bilder aufzuzeichnen oder als Giftpfeilpistole zu dienen – würde nicht implantierbar sein, bevor die Haut nicht verheilt war. Die Aussicht, ein künstliches Auge eingesetzt zu bekommen, klang allerdings wenig erstrebenswert.

Leah ging in die Räume, die man ihr in dem Geheimkomplex unterhalb Londons zugewiesen hatte. Die Stadt schien offensichtlich genügend unterirdische Orte zu beherbergen, um viele Geheimnisse zu wahren. Es gab mehrere solche Komplexe, aber ihre Organisation hatte nicht Zugang zu allen.

Selbst nach vier Jahren hatten ihre Räume nichts Persönliches. Stattdessen fühlte sich Leah eher wie ein Hotelgast. Sie versuchte sich aufgezeichnete Filme und Fernsehsendungen anzusehen und ein paar Bücher zu lesen, die ihr in die Hände gefallen waren. Sie bereitete sich sogar die Mahlzeiten selber zu, statt einfach in die Kantine zu gehen.

Nichts davon funktionierte. Jeder Tag – und es waren fünf hintereinander, fünfmal länger, als sie je dort gewesen war – wurde härter zu bewältigen. Sie musste etwas tun und dieses Verlangen spürte sie permanent.

Sie hatte die Wohnung nur zweimal verlassen, um Vorräte zu

besorgen und um zu trainieren. Obwohl sie eigentlich Erholung nötig gehabt hätte, versuchte sie wieder in Form zu kommen. Die körperliche Verfassung war auf der Straße wichtig, selbst in einem unterstützenden Kampfanzug.

Meistens schlief sie jedoch und wartete darauf, dass Lyra Darius sie zu einer Klärung ihrer Einsatzfähigkeit einbestellte. Leah bat täglich morgens und nachmittags per E-Mail darum. Aber sie wusste nicht, ob sie für die Aufgabe bereit war, die ihr dann sicherlich übertragen werden würde. Sie fragte sich, was Simon Cross zu Lyras Angebot sagen mochte, ihn zum Anführer der Templer zu machen.

Wird es Simon reizen?, fragte sie sich. *Besonders wenn man bedenkt, was Booth erst vor wenigen Monaten versucht hat?* Sie wusste, wenn es nur darum ginge, Hochlord Terrence Booth aus dem Amt zu jagen, wäre Simon wohl eher interessiert. Sie war bei den Templern gewesen, als sie Simon aus Booth' Falle befreit hatten.

Simon respektierte viele der anderen Templer. Die Macht über sie an sich zu reißen, würde für ihn nicht leicht sein.

Aber das alles galt nur, wenn Lyra Darius ihren Teil der Abmachung einhielt. Wenn das nicht klappte und Simon es allein versuchte, konnte er in einer schlechteren Position enden, als er sich derzeit befand.

In der Zwischenzeit konnte Leah nicht mehr tun, als zu warten. Sie hatte keine Möglichkeit, mit Simon Cross in Kontakt zu treten und herauszufinden, ob er noch lebte oder tot war. Lyras Angebot mochte gar nicht durchführbar sein.

Am Morgen des sechsten Tages schickte Lyra Darius eine Nachricht per Internet, das in jedem Raum installiert war. Während Leah trockene Cornflakes direkt aus der Schachtel aß und Fernsehen schaute, hoffte sie wieder mal, dass sie in der Wiederholung der

Nachrichten etwas über das Höllentor sah, dass ihr – und niemandem sonst – auffiel.

Buchstaben erschienen plötzlich auf dem Fernsehbildschirm. „Leah Creasey."

Leah nahm das Interface, das neben ihrer Couch lag. Sie rief das kleine Computerprogramm auf und schrieb: „Ich bin hier." Das Gerät übersetzte es in Buchstaben auf dem Bildschirm. Sie drückte „Absenden."

Der Fernsehbildschirm blendete die Nachrichtensendung aus. Lyra saß an einem Schreibtisch in einem Büro irgendwo in dem unterirdischen Komplex. Nur eine Handvoll Leute kannten den exakten Ort. Leah gehörte nicht dazu.

„Wie geht es Ihnen?", fragte Lyra.

„Besser." Leah hasste es, dass sie es nicht schaffte, sich auf das Bild zu konzentrieren. Alles sah neuerdings *anders* aus. Sie redete sich weiter ein, dass ihr Sehvermögen sich verbessern würde, aber eigentlich glaubte sie nicht daran. Auch nicht, dass sie sich im Laufe der Zeit daran gewöhnen würde. Das konnte sie einfach nicht glauben. Permanent an den Verlust erinnert zu werden, verängstigte sie und erzeugte ein Gefühl der Klaustrophobie in ihr.

„Gut."

„Ich bin bereit, zurück an die Arbeit zu gehen", sagte Leah, bevor die Frau irgendetwas sagen konnte. „Ich … ich *muss* zurück an die Arbeit gehen." Sie wollte noch mehr sagen. Sie wollte Lyra sagen, dass in ihrem Geschäft Freundschaften nicht möglich waren.

Über die Jahre hatte sie einige der anderen Agenten kennengelernt, allerdings nur auf offiziellen Missionen. Sie waren niemals gemeinsam ausgegangen oder hatten zusammen etwas getrunken. Ihre Ausbildung sorgte dafür, dass sie einander selten sahen, wenn sie in die Welt hinausgingen, selbst wenn die dämonenverseucht war.

In der Distanz lag Sicherheit und so kamen sie nur zusammen, um Daten zu sichern oder etwas zu zerstören. Rein und raus war die einzige Art, wie sie effektiv zusammenarbeiteten. Länger am selben Ort zu bleiben, machte aus Agenten Ziele.

„Wir schauen mal, ob wir Sie aufnehmen können. Ich treffe Sie im Geheimdienstblock in zwanzig Minuten. Schaffen Sie das?"

„Allerdings." Leah fühlte sich beschämt, dass ihre Stimme so aufgeregt klang. Sobald der Monitor wieder schwarz war, setzte sie sich in Bewegung.

Leah fühlte sich nackt, wenn sie Straßenkleidung trug und nicht ihren schwarzen Kampfanzug. Im Augenblick durfte sie das nicht, damit der Arzt sie behandeln konnte. Sie trug Jeans, Stiefel und einen Pullover gegen die Kälte im Raum.

Lyra und drei Agenten saßen an einem Konferenztisch. Leah kannte die beiden Männer und die Frau nur flüchtig. Computer standen an den Wänden und der ganze Raum war von einem Brummen erfüllt.

Der 3-D-Projektor in der Mitte des Tischs zeigte Bilder von Simon Cross. Leah fühlte sich fast schuldig dabei. Es erinnerte sie daran, wic sie seine Hilfsbereitschaft ausgenutzt hatte, um in den Templeruntergrund zu gelangen und mit so vielen Informationen wie nur möglich wieder zu gehen.

„Wie Sie alle wissen", sagte Lyra, „hat die Zentrale eine Strategie bezüglich der Templer entwickelt."

„Ich bin kein großer Freund dieser Ballerbrüder", sagte eine der Frauen. „Sie neigen dazu, unter sich zu bleiben, und haben kein gesteigertes Verlangen, den Feind zu bekämpfen."

„Simon ist nicht so", sagte Leah automatisch. Sie hatte schon gesprochen, bevor es ihr aufgefallen war. *Wer A sagt, muss auch B sagen,* überlegte sie, als sich alle Köpfe zu ihr umwandten. „Er hat Zivilisten aus der Stadt herausgeholfen und sorgt für sie. Wenn er jeden Dämon in England eigenhändig töten könnte, würde er es tun."

„Nun", sagte Clarice Thompson, als sie die Finger gegeneinanderdrückte, „hier scheint jemand die Fackel für die Templer hochzuhalten." Sie war Anfang 50, eine dünne Frau mit einem verhärmten Gesicht und grauweißen Haaren.

Leah zwang sich, nicht auf den Kommentar einzugehen. Sie mochte Clarice und sie wusste, dass sie in ihrer Position genauso reagiert hätte.

„Simon Cross", sagte Lyra, „ist anders als die anderen. Er gleicht mehr Lord Sumerisle."

Clarice hob ihr Kinn und senkte es wieder. „Bitte, fahren Sie fort."

Lyra hielt dem Blick der Frau stand. „Gut. Dann wird es viel schneller gehen."

Etwas zuckte am Kinn von Clarice. Die verschiedenen Abteilungen innerhalb der Organisation waren stets getrennt. Sie arbeiteten nicht gut zusammen. Und das war auch nicht vorgesehen. Theoretisch agierten alle ohne das Wissen der jeweils anderen. Zusammen zu sein, war schwierig für sie.

„Die Zentrale möchte einen Weg finden, die Templer zu vereinen", sagte Lyra.

„Ich dachte, die wären bereits vereint", sagte Bernard Carpenter. Er war Anfang 60, schlank und silbergrau.

„Nein. Die Ankunft von Simon Cross aus Südafrika hat die Templer gespalten. Wir wissen, dass die meisten Templer an der St. Pauls Kathedrale gestorben sind."

„Und der Rest versteckt sich", knurrte Craig Gordon. Er war Ende 40 und hatte den Ruf eines meisterlichen Spions.

„Wir haben einen Plan, um das zu ändern", sagte Lyra.

Die Aussage, die so sachlich vorgetragen wurde, haute Leah fast um. Sie versuchte trotz ihrer pochenden Schmerzen einen klaren Kopf zu bewahren. Sie bedauerte, dass sie ihre Medikamente nicht genommen hatte, aber sie hatte einen freien Kopf für die Besprechung haben wollen.

„Wir wissen, dass es mindestens zwei Templergruppen gibt", fuhr Lyra fort. „Eine in London und eine – die Gruppe von Simon Cross – irgendwo außerhalb Londons."

„Irgendwo?", fragte Carpenter. „Wir wissen also nicht einmal, wo sich dieser Cross aufhält?"

„Nein, das wissen wir nicht."

Clarice sah Leah abschätzend an. „Aber Sie sagten, dass Agent Creasey mit Cross in Verbindung treten kann."

„Das kann sie."

„Dann weiß sie also, wo sich dieses Versteck befindet." Der Tonfall der Frau war fast ein verbaler Schlag ins Gesicht.

„Das tut sie", stimmte Lyra zu. „Und ich habe ihrer Bitte entsprochen, diese Information nicht weitergeben zu müssen."

„Seit wann treffen wir Absprachen mit niederen Rängen in dieser Organisation?", fragte Gordon.

„Woher wissen wir, dass Agent Creasey nicht bereits umgedreht wurde?", fragte Clarice.

„*Ich* habe diese Absprache getroffen", sagte Lyra. „Und ich habe den gleichen Rang wie Sie. Zum Thema Umschwenken lassen Sie mich Folgendes sagen: Vor zwei Wochen hat sie ihr Leben im Einsatz gegen eine Waffenfabrik der Dämonen eingesetzt. Die Wunden davon trägt sie heute noch. Das reicht mir als Vertrauensbeweis."

Niemand im Raum sagte etwas, aber Leah spürte die Feindseligkeit ihr gegenüber. *Sie sind verängstigt,* erkannte sie. Das überraschte sie. Ihr gesamtes Berufsleben lang hatte sie die Leute an der Spitze der Organisation für kalte, gesetzte Menschen gehalten, mit Eiswasser in den Adern. Es schockierte sie und jagte ihr ebenfalls Angst ein, zu erkennen, dass sie sich gar nicht so sehr von ihr unterschieden.

„Außerdem ruiniert sich die Operation von Cross gerade selbst, indem seine Templer sich um die Leute kümmern, die sie selbst in ihre Reihen aufgenommen haben", sagte Lyra.

„Wenn der Mann von seinen eigenen Unternehmungen bereits überfordert ist", sagte einer der Männer, „warum sollte er dann für uns von Wert sein?"

Lyra sah Leah an. „Vielleicht könnten Sie das beantworten, Agent Creasey?"

Leah war überrascht und versuchte hastig, sich zusammenzureißen. Sie hatte nicht damit gerechnet, auf Fragen antworten zu müssen. „Die Familie von Simon Cross war in der Geschichte der Templer schon immer wichtig. Zudem waren viele der Templer, die sich im Untergrund verborgen haben, seiner Sache zugetan. Ein paar sind deshalb aus dem Verband desertiert, obwohl sie wussten, dass ihnen damit die Rückkehr versperrt war, und schlossen sich Simon an."

„Kann er den Rest der Templer beeinflussen?", fragte einer der Männer.

„Wir glauben schon", antwortete Lyra. „Unseren Erkenntnissen nach wollen die Templer, die sich im Untergrund verschanzt haben, nicht wirklich eine aktive Rolle im Kampf gegen die Dämonen übernehmen."

„Sie wollen erst mehr Krieger ausbilden", sagte Leah. „Das stand alles in meinem Bericht."

„Das sollten Sie alle bereits wissen. Ich habe Ihnen diese Berichte zukommen lassen."

Niemand widersprach.

„Wir können die Templer nicht warten lassen", fuhr Lyra fort. „Wir brauchen sie auf den Straßen, um gegen die Dämonen bestehen zu können."

Weil uns die Leute ausgehen, dachte Leah.

„Ja", sagte Lyra und sah Leah scharf an, damit sie wusste, dass sie ihre Gedanken erraten hatte. „Im Augenblick hat sich Simon Cross noch nicht darauf konzentriert, die Dämonen zu bekämpfen oder zu versuchen, das Höllentor zu schließen."

„Simon versucht, Menschen zu retten“, sagte Leah, die sich in die Defensive gedrängt fühlte. Sie wollte nicht, dass irgendjemand Simons Motive missverstand. „Seine Leute agieren hauptsächlich als Sammler und Retter.“

„Aber er bildet auch Zivilisten zum Kampf aus“, sagte Lyra. „Und er gibt ihnen Rüstungen. Templerrüstungen.“ Sie wies auf die 3-D-Darstellung. Ein Bild entstand in der Mitte des Tisches. Acht weitere folgten dem ersten.

Leah kannte keins der Gesichter, doch sie kannte den Ausdruck des Todes, den alle trugen. Sie schüttelte den Kopf und bereute es sofort, als der Schmerz in ihrem Schädel zu explodieren schien.

„Keiner dieser Menschen war je ein Templer“, sagte Lyra. „Als wir ihre Leichen fanden, haben wir ihre Lebensläufe über Kreditabrechnungen und medizinische Informationen zurückverfolgt in die Zeit, bevor das Höllentor sich geöffnet hatte. Vor ihrem Tod, vor der Invasion, waren es normale britische Bürger.“

Gordon beugte sich vor und blickte in die toten Gesichter. „Cross rekrutiert aus der Zivilbevölkerung.“

„Ja.“

„Für eine Organisation, die seit Hunderten von Jahren ultrageheim war, ist das recht radikal.“

„Dem stimme ich zu.“

„Macht eine andere Templergruppe dasselbe?“

„Nein“, antwortete Lyra.

„Das würden sie nicht wagen“, fügte Leah hinzu. „Sie haben eine Bunkermentalität. Ich war dort im Untergrund.“ Sie wusste, dass sie sich damit noch verdächtiger machte, aber es ging nicht anders. „Die anderen Templer sind allesamt an ihren Ehrenkodex gebunden. Und der verbietet strikt die Einbeziehung Außenstehender.“

„Obwohl Sie es waren, die die junge Jessica Sumerisle gerettet hat?“, sagte Clarice.

„Das stimmt“, gab Lyra zu.

„Warum treffen Sie dann kein Abkommen mit ihr?“

„Sie ist noch ein Kind.“

Carpenter schüttelte den Kopf. „Cross ist auch nicht viel älter. Wie alt ist er? Sechsundzwanzig? Siebenundzwanzig?“

„Neunundzwanzig“, antwortete Lyra.

„Kaum ein Alterspräsident“, bemerkte er hämisch.

Leahs Stimme klang hart, als sie sprach: „Simon Cross ist kein Politiker, weder vom Alter her noch aus einem anderen Grund. Der Mann ist ein Sieger. Er ist einer der besten Templer, die es je gab. Ein Krieger und ein Anführer und er steht für Mitgefühl und die Regeln des Templerkodexes.“

„Sie sind ein richtiger Fan, was?“, fragte Clarice in süßlichem Tonfall.

Zwanzig

Leah war so wütend, dass sie beinahe die Kontrolle verlor. „Wann haben Sie das letzte Mal Ihr Leben dort draußen riskiert?"

Clarices Gesicht wurde fleckig vor Wut. „Das ist nicht meine Aufgabe. Ich sammle Daten und …"

„Simon ist jeden Tag dort draußen", sagte Leah. „Er verlangt von seinen Leuten niemals etwas, was er nicht selbst zu tun bereit ist. Oder was er selbst nicht *riskieren* würde. Deshalb genießt er die bedingungslose Unterstützung und den Respekt seiner Männer. Er versteckt sich nicht hinter der Befehlskette. Er setzt die Standards."

Clarices Gesicht war eine Maske der Wut. Sie sah weg.

„Genau deshalb wollen wir ihn ja auf unserer Seite haben", sagte Lyra in die darauffolgende Stille. „Agent Creasey, ich bin autorisiert, Sie mit einem Team zu Simon Cross zu schicken, damit Sie ihn darüber informieren – innerhalb bestimmter Grenzen, die Ihnen noch mitgeteilt werden –, dass diese Organisation ihn dabei unterstützen wird, sich an die Spitze der Templer zu setzen."

„Kein Team", sagte Leah.

Lyra verschränkte die Arme und sah unglücklich aus. „Ich kann kaum von Ihnen verlangen, dass Sie allein dort hinausgehen."

„Bei allem gebührenden Respekt, ich kann dort niemanden mit hinnehmen", sagte Leah. „Ich habe Simon mein Wort gegeben, dass ich die Position seiner Zuflucht nicht preisgeben werde."

„Lächerlich", widersprach Carpenter. „Wenn man die unstete Lage dort draußen auf den Straßen bedenkt, kann eine einzelne Frau kaum darauf hoffen, allein durchzukommen."

„Ich komme aus der Stadt heraus", sagte Leah an Lyra gewandt, weil sie diejenige war, die überzeugt werden musste. „Das habe ich schon zuvor geschafft."

„Auch in dem Zustand, in dem Sie sich derzeit befinden?" Gordons Tonfall sollte jeden davon überzeugen, wie unmöglich das Unterfangen war. „Ich will nicht übertrieben unhöflich klingen, aber Sie sind nicht mehr dieselbe, die Sie früher waren. Ihnen fehlt etwas."

Das saß. Leah biss sich auf die Lippen, um sich zu beherrschen.

„Ich vertraue auf ihre Fähigkeiten", sage Lyra. „Jeden Tag, den wir in dieser Stadt unter dämonischer Besetzung leben, riskieren wir alles." Sie sah Leah an. „Ihre medizinische Freigabe wurde erteilt. Nehmen Sie sich, was Sie benötigen, aus dem Lager und bedienen Sie sich aus dem Fahrzeugfundus. Sagen Sie Bescheid, wenn Sie noch etwas anderes brauchen."

„Das tue ich. Aber wie wollen Sie Simon zur Macht über die Templer verhelfen? Booth und die anderen werden ihre Position nicht freiwillig aufgeben."

„Wir sind den Templern aus dem Untergrund gefolgt", sagte Lyra. „Wir haben einigen von ihnen klargemacht, dass wir mit ihnen oder gegen sie arbeiten können. Zudem haben wir ihnen verdeutlicht, dass es sie teuer zu stehen kommen kann, wenn sie nicht mitspielen." Sie machte eine Pause. „Aber ich verlasse mich noch auf eine weitere Sache, Agent Creasey. Die Templer – jeder Mann, jede Frau und jedes Kind, die in diesen Häusern aufgewachsen sind – wurden dazu erzogen, Helden zu verehren."

Leah erinnerte sich daran, was Simon ihr gezeigt hatte, als sie in den Templeruntergrund gegangen war, und wusste, dass es stimmte.

„Ich will Sie daran erinnern, dass nicht alle Helden bei der St. Pauls Kathedrale gestorben sind", fuhr Lyra fort. „Und dass nicht alle Helden unbedingt eine Templerrüstung tragen."

Clarice schüttelte den Kopf. „Sie wissen doch genauso gut wie ich, dass wir in dieser Organisation unseren neuen Rekruten als Allererstes den Gedanken austreiben, dass sie Helden sein könnten. Helden sterben schnell im Feld.“

Lyra sah sie an. „Die Welt hat sich verändert. Früher war es das Beste, dass wir unerkannt geblieben sind. Auch jetzt sollten wir nicht auf die Deckung verzichten. Aber ich glaube, dass die Zeit reif *ist* für Helden. Zumindest solange sie weitere Mitstreiter auf unsere Seite ziehen. Gibt es sonst noch etwas?“

Niemand sagte etwas, aber es war klar, dass auch niemand glücklich mit dieser Entscheidung war.

„Agent Creasey“, sagte Lyra. „Ich möchte Ihnen viel Glück wünschen.“ Sie streckte Leah die Hand entgegen.

Leah schüttelte sie. „Danke. Und wenn es Ihnen nichts ausmacht, möchte ich gleich auf der Stelle losziehen. Ich habe schon fünf Tage lang in meiner Wohnung gesessen. Ich werde sonst noch verrückt.“

„Natürlich.“

Leah verließ den Raum, aber keiner der anderen rührte sich. Sie fragte sich, was die Gruppe wohl noch in ihrer Abwesenheit besprechen würde. Dann klärte sie ihre Gedanken und konzentrierte sich auf die Reise zu Simon. Sie konnte kaum glauben, wie sehr sie sich darauf freute. Die Erregung darüber war fast schon sündhaft.

Um drei Uhr am Nachmittag saß Leah auf dem mattschwarzen Enduro-Motorrad und raste mit einem kreischenden Blutengel im Nacken durch die Innenstadt. Sie trug ihren schwarzen Kampfanzug und fühlte sich noch sehr unwohl mit der Augenprothese, die ihre Sicht verstärkte. Leah suchte im vibrierenden Spiegel nach dem Blutengel.

Der Dämon stürzte wieder herab und riss sein Maul auf.

Leah betätigte die hinteren Bremsen, das Rad blockierte und das

Motorrad schlitterte kontrolliert herum. Zumindest kontrollierte sie das Manöver einigermaßen. Die aufgesprungene Fahrbahn forderte den permanenten Einsatz ihrer Fahrkünste.

Der Blutengel schoss über sie hinweg. In der Luft herrschte genauso wenig Widerstand wie auf der Erde. Leah bremste stärker und beschleunigte schneller auf den Geraden als der Dämon.

Sie hatte aber ein Problem beim Einschätzen von Entfernungen. Es würde noch einige Zeit dauern, bis sie sich an die Sichtverstärkung gewöhnt hatte. Leah rutschte bedenklich nah am Wrack eines Mini Coopers vorbei, in dem zwei Skelette saßen. Einen Augenblick lang verfing sich ihr Fuß an der hinteren Stoßstange des Kleinwagens.

Leah umfasste die Lenkstange ihrer Maschine und stieß sich von dem Mini ab. Ohne die Verstärkung durch den Kampfanzug hätte sie vermutlich das Motorrad nicht bewegen können, schon gar nicht rechtzeitig.

Der Blutengel überholte sie. Zwei Gebäude weiter die Straße hinunter stellte sich heraus, dass ein steinerner Wasserspeier gar kein Wasserspeier war, und flog auf. Leah wusste nicht, um was für einen Dämon es sich dabei handelte. Beinahe jeden Tag schienen neue Arten durch das Höllentor zu kommen.

Du kannst hier nicht stehen bleiben und herausfinden, was es genau ist, dachte sie. *Beweg dich.*

Sie gab Gas und röhrte wieder durch die Straßen. In Kurven streckte sie das Bein aus und legte die Enduro so flach, dass ihre Knie ab und zu die Fahrbahn berührten. Durch die Luft zischten Strahlen und Kugeln von dämonischen Scharfschützen, die sie nur um Zentimeter verfehlten. Die Geschosse durchsiebten die Fahrzeugwracks, die Leah als Deckung nutzte und an denen sie deshalb absichtlich eng vorbeifuhr.

Im Spiegel beobachtete sie, wie der Blutengel ihr folgte.

Leah bremste erneut und schaltete in einen niedrigeren Gang.

Sie durchfuhr eine enge Kurve und bog in eine schmale Gasse. Sie war kaum breit genug, dass ein Lastwagen hindurchpasste, ganz zu schweigen von einem Blutengel mit ausgebreiteten Flügeln.

Mit einem Wutschrei schoss der Blutengel hoch und wich einem Gebäude aus, um nicht damit zu kollidieren. Er warf mit arkaner Energie um sich und setzte so die Gasse hinter Leah in Brand. Der große Motor des Zweirads erfüllte die schmale Straße mit lautem Donnern.

Zwei Pirscher, die aussahen, als hätte man übergroße Echsen mit Wölfen gekreuzt und mit Alligatorzähnen ausgestattet, blockierten plötzlich den Weg. Leah versuchte auszuweichen und kurvte um Leichen und verrottetes Fleisch herum. Der Gestank nach Tod und Verwesung erfüllte die Luft.

Die Pirscher wandten sich Leah zu und rissen die Mäuler auf. Dabei zeigten sie reihenweise gezackte Zähne. Die Bestien warfen sich auf Leah. Die Agentin wusste nicht, ob die Dämonen schlau genug waren, um selbstständig denken zu können, oder ob sie sich hauptsächlich auf ihren Instinkt verließen. Wenn sie instinktgetrieben handelten, würden sie annehmen, dass sie sich ihnen stellen oder fliehen würde.

Leah gab Gas und fuhr direkt auf die Monster zu. Im letzten Augenblick steuerte sie das Motorrad in Richtung eines an der Seite liegenden Dämonenleichnams, drückte die Kupplung und jagte den Motor hoch. Dann ließ sie die Kupplung kommen und gab Gas. Das Vorderrad schoss über den Körper des toten Dämons, der wie eine Rampe wirkte, und die Maschine wurde in die Luft katapultiert.

Sie flog gute sechs Meter weit, bevor sie wieder landete und die nach ihr schnappenden Zähne der Pirscher übersprungen hatte. Die Lenkergriffe schrammten an der Mauer entlang und Leah kämpfte darum, das Gleichgewicht zu halten.

Dann schoss sie vorwärts und ging im Geiste den Weg durch die

Stadt durch. Die Innenstadt zu verlassen, würde der gefährlichste Teil ihrer Reise sein.

Der Brand hatte sich über Londons geographische Grenzen hinaus ausgedehnt und sich über die Vorstädte ausgebreitet. Die grauen Gebäude der Innenstadt verschwanden und Häuser mit Höfen und viel Platz dazwischen tauchten auf.

Obwohl man die Grenze zwischen dem Brand und der schneebedeckten Landschaft nicht mit dem Lineal ziehen konnte, war der Übergang doch vorhanden und sichtbar. Das Land, das näher an der Stadt lag, war trocken und aufgeplatzt. Innerhalb Londons war während der letzten Wochen nur Säureregen gefallen, den man bestenfalls als flüssigen Tod bezeichnen konnte.

Das Land jenseits davon erinnerte Leah an die Weihnachtsfeste mit ihrer Familie, lange Fahrten zum Haus ihrer Großmutter und eine Welt, in der es noch Jahreszeiten gab. Die gehörten zumindest für den Augenblick der Vergangenheit an.

Sie sah in den Spiegel, während sie Gas gab. Es schien, dass sie alle Monster abgehängt hatte. Die Dämonen besetzten London, aber sie waren nicht überall. Noch nicht.

Sie entspannte sich ein wenig, als sie weiter auf der Straße fuhr. Ihr war klar, dass die gefühlte Sicherheit nur Einbildung war und nichts, auf das sie sich verlassen konnte. Die Illusion zerbrach vollends, als sie an einem Straßenstand vorbeikam, der voller verfaulter Früchte und Gemüse war. Aufgeblähte Körper hingen über dem Stand wie grausige Piñatas.

Leah wusste, dass es sich bei den Leichen nicht um die Besitzer des Standes handelte. Diese Leute waren schon vor Jahren geflohen, als sich das Höllentor geöffnet hatte.

Etwas jagt regelmäßig in dieser Gegend, überlegte sie. *Es benutzt den Stand, um seine Opfer wie Trophäen zu präsentieren. Es ist stolz auf seine Arbeit.*

Sie zwang sich, von den Toten wegzusehen und nicht daran zu denken, dass sie einst Wesen mit Hoffnungen und Wünschen gewesen waren. Zur selben Zeit hoffte sie, dass sie niemals so abstumpfen würde, dass sie eines Tages keine Gefühle mehr empfand.

Vom Kampfanzug warm gehalten, der sich aufgrund seiner Tarntechnologie nun weiß gefärbt hatte, stapfte Leah durch den Schnee. Das Motorrad hatte sie in einer Scheune hinter einem Bauernhaus, elf Kilometer von hier entfernt, stehen gelassen. In diesem hügeligen Gelände wäre sie mit dem Motorrad nur im tiefen Schnee stecken geblieben. Sie blickte in die Hügel und Täler und auf die schneebedeckten Feuerdornbüsche, die neben den kahlen Skeletten der Eichen und Eschen standen.

Die erstaunliche Schneemenge beeindruckte sie. Sie konnte sich nicht daran erinnern, wann es je so geschneit hatte, und es fiel noch mehr. Sie fragte sich, ob die Nähe zum Brand den Anstieg des Schneefalls bewirkte. Vielleicht kämpfte die Natur selbst gegen die Dämonen.

Einen halben Kilometer weiter erblickte sie einen Kundschafter der Templer, der auf einer Hügelkuppe stand. Als er sich nicht bewegte, dachte Leah, dass er sie vielleicht nicht gesehen hatte. Sie fragte sich, ob sie die Tarnvorrichtung ausschalten oder den Mann direkt ansprechen sollte.

Plötzlich traten zwei Templer, ein Mann und eine Frau, aus dem Unterholz vor ihr. Die beiden zielten mit Maschinenpistolen auf Leah.

„Stehen bleiben“, befahl die Frau.

Leah verharrte und streckte die Hände zu den Seiten aus.

„Wer sind Sie?“, wollte die Frau wissen.

„Ich kann meinen Helm absetzen“, bot Leah an.

„Aber ganz langsam.“

Behutsam legte Leah die Finger auf ihren Helm und öffnete die elektromagnetischen Schlösser. Nachdem der Helm vom Anzug getrennt war, wurde er so schlaff wie Stoff, mit Ausnahme der Kevlarstücke am Hinterkopf, der Stirn, um die Ohren herum, am Kinn und über den Wangenknochen. Der stete elektrische Strom, der durch den Anzug lief, machte den Stoff so fest wie Stahl.

„Ich bin Leah Creasey“, sagte sie. „Ich bin eine Freundin von Simon Cross. Ich meine, Lord Cross.“

Die Templer verharrten einen Moment lang regungslos, dann winkte der Mann sie zu sich. „Wir haben Sie identifiziert. Sie haben Freigabe erhalten. Kommen Sie mit uns.“

„Darf ich meinen Helm wieder aufsetzen?“, fragte sie. Ihr Atem bildete kleine graue Wölkchen. „Es ist kalt hier draußen.“

„Ja, dürfen Sie.“

Dankbar zog Leah die Kappe über, verriegelte die elektromagnetischen Schlösser und spürte, wie sich der Stoff verhärtete, als der Strom aus dem Anzug hindurchfloss. Binnen Sekunden war er wieder ein körperangepasster, kugelsicherer Schild.

„Ist Lord Cross in der Zuflucht?“, fragte Leah.

„Ja“, antwortete der Mann. „Sollen wir ihm eine Nachricht übermitteln?“

„Nein, danke. Ich überrasche ihn lieber.“

„Das ist wirklich keine gute Zeit für Überraschungen, Miss.“

„Mach mal halblang“, erwiderte die Frau. „Lord Cross wird erfreut sein, sie zu sehen. Das ist eine schöne Überraschung für ihn.“

Leah hoffte dasselbe, aber sie glaubte nicht, dass er das Angebot der Agency sonderlich gut aufnehmen würde. Simon Cross war einer der faszinierendsten Männer, die sie je kennengelernt hatte. Aber wenn es um die Ehre ging, war er sehr konservativ.

Leah hätte darauf wetten mögen, dass sie die Antwort bereits kannte. Sie hoffte nur, dass er nicht so wütend wurde, dass er sie auf der Stelle hinauswarf.

Einundzwanzig

„Wie groß, glaubst du, ist es?“

Warren schaute auf das vergrabene Gebäude und schüttelte den Kopf. „Weiß ich nicht.“

„Ist es römisch?“, fragte Naomi. Sie stand neben ihm am Rand des Grabens, den die Zombies über die letzten fünf Tage ausgehoben hatten.

Der unregelmäßige Graben war größtenteils 1,20 Meter breit, an manchen Stellen betrug die Distanz aber bis zu drei Meter. Die Zombies hatten alles ausgegraben, das aussah, als gehörte es zum Gebäude. Aber weil sie nicht gut selbstständig arbeiten konnten, musste man auf sie achten.

Warren musste allerdings regelmäßig schlafen, obwohl er sich so fühlte, als hätte er es nicht getan. Es kam ihm eher vor, als wäre er für eine kurze Zeit ohnmächtig gewesen. Das Gebäude war rechteckig, 18 Meter breit und 30 Meter lang. Es war bislang mindestens drei Meter hoch, aber die Zombies hatten den Boden noch nicht erreicht.

„Das weiß ich auch nicht“, antwortete Warren.

„Hat sie es dir nicht gesagt?“, fragte Naomi und bezog sich damit auf Lilith.

„Sie war nicht oft hier.“ Warren hasste es, sich das einzugestehen, weil er sich so weit außerhalb Londons verwundbar fühlte. Er mochte die großen weiten Flächen nicht. Sie schienen ihn zu erdrücken.

„Warum war sie nicht hier?“

„Weiß ich nicht.“

Naomi runzelte misstrauisch die Stirn. „Es scheint, dass du plötzlich sehr viel nicht weißt."

Reumütig gestand Warren sich ein, dass es wirklich viel gab, wovon er keine Ahnung hatte. „Nun, immerhin das weiß ich."

Die Zombies gruben weiter. Sie hatten immer noch keine Schaufeln und Hacken, stattdessen verwendeten sie abgebrochene Äste, Steine und selbst ihre eigenen Knochen. Vielleicht wären sie mit Werkzeugen schneller gewesen, aber die Zombies wurden niemals müde und gruben und hackten auch die Nacht durch. Nur hin und wieder, wenn Warren schlief oder abgelenkt war, ging einer von ihnen fort und tauchte nicht wieder auf.

„Hast du versucht, sie zu erreichen?", fragte Naomi.

„Ja." Warren wollte seine Verwirrung verbergen, aber er glaubte nicht – wenn man Naomis eisigen Blick sah –, dass er Erfolg damit hatte.

„Hast du irgendetwas getan, was sie verärgert hat?"

„Nein." Warren korrigierte sich. „Nicht dass ich wüsste."

„Was hast du getan?"

„So ziemlich dasselbe wie du. Eine Menge Fragen gestellt."

Naomi antwortete nicht und Warren fragte sich, ob sie den Vergleich verstanden hatte. Das *Kratz, Kratz, Kratz* der behelfsmäßigen Werkzeuge der Zombies erklang weiter.

„Wer errichtet denn ein Gebäude", fragte Naomi, „und vergisst dabei die Tür?"

„Vielleicht befindet sie sich an dem Ende, das wir noch nicht ausgegraben haben", schlug Warren vor.

„Weißt du, warum jemand ein derart großes Gebäude mit nur einer Tür baut?"

„Ein Eingang ist leichter zu überwachen."

„Und warum steht es so weit draußen? Ganz allein?"

„Nach allem, was wir wissen", antwortete Warren, „liegt dort eine ganze Stadt begraben."

„Wir wissen aber nicht viel“, antwortete Naomi kühl und entfernte sich.

Warren machte ihr Weggang nichts aus, weil er sich so auf seine eigenen Fragen konzentrieren konnte. Er glaubte nicht, dass Lilith ihn hier raus geführt hatte, nur um ein Gebäude ohne Eingang auszugraben.

Zuvor hatte er den Zombies befohlen, die steinernen Mauern zu durchbrechen. Aber sie hatten es nicht geschafft. Er hatte es sogar mit arkanen Kräften versucht, doch auch das hatte nicht funktioniert. Bislang konnte niemand das Gebäude betreten.

Warren arbeitete sich durch den Graben. Der geschmolzene Schnee hatte sich unter den Zombies gesammelt und einen tückischen Matsch geschaffen.

Die Inschriften auf der Mauer hatten sofort seine Aufmerksamkeit erregt. Er fragte sich, wie lange dieses Mauerstück wohl schon dort vergraben lag, wo niemand sich dafür interessierte.

Die Inschrift war eine Art Piktogramm. Schöne Menschen in schöner Kleidung bedeckten die Mauer. Warren hielt seine Taschenlampe näher heran und versuchte die Bilder zu lesen. Sie einfach nur anzuschauen, brachte nichts.

Auf fast allen Bildern war eine bestimmte Frau zu sehen und manche Szenen grenzten an Pornographie. Wer auch immer diese Frau war, sie schien praktisch jede Obszönität auszuüben, die jemals erfunden worden war.

„Wenn du erst die Sprache lesen kannst, lassen sich die Inschriften leicht entziffern.“

Warren spürte die Wärme eines fremden Atems auf der Wange und drehte sich um. Lilith stand neben ihm. Sie sah aus wie immer, aber sie schien mehr Farbe zu haben. Dann bemerkte Warren, dass er ihren Atem auf seiner Wange gespürt hatte.

Er griff automatisch nach ihr und versuchte eine Hand auf ihre

Schulter zu legen. Als seine Hand den Bereich erreichte, den ihr Körper einzunehmen schien, glitt sie durch ihn hindurch, aber er spürte ihre Wärme und einen leichten Widerstand.

„Kennst du die Sprache?", fragte Warren.

„Ja." Lilith lächelte. „Ich habe sie erfunden." Sie beugte sich vor. „Diese Bilder sind wunderschön, oder?"

„Das sind sie", stimmte Warren ihr zu. „Sie scheinen sich auf eine Frau zu konzentrieren."

„Mich."

Warren zögerte und überprüfte das. Aber er sah keine Ähnlichkeit. Die Frau auf den Piktogrammen hätte jede sein können. „Weißt du das sicher?"

„Ja. Alle Männer sehen mich so, wie sie mich sehen wollen." Lilith sah ihn an. „Dein eigenes Verlangen erschuf das Bild, das du von mir hast."

„Bedeutet das, dass du nicht echt bist?"

Sie lächelte ihn an. „Es gibt noch so viel, das du nicht verstehst. Ich bin real, Warren. So real wie deine Hand, die ich dir gegeben habe. Aber erst du führst mich in die Wirklichkeit. Du hilfst mir dabei, Form zu gewinnen. Ohne dich wäre ich nur ein Traum."

Warren fragte nicht weiter, weil das Thema ihn zu sehr verwirrte. Er konzentrierte sich auf das Gebäude.

„Wer hat das gebaut?"

„Ich befahl den Bau."

Das überraschte Warren nur wenig.

„Warum?"

„Ich brauchte einen Ort zum Warten."

„Zum Warten?" Warren deutete mit der Taschenlampe auf sie. „Warten worauf?"

„Ist das nicht offensichtlich? Dass das Höllentor sich öffnete." Lilith schritt den Graben weiter hinab und studierte die Piktogramme.

„Das verstehe ich nicht."

„Nachdem sich das Höllentor geöffnet hatte, musste ich nicht mehr warten."

„Warum hast du gewartet?"

„Weil die Menschen die arkanen Energien auf dieser Welt nicht genug nutzten. Und weil nicht genug arkane Energie vorhanden war, um zu beginnen. Einst war sie weit verbreitet. Doch dann wandten sich die Menschen davon ab und widmeten sich den Naturwissenschaften." Lilith runzelte die Stirn und betonte das Wort „Naturwissenschaften" wie etwas Widerliches.

„Die Menschen konnten also schon immer die arkanen Energien anzapfen?"

Lilith lächelte ihn an. „Natürlich. Du hattest schon eine Menge angeborene Fähigkeiten, bevor das Höllentor sich öffnete. Schließlich hast du deinen Stiefvater getötet, als du noch ein Kind warst."

„Er wollte mich töten." Selbst nach all den Jahren und mit dem Wissen, dass sein Stiefvater ihn getötet hätte, fühlte Warren sich immer noch schuldig. Er hatte versucht, diese Schuld zu begraben. Aber das war leichter gewesen, als er noch nicht an Magie geglaubt hatte.

„Ich weiß."

Warren folgte ihr und fragte sich, wonach sie suchte.

„Die Templer hatten wegen ihres Glaubens und ihrer Natur schon immer Zugang zu etwas arkaner Magie", sagte Lilith. „Andere Menschen übrigens auch. Aber nie gelang es, dass genügend mächtige Leute an einem Ort versammelt waren, sodass ich nicht länger warten musste."

„Du brauchst die arkane Energie, um dich zu manifestieren."

Sie neigte den Kopf und sah ihn an. „Das ist eine Möglichkeit, es zu erklären. Aber diese Erklärung ist natürlich zu einfach. Doch du bist noch nicht bereit, um alles vollständig zu verstehen. Vielleicht wirst du das niemals sein."

Warren war sich nicht sicher, ob er gerade beleidigt worden war, doch er ignorierte seine aufsteigende Wut und konzentrierte sich auf seine Fragen.

„Wir Dämonen stammen aus dem Quell der Mitternacht", sagte Lilith, als sie seine Frustration spürte. „Wir verlieren niemals den Kontakt dazu. Und je höher man im Rang aufsteigt, desto mehr ist man mit dem Quell der Mitternacht verbunden. Ich wurde hier isoliert."

„Weil die Menschen aufhörten, arkane Energien zu nutzen?"

„Wie du weißt, können nicht alle Menschen diese Energien anwenden, noch weniger können sie sie kontrollieren. Ebenso besitzen nicht alle Dämonen eine magische Natur. Viele sind boshaft. Und die Menschen waren schon immer eine eifersüchtige Spezies."

Und die Dämonen etwa nicht? Aber Warren sprach diese Frage nicht aus.

„Dämonen sind die Eifersüchtigsten von allen", sagte Lilith. „Hier, auf dieser Welt, verachtete man die Nutzer arkaner Energien. Man verfolgte sie sogar. Sie wurden als Hexen und Zauberer bezeichnet und fälschlicherweise als von Dämonen besessen. Und die Menschen töteten sie."

Warren dachte augenblicklich an die Hexenprozesse, die in England und überall in Europa und Amerika stattgefunden hatten.

„Die arkanen Energien zu nutzen, geriet bereits vor über tausend Jahren in Vergessenheit", fuhr Lilith fort. „Der letzte Ort, an dem sie wirklich floss, war Lemuria. Atlantis war da schon lange versunken und die Narren in Lemuria endeten auf dieselbe Art. Sie lösten eine unterirdische Katastrophe aus und ihre Welt versank ebenfalls auf den Grund des Ozeans. Zu dieser Zeit entschied ich mich, zu warten."

„Warum hier? Warum in England?"

„Weil ich Einblicke in die Zukunft erhalten hatte. Ich wusste, dass die Dämonen zuerst hier landen würden. Deshalb musste ich einen Ort zum Warten bauen und ich hatte das Buch, das du besorgt hast."

Warren erinnerte sich an die weibliche Kabalistin, der Merihim seine Hand gegeben hatte. „Warum hat Merihim seinem neuen Untertan nicht befohlen, mir das Buch wegzunehmen wie die Hand?", fragte er.

„Weil er es vergessen hat." Lilith lächelte. „Ich ließ es ihn vergessen. Kurz nachdem ich ihm einflüsterte, dass das Buch existiert und dass er dich danach ausschicken soll."

„Du wolltest, dass ich das Buch holte?"

Lilith sah ihn an. „Du hast eine Menge Potential. Merihim war zu egoistisch, um das zu erkennen. Wenn du nicht in der Nacht, als die Kabalisten ihn durch das Portal gezogen haben, da gewesen wärst, wäre Merihim nicht einmal an diesen Ort gelangt. Dann hätte er dich nicht markieren können und ich hätte niemals mit dir gesprochen. All diese Dinge sind ein Teil eines Musters, das wir immer noch erforschen."

„Welches Muster?" Warren wusste nicht, ob er sich bedroht oder geschmeichelt fühlen sollte. Er entschloss sich schließlich für beides.

„Daran forschen wir noch." Lilith wartete und griff nach der Mauer vor ihr.

„Wo bist du gewesen?"

„Ich musste mich anderswo um Dinge kümmern."

„Du hast mich noch nie zuvor verlassen."

„Dazu war ich vorher nicht stark genug. Jetzt bin ich es. Und ich muss viel tun, um Erfolg zu haben."

„Erfolg wobei?"

„Man schuldet mir einen Platz in dieser Welt. Das war so abgesprochen, als ich ursprünglich hierher geschickt wurde. Ich sollte nicht so lang allein sein. Doch ich wurde betrogen. Wenn ich fertig bin, werde ich meine Rache dafür bekommen." Liliths schönes Gesicht verhärtete sich zu einer hasserfüllten Maske.

Warren fand das bedrohlich. Nicht, weil sich ihre Wut gegen ihn richten konnte, sondern weil sie von ihm erwartete, dass er ihr bei ihrer Rache half. Warren wollte nichts damit zu tun haben.

„Unsere Ziele sind zumindest teilweise dieselben", sagte sie. „Wenn du auf mich hörst, wenn du mir gegenüber loyal bist, dann wirst du mächtiger werden, als du es dir je erträumt hast."

Warren war nicht nur ein wenig an Macht interessiert – er brauchte sie unbedingt. Wer Sicherheit wollte, musste mächtig sein. Die letzten vier Jahre und all die anderen davor hatten ihn diese Lektion gelehrt.

„Es wird alles gut", sagte Lilith mit sicherer Stimme. „Ich bin nicht Merihim."

Das bist du nicht, dachte Warren, bevor er sich selbst aufhalten konnte, *aber du bist immer noch ein Dämon.*

„Drück hier." Lilith wies auf eine Stelle in der Wand.

Warren richtete seine Taschenlampe dorthin und leuchtete den Bereich an. Er sah genauso aus wie jede andere Stelle der Mauer. Warren legte die silberne Hand darauf und spürte sofort eine Verbindung mit *etwas.* Erschreckt zog er die Hand zurück und trat einen Schritt von der Wand weg.

„Es ist alles in Ordnung", sagte Lilith. „Diese Hand und dieser Ort stehen in Verbindung."

Vorsichtig legte Warren die silberne Hand wieder auf die Mauer und drückte. Nach einem Augenblick machte etwas *Klick.* Stein schabte über Stein, als ein Teil der Mauer sich öffnete. Das Geräusch wiederholte sich im Gewölbe dahinter und bewies durch das Echo, dass der Gang größtenteils hohl war.

Neugierde überkam Warren. Als er noch jünger gewesen war, hatte er schon immer versucht, interessante Dinge zu untersuchen. Heute war er nicht weniger neugierig. Doch er hatte aus Erfahrung gelernt, geduldig zu sein. Er trat nicht in die Dunkelheit, die in der Öffnung gähnte.

„Sei von hier ab vorsichtig“, flüsterte Lilith.

„Warum?“

„Es befinden sich Todesfallen auf dem Weg.“

Na wundervoll, dachte Warren bitter. *Als hätte ich nicht noch etwas gebraucht, worauf ich hier unten achten muss.* Trotzdem bewegte er sich langsam mit der Taschenlampe in den Raum.

Zweiundzwanzig

„Ich kann Lord Cross mitteilen, dass Sie hier sind“, bot ihr die stämmige Frau am Eingang zur Schmiede an. Sie schwitzte schwer unter der ledernen Arbeitskleidung. Eine Schutzbrille hing um ihren schweißbedeckten Hals. Sie hatte ihre Haare mit einem Lederband zurückgebunden, aber einige Strähnen ringelten sich daraus hervor.

Leah lehnte das Angebot ab. „Bitte, lassen Sie ihn arbeiten. Ich kann warten, bis er fertig ist.“

Die Frau lächelte Leah an. „Gut. Ich muss gestehen, dass er dabei *wirklich* gut aussieht.“ Sie schaute in Simons Richtung.

Leahs Wangen röteten sich vor Verlegenheit. „Ich will ihn nur nicht stören.“

Simon stand in einer Ecke vor einem feurigen Schmiedeofen, der gelb und orange glühte. Wie die Frau und die meisten anderen Leute im Raum hatte er eine Lederschürze umgebunden. Er trug kein Hemd. Der Rücken und die Armmuskeln bewegten sich geschmeidig unter der glitzernden Haut, die von der Hitze gerötet war. Ein kleiner Junge, gleich angezogen, aber mit einem Hemd bekleidet, stand neben Simon.

Der Geruch von Metall und Kohle lag im Raum in der Luft. Hämmer schlugen auf Dutzende Ambosse in einem Rhythmus, der wie orchestriert klang. Leah wusste, dass sie sich das nur einbildete.

„Wenn Sie es nicht eilig haben, können Sie auch woanders warten“, sagte die Frau.

„Das ist schon in Ordnung.“

Die Frau lächelte sie erneut an. „Das könnte etwas dauern. Lord Cross ist genauso wie die anderen Männer, wenn es ums Schmieden geht. Er scheint sich dabei zu vergessen."

„Ich wusste gar nicht, dass Sie hier eine Schmiede betreiben."

„Irgendjemand muss die Waffen und Rüstungen herstellen. Die wachsen nicht auf Bäumen."

„Ich hätte gedacht, dass Sie bei all ihren Möglichkeiten Nanotechnologie nutzen würden."

„Ich heiße übrigens Angela." Sie reichte ihr die Hand.

Leah schüttelte sie, spürte die Kraft, die darin lag, und sagte: „Leah. Schön, Sie kennenzulernen."

„Ganz meinerseits. Ich habe schon einiges von Ihnen gehört."

„Oh."

„Wir sind vielleicht Templer", gab Angela zu, „aber auch wir klatschen und tratschen gern."

„Ich werde es mir merken."

Angela verschränkte ihre muskulösen Arme und blies eine Haarsträhne aus dem Gesicht. Sie sah mit Stolz auf die Schmiede. „Für einige der Waffen und Rüstungen könnten wir sicherlich die Nanotechnologie nutzen. Aber die Waffen, die hier hergestellt werden, wären nicht so gut, würden sie von Maschinen gemacht. Diese Waffen brauchen die Hände des Menschen, der sie führen wird. Sie brauchen die Seele der Leute, die ihnen Sinn und Form geben."

„Warum?"

„Die Männer und Frauen hier arbeiten arkane Energie in das Metall ein. Das können Maschinen nicht. Eine derartige Kraft wird dem Metall durch Blut, Schweiß und Tränen eingegeben. Durch Verlangen und Bedürfnis. Dafür gibt es keinen Ersatz."

Simon benutzte eine Zange, um ein Metallstück anzuheben. Er legte die Schutzbrille an, dann übergab er die Zange mit dem Metall an den Jungen.

Während der Jahre ihrer Freundschaft hatte Leah Simon des

Öfteren mit Kindern erlebt. In der Zuflucht war es fast unmöglich, nicht permanent auf Kinder zu treffen. Leah störte das nicht, weil der unterirdische Komplex dadurch *heimeliger* wirkte. Das war einer der merkwürdigsten Gedankengänge, die sie je gehabt hatte. Sie war schon überall auf der Welt gewesen und suchte gar kein Heim.

Simon konnte von Natur aus gut mit Kindern umgehen. Leah hatte ihn in traurigen Momenten mit ihnen erlebt, wenn er ihnen mitteilen musste, dass ein Elternteil im Kampf gefallen war. Aber auch, wenn er mit ihnen während der Templerausbildung gespielt hatte. Unter den richtigen Umständen war Simon selbst ein großes Kind.

Simon sah zu, wie der Junge das Metallstück ins Feuer hielt. Dann zog er es wieder heraus und trug es zurück zum Amboss. Simon zeigte ihm, wie man mit dem Hammer das Metall bearbeitete, und der Junge tat es ihm nach. Es dauerte nicht lange, bis die Hammerschläge des Jungen sich mit denen der anderen Schmiede vermischten.

„Bringt er dem Jungen bei, wie man Schwerter macht?", fragte Leah.

„Ja, aber nicht so, wie Sie denken", antwortete die Frau. „Simon hilft dem jungen Chandler, sein eigenes Schwert zu schmieden. Er muss natürlich auch seine eigene Rüstung anfertigen, bevor er hier fertig ist. Aber momentan machen die beiden nur ein Übungsschwert."

„Oh."

„Wenn Sie wollen, habe ich einen Stuhl für Sie drüben bei der Schmiede, wo ich arbeite", bot ihr Angela an. „Sie können mitkommen und sich dort hinsetzen. Und Ihren Freund beobachten."

„Er ist nicht mein Freund."

„Entschuldigung. Aber das hatte ich so gehört."

Leah fragte die Frau, was genau sie gehört hatte.

Angela hob erwartungsvoll eine Augenbraue und wirkte für Leahs Geschmack zu raubtierhaft.

„Tut mir leid", sagte Leah.

Angela wirkte ein wenig enttäuscht. „Kommen Sie mit mir. Ich habe auch Wasser. Das werden Sie brauchen, wenn Sie länger hierbleiben."

Wie Angela es vorausgesagt hatte, dauerte das Schwertmachen weitere zwei Stunden. Leah war sicher gewesen, dass der Junge im Laufe der Zeit das Interesse an der Arbeit verlieren würde, aber das passierte nicht. Eigentlich schien er traurig zu sein, als Simon das Schwert aufhob und in eine Scheide steckte.

Mit der Waffe auf beiden Armen ging der Junge lächelnd durch die Tür. Leah beobachtete Simon, der dem Jungen zusah. Simon wirkte angespannt und unglücklich. Er hatte noch nicht mal bemerkt, dass Leah da war.

„Einer unserer neuen Rekruten", flüsterte Angela Leah ins Ohr.

„Was meinen Sie damit?"

„Ich meine, dass er kein Templerkind ist. In seinem Alter wissen Templerkinder bereits, wie man Schwerter, Bögen und andere Waffen herstellt."

Simon rekrutiert Zivilisten, fielen Leah Lyra Darius' Worte wieder ein und ihr wurde leicht übel dabei. Zivilisten gegen die Dämonen zu schicken, war gleichbedeutend mit Mord.

Dann sah Simon Leah und sie bemerkte den gehetzten Blick auf seinem Gesicht. Einen Augenblick lang war Leah wie versteinert, unfähig, etwas zu sagen. Simon machte zwei lange Schritte auf sie zu. Er wollte ihre Hand nehmen, ließ es aber, als er ihre Traurigkeit und Angst vor der Berührung spürte.

„Was ist geschehen?", fragte er und berührte die verwundete Seite ihres Gesichts.

„Das ist eine lange Geschichte", sagte sie.

„Ich habe Zeit. Lass mich in meine Rüstung steigen und dann reden wir."

Die ganze Zeit lang, während der sie die Geschichte der Zerstörung der Waffenfabrik weitaus detaillierter erzählte, als sie geplant hatte, schwieg Simon und ließ sie reden. Sie saßen am Tisch in seinem Büro in stiller Dunkelheit. Nur ein Licht brannte.

„Deine Leute können das Auge nicht ersetzen, oder?", fragte Simon.

„Sie haben mir eine Prothese gegeben." Leah hasste es, darüber zu reden. Es schien die Hilflosigkeit nur zu verstärken, die sie spürte. Sie nahm den Helm aus ihrem Rucksack und reichte ihn ihm.

Simon sah sich das Gerät an. „Damit kenne ich mich nicht aus."

„Er ermöglicht mir eine begrenzte Sicht, wenn ich ihn aufsetze." Leah bemühte sich um einen lockeren Tonfall. „Auf einer Cocktailparty kann ich ihn nicht tragen." Sie versuchte zu lächeln, aber es wirkte nicht echt. „Ich vermute mal, die Augenklappe macht mich geheimnisvoll und begehrenswert."

Simon gab ihr die Prothese zurück und sie legte sie weg. Er blieb einen Augenblick lang ruhig, dann sagte er: „Wenn du willst, kann einer unserer Ärzte dein Auge ersetzen."

Mit einem tiefen Atemzug versuchte Leah ihre Überraschung zu verbergen. Schließlich sagte sie: „Das kann niemand. Die Technologie …" Ihre Stimme kippte und sie unterbrach sich.

„Die Technologie, über die wir verfügen, ist allen anderen überlegen", sagte Simon. „Als sich die Templer das erste Mal auf den aufziehenden Krieg vorbereiteten, wussten sie, dass es nicht ausreichen würde, nur Waffen und Waffensysteme zu studieren. Oder Rüstungen. Wenn sie gegen die Feinde der Menschheit bestehen wollten, mussten sie einen Weg finden, um Verluste zu vermeiden und die Wunden der Soldaten im Feld zu heilen."

Leah versuchte zu verarbeiten, was Simon gesagt hatte. Sie war krank vor Angst. *Lass das bitte kein Traum sein.*

„Jedes Mal, wenn es einen bewaffneten Konflikt gab“, fuhr Simon fort, „wie den Bürgerkrieg in den Vereinigten Staaten oder die Kriege im Irak, haben sich die Waffensysteme sprunghaft verbessert. Die medizinische Forschung musste damit Schritt halten.“

Mit gepresster Stimme zwang Leah die Worte hervor: „Bist du sicher, dass das funktioniert?“

„Die Mediziner können es“, antwortete Simon.

„Hast du es schon selbst gesehen?“

„Du meinst, ob ich jemanden kenne, dessen Auge bereits ersetzt wurde?“

„Ja.“

„Ja, ich kenne jemanden.“

Weniger als 20 Minuten später kam ein junger Templer zu Simon und Leah ins Büro. Er hatte dunkelrotes Haar, Sommersprossen und ein ehrliches Lächeln. Er trug einen Helm in der Hand und wirkte, als wäre er 17 Jahre alt. Er stellte sich als Eoin Murdoch vor.

„Sie haben nach mir gerufen, Lord Cross?“, fragte der junge Mann.

„Ja.“ Simon wies auf Leah. „Miss Creasey wurde in einem Gefecht verwundet. Man hat ihr gesagt, dass man unmöglich ersetzen könnte, was sie verloren hat.“

Der junge Templer grinste. „Nein, Ma'am. Das stimmt nicht ganz.“

„Darf ich?“, fragte Leah.

„Ja, Ma'am.“

Leah stand auf und ging zu Murdoch hinüber. Nur sehr schwache Spuren von Narben waren auf seinem Gesicht zu erkennen. Sie sah seine braunen Augen aus verschiedenen Winkeln an. Dann schüttelte sie den Kopf.

„Ich weiß es nicht“, sagte sie.

„Was, Ma’am?“, fragte Murdoch.

„Welches Auge ersetzt wurde.“

Murdoch lächelte. „Ich bitte um Verzeihung, Ma’am. Es war nicht nur ein Auge. Es waren beide. Das war vor acht Monaten. Ich wurde in einem Kampf gegen die Dämonen völlig geblendet. Man musste auch einen Teil meines Gesichts ersetzen. Es war eine sehr unbehagliche Zeit.“

Leah konnte es nicht glauben. Es war nicht zu erkennen, dass die Augen des jungen Mannes nicht die waren, mit denen er geboren worden war.

„Wollten Sie noch etwas wissen, Ma’am?“

„Wie gut können Sie sehen?“

„Ich sehe sehr gut, Ma’am. Besser als mit meinen alten Augen. Die menschliche DNS ist durchaus optimierbar.“

„Danke“, sagte Leah.

Murdoch sah Simon an.

„Das wäre alles, Mister Murdoch“, sagte Simon.

Der junge Templer drehte sich um und verließ den Raum.

Leah saß beeindruckt auf ihrem Stuhl.

Simon sagte nichts.

„Ja“, sagte sie in rauem Flüsterton. „Verdammt, *ja*. Ich will mein Auge zurück.“

Dreiundzwanzig

Die versteckte Tür war nur 1,20 Meter hoch. Warren musste sich hindurchzwängen. Auf der anderen Seite hielt er sich die Taschenlampe über den Kopf. Staub tanzte im bernsteinfarbenen Licht.

Frische Luft dürfte ein Problem werden, überlegte Warren.

„Warum hast du mich nicht gerufen?"

Warren wandte sich um, als Naomi durch die Öffnung kletterte. Sie schaltete ihre eigene Taschenlampe ein und ließ den Strahl auch über die Wände wandern.

„Es gibt keinen Grund zur Eile", sagte Warren, dann sah er weg, als ihn der Strahl der Lampe direkt ins Auge traf.

„Wie tief wolltest du noch vordringen, bevor du mir Bescheid sagen wolltest?"

„Wir können nicht weiter", sagte Warren. „Zumindest jetzt nicht."

Naomi leuchtete die gegenüberliegende Wand an. Der Strahl reichte nur so weit, dass er gerade eben den Boden, die Decke und die Seitenwände enthüllte. Hier drinnen waren dieselben Inschriften wie draußen zu finden.

„Du musst sie besser unter Kontrolle halten", sagte Lilith.

„Was?" Naomi wirbelte herum und leuchtete Lilith an. Das Licht berührte die Dämonin, ließ sie aber wie ein Hologramm erscheinen.

Sie wird stofflicher, erkannte Warren.

Überraschte Verärgerung lief über Liliths schönes Gesicht.

„Wer ist das?", wollte Naomi wissen.

„Ich bin Lilith." Sie richtete sich zu voller Größe auf. „Und dir würde es guttun, ein wenig aufzupassen, wenn du in meiner Nähe bist."

Naomi sah Warren an und er nickte.

„Warum kann ich sie jetzt sehen?", fragte Naomi.

„Sie wird stärker", antwortete Warren.

Vorsichtig trat Naomi näher an Lilith heran. Dann streckte sie eine Hand aus, um sie zu berühren. Lilith wich nicht zurück. Naomis Fingerspitzen glitten durch die Dämonin, wie es auch bei Warren geschehen war. Dann erfüllte die plötzliche Entladung eines elektrischen Blitzes den Raum und Naomi flog drei Meter zurück. Sie blieb zuckend auf dem Boden liegen, dann rührte sie sich nicht mehr.

„Was hast du mit ihr gemacht?" Warren rannte zu Naomi.

Sie atmete nicht. Durch die halb geöffneten Lider konnte er das Weiße in ihren Augen sehen. Panisch presste Warren seine menschliche Hand gegen ihren Hals und fühlte nach dem Puls. Es gab keinen.

„Sie geht mir auf die Nerven", sagte Lilith.

„Deshalb kannst du sie doch nicht töten."

Lilith blickte Naomi neugierig an. „Offensichtlich schon."

„Wenn sie stirbt", antwortete Warren, ohne zu überlegen, „verschwinde ich von hier. Dann bin ich weg. Hast du mich verstanden?"

Lilith ging zu ihm. Einen Augenblick lang dachte Warren, dass er ein toter Mann sei. Er kämpfte darum, etwas zu sagen – *irgendetwas* zu sagen –, das sie besänftigte. Aber ihm fiel nichts ein.

„Du würdest dich mir widersetzen?", fragte sie. „Auch wenn du weißt, was ich dir antun könnte?"

Warren dachte verzweifelt nach. Selbst wenn er zurücknahm, was er gesagt hatte, war es zu spät. Er hatte es bereits gesagt. Keiner von ihnen würde es vergessen.

„Ja", keuchte er rau. „Du tötest meine Freunde nicht."

„Sie ist nicht deine Freundin. Sie benutzt dich nur."

„Du bist auch nicht meine Freundin."

„Ich gab dir eine Hand, als du eine brauchtest."

„Du hast mich Merihim ausgeliefert und zugelassen, dass er mich verletzte."

Lilith bestritt es nicht.

Warren war sich schmerzhaft der ablaufenden Zeit bewusst. Das menschliche Hirn lebte maximal vier Minuten lang weiter, wenn das Herz aufhörte zu schlagen. Er erwiderte den Blick der Dämonin. Er durfte keine Schwäche zeigen oder er war so tot wie Naomi.

„Du hast mein Leben riskiert", sagte Warren, „und du wirst es wieder tun."

„Das stimmt", sagte die Dämonin leise.

„Ich werde nicht immer bei dir sein. Das habe ich von Merihim gelernt. Du brauchst mich nur so lange, bis du einen Ersatz für mich gefunden hast. Aber den findest du hier nicht. Du findest nicht viele Menschen, die so mächtig sind wie ich. Und du weißt das."

Lilith lächelte dabei. „Jetzt erkennst du deinen wahren Wert. Du bist nicht mehr so ein ängstliches kleines Mäuschen."

Ängstliches kleines Mäuschen, überlegte Warren. Er hatte Glück gegen seinen Stiefvater gehabt. Sein Glück würde ihm gegen die Dämonin nichts nützen.

„Ich will, dass sie lebt."

„Damit sie dich hintergehen kann?"

„Damit sie lebt. Das schulde ich ihr."

„Du schuldest ihr bei Weitem nicht so viel, wie du denkst. Du hast ihr bereits mehr gegeben, als sie allein erreicht hätte."

Wie viel Zeit ist bereits vergangen?, fragte sich Warren. „Mach schon, Lilith. Rette sie."

„Erinnere dich an den Geist, der dich besessen hat", sagte Lilith. „Erinnere dich daran, dass er dich töten wird … und dass er dir bei der Erfüllung deiner Wünsche hilft. Du musst hart sein, Warren. Du kannst dich nicht immer um andere sorgen."

„Rette sie", flüsterte Warren. „Sofort."

Lilith beugte sich vor und legte ihre Hand auf Naomis Brust. Funken sprühten durch die Luft. Elektrizität floss von Liliths Hand zu Naomis Brust. Naomi schwebte einige Zentimeter über dem Boden, dann krachte sie wieder runter.

Besorgt, dass die Dämonin Naomis Körper kurzgeschlossen und dabei ihr Hirn geröstet hatte, legte Warren seine Hand auf den Hals der Frau. Ihr Puls war stetig und fest. Als er die Hand zurückzog, atmete sie ein.

Entspannt und erschöpft sank Warren auf die Fußballen. Er sah zu Lilith auf, die etwas zurückwich und immer noch irritiert schaute.

„Danke", flüsterte Warren.

„Lass dir das eine Warnung sein", sagte Lilith. „Lass diese Frau niemals zwischen dich und deinen Dienst an mir kommen. Wenn sie es doch tut, wird sie sterben. Und du auch."

Warren sah sie an, war aber nicht mehr so ängstlich wie zuvor. Lilith hatte Naomi wiederbelebt oder zumindest ihr Herz reaktiviert. Vielleicht mochte Lilith es nicht, wenn sie für ihre Handlungen verantwortlich gemacht wurde oder sie sich eingestehen musste, dass sie noch nicht stark genug war. Aber Warren wusste, dass er eine Kraft besaß, die sie brauchte. Zwischen ihnen bestand ein Gleichgewicht – irgendwo. Er musste es nur zu seinem Vorteil nutzen.

Er entgegnete nichts auf ihre Drohung, denn er fand, dass er für den Augenblick genug Widerstand geleistet hatte. Er wandte Naomi, die immer noch ohnmächtig war, seine Aufmerksamkeit zu.

„Du musst mitkommen", sagte Lilith.

„Wie ich bereits sagte", meinte Warren ruhig, „wir müssen warten."

„Warum?“

„Die Luft ist schlecht. Lass etwas Luft von draußen eine Weile durch das Gebäude strömen. Du willst doch auch nicht, dass ich irgendwo in diesem Gebäude zusammenbreche und sterbe, oder?“

Lilith verschwand einfach.

Warren geriet ein wenig in Panik, als die Dämonin plötzlich fort war. Aber er war sicher, dass sie nur pikiert war und zurückkehren würde, sobald er bereit war, weiter in das Gebäude vorzudringen. Er ging nach draußen, um eine Decke für Naomi aus seinem Rucksack zu holen.

Der Schneefall war stärker geworden. Eine Schicht frisch gefallenen weißen Puders bedeckte das Gebäude und das Gelände. Die Zombies arbeiteten in der Kälte weiter und wirkten im Mondlicht blau.

Warren wickelte Naomi ein und überzeugte sich, dass sie richtig atmete, dann wärmte er sie beide mit seiner Kraft. Er lehnte sich gegen die Mauer und fand irgendwie Schlaf.

„Warren.“

Weil von der Stimme keine unmittelbare Bedrohung ausging, ignorierte Warren sie und blieb in seinen Mantel eingewickelt. Es war warm gegenüber der Winterkälte, die in den Raum drang.

„Warren.“

Es war Naomi. Warren hielt die Augen geschlossen. Dann spürte er, wie etwas auf ihn zuflog. Warren riss seinen Kopf hoch und baute instinktiv einen Schild auf. Seine Sinne arbeiteten so schnell, dass alles andere wie in Zeitlupe ablief. Er erkannte den Stein, der sich ihm näherte.

Schnell machte Warren eine Geste und der Stein blieb wenige Zentimeter vor seinem Gesicht stehen. Er pflückte ihn aus der Luft und sah zu Naomi hinüber, die an einer Seite des Raums stand.

„Was ist los?“, fragte sie verärgert. „Es ist Zeit zum Aufstehen.“

„Ich bin müde“, sagte Warren, „mir ist kalt und ich bin hungrig.“ Er spielte mit dem Stein zwischen seinen Fingern. Sie beide wussten, dass er ihn in eine weitaus gefährlichere Waffe verwandeln konnte.

„Ich habe dich schlafen lassen“, konterte Naomi. „Ich bin schon seit zwei Stunden wach. Draußen scheint die Sonne.“

Warren sah durch die Tür und bemerkte das neblige Grau, das der Schnee reflektierte und das andeutete, dass die Sonne aufgegangen war. Er schloss seine Faust – die silberne – und zermahlte den Stein zu Staub. Dann ließ er ihn durch die Finger rieseln.

„Wo ist Lilith?“, fragte er.

„Ich habe sie nicht gesehen.“

Warren stand auf. Er hasste es, die Wärme unter dem Mantel zu verlassen. Die Winterkälte zehrte augenblicklich wieder an ihm. Sein Körper schmerzte, weil er im Sitzen geschlafen hatte. Aber es lag auch an der Lauferei und der vielen Arbeit während der letzten Tage.

„Ich bin hier draußen!“, rief Lilith.

Vorsichtig trat Warren durch die Öffnung. Lilith stand auf dem Graben, den die Zombies ausgehoben hatten. Die Untoten gruben immer noch, aber Warren fragte sich, ob einer von ihnen während der Nacht verschwunden war. Ihre Zahl dünnte sich erneut aus.

Warren stieg die unebenen Stufen hinauf, die er in die Mauer geschnitten hatte. Obwohl die Zombies graben konnten, hatte er ihnen das Konzept von Treppen nicht erläutern können.

„Stopp“, sagte Lilith.

Ruhig blieb Warren stehen, wo er war, und sah sie an. Sie hatte sich verändert. Sie wirkte jetzt echter als zuvor. Ihre Farbe war zurück. Außerdem hinterließ sie nun Fußspuren im Schnee.

Während er sie beobachtete, streckte sie eine Hand aus und summte eine merkwürdige Melodie, die Warren gleichzeitig anzog und verängstigte. Im Unterholz bewegte sich etwas. Nach einiger

Zeit hoppelte ein fettes Kaninchen herbei und blieb vor Lilith sitzen.

Immer noch singend beugte sich die Dämonin hinunter und streichelte es vorsichtig. Im nächsten Augenblick packte sie das Kaninchen im Genick und nahm den Kopf in die andere Hand. Sie verdrehte beides kräftig.

Das laute Knacken des Genicks hallte durch die kalte Luft. Einen Augenblick lang strampelte das Kaninchen noch, dann war es ruhig.

Bevor Warren herausfand, wie er darauf reagieren sollte, riss Lilith die Kehle des Tieres auf und trank sein Blut. Er hörte, wie Naomi hinter ihm fluchte und sich dann übergab.

Als sie zu Ende getrunken hatte, nahm Lilith eine Handvoll Schnee und wischte sich damit den Mund sauber. Sie sah Warren mit gierigen Augen an. „Ich hatte schon vergessen, wie Blut eigentlich schmeckt."

Warren wusste nicht, was er darauf antworten sollte.

„Komm", lockte ihn Lilith und winkte ihm mit dem toten Kaninchen zu. „Ich habe Frühstück für dich. Sie kann auch etwas abhaben. Es ist genug da, ich bin heute großzügig."

Zum ersten Mal bemerkte Warren den Geruch von gebratenem Fleisch in der Luft. Sein Magen knurrte trotz dem, was er gerade beobachtet hatte.

Sie führte ihn zu einem Windschutz, den sie im Unterholz errichtet hatte. Ein kleines Feuer brannte. Durch die überhängenden Zweige zog der Rauch in den bleiernen Himmel ab, der nur weiteren Schnee versprach.

Drei Kaninchen hingen auf Spießen nahe dem Feuer. Das Fleisch war braun und gar. Warren lief das Wasser im Munde zusammen, als er es roch. Es war Wochen her, seit er das letzte Mal frisches Fleisch gegessen hatte. Und das hatte er einem der Überlebenden in London abhandeln müssen.

„Setz dich“, ermutigte Lilith ihn. „Iss. Wenn es nicht genug ist, gibt es noch weitere Kaninchen.“

Warren hatte, abgesehen von dem Eintopf im Dorf, noch nie Kaninchen gegessen. Er hatte seine Grenze bei den Ratten gezogen, die die Innenstadt bevölkerten. Er hätte niemals Ratten gegessen, weil er wusste, dass die an toten Menschen nagten, die gerade erst getötet worden oder einer Krankheit erlegen oder verhungert waren.

Kaninchen fressen kein Fleisch, überlegte er. *Sie ernähren sich nicht von verfaulenden Dingen.* Er klopfte den Schnee von einem umgestürzten Baum, faltete den Mantelsaum und setzte sich darauf. Dann nahm er eins der aufgespießten Kaninchen und nagte an dem Fleisch. Das Fleisch fiel förmlich vom Knochen ab und schmeckte herrlich.

Obwohl sie verängstigt wirkte, setzte sich Naomi neben ihn und nahm sich auch ein Kaninchen. Zuerst aß sie nur zögerlich, dann mit mehr Appetit. Fett lief ihr übers Kinn.

„Hast du dich erholt?“, fragte Lilith.

„Ja“, antwortete Warren.

Naomi sagte ebenfalls: „Ja.“

Lilith sah sie nicht an. „Glaubst du, dass das Innere meiner Gruft jetzt sicher genug ist, damit du hineingehen kannst?“

„Ist es das?“, fragte Warren. „*Deine* Gruft?“

„Ich bin nie gestorben“, meinte Lilith. „Ich bin nur in einen totenähnlichen Schlaf gefallen. Mein Tod ist, solange ich beschützt werde, noch sehr weit entfernt.“

„Bist du wieder aus Fleisch und Blut?“

„Noch nicht“, sagte sie, „aber bald.“ Sie zog dem Kaninchen das Fell ab und aß es roh. Als sie das Fleisch abgenagt hatte, brach sie die Knochen auf und saugte das Mark heraus.

Abgestoßen wandte sich Warren ab und widmete sich seinem eigenen Essen. Aber es war schwer, es zu genießen, während er hörte, wie die Knochen barsten.

Vierundzwanzig

Simon stand neben Leahs Bett in der Chirurgie. Von der Anspannung um ihr gutes Auge herum und ihrer erhöhten Atmung her wusste er, dass sie nervös war. Er brauchte nicht die KI seiner Rüstung zu befragen, um das zu erkennen. Währenddessen bereitete sich das OP-Team auf den Eingriff vor.

„Ich hatte es nie so sehr mit Krankenhäusern“, sagte Leah.

„Ich auch nicht, aber ich bin froh, dass wir das hier haben.“ Simon fühlte sich unbehaglich, dort zu stehen, während die anderen um ihn herum arbeiteten.

„Hat der Chirurg so was schon mal gemacht?“

„Er hat Eoins Augen eingesetzt.“

„Kann er auch exakt meine Augenfarbe treffen? Meine Augen sind nicht einfach so von der Stange.“

Simon wusste das. Diese violetten Augen tauchten immer wieder in seinen Gedanken auf.

„Sie werden zueinander passen“, sagte er. „Die Nanobots entnehmen die Farbe deiner DNS und verwenden sie bei dem neuen Auge.“

„Ich nehme dich beim Wort“, sagte sie. „Ich war schon immer ein wenig eitel wegen meiner Augen.“

„Du hast wundervolle Augen.“

Etwas von der Anspannung wich, als sie lächelte. „Das hast du mir noch nie gesagt.“

„Nein.“ Simon fühlte sich plötzlich unbeholfen.

„Flirtest du mit mir?“ Ihr Tonfall war spielerisch.

„Damit wollte ich eigentlich warten, bis sie dich betäubt haben.“

„Vielleicht solltest du das. Es würde mir dann weniger ausmachen."

Trotz der Anspannung und all der schlimmen Dinge, die sich vor ihnen abzeichneten, lachte Simon. Leah lachte ebenfalls. Jeder, der dort arbeitete, starrte sie an.

„Nun", sagte eine gesetzte Templerin, die Simon seit Kindertagen kannte, „sieh sich jemand Sie beide an. Als würden Sie nur herumschäkern."

„Nicht wirklich", sagte Leah.

„Das ist wirklich skandalös. Mein Name ist Jenny." Die Frau überprüfte die Maschinen, an denen Leah hing, und machte auf dem digitalen Klemmbrett Eintragungen. „Scheint alles in Ordnung zu sein. Darf ich Ihr Auge sehen, meine Liebe?"

Seit sie in dem Bett lag, hatte Leah dafür gesorgt, dass ihre leere Augenhöhle mit einem Handtuch bedeckt war. Die Agentin wollte nicht, dass er es sah.

„Nachdem Lord Cross gegangen ist, dürfen Sie das", sagte Leah.

„Nun denn, Lord Cross", sagte die Schwester und wandte sich an Simon. „Ich glaube, Sie sollten sich jetzt verabschieden."

„In Ordnung." Simon sah Leah an. Ihre Hand suchte seine und sie hielten sich einen Augenblick lang fest. „Du hast einen ganz schön kräftigen Händedruck."

Sie runzelte die Stirn. „Ich bin nervös. Der Gedanke daran, dass Miniroboter durch mein Gehirn krabbeln, macht mir ziemliche Angst."

„Oh", sagte Jenny, ohne sich umzusehen. „Wenn diese Roboter *durch* Ihr Hirn krabbeln, hat der Chirurg wirklich Mist gebaut."

„Toller Gedanke", sagte Leah und versuchte zu lächeln.

„Ich habe nicht davon angefangen. So, und jetzt beeilen Sie beide sich mal."

Simon schaute in Leahs gesundes Auge. „Es wird alles gut werden.“

„Was geschieht mit den Nanobots, wenn mein Auge fertig ist?“

„Sie deaktivieren sich und werden über die weißen Blutkörperchen aus dem Körper gespült. Nachdem dein Auge geheilt ist und sie die Regenerierungsfähigkeit deines Körpers genutzt und einige Nervenstränge verbunden haben, sind die Nanobots arbeitslos.“

„Hast du das schon mal gesehen?“

„Bei mir waren sie auch schon mal aktiv. Vor zwei Jahren haben mich zwei Klingenschergen im Kampf aufgespießt.“ Simon tippte gegen seine Brust. „Die Klinge war durch mein Herz gedrungen. Ich war kaum noch am Leben, als Nathan und Danielle mich hierher gebracht haben. Die Rüstung hat mich stabilisiert, Herz und Lunge am Leben gehalten, aber ich wäre trotzdem gestorben, wenn ich zu einem normalen Arzt gegangen wäre. Die Nanobots haben mein Leben gerettet und mein Herz repariert.“

„Wenn sie so gut sind, warum geben die Templer sie nicht dem Rest der Welt?“

„Weil es leichter ist, dem Rest der Welt bessere Waffen und Rüstungen zu geben als neue medizinische Technologie“, sagte Jenny säuerlich. „So war es schon immer. Neue Technologie, neue Prozeduren und neue Medikamente bedeuten, dass Firmen, Versicherungen und Politiker ins Spiel kommen.“

„Das Dreigestirn des Schreckens“, meinte ein junger Krankenpfleger.

„Genau“, sagte Jenny. „Firmen bekämpfen alles Neue, solange sie es nicht selbst produzieren können. Versicherungen müssen ihre Policen ändern und das tun sie nicht gern. Und Politiker benutzen neu aufkommende Technologien, um Bedrohungen durch die Wissenschaft zu suggerieren, damit sie Wähler gewinnen oder sie einschüchtern.“

Simon schüttelte den Kopf. „Die Templer haben diesen Durchbruch geschafft, als ich in Südafrika war. Diese Methode ist noch sehr neu."

„Zu gegebener Zeit", sagte Jenny, „hätten die Templer der Welt diese Technologie gegeben. Aber dazu ist es ja nicht mehr gekommen." Sie runzelte die Stirn und sah Simon an. „Und Sie stehen hier wirklich im Weg."

„In Ordnung." Simon drückte Leahs Hand ein letztes Mal. Dann beugte er sich vor und küsste sie. „Süße Träume. Wenn du aufwachst, ist alles wieder normal."

„Küssen Ritter in strahlender Rüstung nicht Jungfrauen wach?"

„Verwechseln Sie diese Kerle nicht mit Prinzen", sagte Jenny. „Denn das sind sie nicht. Die meisten sind ziemlich aufgeblasen. Sie brauchen keine weitere Ermunterung."

Simon grinste, genau wie Leah.

„Ich werde da sein."

„Versprochen?"

„Ich verspreche es." Simon trat zurück und verließ den Raum. Er sagte sich erneut, dass mit Leah alles gut werden würde. Die Chirurgen behandelten normalerweise viel schwierigere Fälle. Arme und Beine mit kybernetischen Gerätschaften zu ersetzen, war etwas völlig Normales geworden.

Das einzig Knifflige an Leahs Fall war die Frage, ob sie am Ende sehen konnte oder nicht. Er stand an der Tür und beobachtete, wie sie im Bett den Gang hinuntergeschoben wurde.

„Kennen Sie Lord Cross schon lange?", fragte Leah die ältere Krankenschwester. Sie versuchte sich auf die Fragen zu konzentrieren, die ihr durch den Kopf gingen. So wollte sie die Panik verdrängen, die sie ansonsten zerreißen würde. Selbst als sie nach dem Angriff auf die Waffenfabrik auf den Arzt gewartet hatte, war sie nicht so nervös gewesen.

„Ich kenne Simon, seit er ein kleiner Junge war. Ich kannte auch seine Mutter, bevor sie gestorben ist.“

„Schön, Sie kennenzulernen, Jenny.“

„Finde ich auch“, sagte die Schwester strahlend. Sie überprüfte etwas auf ihrem digitalen Klemmbrett, als sie Leah den Gang hinunterschob. „Sie beide scheinen sich sehr nahezustehen.“

„Wir sind Freunde. Wir haben während der letzten vier Jahre immer wieder zusammen gekämpft.“

„Sind Sie sicher, dass es nicht mehr ist?“

„Allerdings.“

„Weil er sie nicht wie ein *Freund* geküsst hat.“

„Freunde küssen sich doch.“

„Freunde werden auch mal mehr als nur Freunde.“

Leah fühlte sich unbehaglich. „Vielleicht ist das kein guter Zeitpunkt für so eine Unterhaltung.“

Jenny lächelte. „Oh, wirklich? Wenn man über solche Möglichkeiten spricht, hat man doch etwas, auf das man sich freuen kann. Etwas, das Sie über die Operation hinwegbringt.“

„Nein. Was Sie andeuten, bedeutet vielleicht mehr Ärger, als Lord Cross oder ich bewältigen könnte.“ Trotzdem war ihr dieser Gedankengang nicht unangenehm, und wie sie zugeben musste, auch nicht neu. Es war schwer, zu vergessen, dass Simon Cross ein gut aussehender Mann war.

„Ich glaube, dass Sie und Lord Cross eine Menge bewältigen können.“

„Außerdem bin ich mir recht sicher, dass Lord Cross auch noch andere *Freunde* unter den Templern hat, die besser zu ihm passen.“

„Wenn das so ist“, sagte Jenny, „dann weiß ich nichts davon. Und glauben Sie mir, ich würde es wissen.“

„Er kann Geheimnisse gut für sich behalten.“

„Oh, das stimmt ganz offensichtlich. Besser als die meisten Männer. Aber ich weiß, dass jeder *Freund,* mit dem er *freundschaftlich* verkehrt hätte, den Mund nicht hätte halten können. Vielen Frauen ist schon aufgegangen, dass Lord Cross ein schöner Mann ist. Es gab schon viele, die das wussten, bevor er uns vor all den Jahren verlassen hat. Keine war sonderlich schüchtern und Lord Cross hat einige Zeit mit ihnen verbracht."

Eine Welle der Eifersucht durchströmte Leah, aber sie bekam sie schnell unter Kontrolle. Sie war ja auch mit einigen *Freunden* vor der Invasion ausgegangen.

„Du bist eine ziemliche Klatschbase", sagte einer der Krankenpfleger.

„Ich sage nur, wie es ist", erklärte Jenny. „Es wäre gut für Lord Cross, wenn er jemanden finden würde. Er lässt sich praktisch jeden Tag beinahe töten, um diesen Ort und diese Leute zu schützen."

„Vielleicht solltest du ihm das sagen", sagte der Krankenpfleger.

„Vielleicht tue ich das."

Leah schaute zu den hochenergetischen medizinischen Lampen über dem Operationstisch auf. Sie verschränkte die Arme über der Brust, als man sie vom Bett anhob.

Angst durchströmte sie. Sie dachte, ihr würde schlecht werden, aber sie hatte nichts in ihrem Magen. Sie konzentrierte sich darauf, betäubt zu werden, und benutzte dabei alle Ausbildung, die sie erhalten hatte.

Binnen kürzester Zeit verband man sie mit den Computern, die für den Eingriff verwendet würden. Das war ihr alles am Tag zuvor erklärt worden, aber sie wusste nicht, ob das eine gute Idee gewesen war. Sie fühlte sich, als wüsste sie zu viel.

Der Gedanke an die Nanobots, die ihr ins Auge injiziert wurden, trieb sie fast in den Wahnsinn. Bilder von durchgedrehten Robotern, die durch ihr Gehirn rasten, machten sie nervös. Sie waren nicht klobig oder sahen ungelenk aus wie im Film. Mehrere hatten Platz auf einem Stecknadelkopf.

Wie Engel, hatte Simon gesagt.

„Okay, Miss Creasey", sagte der Chirurg und beugte sich zu ihr hinab. Er war vielleicht Anfang 30 und ruhig. „Wir geben Ihnen jetzt etwas, damit Sie sich entspannen können. Danach schauen wir dann mal, ob wir Ihnen zwei funktionierende Augen schenken können. In Ordnung?"

Leah nickte. Sie mochte die forsche Art des Chirurgen, aber sie hatte schon zu viel Schlechtes erlebt und wusste, dass sich die Dinge nicht immer gut entwickelten. Sie lag bereits in einem Krankenbett und es fehlte ihr ein Auge.

Jenny legte eine Sauerstoffmaske über Leahs Nase und Mund. Etwas brannte in ihrem Arm. Dann atmete sie ein.

„Zählen Sie rückwärts von Hundert an", sagte der Chirurg.

Leah versuchte es, aber es klappte nicht. Sie sah Simon auf der Zuschauerplattform stehen. Das war komisch. Die war ihr vorher gar nicht aufgefallen.

Beim zweiten Atemzug kam sie bei 92 an. Dann drehte sich alles und sie wurde bewusstlos.

Fünfundzwanzig

Etwas klickte unter Warrens linkem Fuß. Er wusste, das konnte nichts Gutes bedeuten. Weil nichts passierte, ließ er den Fuß dort, wo er war, und erhellte die Dunkelheit mit der Taschenlampe. Die schwachen Batterien gaben nur wenig Licht.

„Bleib zurück“, sagte er zu Naomi.

„Was ist los?“

„Ich bin offensichtlich auf etwas getreten.“

Naomi ging langsam rückwärts.

Sie hatten bereits drei versteckte Fallen in der Gruft entdeckt und entschärft. Alle waren gefährlich gewesen, voller Dorne und scharfer Klingen. Wer auch immer die Gruft für Lilith entworfen hatte, war ein Sadist mit einem gehörigen Maß an Blutdurst gewesen.

Warren überlegte, dass der Mann – oder die Frau –, der sich solch ausgetüftelte Systeme hatte einfallen lassen, doch enttäuscht sein musste, seine Konstruktion nicht mehr in Aktion zu erleben. Im Augenblick wünschte sich Warren allerdings, dieses gemeine Superhirn wäre in eine seiner eigenen Fallen getappt und hätte einen qualvollen Tod erlitten.

„Lilith!“, rief er.

Sie antwortete nicht. Seit sie in das Gebäude zurückgekehrt waren, war die Dämonin allein auf Erkundungstour gegangen. Offensichtlich interagierte sie in ihrer gegenwärtigen Form mit der physischen Welt. Aber das machte sie nur, wenn es ihr gefiel. Bei Bedarf ging sie immer noch durch Mauern und löste auch keine Fallen aus.

„Kann ich dir irgendwie helfen?“, fragte Naomi.

„Nun, du könntest zu mir kommen, damit es dich auch erwischt“, antwortete Warren sarkastisch.

„Das hatte ich eigentlich nicht vor.“

Warren machte ihr keine Vorwürfe. Er hätte es genauso wenig getan. Behutsam kniete er sich hin und sah sich den Stein unter seinem Fuß genauer an. Bei der Erforschung der ersten zwei von fünf Ebenen hatte er keine losen Steine gefunden.

Es sei denn, sie waren Teil einer Falle gewesen.

Im schwachen Licht der Taschenlampe konnte er gerade noch erkennen, dass sich der Stein unter dem Fuß ein winziges Stück bewegt hatte. Es musste eine Druckplatte sein. Aber womit war sie verbunden?

„Nun?“, fragte Naomi.

„Es ist ein Schalter.“

Sie fluchte.

Warren konzentrierte sich auf das Positive – immerhin war er noch nicht tot – und versuchte herauszufinden, wie er weiter vorgehen sollte. *Du kannst nicht ewig hierbleiben,* überlegte er.

„Vielleicht kannst du ihn festklemmen?“, schlug Naomi vor.

„Wie?“

„Weiß ich nicht. Kannst du ein Messer zwischen die Steine schieben?“

Warren sah nach unten, konnte im schwachen Lichtschein aber nicht erkennen, ob das funktionieren würde. Selbst mit einer Klinge, die dünn genug war, fehlte ihm das Licht dazu.

„Nein“, sagte er. „Das kann ich nicht.“

„Dann musst du da weg.“

Warren wusste, dass das seine einzige Möglichkeit war. Er hatte schon Glück gehabt, das Klickgeräusch überhaupt gehört zu haben. Beim ersten Mal hatte es keine Vorwarnung gegeben. Er wäre beinahe von drei Speeren aufgespießt worden, die plötzlich aus der Wand schossen. Wenn er nicht so gute Reflexe gehabt hätte, wenn er nur ein wenig langsamer gewesen wäre, hätte er diese Falle nicht überlebt.

Und nun … würde er wieder schnell genug sein?

Es ging darum, sich für die richtige Richtung zu entscheiden. Was hatte der Fallenbauer sich gedacht? Warren atmete tief durch. An dessen Stelle hätte er vermutet, dass niemandem der Schalter aufgefallen wäre.

„In Ordnung“, sagte Warren so ruhig, wie er konnte. „Ich springe einfach. Pass auf dich auf.“

„Mach ich.“

„Auf drei“, sagte Warren. „Eins. Zwei. Drei.“ Er sprang so weit vorwärts, wie er konnte. Etwas knirschte. Aus dem Augenwinkel sah er etwas Großes auf sich zukommen.

Der nächste Raum war doppelt so hoch wie der darüberliegende. Das erklärte, wieso die obere Ebene ganz anders verlaufen war, als er gedacht hatte.

Warren hatte keine Zeit, lang darüber nachzudenken. Das große Ding entpuppte sich als dornenbesetzter Hammer, der geräuschlos auf Warren zuschwang. Im schwachen Licht der Lampe erkannte er, was für eine brutale Waffe der Hammer war.

In letzter Sekunde drehte er sich zur Seite. Der Hammer verfehlte ihn nur knapp. Warren spürte Schmerzen in der Brust. Er kniete sich hin und kroch auf den Händen weiter. Weil er damit rechnete, dass der Hammer zurückschwingen würde, blieb er dicht am Boden.

Ein knarrendes Geräusch erklang über ihm. Warren sah auf und erkannte, dass der Hammer sich abgesenkt hatte. Also konnte er nicht darunter hindurchkriechen. Er rollte sich zur Seite und entkam dem Tod erneut nur knapp.

Seine Taschenlampe lag sechs Meter entfernt an der Mauer. Dunkelheit umgab ihn. Beinahe mühelos schaltete er mit seiner arkanen Energie auf Nachtsicht um. Auf die Dauer bereitete ihm diese Sehweise Kopfschmerzen, weshalb er sie nicht ständig einsetzen konnte. Aber momentan half sie ihm sehr.

Der Hammer knarrte erneut und pendelte noch tiefer herab. Diesmal krachte er nur wenige Meter von der Stelle entfernt auf, an der Warren sich eben noch aufgehalten hatte. Wäre er schneller gewesen, hätte er nicht bemerkt, dass der Hammer immer tiefer sank. Dann hätte es ihn dort erwischt.

Warren atmete tief durch und stand auf zitternden Beinen. Er sah auf seine schmerzende Brust und bemerkte, dass Hemd und Mantel zerfetzt waren. Lange Kratzer zogen sich darüber. Er blutete.

„Ist alles in Ordnung?“ Naomi leuchtete ihn mit ihrer Lampe an und ließ das Licht über seine verwundete Brust wandern.

„Nicht wirklich.“ Er wischte mit dem Hemdzipfel das Blut weg.

„Das muss genäht werden“, verkündete Naomi nach einer ersten Begutachtung im Schein der Taschenlampe. Sie riss das Hemd auf, um die Wunden offenzulegen.

„Später.“ Warren wühlte im Erste-Hilfe-Kasten, den er mitgenommen hatte. Er holte Verbandsmaterial heraus und gab es Naomi. „Verbinde mich erst mal. Wir müssen weiter. Was auch immer Lilith hier unten sucht, wir müssen es ihr beschaffen.“

Naomi fluchte und nahm das Verbandsmaterial. Sie half Warren dabei, den Mantel abzulegen, dann riss sie ihm das zerfetzte Hemd vom Leib. Nachdem sie den Mullverband angelegt hatte, klebte sie ihn fest und riss das Hemd in Streifen. Damit fixierte sie den Verband an der Brust.

„Es blutet schon weniger“, sagte sie. „Aber es hat noch nicht aufgehört.“

Vorsichtig bückte sich Warren und hob die Taschenlampe auf. Er überprüfte, ob sie noch funktionierte. „Auf geht's“, sagte er. „Immerhin hatten wir ein bisschen Glück.“

Im Lampenschein erkannten sie, dass in dem Raum verfallene Kisten und versiegelte Fässer standen. Hässliche Holzschüsseln enthielten krude gefertigte Goldstücke und Edelsteine. Stoffreste lagen in der Ecke.

„Was ist das für ein Ort?“, fragte Naomi.

„Die Schatzkammer.“ Warren fuhr mit der Hand durch eine Schale voller Edelsteine und holte eine Faustvoll heraus. Sie leuchteten im Licht der Taschenlampe smaragdgrün, saphirblau, rubinrot und violett.

„Wie viel ist das wert?“, fragte Naomi.

„Ein Königreich. Mindestens. Bevor sich das Höllentor geöffnet hat, wäre es zumindest ein beträchtliches Vermögen gewesen.“ Warren zuckte mit den Achseln, was ihm Schmerzen bereitete. „Jetzt sind es nur noch schöne Steine. Das gilt auch für das Gold. Damit kann man nicht mehr handeln. Wer Nahrung und einen sicheren Ort kennt, wo er sich vor den Dämonen verstecken kann, hat alle Reichtümer, die er braucht.“

„Vor gar nicht mal so langer Zeit“, sagte Naomi, „haben sich die Menschen wegen so was gegenseitig umgebracht.“

„Erstaunlich, wie die Aussicht auf den plötzlichen Tod doch die Prioritäten verändert, oder?“ Mit vor Schmerz brennender Brust untersuchte Warren im Lampenschein den restlichen Raum.

Die Zeichnungen und die merkwürdige Sprache, die die Wände bedeckten, zogen ihn an. Er ging näher heran und wischte den Dreck weg. Eine Staubwolke hüllte ihn ein und er wandte sich ab.

Im Lampenschein erkannte er die Zeichnung darunter. Eine Gestalt, die offensichtlich eine Frau war, saß auf einem riesigen Thron und Krieger knieten vor ihr.

„Ist das Lilith?“, fragte Naomi.

„Wer sollte es sonst sein?“

„Es wäre gut, wenn wir die Inschriften lesen könnten.“

Warren ging die Mauer hinab und wischte erneut Staub weg. Auf der Wand stand eine Geschichte geschrieben, vielleicht mehrere, und er wollte sie lesen können.

„Was, glaubst du, waren das für Leute, über die sie herrschte?“, fragte Naomi.

„Ich kenne mich in englischer Geschichte nicht aus“, gestand Warren. „Ich weiß, dass die Pikten hier waren. Dann die Angeln und die Sachsen. Und die Römer.“

„Vielleicht sind das römische Krieger?“

Warren schaute sich die Bilder an. „Glaube ich nicht.“

„Warum?“

„Die Rüstung stimmt nicht.“

„Du kennst dich mit Rüstungen aus?“

Warren lächelte. „Ich war ein Fan von Kriegsspielen. Darüber weiß ich wirklich Bescheid. Die Römer hatten kurze Schwerter, Speere und normalerweise Äxte. Wenn diese Zeichnungen detailgetreu sind, dann sind die Schwerter zu lang.“

Naomi studierte die Mauer auf der anderen Seite des Raums.

„Sei vorsichtig“, meinte Warren. „Der Hammer war vielleicht nicht die einzige Falle.“

„Das weiß ich. Aber ich glaube nicht, dass derjenige, der die Fallen entworfen hat, diesen Raum beschädigen wollte.“

„Eine Schatzkammer? Wenn ich so ein Gewölbe für meine Kumpels entworfen hätte, dann hätte ich genau das getan.“

„Das hier ist kein Spiel.“

Warren stimmte ihr zu und spürte, wie die Wunde an seiner Brust schmerzte.

„Hier waren Dämonen“, sagte Naomi.

Warren durchquerte den Raum und trat neben sie. Er leuchtete in ihren Lichtstrahl. Das gespenstische Bild auf der Wand drehte ihm den Magen um. Sein Mund war plötzlich trocken. Ein Dämon überragte die Krieger und erschlug mit einem riesigen Knüppel Pferde, Reiter, Ochsen, Karren und Dutzende Männer. Das Bild war schlicht und wild. Der gewaltsame Tod, eingefangen auf einer Mauer.

„Riesen", sagte Warren. „Eine Menge Mythologien enthalten Geschichten über Riesen. Stets sind sie wild und sehr häufig Kannibalen."

„Kannibalen?"

„Hans und die Bohnenranke." Warren ließ den Strahl seiner Taschenlampe die Wand weiter hinunterlaufen und erhellte das Bild eines Riesen, der Männer mit den Fäusten packte und sie auffraß. „Der Riese drohte Hans, dass er seine Knochen zermahlen würde, um damit Brot zu backen."

„Ich dachte, das sollte mir nur Angst machen, als ich ein kleines Mädchen war", sagte Naomi. „Ich habe niemals geglaubt, dass der Riese Hans wirklich fressen würde."

„Das lag daran, weil du so was nie gesehen hast. Das macht die Bedrohung realer."

Naomi ging zur nächsten Sektion. Eine Frau stand mitten im Wald. Sie hielt einen Speer in der Hand. Eine geheimnisvolle Tür stand offen.

„Ist das Lilith?", fragte Naomi.

Warren schaute genauer hin, dann wischte er den Staub weg, um die Linien besser erkennen zu können. „Vielleicht. Sieht aus wie eine Tür hinter ihr."

„Ein kleines Höllentor?"

„Schwer zu sagen. Aber so etwas ähnliches." Warren leuchtete die nächste Szene an. Darin kämpfte die Frau mit menschlichen Kriegern und besiegte sie offensichtlich mit Leichtigkeit.

„Sie hat gegen Menschen gekämpft", sagte Naomi. „Die Frage ist nur, waren das Eindringlinge oder Freunde?"

„Dieser Raum ist voller Schätze", meinte Warren.

„Also verehrten sie sie."

„Oder sie hatten Todesangst vor ihr."

Auf dem nächsten Bild bekämpfte die Frau Dämonen. Sie tötete zwei und kämpfte gegen den dritten. Ihr Speer wies auf das Herz des Dämons.

„Wenn sie selbst eine Dämonin ist“, fragte Naomi, „warum kämpft sie dann gegen Ihresgleichen?“

„Dämonen bekämpfen einander“, sagte Warren. „Ich habe in Merihims Namen auch Dämonen getötet. So erlangen sie Macht und einen Ruf in der Dämonenhierarchie. Egal, wo man auch hingeht, es geht immer um Macht. Die Kabalisten bilden da keine Ausnahme.“

Auf dem nächsten Bild stand Lilith vor einer Gruppe jubelnder Krieger. Sie trug den schwarzen Speer in der Hand und hielt einen abgetrennten Dämonenkopf an einem Horn hoch.

„Sie wurde ihre Heldin“, sagte Naomi.

„Eine Frau als Retterin. Das ist ebenfalls ein wiederkehrendes Thema in der Mythologie. Man muss sich fragen, wie viel von dieser Geschichte nach außen gedrungen ist und wie viele Kulturen auf der Welt davon beeinflusst wurden.“

„Die hatten damals aber noch kein Telefon oder Internet.“

„Nein, doch damals reisten Händler überall hin. Es gibt Beweise dafür, dass die Wikinger Amerika lange vor Kolumbus entdeckt haben. Einige der Völker in der östlichen Steppe sind mit den Kelten verwandt. Sie könnten die Geschichte verbreitet haben.“

„Oder die Dämonen traten auch anderswo auf“, meinte Naomi. „Die Geschichten über sie sind zu verbreitet, als dass es sich nur um ein einzelnes Ereignis handeln kann.“

„Stimmt.“

Beim nächsten Bild schnappte Naomi nach Luft. Warrens Nackenhaare richteten sich auf. Auf dem Bild aß Lilith – oder die Frau, die sie für Lilith hielten – das Herz des Mannes, den sie mit dem Speer aufgespießt hatte.

„Sie ist eine Kannibalin“, sagte Naomi.

„Nein, keine Kannibalin", flüsterte Warren mit rauer Stimme. „Ein Kannibale isst nur das Fleisch seiner eigenen Art. Vergiss nicht, sie ist eine Dämonin."

Er blickte auf das Bild und fragte sich erneut, was sie wohl in diesem Gebäude tun sollten. Er hörte ein Schlurfen hinter sich und drehte sich um.

Lilith stand vor ihm. Sie wirkte nicht mehr kräftig und selbstsicher. Die Müdigkeit zehrte an ihr, und sie ließ die Schultern hängen. „Komm", sagte sie, „ich brauche dich." Ihre Augen flogen über die Wand, wo Naomi mit der Taschenlampe vor den belastenden Bildern stand. „Ah, sie haben eine Geschichte hinzugefügt."

„Bist du das?", fragte Naomi.

„Wer sonst sollte das sein?", zischte Lilith.

„Hast du die Dämonen getötet?", fragte Warren und hoffte, dass er sie von dem Bild mit dem menschlichen Herzen in ihrer Hand ablenkte.

„Ja. Die wurden vor mir hierher geschickt. Ihnen hat nicht gepasst, dass ich ihre Arbeit vollenden sollte."

„Und was genau war das?"

„Deine Spezies zu unterjochen. Die Welt auf die bevorstehende Invasion vorzubereiten." Lilith starrte die Bilder an. „Es war viel schwerer, als die Dunklen Willen geglaubt hatten. Und unsere Gegenwart hier schien die latente Fähigkeit der Menschen, arkane Energie zu nutzen, zu wecken."

„Das muss enttäuschend gewesen sein."

Liliths dunkle Augen blitzten auf. „Am Ende zählt das nicht. Dann seid ihr alle tot oder in Knechtschaft."

Sechsundzwanzig

Angespannt beobachtete Simon die Operation in dem Raum unter ihm. Ein Monitor zeigte Nahaufnahmen. Auf dem Operationstisch wirkte Leah klein und verletzlich. Er fragte sich, ob es richtig war, zu bleiben und sie zu beobachten.

Sie hat dich darum gebeten, überlegte er. *Du musst hier sein.*

Die Ärzte arbeiteten mit ökonomischer Effizienz. Zuerst reinigten sie erneut die Augenhöhle, öffneten das Gewebe dahinter und fügten Nanobots ein, die sie in das Augenzentrum des Gehirns steuerten. Der Chirurg hatte ihm die Methode zuvor erklärt, genauso wie Eoin Murdoch. Die Details waren jedoch nicht hängen geblieben.

Während die Nanobots die neuralen Verbindungen und damit Leahs Sehvermögen wiederherstellten, bereiteten die Ärzte das Implantat vor, das die nächste Ladung Nanobots einbauen würde. Das Implantat bestand aus einer sehr fortschrittlichen Kamera, die die Nanobots in das Auge betten würden, während sie darum herum ein Auge aus Fleisch und Blut bauten. Die umgebende Gewebeschicht würde die Wahrscheinlichkeit der Abstoßung minimieren.

Der Chefchirurg sah auf. „Lord Cross."

Simon drückte den Sprechknopf neben dem Operationsfenster. „Ja, Doktor?"

„An diesem Punkt könnten wir ein Ortungsmodul einsetzen", sagte der Arzt.

Jemand hat geredet, dachte Simon gereizt. Nicht jedermann in der Zuflucht teilte sein Vertrauen in Leah. Vielen war sie verdächtig, weil sie viel mehr über die Templer wusste, als die Templer über sie. Allerdings beunruhigte Simon diese Wissenslücke ebenfalls.

„Nein“, sagte Simon.

„Sie würde es nicht wissen, wenn es ihr niemand sagt“, beharrte der Arzt. „Ganz egal, für wen diese Frau arbeitet, deren Equipment ist auf keinen Fall in der Lage, unser System zu entdecken.“

„Ich habe Nein gesagt, Doktor. Ich bin Ihnen dankbar, dass Sie mich darüber informiert haben.“ Simon wusste, dass der Mann das Modul auch einfach hätte einbauen können. Das Beunruhigendste daran war, dass Simons Status als Kommandant in dieser Sache auf dem Spiel stand. Wenn er dann noch an die Probleme mit der Nahrungsversorgung dachte, hätte es ihn nicht überrascht, wenn sein Führungsanspruch infrage gestellt worden wäre. Die Angst, dass die Grundbedürfnisse nicht erfüllt werden könnten, führte schnell zum Aufstand.

Der Arzt wandte seine Aufmerksamkeit wieder der Operation zu.

Simon beobachtete die Operation auf dem Bildschirm. Der Arzt benutzte eine Schlinge, um die Nanobots in Leahs Augensockel zu setzen. Einen Moment lang wirkte es, als wäre die Augenhöhle halb mit Silber gefüllt.

„Es dauert ein paar Minuten, bis Sie erste Ergebnisse sehen können, Lord Cross“, sagte der Chirurg.

Automatisch befahl Simon seiner Rüstungs-KI, ihn zu benachrichtigen, wenn fünf Minuten vergangen waren. Er trug keinen Helm, aber er konnte dennoch per Sprache mit dem System kommunizieren.

Die Tür zum Beobachtungsraum öffnete sich und Nathan trat ein. „Hallo Kumpel.“ Er reichte ihm eine Tasse. „Ich habe gehört, du wärst hier. Und da dachte ich, du könntest eine Tasse Tee vertragen und vielleicht ein bisschen Gesellschaft.“

„Danke“, sagte Simon.

Nathan stellte sich zu ihm ans Fenster. Sie standen einige Minuten lang in gemeinschaftlicher Stille beisammen. „Willst du die ganze Zeit hier stehen bleiben?"

„Die Stühle sind nicht stabil genug für die schwere Rüstung. Ich habe keine andere Wahl."

„Stimmt. Du und ich wissen das. Aber meinst du nicht, dass der Arzt ein klein wenig eingeschüchtert sein könnte?"

Simon wusste, dass sein Freund recht hatte. Er atmete tief durch und entspannte sich. „Ich habe Leah versprochen, dass ich zusehe."

„Das tust du doch. Selbst wenn du nicht hier wärst, in Gedanken wärst du es. Du kannst hier nichts tun. Sie ist in guten Händen, Kumpel. Das weißt du, andernfalls hättest du sie gar nicht hergebracht."

„Ich weiß."

Die Rüstungs-KI gab ein Geräusch von sich. „Fünf Minuten sind vergangen."

Simon schaute auf den Monitor. Er sah die neuen Blutgefäße und Nerven, die die Nanobots in Leahs Augenhöhle schufen. Das Chirurgenteam hatte das Programm so gestaltet, dass es die einzelnen Teile benannte, an denen die Nanobots gerade arbeiteten.

„Das", sagte Nathan, „ist eklig, Kumpel."

„Wird dir etwa schlecht? Nach all den Schlachten, die wir in den letzten vier Jahren geschlagen haben?"

„Es sind die Augen, Kumpel. Das konnte ich noch nie sehen." Nathan zitterte und sah weg.

Auch Simon fühlte sich nicht ganz wohl dabei. Aber er konnte nicht wegsehen. Die Wahrscheinlichkeit, dass Leah hinterher besser als zuvor sehen konnte, lag bei 93 Prozent. Darum brauchte er sich eigentlich keine Sorgen zu machen. Doch Nathan hatte recht: An Augen war irgendetwas Ekliges.

„Hast du nichts anderes zu tun?", fragte Simon Nathan, der

weiterhin neben ihm stand. Nathan schaute absichtlich nicht auf den Bildschirm.

„Nein. Ich stehe voll und ganz zu deiner Verfügung, Kumpel. Ich dachte, ich unterstütze dich hierbei.“

„Danke.“ Simon musste sich eingestehen, dass es guttat, jemanden an seiner Seite zu haben.

Drei Stunden später begann das Auge wie ein Auge auszusehen. Es starrte leer und ohne Reaktion in die grellen Lichter des OPs. Der Anblick des reaktionslosen Organs wirkte abstoßend und künstlich. Aber es hatte bereits genau den violetten Farbton, den Leahs echtes Auge auch besaß.

„Wie lange dauert es?“, fragte Nathan.

„Mir wurde gesagt, zwischen zwölf und dreizehn Stunden. Eine neue Niere oder Leber erschafft man in der halben Zeit. Der Mechanismus des Auges und die Verknüpfung der Sehnerven ist komplizierter.“

„Ich hörte, bei Murdoch wurde ebenfalls ein Auge ersetzt.“

„Eigentlich waren es beide Augen.“

Nathan schüttelte den Kopf. „Mir persönlich gefällt der Gedanke an die Roboter nicht, die in einem herumkrebsen. Ich würde mich die ganze Zeit fragen, wann sie versuchen würden, mich zu übernehmen.“

„So funktioniert das ja nicht. Nachdem die Nanobots ihre Arbeit erledigt haben, deaktivieren sie sich und werden aus dem Körper gespült.“

„Na großartig. Ich will gar nicht wissen, wie.“

Die Tür zum Beobachtungsraum öffnete sich und Wertham trat ein. Er war breit und stämmig, hatte graues Haar und einen kurz geschnittenen grauen Bart.

„Lord Cross“, grüßte er.

Simon wusste, dass alles in Ordnung war. Ansonsten hätte ihn die Rüstungs-KI bereits verständigt. Er grüßte den Mann und wartete.

„Wie läuft es?“ Wertham schaute hinab in den OP.

„So weit gut“, antwortete Simon. „Aber du bist doch nicht nur gekommen, um dich nach Leahs Befinden zu erkundigen.“

„Ich bin natürlich besorgt, Lord Cross. Ich mag die junge Dame sehr. Aber ich bin tatsächlich nicht wegen ihr hier. Die Professoren Macomber und Brewer würden gern mit dir reden. Sie scheinen einen Durchbruch geschafft zu haben.“

„Mit dem Goetia-Manuskript?“

„Ja, mein Lord. Und bei der Entwicklung der Knotenfelder.“

Simon zögerte.

„Der Doktor wird dich rufen, wenn irgendetwas passiert, was du wissen solltest“, sagte Nathan. „Macomber und Brewer haben monatelang an ihren Projekten gearbeitet. Sie haben mit niemandem gesprochen. Ich zumindest bin neugierig, was sie von dir wollen.“

„Dann sehen wir mal, was sie entdeckt haben.“

Wertham öffnete die Tür und Simon ging allen anderen voran hinaus.

„Wir haben entdeckt, dass das Goetia-Manuskript in acht verschiedenen Sprachen verfasst wurde“, sagte Professor Archibald Xavier Macomber an Simon gewandt.

„Vielleicht sind es sogar zehn“, warf Gerald Brewer ein. In der Stille des Labors dröhnte seine Stimme.

Macomber winkte ab. „Wie Sie sehen können, sind wir darüber nicht einer Meinung.“

Simon überraschte das nicht. Die beiden Männer waren sich selten über etwas einig, bis sie fanden, dass sie eine gute Antwort auf die Fragen gefunden hatten, die es zu dem Manuskript gab.

Macomber war um die 60 und ein gebrechlicher Mann, der

langsame, bedächtige Bewegungen machte und eine leise Stimme hatte. Narben auf seinem Gesicht und den Händen zeugten von den harten Zeiten, die er in einer Pariser Nervenheilanstalt hatte erleiden müssen. Weitere Narben befanden sich überall auf seinem Körper. Simon wusste, dass sich die geistigen Narben niemals zeigen würden, aber ihm war klar, dass sie existierten. Macomber hatte eine Glatze, nur ein silberner Haarkranz bedeckte seinen Kopf. Er trug einen kurz geschnittenen grauen Bart.

„Glücklicherweise", fuhr Macomber fort, „konnten wir gemeinsam die meisten der Sprachen lesen."

„Das Entschlüsseln war deutlich schwieriger", sagte Brewer, „weil all diese Sprachen künstlich sind. Und noch schlimmer: Es verbindet sie nichts. Deshalb mussten wir bei jedem neuen Versuch ganz von vorn beginnen."

„Ein sehr arbeitsaufwendiger Prozess", sagte Macomber.

Brewer nickte. Offensichtlich waren sie darüber einer Meinung. Brewer war um die 50, hatte dunkle Haare und einen stechenden Blick. Vor der Invasion war er Professor für Geschichte und Computerwissenschaften in Harvard gewesen. Er hatte diese beiden Forschungsgebiete benutzt, um Computerspiele zu entwerfen, die recht beliebt gewesen waren. Simon hielt ihn für einen der intelligentesten Menschen auf der Welt.

„Wir haben gerade die neueste Sprache entschlüsselt", sagte Brewer und nahm das Thema wieder auf. „Es ist sehr interessant." Er berührte den kabellosen Computer neben ihm.

Augenblicklich erschien eine Seite aus dem Goetia-Manuskript auf der Wand. Die Seite war von Rauchspuren bedeckt und an den Ecken war sie angekokelt.

„Wie Sie sehen können", sagte Brewer, „ist das eine der Seiten aus dem Manuskript, die den meisten Schaden während der Wiederbeschaffung erlitten haben."

„Leider konnten wir zu der Zeit nichts dagegen tun, Kumpel", sagte Nathan. „Angesichts all der Dämonen, die sich in dieser verdammten Irrenanstalt herumgetrieben haben, war die Beschaffung des Manuskripts bei gleichzeitiger Rettung unserer Leben ein wenig knifflig.“

„Das verstehe ich“, versicherte Brewer. „Ich wollte Ihnen keinen Vorwurf machen. Ich weiß, was Sie erlitten haben. Ich wollte auch einfach nur sagen, dass wir lange gebraucht haben, um diese Seite zu entschlüsseln.“

Simon musste grinsen. „Sie meinen, zusätzlich dazu, dass es eine künstliche Sprache war, die niemand außer dem Verfasser des Manuskripts kannte?“

Brewers Lächeln wurde breiter. Dadurch wirkte er auch erschöpfter. „Genau. Sie verstehen, was wir alles bewältigen mussten.“

„Das tue ich.“ Simon bemerkte die Feldbetten in der Ecke des Raums. Ihm fiel auch auf, dass beide Männer in ihrer Kleidung geschlafen zu haben schienen. „Haben Sie ausreichend Schlaf genossen?“

Brewer und Macomber tauschten Blicke aus.

„Wir hatten so viel, wie wir bekommen konnten“, sagte Macomber. „Wir sind gespannt darauf, welches Wissen in dem Manuskript enthalten sein mag.“

„Schlafen Sie mehr“, schlug Simon vor.

„Die Arbeit, die wir hier machen“, protestierte Brewer, „ist sehr …“

„… wichtig“, unterbrach ihn Simon. „Das habe ich verstanden. Ich weiß auch, dass nur Sie beide diese Sprache – diese *Sprachen* – entschlüsseln können. Aber wenn Sie krank werden oder erschöpft sind, verlieren wir Zeit.“

„Wir hatten so viel Schlaf, wie wir kriegen konnten.“

„Nehmen Sie sich mehr“, sagte Simon, „oder ich postiere hier jemanden, der Sie abends ins Bett bringt.“

„In Ordnung“, sagte Brewer.

Macomber nickte ebenfalls.

Simon sah auf den Bildschirm. „Ich vermute mal, Sie wissen, was wir hier sehen.“

„Ja, das tun wir.“ Brewer wies auf einige Bereiche des merkwürdig aussehenden Textes. „Wir haben Wochen damit verbracht, diese Sprache zu entschlüsseln. Wer auch immer das Original-Manuskript verfasst hat, war unglaublich intelligent. Ich hätte diesen Mann sehr gerne getroffen. Dieser Bereich des Manuskripts handelt von den Wahrheiten.“

„Welche Wahrheiten?“, fragte Simon. „Die Wahrheiten über die Dämonen?“

„Dieses Konzept hat uns ziemlich zu schaffen gemacht, Lord Cross. Wir dachten auch, dass es ein generischer Ausdruck sei. Das Manuskript sagt im Kern, dass es die Natur der Wahrheiten offenlegt. Wir dachten, dass es sich darauf bezieht, dass sich die Dämonen so lange versteckt gehalten haben, bis niemand mehr an ihre Existenz glaubte.“

„Die Templer haben nie vergessen, dass die Dämonen existierten“, sagte Nathan leise.

„Sicher“, stimmte ihm Brewer zu. „Aber nicht alle von uns glaubten so inbrünstig daran wie andere.“ Er sah Simon an.

Schuld durchfuhr Simon.

„Sie waren nicht der Einzige, der nicht mehr daran geglaubt hat, Lord Cross.“ Trauer verdunkelte Brewers Blick. „Ich wurde wegen meines exzellenten Rufs an der Universität und meiner erfolgreichen Videospiele ziemlich selbstgefällig. Ich habe nicht sehr oft an andere Dämonen gedacht als die, die ich selbst für die Computerspiele entworfen habe. Niemand war schockierter als ich, als das Höllentor sich öffnete.“

„Aber diese Wahrheiten hier stehen für etwas anderes“, sagte Macomber. „Wir wissen nicht, ob es sich dabei um Ideale oder physische Dinge handelt.“

„Physische Dinge?“, fragte Simon.

„Ja. So, wie sich das Manuskript darauf bezieht, sind wir versucht, zu glauben, sie als physische Dinge zu betrachten.“ Brewer wandte sich erneut dem an die Wand projizierten Bild zu und las vor: „Damit die Dämonen zurückgeschlagen werden können, damit die böse Flut aufgehalten wird, bevor sie sich als Plage unwiederbringlich über die Welt ausbreiten kann, müssen die Wahrheiten gefunden werden.“

Während Brewer las, bildeten sich die englischen Begriffe auf der Manuskriptseite.

„Diese Welt ist gegen die Dämonen geschützt“, fuhr Brewer fort. „Als die Welt das erste Mal den dämonischen Horden geöffnet wurde, wurden dort auch die Wahrheiten platziert. Zum ersten Mal säte das Licht den Samen der Zerstörung auf einer Welt, die der Quell der Mitternacht eines Tages bedrohen würde.“

„Das erste Mal?“, fragte Nathan. „Auf wie vielen Welten sind die Dämonen denn eingefallen?“

„Das wissen wir nicht“, gestand Macomber ein. „Das Manuskript behauptet, dass es Hunderte Welten dort draußen gibt. Nicht alle sind bewohnt, aber viele schon.“

„Und sie alle werden den Dämonen in die Hände fallen“, sagte Brewer.

„Was machte diese Welt so besonders, dass die Wahrheiten hier platziert wurden?“, fragte Simon.

„Das Manuskript erwähnt, dass die Krieger des Lichts hier leben.“

„Zuerst glaubten wir, dass es sich damit auf die Templer bezog“, sagte Macomber. „Aber diese Epoche lag schon viel zu weit zurück. Das Original-Manuskript wurde lange vor Gründung des Templerordens geschrieben.“

„In diesem Punkt“, sagte Brewer, „sind wir geteilter Meinung. Obwohl der Templerorden offiziell erst später gegründet wurde, gab es die Ideale, für die er stand, schon lange davor. Ich glaube, dass die Wahrheiten diesen Männern gegeben wurden."

„Wie konnten sie dann etwas derart Wichtiges verlieren?", fragte Nathan.

Brewer schüttelte den Kopf.

Macomber tat es ihm nach. „Das wissen wir nicht. Das Manuskript wirft generell mehr Fragen auf, als es beantwortet."

Simon betrachtete die Seite. „Wir wissen also nicht, was diese Wahrheiten sind und wo man sie finden kann?"

„Es ist ein Rätsel", sagte Macomber. „Das Manuskript sagt einfach: „Die Wahrheiten werden zuerst innen und dann außen gefunden. Das Öffnen der inneren Tür wird die äußere öffnen."

„Ich vermute mal, dass der Verfasser sich nicht ein klein wenig deutlicher ausdrücken konnte?", fragte Nathan.

„Das wäre hilfreich gewesen", sagte Brewer. „Aber immerhin wissen wir, dass es dort draußen noch Hoffnung gibt."

Siebenundzwanzig

Warren leuchtete mit der Taschenlampe in dem Raum herum, den er eben erst erreicht hatte. Er lag direkt unter der Schatzkammer. Lilith hatte ihnen einen Geheimgang gezeigt, über den sie hierher gelangt waren.

Naomi war an der ovalen Tür am Ende der Wendeltreppe stehen geblieben. Warren war sicher, dass sie sich mindestens 30 Meter unter der Erdoberfläche befanden. Wer auch immer diesen Raum entworfen hatte, wollte wirklich auf Nummer sicher gehen.

„Hier unten könnten noch weitere Fallen sein", sagte Naomi.

„Ich weiß." Warren sah Lilith an. Sie trat neben ihn.

„Als ich hier begraben wurde", sagte Lilith, „befanden sich in dem Raum keine Fallen. Die Erbauer glaubten nicht, dass jemand so weit vordringen könnte."

„Das heißt aber nicht, dass sie keine Fallen angelegt haben", sagte Naomi. „Du hast die Hammerfalle oben nicht erwähnt."

„Die kannte ich auch nicht."

„Und was meinst du mit ‚als ich hier begraben wurde'?"

Vorsichtig schritt Warren über den Boden. Er nahm sich Zeit, den Raum mit seinen Sinnen zu erforschen. Diesmal nutzte er auch seine arkanen Kräfte.

Nichts löste einen Alarm aus. Aber die Mauer an der gegenüberliegenden Seite zog ihn an. Der schwächer werdende Schein seiner Lampe enthüllte eine Zahl von schönen Bildern, die in die Wand geritzt waren. Auf diesen Bildern bekämpfte Lilith nur Monster.

Sie hob die Hand und ein glühendes blaues Licht erhellte den Raum. Die Rückkehr ihrer Fähigkeiten störte Warren. Seit Monaten war er gewohnt, dass sie machtlos war. Sie hatte ihn *gebraucht.* Jetzt war das möglicherweise nicht mehr so. Der Gedanke, dass sie versuchen könnte, ihm die silberne Hand wieder wegzunehmen, lauerte in seinem Hinterkopf.

„Ich war eine Heldin für sie", sagte Lilith. „Sie huldigten mir."

„Weil du die Dämonen getötet hast, die dich angegriffen haben", sagte Naomi.

„Ja. Bis sie herausfanden, dass ich selbst eine Dämonin war." Lilith lächelte breiter. „Dann fürchteten sie mich. Und ich muss sagen: Die Angst war weitaus stärker. Das ist sie immer." Sie wandte sich Warren zu und streichelte sein Gesicht mit den Fingern ihrer Hand.

Es kam Warren vor, als liefe eine Spinne über seine Haut. Er kämpfte dagegen an, nicht vor ihr zurückzuweichen.

„Ich vermisse die Angst, die ich in anderen hervorrufen konnte", sagte Lilith leise. Sie sah Warren an. „Fürchtest du mich, Warren?"

Er wollte sie anlügen und ihr sagen, dass er keine Angst vor ihr hatte. Aber das stimmte nicht. Und er war sicher, dass sie gewusst hätte, wenn er log.

„Ja."

Lilith lachte und zog ihre Hand zurück. „Gut", sagte sie. „Du solltest vor mir Angst haben. Sehr viel Angst."

„Das habe ich", sagte Warren.

„Gut. Die Angst wird dir ein längeres Leben bescheren", sagte Lilith. „Und solange du und ich dasselbe wollen, bist du bei mir sicher."

Das stimmte nicht und Warren wusste das. Er war nur so lange sicher, wie sie ihn brauchte. Sobald sich das änderte, sobald sie jemand anderen fand, der ihr helfen konnte, würde sie sich gegen ihn wenden.

Aber erst dann, überlegte Warren. *Und bis dahin lerne ich und werde stark.*

„Warum sind wir hier?“, fragte Naomi.

Lilith runzelte die Stirn. „Ich brauche euch, um meine sterbliche Hülle zurückzuerlangen. Das Fleisch, das ich einst trug.“

„Du bist kein Geist“, sagte Naomi.

„Nein.“ Lilith strich mit der Hand über ihren schlanken Körper. „Ich bin eine Inkarnation der Macht. Das, was weiterlebt, nachdem der Körper gestorben ist. Wenn ich tot wäre, wäre ich zum Quell der Mitternacht gezogen worden, um erneut geboren zu werden. Nichts wird je erschaffen oder zerstört.“ Sie machte eine Pause und untersuchte die Wand erneut. „Aber ich würde mich dort nicht verlieren. Ich habe einen Namen. Und ich werde glorreicher als jetzt sein.“

Warren hielt die Taschenlampe hoch und betrachtete die Piktogramme auf den Wänden. Auf allen war Lilith zu sehen. Einige zeigten sie in einem großen Wald mit einem Mann. Sie standen bis zu den Hüften im Wasser, beide nackt. Die Fische im Wasser drängten sich um sie. Vögel flogen über ihren Köpfen. Große Tiere lagen am Ufer des Flusses oder Sees, in dem sie standen. Kleine Tiere befanden sich dazwischen oder saßen auf Bäumen.

„Ist das …“ Warren brachte es nicht über die Lippen.

„Der Garten?“ Lilith lächelte. „Ja. Bevor die lästige Frau erschien. Es war nicht schlecht. Erst nachdem ich deiner Art das Böse brachte, wurde sie so chaotisch und schwer zu kontrollieren. Ich vermute mal, dass ich teilweise selbst daran schuld bin.“

Es gab noch andere Bilder. Warren glaubte, dass auf einigen Szenen aus der Bibel zu sehen waren, von denen er im Waisenhaus gehört hatte. Aber er war sich nicht im Klaren darüber, was der Künstler damit beabsichtigte.

„Ist dein Körper in diesem Raum?“, fragte Naomi.

„Ja.“ Lilith näherte sich einer der Mauern, betrachtete sie einen Moment lang und drückte dann mit der Handfläche gegen den Stein. „Hier.“

Warren unterstützte sie und inspizierte die Wand. „Wenn ich das einreißen soll, brauche ich einen Vorschlaghammer."

„Es gibt hier eine Sequenz ..." Lilith wies nacheinander auf vier unterschiedliche Steine. Keiner der Steine schien von derselben Größe zu sein. Sie waren passend aufeinandergelegt und dann mit Mörtel versehen worden.

Warren folgte Liliths Fingerzeigen und drückte die Steine in der angegebenen Reihenfolge. Etwas tief in der Mauer machte *klick*. Er trat zurück, hielt die Fackel hoch und versuchte abzuschätzen, aus welcher Richtung eine unangenehme Überraschung kommen mochte.

Stattdessen stand ein Stück Mauerwerk plötzlich vor.

„Hinter dieser Mauer", sagte Lilith. „Du musst sie aufdrücken."

„Reich mir mal die Lampe hier rüber", wies Warren Naomi an.

Zögerlich brachte sie ihm die Lampe und leuchtete damit auf die Wand.

Warren verstaute seine eigene Lampe und schob die Finger beider Hände durch den Spalt in der Wand. Er erwartete blutige Stümpfe. Zumindest an seiner menschlichen Hand. Er vermutete, dass die metallene Hand halten würde. Warren verhakte die Finger hinter der Öffnung und zog. Die Geheimtür musste hunderte Kilo wiegen und ließ sich nur schwer bewegen. Doch dann öffnete sie sich unaufhaltsam Zentimeter für Zentimeter und schabte dabei über den Boden.

Als die Tür weit genug offen stand, zwängte er seinen Kopf und die Schultern hindurch, um zu sehen, was sich dahinter befand. Warren betrat den verborgenen Bereich. Er holte die Lampe aus der Tasche. Wo das Licht auch auftraf, glitzerte Metall. Weitere Reichtümer erwarteten sie hier drinnen.

„Ist es das, was ich denke?", fragte Naomi.

„Wenn du meinst, dass es ein weiterer Raum voller Schätze ist, dann ja“, flüsterte Warren voll Ehrfurcht. Er presste sich ganz durch die Öffnung.

„Vor der Invasion“, sagte Naomi, „wäre das ein Vermögen wert gewesen.“

Ein steinerner Sarkophag stand in der Mitte des kleinen Raums. Neugierig trat Warren näher heran.

„Einen Sarkophag erwartet man nicht unbedingt mitten in England“, sagte Warren. „Es sei denn, er wäre aus Ägypten hierher gebracht worden.“

„Das ist kein Sarkophag“, sagte Lilith. „Es ist eine Konservierungskammer.“

Warren spürte die arkane Energie, die von dem sargähnlichen Behälter ausging. Das Äußere war wie der Körper einer schönen Frau geschnitzt.

„Schon lange, bevor die verdorbenen Reiche, die sich vom Licht abgewandt hatten, von der Flut weggespült wurden, damit der Wahnsinn und das Böse, das die Dämonen freigesetzt hatten, beendet würde, hörten die Menschen Geschichten von den Erbauern meiner Grabkammer“, sagte Lilith. „Ich versuchte meine Geheimnisse vor ihnen zu verbergen, aber so etwas sickert immer durch. Einige meiner Diener flohen aus diesen Ländern und wurden zu Ägyptern. Sie erinnerten sich der Konservierungskammer und wollten selbst eine bauen.“

„Weil sie glaubten, der Sarkophag würde sie ebenfalls ins Leben zurückbringen“, sagte Warren.

„Ja.“ Lilith lächelte. „Aber natürlich funktionierte das nicht. Doch sie glaubten weiter, dass es eines Tages gelingen würde.“

„Du warst in dem Buch, das ich für Merihim holen sollte.“ Warren sah sie an.

„Ja, das war ich.“

„Wie kamst du da rein?“

„Das Buch ist auch ein arkaner Gegenstand. Er ermöglicht mir, um die Welt zu reisen, ohne Schaden zu nehmen.“

„Es war ein sicherer Ort.“

Lilith nickte. „Das war es. Ich musste meinen Körper schützen. Doch ich musste gleichzeitig draußen in der Welt sein, um zu wissen, wann das Höllentor sich öffnete, und um meine Wiederkehr vorzubereiten. Merihim wollte das Buch haben, weil er davon gehört hatte, so wie er von anderen Objekten gehört hatte, die auf diese Welt gelangt waren. Dieser Ort, diese Welt, hat die Neigung, machtvolle Dinge anzuziehen. Deswegen müssen die Dämonen sie erobern. Das Buch ermöglichte mir, in die Hände von Leuten zu fallen, die ich … auf meine Seite ziehen konnte.“

Warren wusste, dass sie *benutzen* meinte. Er sah zur Konservierungskammer.

„Was soll ich für dich tun?“, fragte er.

„Ich muss mich mit meinem Körper wiedervereinigen.“

Warren kniete sich hin und untersuchte den Behälter auf verborgene Schalter. Er fuhr mit den Fingern die Seiten entlang. Lilith nahm ihn bei der Hand und führte ihn.

„Hier“, sagte sie und zeigte auf zwei kompliziert verzierte Kacheln.

„Drücken?“ Warren versuchte es, aber nichts geschah.

„Nicht mit den Händen“, sagte Lilith. „Mit deinem Geist. Sie sind mit arkaner Energie versiegelt.“

Warren konzentrierte sich und ignorierte die Schmerzen in seiner Brust. Er spürte die arkane Energie in sich und leitete sie in seine Fingerspitzen.

Ein Brummen erfüllte die Konservierungskammer. Es knackte und plötzlich bildete sich ein Spalt. Fahles smaragdgrünes Licht leuchtete daraus hervor und jadegrüner Rauch stieg in der Kammer auf.

Ängstlich trat Warren zurück. Er benutzte die arkane Energie, um einen Schild vor sich zu errichten. Naomi trat hinter ihn, aber sie kam nicht zu nahe.

Der Deckel öffnete sich von selbst und fiel zur Seite. In der nächsten Sekunde schwebte der Körper heraus. Warren war von Schrecken erfüllt, als er sah, in welchem Zustand der Leichnam sich befand. Naomi fluchte vor Ekel.

Der Körper war welk, das Fleisch lag straff über den Knochen. Wenn Lilith einst schön gewesen war, dann war davon nichts mehr zu sehen. Ihr Gesicht war entstellt und ihr schwarzes Haar war strähnig und fiel ihr in Büscheln aus. Ihre dürren Arme lagen verschränkt auf ihrer knochigen Brust. Die Rippen stachen unter dem goldbedeckten Kleid hervor, das ihr einige Nummern zu groß war.

„Zu meiner Zeit", sagte Lilith, trat nah an das Grab heran und schaute lächelnd hinein, „war ich schön."

„Diese Zeit", flüsterte Naomi, „ist vorbei."

Die junge Lilith wurde durchsichtig. Sie griff nach ihrem ausgetrockneten Ich, aber ihre Hände fuhren hindurch. Sie verzog das Gesicht und wandte sich an Warren.

„Ich brauche deine Hilfe."

„Was soll ich tun?", fragte er.

„Ich muss mit meinem Körper wiedervereint werden, damit ich meine volle Stärke zurückerhalte. Du musst der Mittler sein. Komm." Lilith winkte ihn zu sich. „Nimm meine Hand."

Zögernd wies Warren Naomi an, ihre Lampe anzuheben. Dann schaltete er seine ab und steckte sie in die Tasche. Er ging zu Lilith. Sie griff nach ihm und nahm ihn bei der Hand.

„Halte meinen Körper fest", wies sie ihn an. „Du musst der Mittler sein, der uns verbindet."

Warren kämpfte gegen den Würgereiz an, der seinen Magen mit Säure füllte, und ergriff die Hand der Leiche. Sie war erstaunlich geschmeidig und *warm.* Dadurch wurde sein Brechreiz allerdings nur größer.

Lilith schrie vor Schmerzen auf. Warren ließ fast den Leichnam los.

„Halt fest“, sagte Lilith. Schmerz verzog ihr schönes Gesicht. „Es dauert nur einen Moment.“

Es dauerte viel länger. Warren dachte später, dass mindestens eine halbe Stunde zwischen Liliths Schrei und dem Moment, in dem sie mit ihrem Körper wieder eins wurde, vergangen war. Aber als es vollbracht war, existierten die zwei Hälften von Lilith offensichtlich in einem Körper. Ihre durchsichtigen Gesichtszüge lagen auf der ausgetrockneten Haut, die ihren Schädel bedeckte.

Als Lilith vollständig verschwunden war, konzentrierte sich Warren auf den Leichnam, den er immer noch festhielt. Er spürte die Kraft darin. Sie war so stark, dass man ihr nicht entkommen konnte.

Jadegrüner Rauch strömte in den Raum und bedeckte die Umgebung. Warren sah zu, wie der Leichnam den Nebel einatmete. Im nächsten Moment öffneten sich die Augen der toten Frau und Lilith starrte ihn aus dem ausgetrockneten Körper an.

„Sehr gut“, flüsterte sie mit rauer Stimme. Sie schwebte nicht mehr, sondern stand barfuß auf dem Boden. „Ich … bin immer noch … sehr schwach … in dieser … Form. Ich darf … das nicht zulassen.“ Sie schaute auf den ausgezehrten Körper. „Du wirst … mich weiterhin … beschützen. Ich werde … dich belohnen.“

Warren dachte flüchtig darüber nach, sich umzudrehen und wegzulaufen. Lilith war zu geschwächt, um ihn zu verfolgen. Aber als er in ihre Augen sah, spürte er, dass sie seine Gedanken kannte. Er wusste außerdem, dass sie weit besser mit den arkanen Kräften umgehen konnte als er. Ohne ihre Hilfe würde er nicht schnell genug die Dinge von ihr lernen, die er zum Überleben brauchte.

„In Ordnung“, sagte er. Er spürte, wie sich Naomis Augen in

seinen Hinterkopf bohrten, und wusste, dass sie mit seiner Entscheidung nicht einverstanden war.

Der Leichnam versuchte zu lächeln, aber ihre Lippen waren weiterhin wie dehydrierte Würmer. Sie sah schrecklicher aus denn je. „Gut."

Sie wandte sich ab und ging zur Wand hinter ihr. Ihr Körper war so trocken und straff, dass Warren Bänder reißen hörte. Sie berührte mit arthritischen Bewegungen langsam die Wand und eine zweite Öffnung tat sich knirschend auf.

„Nimm … diese", sagte sie und winkte ihn zu dem Geheimraum.

Warren holte wieder seine Lampe hervor und leuchtete damit in den Raum. Dort lagen ein aus schwarzem Obsidian gefertigter Speer, ein lederner Umhang und ein Anhänger mit dem gehörnten Kopf eines Dämons daran. Er nahm alle drei Gegenstände auf.

„Der Mantel … bietet Schutz", sagte Lilith, „vor arkanen Kräften … und Waffen. Der Anhänger … ist ein Foci … der dir ermöglicht … deine Kräfte … effektiver einzusetzen. Und der Speer … kann … Dämonenhaut durchdringen … als wäre es … normales Gewebe … trotz … physischem … oder arkanem Schutz. Dieser Schutz wird sogar in den Speer gesogen und macht ihn stärker."

Waren zog seinen Mantel aus und den anderen über. Er fühlte sich augenblicklich geschützter vor der bitteren Kälte, die den unterirdischen Bereich erfüllte. Aber er hatte sich noch nicht um das Aussehen des Mantels gekümmert. Er wünschte sich, dass er modischer aussah, so wie ein langer Übermantel.

Praktisch augenblicklich veränderte sich der Mantel und wurde ein langer Trenchcoat.

„Er reagiert … auf deine Wünsche", sagte Lilith. „So … auch … die Größe."

Als Warren darüber nachdachte, wurde ihm klar, dass er nicht nach etwas suchte, das gut zu ihm passte. Er brauchte etwas, das ihn beschützte.

„Die Zeit … ist reif … dass wir … in die Stadt … zurückkehren“, fuhr Lilith fort. „Wir … müssen noch … einiges … erledigen.“

Waren freute sich nicht gerade auf den langen Marsch.

„Wir … gehen nicht“, sagte Lilith. „Ich wäre … dort gerne … etwas früher.“

„Dafür bin ich auch“, sagte Warren.

Gutturale Laute klangen aus Liliths Kehle. Ihre Stimme klang wie rostige Nägel. Als sie fertig war, gestikulierte sie und ein leuchtendes, knapp zwei Meter großes scharlachrotes Oval schwebte mitten in der Luft. Es wirkte wie das glühende Auge einer Echse. Aber Warren spürte die Kraft, die darin steckte.

„Was ist das?“, fragte Naomi.

„Ein Portal“, keuchte Lilith mit der kehligen Stimme. „Es wird … uns zurück nach … London teleportieren. Aber wir … müssen … vorsichtig sein. Dämonen können … Kräfte dieser … Stärke … aufspüren. Sie werden … davon angezogen.“

„Wenn wir zurücklaufen würden“, bemerkte Warren, „könnten wir ungesehen in die Stadt gelangen.“

„Doch dann müssten wir wieder durch das Dorf gehen“, sagte Naomi. „Das, in dem du all die Toten in deine private Armee verwandelt hast. Ich glaube nicht, dass man dich einfach so durchlassen würde.“

Warren vermutete, dass sie recht hatte.

„Nicht nur das“, fuhr sie fort. „Miss Klapperknochen hier kann sicher nicht um ihr Leben rennen, wenn es sein muss.“

Lilith starrte Naomi finster an. „Du maßt dir … zu viel an, Frau.“

Warren trat schützend vor Naomi, sagte aber nichts.

Knurrend warf Lilith Warren einen düsteren Blick zu. „Du solltest … in Zukunft … deine Freunde … mit mehr Bedacht … wählen.“

„Ich glaube, niemand von uns hatte eine echte Wahl“, antwortete Warren. „Bis du etwas Besseres findest, werden wir dir reichen müssen.“

Lilith hielt seinem Blick einen Augenblick stand, dann nickte sie. „Bis … dahin.“ Dann wandte sie sich ab und ging langsam durch das Portal.

Warren wartete ab, um zu sehen, ob es irgendwelche Nebeneffekte gab, aber Lilith verschwand einfach. Er atmete tief durch und schritt vorwärts.

Naomi zog ihn zurück.

„Was ist?“, fragte er.

„Woher weißt du, dass sie uns nicht in die Dämonenwelt zieht?“

„Weil ich nicht glaube, dass sie dort sein will.“ Warren wies auf das wabernde Oval. „Und wenn wir uns nicht beeilen, könnte es sich schließen. Wie du schon sagtest, es ist ein langer Fußmarsch nach London.“

„Vielleicht lohnt sich der aber. Wir könnten sie so loswerden, meine ich.“ Ihre Augen fixierten Warren. „Sie ist nicht gut für dich, ganz egal, was du denkst.“

„Das habe ich auch nie gedacht.“ Warren umfasste den Obsidianspeer fester. Er spürte die vibrierende arkane Energie darin, wodurch er nach mehr verlangte. „Ich kann von ihr etwas lernen. Ich habe auch einige Sachen von Merihim gelernt.“

„Du bist da nicht in Sicherheit.“

„Bei den Kabalisten bin ich auch nicht sicherer. Keiner von denen traut mir.“

„Ich vertraue dir.“

Warren sah sie an und war traurig angesichts ihrer Lüge. Aber er sagte nichts. Er wünschte sich, dass Naomi ihm vertraute, und machte ihr keinen Vorwurf daraus, dass sie es nicht konnte.

„Ich könnte es“, berichtigte sich Naomi. „Mit ein wenig Zeit.“

„Du vertraust mir so lange“, sagte er mit gepresster Stimme,

„wie ich mehr weiß als du. So hat es zwischen uns schon immer funktioniert. Jetzt entscheide dich, ich gehe." Er nahm den Speer und trat durch das Oval.

Starke Hitze durchströmte Warren. Er wollte vor Schmerz schreien, aber er wusste nicht, wie er das machen sollte. Elektrizität vibrierte und durchflutete seinen Körper und er spürte, wie seine Glieder spastisch zuckten.

Der Speer jedoch blieb kühl in seiner Hand. Er konzentrierte sich darauf und benutzte ihn als Anker. Rotes Licht erstrahlte um ihn herum, nur leicht fahler als das im Oval. In dem Licht erkannte er dämonische Gesichter, gestreckt, gestaucht und von innen nach außen gestülpt. Er spürte ihren faulen Atem und hörte ihre Drohungen und das Gelächter.

Er suchte nach Lilith und Naomi, fand aber keine von beiden. Eine Zeit lang fühlte er sich verloren. Dann endete das Portal plötzlich und er wurde im freien Fall ausgespien.

Warren verlor das Gleichgewicht und versuchte sich auf den Beinen zu halten, doch es gelang ihm nicht. Vor seinen Augen drehte sich eine Straße, die voll ausgebrannter Wracks war. Der raue Asphalt schnitt ihm die Handflächen auf. Er prallte auf den Boden und taumelte dann gegen eine Mauer, was ihm die Luft aus den Lungen trieb. Seine verletzte Brust schmerzte erneut.

Nur wenige Meter entfernt kam Lilith ebenfalls unter Schmerzen auf die Beine. Ihr fehlte jede Anmut und Stärke. Warren benutzte den Speer als Stütze, um auf die Füße zu kommen. Einen Augenblick später materialisierte Naomi mitten in der Luft und stürzte zu Boden.

Eine Handvoll bewaffneter zerlumpter Männer und Frauen kauerten angstvoll in der Straße. Alle hielten ihre Waffen auf Warren gerichtet.

„Dämonenfreunde!“, beschimpfte sie einer der Männer. Er betätigte den Abzug seiner Pistole und ein lauter Knall erfüllte die Straße.

Warren hatte kaum genug Zeit, um einen Schild zu errichten. Die Kugel blieb wenige Zentimeter vor seinem Gesicht in der Luft stehen und fiel dann zu Boden. Erschreckt und wütend zugleich sammelte Warren all seine arkane Energie und *stieß* den Mann. Eine unsichtbare Kraft erfasste den Kerl und warf ihn auf einen Haufen Geröll. Als sein Körper liegen blieb, war keinerlei Leben mehr in ihm.

„Lauft!“, schrie eine der Frauen. Die Menschen rannten weg. Warren ließ sie gnädigerweise entkommen. Er wollte nicht töten, wenn es nicht nötig war.

„Du hättest sie alle töten sollen“, sagte Lilith.

„Es gab keinen Grund.“

„Es wäre ihnen recht geschehen.“

„Wir haben sie verängstigt.“

Lilith schüttelte den Kopf. „Das haben sie selbst getan. Wir waren nur zur falschen Zeit am falschen Ort.“

„Lass uns nach Hause gehen“, schlug er vor. „Ich möchte zur Abwechslung gern in einem warmen, trockenen Bett schlafen.“

„Wir haben noch viel zu tun“, erklärte Lilith. „Nachdem ich jetzt zurückgekehrt bin, werden mich einige der Dunklen Willen jagen.“

„Ich habe gute Verteidigungssysteme zu Hause. Das weißt du. Du hast mir dabei geholfen, sie zu entwerfen.“

Trotz der Übelkeit, die ihr Aussehen in ihm erzeugte, bot Warren ihr seinen Arm an. Sie zögerte einen Moment, dann nahm sie ihn. Mit Naomi im Schlepp gingen sie durch schmale Gassen und Seitenstraßen des Londoner Zentrums zurück zu seinem Haus.

Achtundzwanzig

Leah kämpfte zwischen Albtraum und Schlaflosigkeit. Die Beruhigungsmittel umfingen ihr Hirn wie dicke Baumwolltücher, die die Welt von ihr fernhielten. Sie meinte, die Geräusche der Krankenhausgerätschaften zu hören, war sich aber nicht sicher. Ein ferner Teil von ihr wusste, dass sie so etwas hören sollte.

„Atme", sagte Simon.

Ein Teil der Angst, den der Albtraum zurückgelassen hatte, schwand. Simon war da, wie er es versprochen hatte. Hätte er gefragt, hätte sie ihm gesagt, dass sie daran auch nie gezweifelt hatte. Aber die Zweifel waren da gewesen.

„Atme tief durch", sagte er. „Atme es aus. Der Rest des Betäubungsmittels muss aus deinen Lungen heraus."

„Werde ich Schmerzen haben?", murmelte sie. „Denn wenn das so ist, dann klingt diese ganze Aufwachgeschichte nicht so toll."

Simon lachte. „Keine Schmerzen. Das verspreche ich dir. Der Arzt meinte, dass du ein paar Tage lang Kopfschmerzen haben könntest, bis dein Körper sich daran gewöhnt hat. Aber nichts Ernstes."

Das hoffte Leah auch. Es war eine Sache, sich mit den Templern bei kalkuliertem Risiko zu verbünden. Eine ganz andere, zuzugeben, dass man sie dort operiert hatte. Nur – wenn sie dadurch wieder sehen konnte …

„Wie ist es gelaufen?", fragte sie. „War die Operation erfolgreich?"

„Alles lief hervorragend, wurde mir gesagt."

„Sehe ich immer noch wie ein Mensch aus?"

„Ja."

Leah zögerte. „Kann ich wieder sehen? Bin ich nicht mehr blind?“

„Mach die Augen auf.“

Sie wollte es, aber sie hatte Angst. Diese Angst ärgerte sie. Angst hatte zu den ersten Dingen gehört, die sie zu kontrollieren und zu nutzen gelernt hatte. Sie ballte die Hände zu Fäusten.

Simon nahm ihre rechte Faust in seine große Hand. „Mach einfach die Augen auf“, sagte er.

Leah schluckte und redete sich ein, dass es egal war, wenn sie nicht sehen konnte. Oder wenn ihr Sehvermögen nicht so gut war, wie man ihr versprochen hatte. Sie hatte nichts zu verlieren. Sie konnte nur gewinnen.

Sie öffnete die Augen. Augenblicklich erkannte sie, wie hell der Aufwachraum war. Sie hob eine Hand, um ihre Augen vor dem Licht abzuschirmen.

„Es ist sehr hell hier drin“, sagte sie.

„Für beide Augen?“

Leah schloss erst das eine Auge, dann das andere. Sie konnte durch beide sehen. Lächelnd, aber immer noch benommen, wandte sie sich an Simon. „Ich kann sehen“, flüsterte sie. „Ich kann wirklich sehen.“

„Gut“, sagte er und lächelte zurück. „Unser nächster Schritt ist, dich wieder auf die Beine zu bringen.“

Simon betrachtete das leuchtende Energiefeld auf dem Tisch. Es war oval und maß an der breitesten Stelle knapp 50 Zentimeter.

„Was ist das?“, fragte er.

„Dieses Energiefeld kann Dämonen fernhalten“, antwortete Macomber. „Das Goetia-Manuskript nennt es … einen Knoten. Das war der passendste Name, auf den wir uns einigen konnten.“

„Dieses Ding hält Dämonen fern?“ Nathan beugte sich über den Tisch und beobachtete das Energiefeld.

„Zumindest in der Theorie“, sagte Brewer. „Wir haben es noch nicht ausprobiert.“

„Wenn wir dieses Energiefeld kontrollieren“, sagte Macomber, „können wir Bereiche abgrenzen, in die Dämonen nicht eindringen können.“

„Das müssen dann aber unglaublich kleine Monster sein“, sagte Nathan trocken.

„Das ist nur ein Prototyp“, gab Brewer zurück. „Wenn wir erst die Kräfte besser verstehen, mit denen wir es hier zu tun haben, dann können wir das auch größer bauen.“

„Wie funktioniert es?“

Macomber schüttelte den Kopf. „Wir glauben, dass es eine harmonische Dissonanz erzeugt.“

„Schallwellen?“, fragte Simon.

„Ja“, antwortete Brewer. „Verschiedene Laser, Maser und arkane Energie erzeugen die Schallwellen.“ Er schüttelte den Kopf. „Um ehrlich zu sein, Lord Cross, so technologisch fortgeschritten die Templer auch sein mögen, sind wir kaum in der Lage, diese Dinger zu bauen. Wir wissen nicht, ob sie richtig funktionieren.“

„Sie sagten, es erschafft eine harmonische Welle“, sagte Nathan.

„Das stimmt.“

„Ich kann sie aber nicht hören oder fühlen.“

Das konnte Simon auch nicht. Er loggte sich in das Audiosystem seiner Rüstung ein und hörte augenblicklich ein hohes Pfeifen, das ihm praktisch sofort starke Kopfschmerzen bereitete. Er unterbrach die Verbindung.

„Sie sollten eigentlich nichts hören“, sagte Brewer. „Sie sind ein Mensch.“

„Das können nur Dämonen hören?“

Brewer nickte. „Ohne Hilfsmittel, ja. Wir haben die Klangfrequenz mit anderem Equipment ermittelt.“

„Also ist das wie eine Hundepfeife. Es tut den Dämonen in den Ohren weh?“

„Dem Manuskript nach“, sagte Macomber, „macht dieses Feld deutlich mehr.“ Er tippte etwas in den Computer ein und ein neues Bild erschien auf der Wand.

Simon betrachtete das Bild und sah, wie ein riesiger Dämon Gestalt annahm. Die Kreatur stand vor einem leuchtenden Schild. Die Hälfte ihres Arms war weggeschmolzen. „Ich kann mich nicht daran erinnern, es auf einem der Bilder im Buch gesehen zu haben.“ Er betrachtete auch das Manuskript.

„Das Bild war verschlüsselt“, sagte Brewer. „Professor Macomber hat es entdeckt.“

„Ich hätte es nie entdeckt, wenn Sie nicht den Code geknackt hätten.“

Brewer zuckte bescheiden mit den Achseln, aber er richtete sich ein wenig mehr auf. „Es war ein Gemeinschaftserfolg. Und eine Menge Arbeit. Der Code emuliert die Punkte auf dem Bild, die – wenn man sie miteinander verknüpft – uns dieses Bild bescheren. Ganz schön genial.“

„Was geschieht mit dem Dämon?“, fragte Simon.

„Soweit wir es herausgefunden haben“, sagte Macomber, „kann diese harmonische Welle so modifiziert werden, dass sie nicht nur einen Bereich schützt, sondern auch als Waffe verwendet werden kann. Der Kontakt mit dem Knoten bringt die Dämonen dazu, sich auf zellulärer Ebene zu zersetzen.“

„Oder sie woandershin zu transportieren“, sagte Brewer. „Bevor wir es nicht in Aktion erlebt haben, wissen wir es nicht.“ Er zuckte mit den Schultern. „Und selbst dann erfahren wir es vielleicht nicht.“

„Kann man das Feld bewegen?“

„Nein“, sagte Macomber. „Sie wollen es doch wohl nicht als taktische Waffe benutzen?“

Simon nickte.

„Ein Todesstrahl für Dämonen wäre doch fantastisch“, sagte Nathan.

„Wenn ein Knoten errichtet wird“, sagte Brewer, „so wie dieser hier, verbindet er sich mit dem elektromagnetischen Feld der Erde. Die harmonische Projektion hängt von der Stabilität dieses Feldes ab. Wenn Sie den Knoten bewegen …“ – er griff durch das Licht hindurch und bewegte den Knoten leicht. Das helle Energiefeld verschwand – „selbst wenn es nur ein wenig ist, verlieren Sie es.“

„Wenn man also ein Feld errichten will, das groß genug ist, um Menschen oder ein Gebäude zu schützen“, sagte Nathan, „muss man sicherstellen, dass die Knoten fest verankert sind.“

„Ja“, sagte Macomber. „Und ein Knoten allein reicht nicht aus. Um etwas so Großes wie ein Gebäude zu schützen, ist es notwendig, dass mehrere Knoten zusammenarbeiten, um ein Feld zu erschaffen, das mit den Dämonen klarkommt.“

„Wie lange brauchen Sie, um einen Knoten zu bauen, den ich mit ins Feld nehmen kann, um ihn unter Gefechtsbedingungen zu testen?“, fragte Simon.

Brewer und Macomber sahen einander an. „Ein paar Tage. Sicherlich nicht länger.“

„In Ordnung. Sagen Sie Bescheid, wenn es so weit ist. Wir müssen wissen, was es kann, bevor wir weitere Zeit darin investieren.“

Drei Tage später entließ der Doktor Leah aus dem Krankenhaus. Sie war froh darüber, denn im Bett zu liegen, war ihr noch nie leicht gefallen. Simon besuchte sie, so oft er konnte, aber seine Besuche waren unregelmäßig und kurz. Und er schien immer abwesend zu sein. Sie machte ihm deshalb keinen Vorwurf. Leah wusste, dass er alle Hände voll zu tun hatte, sich um die Templer und deren Schutzbefohlene zu kümmern.

Jetzt konnte sie mehr Zeit mit ihm verbringen. Aber nicht die gesamte Zeit. Er machte immer noch eine ganze Menge ohne sie.

Das war frustrierend, doch sie verstand es. Die Agentin spürte, dass, wenn es nach ihm gegangen wäre, er ihr völlig vertraut hätte. Die anderen Templer waren jedoch nicht so leicht zu überzeugen.

Am Morgen frühstückten sie zusammen und Simon machte seine Runden im Komplex. Dann aßen sie gemeinsam zu Mittag, was normalerweise von jemandem unterbrochen wurde, der eine Information oder eine Genehmigung benötigte. Danach trennten sie sich. Leah übte, um ihre Auge-Hand-Koordination und Tiefenschärfe zurückzuerlangen.

Eins der interessantesten Dinge beim Erhalt eines künstlichen Auges war, dass es das wichtigere Auge wurde. Ihre Reaktionen auf dieses Auge abzustimmen, war harte Arbeit, aber es ging schnell.

Abends traf sich Leah mit Simon, wenn er die jungen Templer ausbildete. Sie nahm nicht an den Schwertübungen teil, weil sie an Schwertern kein Interesse hatte. Die Agency glaubte an Schusswaffen, je größer, desto besser, und sie kannte sich mit allen aus. Während Simon seine Schüler durch die Übungen trieb, machte Leah Konditionstraining und versuchte so, ihre Stärke zurückzuerhalten, die sie bei ihrer anfänglichen Verletzung und dem darauf folgenden chirurgischen Eingriff verloren hatte.

Danach übten sie und Simon sich in Nahkampftechniken und absolvierten Trainingskämpfe. Mit ihm in physischen Kontakt zu treten, war gut. Er benutzte seine Größe und Stärke gegen sie und ihr war klar, dass er mit voller Härte gegen sie antrat. Denn die Dämonen waren noch viel stärker. Wenn sie sich nicht gegen ihn verteidigen konnte, würde sie auch nicht gegen die Dämonen bestehen können.

Auch sie war ab und zu erfolgreich, weil sie schnell und einfallsreich handelte. Aber immer wieder war Simons Können im Nahkampf zu viel für sie.

„Ich bin besser im Fernkampf“, sagte sie während einer Ruhepause. „Gib mir ein Gewehr und du hättest keine Chance.“

Simon lächelte sie an und rieb sich den Nacken mit einem Handtuch. „Das hängt davon ab, ob du mich vorher kommen siehst.“

„Ich würde dich sehen“, sagte Leah. „Ein großer, tapsiger Tölpel wie du ist leicht zu erkennen.“

„Ach ja, ein Tölpel bin ich?“

„Das sagte ich doch gerade.“

„Wenn wir wieder auf der Matte sind“, versprach ihr Simon, „sehen wir ja, wer der Tölpel ist.“

Leah rieb sich mit dem Handtuch ab. Es tat gut, sich eine Zeit lang mal rein auf die physische Anstrengung zu konzentrieren. Wenn sie mit Simon trainierte, war in ihrem Geist kein Platz für andere Gedanken, als zu überleben und so viele Treffer wie möglich zu landen.

Jetzt allerdings musste sie über ihren Auftrag nachdenken. Sie hasste ihn, weil er ihre Freundschaft mit Simon zerstören konnte.

„Hattest du Kontakt mit den anderen Templern?“

Simon sah sie an. Schmerz und Vorsicht zeigten sich in ihren Augen. Er legte das Handtuch um seinen Nacken und hielt es mit beiden Händen fest.

„Nein“, antwortete er. „Nicht, seit du und die anderen mich von dort gerettet haben.“

Leah versuchte sich vorsichtig vorzutasten. „Du weißt ja, dass ich auch Mitglied einer Organisation bin.“

„Natürlich. Militär oder Spionage, vermute ich mal.“

Leah antwortete nicht. Sie wusste nicht, was sie sagen sollte. Leugnen würde ihr bei Simon, der normalerweise von brutaler Ehrlichkeit war, keine Pluspunkte einbringen. Sie konnte es aber auch nicht zugeben, weil das ihrer ganzen Ausbildung widersprochen hätte. Leah entschied sich, ehrlich zu sein, auch wenn sie sich dabei unwohl fühlte.

„Ja“, sagte sie.

Neunundzwanzig

„Ich hätte nicht geglaubt, dass du es zugeben würdest", sagte Simon.

„Hätte ich es nicht getan, wäre einer von uns der Dumme gewesen. Ich kann dir aber nicht mehr darüber erzählen." Leah bedauerte das, doch sie musste sich an ihre Versprechungen halten.

„Das ist für mich in Ordnung", sagte Simon. „Du und deine geheimnisvollen Wohltäter, ihr habt uns in der Vergangenheit geholfen. Solange uns dein Wissen nicht schadet, sind wir bereit, Informationen auszutauschen."

„Die Leute, für die ich arbeite", sagte Leah leise und langsam, „würden euch gern mehr helfen."

Simon verschränkte die Arme und richtete sich zu seiner vollen beeindruckenden Größe auf. „Wobei?"

„Deine Lage hier ist nicht gut, Simon", begann Leah. „Die Dämonen jagen euch bis hier draußen und euer Nachschub wird knapp."

„Stimmt."

„Der Templeruntergrund verfügt nach unserem Wissen über Vorratslager ..."

„Und du hast deine Leute auf diese Idee gebracht", sagte Simon.

„Stimmt." Leah fühlte sich nicht schuldig, weil sie sich mit einer List in den Templeruntergrund eingeschmuggelt hatte. „Wie ich bereits sagte, soweit wir wissen, haben sie genügend Nahrung und Medikamente, um deine Leute hier draußen zu versorgen."

„Sie sind nicht bereit, ein paar zusätzliche Mäuler zu füttern. Das habe ich bereits versucht."

„Vielleicht kannst du sie nicht ändern", sagte Leah, „aber ihre Anführer müssen ja nicht immer dieselben sein."

Seine Augen blitzten und er sah in ihre. „Ich werde niemanden um die Herrschaft über die Templer angehen, Leah", sagte er leise. „Wer auch immer dir diese Idee eingeflüstert hat, hat seine Zeit vergeudet. Und deine."

„Du sollst dort niemanden herausfordern", sagte Leah. „Lass ... nur einfach die Templer wissen, dass du zurückkehren willst."

„Das werde ich nicht."

„Sie würden dich wieder aufnehmen."

Simon zögerte. „Woher willst du das wissen?"

„Wir wissen es eben."

Er schüttelte den Kopf. „Ich halte das für ein schmutziges Geschäft."

Das saß. Leah würde sich aber nicht entschuldigen. Ihr Auftrag enthielt fragwürdige Elemente. „Vielleicht. Aber was wir tun, hat seinen Zweck. Geheimnisse retten Leben."

„Sie fordern sie auch", entgegnete Simon.

„Wir haben Leute unter den Templern", erklärte Leah. „Keine aus dem Untergrund, aber ein paar am Rande ihrer Operationen."

„Sie haben keinerlei Operationen außerhalb des Untergrunds."

„Nein, doch sie wagen sich gelegentlich vor, um jemanden zu retten oder um Aufklärungsarbeit zu leisten." Leah lächelte ihn verschmitzt an. „Und wir haben ein paar Freunde darunter. Einige Templer, mit denen ich zu tun hatte."

„Ich verstehe. Aber sie sind dem Templerkodex gegenüber völlig loyal."

„Wirklich?" Leah sah ihm in die Augen. „So wie du den Templern gegenüber loyal bist, Simon?"

Simon verschränkte die Arme. Einen Augenblick lang dachte sie, dass er einfach gehen würde.

„Ich bin anders", sagte er brüsk. „Ich habe mit den Templern schon vor langer Zeit gebrochen."

„Wirklich? Bist du deshalb hier draußen und riskierst dein Leben für andere?"

Simon zögerte. „Mein Vater hätte gewollt …"

„Du bist nicht wegen deines Vaters hier, Simon. Du riskierst nicht alles wegen ihm. Du bist hier, weil Lord Thomas Cross einen großartigen Sohn großgezogen hat und ihn lehrte, ein Templer zu sein."

„Ich bin nicht so gut."

„Die anderen Templer folgen dir nicht, weil sie dir helfen wollen, die Schuld deinem Vater gegenüber zu verarbeiten, Simon."

Wutflecken überzogen sein Gesicht.

Leah wusste, dass sie gefährlich nahe daran war, ihn zu verletzen oder zu beleidigen. „Sie glauben an das, was du tust. Deshalb kamen sie aus dem Untergrund, um ihr Leben gemeinsam mit dir zu riskieren. Du machst all das, was sie für richtig halten." Sie machte eine Pause. „Sie glauben an dich."

„Das ist eine große Verantwortung."

„Dann leg sie ab."

„Das habe ich angeboten."

„Und niemand hat angenommen."

Simon schwieg einen Moment lang. „Nein."

Leah wartete kurz und ließ so ihre Antwort wirken. „Du bringst nicht nur Flüchtlinge her, Simon, es schließen sich dir auch immer mehr Templer an. Was du losgetreten hast, wird größer, als du erwartest hast. Du schaffst es nicht, dich um die Überlebenden zu kümmern, wie du es geglaubt hattest."

„Ich weiß."

Leah atmete tief ein. „Einer der Leute, mit denen ich zusammenarbeite, hat Zugang zu Jessica Sumerisle."

„Sie ist noch ein Kind."

„Und die Erbin der Führerschaft der Templer. Außerdem leben wir in keiner Zeit für Kinder. Ich habe selbst gesehen, wie du heute Abend Kindern beigebracht hast, wie man kämpft und tötet."

Simons Tonfall wurde schärfer. „Ich habe ihnen gezeigt, wie man überlebt."

„Ja, und ein Teil davon ist kämpfen und töten. Ansonsten werden sie ohne Hoffnung sterben, ängstlich und allein."

Das bestritt Simon nicht.

„So wie diese Kinder nicht länger Kinder sind, weil diese Welt ihnen ihre Kindheit nicht erlaubt, ist Jessica Sumerisle ebenfalls erwachsen geworden. Sie hat noch nicht die Macht, die sie eines Tages haben wird, weil ihr Onkel derzeit alles leitet. Aber sie hat etwas Macht. So viel, um dich bei den Templern wieder aufnehmen zu lassen."

„Es gab einen Grund, warum ich gegangen bin. Ich will nicht wieder gegen diese Gesinnung ankämpfen. Ich kann nicht an zwei Fronten Krieg führen."

„Das weiß ich. Aber immer mehr Templer sehen die Dinge so wie du. Sie wissen, dass immer noch Menschen in London ums Überleben kämpfen. Es werden jeden Tag weniger, doch es gibt noch Überlebende."

„Was ist mit den Leuten, mit denen du arbeitest?", fragte Simon. „Wollen sie diese Überlebenden ebenfalls retten?"

„Wir sind nicht so gut ausgestattet wie die Templer", sagte Leah. „Wir haben nicht die Ressourcen, das Personal oder den Raum, um Rettungsmissionen durchzuführen. Aber wir glauben an das, was du versuchst."

„Das klingt für mich ganz danach, als wolltet ihr die Verantwortung abwälzen."

Leah gelang es nicht, allen Ärger aus ihrer Stimme herauszuhalten. „Nein. Es ist eine Anerkennung der Tatsachen. Du ahnst gar nicht, wie weit sich meine Organisation bewegen musste, um dir dieses Angebot zu machen. Wir waren nicht darauf vorbereitet, Leben zu retten, Simon. Unsere Aufgabe war es, Feinde zu töten. Und das haben wir gemacht. Jetzt wissen wir, dass wir die Dämonen allein nicht wieder loswerden. Das war eine sehr demütigende Erkenntnis, glaub mir."

„Das war für uns auch nicht anders." Simon sah einen Moment lang weg, als überdächte er etwas. Dann schaute er sie wieder an. „Da ist noch etwas, woran ich arbeite. Etwas, das uns mehr Zeit verschaffen könnte. Dann müssten wir nicht versuchen, all diese Leute im Templeruntergrund zu versammeln."

Leah war interessiert und sie wusste, worauf er sich bezog. „Ihr habt etwas im Goetia-Manuskript gefunden, richtig?"

„Ja."

„Was?"

„Ich kann momentan nicht darüber reden."

Leah war wütend und frustriert. Er vertraute ihr nicht. Das stand fest. Sie atmete tief ein und dann wieder aus.

Du kannst es ihm nicht vorwerfen, dachte sie. *Du würdest ihm doch auch nicht vertrauen.*

„Ich wünsche dir viel Glück dabei."

„Wenn es funktioniert", sagte er, „werden wir am Ende alle davon profitieren."

Wenn jemand anderes so mit ihr gesprochen hätte, hätte sie sich bevormundet gefühlt. Aber das hier war Simon Cross und sie kannte ihn gut genug, um zu wissen, dass er sie nicht belügen würde oder ihr etwas erzählte, nur weil sie es hören wollte.

„Und wenn ich mich dazu entschließe, wieder mit den Untergrundtemplern zu reden", fuhr er fort, „dann lasse ich es dich wissen."

Sie zwang sich zu einem Lächeln, weil sie von Natur aus nicht so ehrlich war wie er, und sagte: „Interesse an einer Revanche?"

Simon warf das Handtuch beiseite. „Sicher."

Leah konnte sich in der Zuflucht frei bewegen. Simon erlaubte ihr, überall hinzugehen, mit Ausnahme von Sicherheitsbereichen. Sie trainierte und übte, um ihre Hand-Auge-Koordination zurückzuerhalten. Dabei übertraf sie die Erwartungen der Ärzte.

Sie schaute morgens immer noch in den Spiegel und versuchte den Unterschied zwischen beiden Augen herauszufinden, konnte es aber nicht. Auf eine Art war das frustrierend, weil sie der Überzeugung war, dass sie eigentlich ihr eigenes Fleisch und Blut von etwas Künstlichem unterscheiden können müsste. Interessanterweise konnte sie sich nicht mehr an das leere Loch erinnern, das sie kurz nach ihrer ersten Operation gesehen hatte.

Alte Gewohnheiten starben nicht und ihre Neugierde, was Simon aus dem Goetia-Manuskript erfahren hatte, trieb sie um. Sie kannte seine Gewohnheiten innerhalb der Zuflucht. Als er sie änderte und auf eine Mission ging, teilte er ihr sogar höflich mit, dass er ein paar Tage weg sei, und lud sie ein, so lange zu bleiben, wie sie wollte.

Nachdem er weg war, zog sie ihren Kampfanzug an, dann einige Wintersachen darüber, zerlegte ihr Gewehr, damit sie es auf dem Rücken unter dem Wintermantel verstauen konnte, und stahl ein paar Vorräte aus der Cafeteria. Als Simon einen halbstündigen Vorsprung hatte, begann sie die Verfolgung.

„Warten Sie."

Als Leah die Stimme der Frau hörte, dachte sie, dass ihr Plan aufgeflogen sei. Sie beruhigte sich und wandte sich um.

Die Frau war eine Templerin. Sie war rothaarig, vollschlank und wirkte in ihrer Rüstung wie eine olympische Athletin. Die Frau war einen halben Kopf größer als sie. Zum Teil lag das an den Schuhen, aber nicht nur.

„Wir haben uns gar nicht unterhalten", sagte die Frau.

„Ich habe Sie gesehen", sagte Leah, „im Dojo."

„Ich heiße Kyra."

„Schön, Sie kennenzulernen, Kyra." Leah streckte ihr die Hand entgegen. „Ich bin …"

„Ich weiß, wer Sie sind."

Angesichts des unfreundlichen Tonfalls zog Leah die Hand zurück. Sie wartete.

„Niemand hier wirft Ihnen vor, dass Sie zu Simon gekommen sind, um Ihr Auge heilen zu lassen", sagte Kyra.

„Eigentlich", sagte Leah, „hatte ich gar nicht gewusst, dass das möglich ist."

„Man sorgt sich, weil Sie mehr über die Templer zu wissen scheinen, als Sie sollten."

Leah verschränkte die Arme. „Was soll das heißen?"

„Niemand hier traut Ihnen."

„Simon tut es." Selbst als sie das sagte, fühlte sich Leah schuldig, weil sie ihn ausspionieren wollte. Das war nicht sehr ehrlich von ihr.

„Simon ist zum großen Teil sehr naiv", knurrte Kyra. „Jemand wie Sie …"

„Wie ich?"

„Eine Frau."

„Ah." Leah nickte. Jetzt verstand sie, worum es ging. Eifersucht klang in den Worten der Frau durch. Es war eine Art Stammes-Antwort. Leah repräsentierte die Frau von außen, die einen der Männer innerhalb der Gruppe wegzunehmen drohte.

„Ganz egal, was Simon auch ist", sagte Kyra, „jemand wie Sie kann ihn leicht hintergehen."

„Jetzt sollte ich mich wohl geschmeichelt fühlen", antwortete Leah kalt. „Aber irgendwie tue ich das nicht. Sie könnten jetzt einwenden, dass ich besonders attraktiv wäre oder dass Simon dumm ist. Ehrlich gesagt, glaube ich, dass er davon auch nicht sehr geschmeichelt wäre."

„Das ist keine Schmeichelei. Ich schlage nur vor, dass Sie – wenn Sie *bald* gehen – nicht wieder zurückkommen sollten."

Während Leah herauszufinden versuchte, wie sie darauf reagieren sollte, drehte sich Kyra um und ging. Hinter ihr auf dem Gang warteten drei weitere Templer – allesamt Frauen – und machten klar, dass sie mit Kyra einer Meinung waren.

Voller Wut hätte sich Leah am liebsten direkt mit ihnen angelegt. Selbst drei zu eins und in Templerrüstung glaubte Leah, dass sie eine gute Chance hatte.

Das ist es nicht wert, dachte sie. *Du brauchst dieses Theater nicht.* Aber sie mochte es nicht, wenn man ihr Vorschriften machte. Das war schon immer so gewesen. Wortlos wandte sie sich um und ging zur Tür.

Dreißig

„Das ist ein bisschen wie auf dem Präsentierteller, oder?“

Simon sah zu Nathan und erkannte ihn vor der Betonwand der U-Bahn kaum. Sie waren nahe der Station Charing Cross, in der Nähe des Templeruntergrunds. Zudem hatte eine der Plündergruppen aus der Zuflucht berichtet, dass eine Gruppe Überlebender hier hausen sollte. Wenn sie diese Leute auftreiben und in Sicherheit bringen konnten, würden sie das tun.

„Wenn es einen anderen Weg gäbe, würden wir den gehen“, antwortete Simon. Er schlug mit der gepanzerten Handfläche auf den Stahlpflock, den er in der Hand hielt. Metall traf auf Metall und es klang laut, wie bei einer Explosion. Funken sprühten. Der Pflock bohrte sich mehrere Zentimeter in den Boden.

Nathan beugte sich vor und verband ihn mit dem Laserprojektor, den Macomber und Brewer im Labor gebaut hatten. Er war nur wenig kleiner als Simons gepanzerte Faust. Linsen waren darin verkabelt. Simon verstand das System trotz mehrerer Erklärungen nicht. Der Verbundstoff aus blauen Polymeren war wie eine Träne geformt und schlagfest.

„Ich bin bereit, Nummer drei online gehen zu lassen, Kumpel“, sagte Nathan.

„Leg los“, antwortete Quincy Hartsell. „Wir sind so weit.“ Der Templer kniete nahe einer Kontrolleinheit, die zu dem Projektor gehörte. Sie war so groß wie eine dünne Brieftasche, steckte aber voller Elektronik.

Nathan schickte elektrischen Strom durch seine Rüstung, die den Feldprojektor aktivierte. Zwei bernsteinfarbene Lichter erwachten zum Leben, eins nach dem anderen, dann wurden sie grün.

„Wir sind hier fertig“, sagte Nathan.

„Wir auch“, sagte Quincy.

„Nummer vier ist verankert“, rief Danielle durch den Tunnel.

„Bringe Nummer vier online.“ Quincy tippte auf der Tastatur. „Habe Nummer vier. Jetzt werde ich die Erkennungssequenz starten.“

Während er wartete, schaltete Simon sich durch die Kameras, die sie entlang der U-Bahnstrecke angebracht hatten. Die Rüstungs-KI war darauf programmiert, ihn vor allem zu warnen, was dem Sicherheitssystem der Templer nicht bekannt war. Aber die Gegend permanent im Auge zu behalten, war eine alte Angewohnheit.

Geröll lag überall im U-Bahnschacht. Der letzte Zug war hier vor über vier Jahren gefahren, als das Höllentor sich geöffnet hatte. Zerstörte Züge lagen wie Spielzeuge umgeworfen gerade mal einen Kilometer von ihrem jetzigen Standort entfernt. Wenn man von den Skeletten in den Abteilen ausging, hatten nur wenige in den Wracks überlebt.

Ein tiefes Summen erfüllte den Tunnel. Schrittweise wurde es lauter. Simons Anzug dämpfte die Audioübertragung, dann verschwand das Geräusch. Die grünen Lichter auf dem Projektor leuchteten heller.

„Bringe die Schwingungen in Phase“, verkündete Quincy.

Ein paar Sekunden später bildete sich ein violetter Nebel zwischen den Stangen, die sie aufgestellt hatten. Dann löste er sich auf und verschwand allmählich.

„Funktioniert es?“, fragte Nathan.

„Tritt hinein, Kumpel“, schlug Quincy vor. „Wenn es dich zerbläst, dann weiß ich, dass mit der Kalibrierung was nicht stimmt.“

„Ich glaube kaum.“

Von der anderen Seite des Tunnels trat Danielle in den Lichtschein. Ihre Rüstung sprühte einen kurzen Moment, aber sonst geschah nichts.

„Nun, wir wussten, dass es Menschen nicht verletzt", sagte sie. Die Nervosität in ihrer Stimme war kaum hörbar.

„Das bedeutet nicht, dass es Dämonen schadet", sagte Nathan.

„Es gibt nur eine Art, das herauszufinden." Simon strich über den Pflock und schlug ihn so weit in den Boden, dass nichts mehr davon herausragte. Der Pflock war an einer Seite dick und am anderen Ende des Schaftes dünn, damit der Projektor vom Profil geschützt wurde. Nathan griff in den Seesack und holte einen Kanister mit Sprühzement heraus.

Als Simon den Inhalt in das Loch sprühte und er mit der Luft in Berührung kam, füllte das schmutziggraue Silikon das Loch aus. Nachdem die Tarnpartikel aktiv wurden und sich der grauweißen Farbe anpassten, konnte man den Pflock vom ursprünglichen Boden nicht mehr unterscheiden. Nathan warf Danielle den Behälter zu und sie machte dasselbe mit ihrem Pflock, den sie gerade in den Boden geschlagen hatte.

Nachdem alle vier Pflöcke richtig vergraben worden waren, sagte Simon: „Rekalibriert das Feld. Stellt sicher, dass wir alles richtig gemacht haben."

Quincy startete den Prozess erneut. Der violette Würfel erwachte wieder zum Leben und verschwand dann. Danielle ging noch mal durch das Feld in den Würfel. Nichts geschah.

„Ich muss zugeben, Kumpel", sagte Nathan leise, „dass ich wenig Vertrauen in das System habe, wenn ich sehe, wie sie so einfach da durchgeht. Vielleicht spazieren die Dämonen ebenfalls da durch wie durch einen Regen im Frühling."

„Es gibt nur einen Weg, das herauszufinden." Simon griff über seine Schulter und zog Schwert und Schild hervor. Er drehte sich um und ging den langen U-Bahnschacht hinab.

Nachdem Simon und die anderen fort waren, trat Leah aus dem Schatten des Wartebereichs der U-Bahnstation. Es war nicht schwer gewesen, die Templer aufzuspüren. Fast kein Mensch ging heutzutage noch durch London und man konnte den Spuren der Rüstungen leicht folgen. Schwer war nur gewesen, dabei nicht entdeckt zu werden.

Sie betrachtete den Bereich, in dem die Templer gearbeitet hatten. Die Agentin schloss aus der beobachteten Aktion der Templer, dass die Pflöcke und die Elektronik, die Simons Leute im Boden versenkt hatten, so etwas wie ein Abwehrmittel gegen Dämonen darstellten. Aber sie wusste nicht, was es war.

Leah kniete sich hin und öffnete die Kommandokonsole, die einer der Templer benutzt hatte. Sie machte mit dem Okular ihres rechten Auges Bilder und speicherte sie in dem Gel-Laufwerk, das unter der Haut an ihrer linken Hüfte saß. Während sie arbeitete, redete sie sich ein, dass die Schuld, die sie verspürte, unnötig war. Sie war ihrer Organisation gegenüber verpflichtet. Diese Männer und Frauen hatten ihr Leben gegeben, um London zu sichern, lange bevor die Templer überhaupt zugegeben hatten, dass sie existierten.

Ihr Kommunikationsgerät piepte.

Leah straffte sich, als sie antwortete.

„Schwarze Orchidee, hier ist Nachtigall. Hören Sie mich?"

„Schwarze Orchidee hört." Nachtigall war Lyra Darius. Leah hatte sie sofort kontaktiert, nachdem sie die Zuflucht verlassen hatte.

„Wissen Sie, was das für ein Ding ist?"

„Nein." Leah war frustriert. „Wenn ich darüber Bescheid gewusst hätte, hätte ich es Ihnen eher gesagt." Sie atmete tief durch. „Haben Sie irgendwas aus den Tonsignalen erhalten, die ich Ihnen übermittelt habe?" Sie hatte mit einem im Finger verborgenen Richtmikrophon die Templer belauscht, in der Hoffnung, Gesprächsfetzen aufzeichnen zu können.

„Haben wir nicht. Ihre Helme und Rüstungen übertragen keine Gespräche. Wenn Sie können, bleiben Sie dort und versuchen Sie, mehr Informationen zu bekommen.“

„Mache ich. Aber das erhöht das Risiko.“

„Ich bezweifle, dass der junge Lord Ihnen viel antun würde, wenn er Sie entdeckte. Ich habe den Eindruck, dass er Ihnen sehr zugetan ist.“

Unter dem gepanzerten Visier rötete sich Leahs Gesicht. „Ich vermute, Sie interpretieren da mehr hinein, als es ist.“

„Wir werden sehen. Geben Sie auf sich acht, Schwarze Orchidee. Wir wollen, dass Sie heil wieder zu uns zurückkehren.“

„Das werde ich.“ Leah schloss den Behälter und erhob sich. Sie schaltete ihr Okular durch das sichtbare Lichtspektrum. Ein paar Sekunden lang glaubte sie, dass sie den Würfel sehen konnte.

Mit pochendem Herzen trat Leah vor. Die Sensoren ihres Anzugs nahmen vage Spuren von Laserlicht auf, aber nicht genug, um Alarm zu geben. Dem Seismographen in ihrem Anzug nach gab es auch Geräuschwellen.

Sie betrachtete die Konfiguration des Würfels, doch die gab keinen Hinweis darauf, wie das alles funktionierte. Einen Augenblick später nahmen ihre Sensoren das Geräusch eines knurrenden Dämons aus der Richtung auf, in die die Templer gegangen waren.

Sie zog ihr Gewehr und rannte den Tunnel hinab. Dann erkannte sie, dass sich das dämonische Brüllen und die wilden Schreie näherten. Sie machte kehrt.

Es war unmöglich, den Pirschern zu entkommen. Die Dämonen waren unglaublich schnell. Außerdem konnten sie auch an den Seitenwänden des Tunnels und der Decke entlanglaufen und so den Wracks ausweichen. Die Templer mussten umgestürzte Zugteile und Geröll umgehen, die den Tunnel verstopften.

„Ich hasse es, wenn ich vor diesen Dingern fliehen muss“, knurrte Nathan. Dann fluchte er, als er über einen Stein stolperte und stürzte. Er fing sich mit der Hand ab und war schon wieder auf den Beinen. Aber da sprang bereits einer der Pirscher von der Decke auf ihn herab. Der Pirscher zischte wie ein Pfeil heran.

Simon machte eine schnelle Drehung und befahl: „Stiefel verankern." Er spürte, wie sich die Dorne in den Steinboden bohrten, als er den Schild vor sich hielt, um Nathans Rücken zu schützen. Der Pirscher krachte in den Schild, rollte sich ab und schrie vor Wut.

Ein weiterer Pirscher löste sich von der Wand zur Linken und prallte gegen Simon. Dabei löste sich die Verankerung am linken Stiefel. Da er sein Schwert nicht einsetzen konnte, weil ihm der Dämon im Gesicht saß, schlug Simon mit der Faust in das offene geifernde Maul der Bestie. Deren Zähne erzitterten bei dem Schlag. Beinahe ohnmächtig taumelte der Pirscher weg.

Weitere Monster warfen sich auf Simon und gaben ihm keine Chance. Von ihrer schieren Anzahl begraben, ging er zu Boden. Die KI informierte ihn über die schwindenden Rüstungswerte.

Nathan, Quincy und Danielle schlugen die Pirscher mit ihren Schwertern weg. Sie benutzten ihre Schilde, um die anderen Dämonen in Schach zu halten. Als der Angriff nachließ, wandten sich die Templer wie ein Mann um und flohen den Tunnel hinauf.

„Hoffentlich funktioniert der Knoten", sagte Danielle. „Denn wenn nicht, werden wir diese Horde mit unseren Händen bekämpfen müssen."

„Ich weiß." Simon rannte, seine Augen waren nach vorn gerichtet, während er die 360-Grad-Rundumsicht benutzte, um die Pirscher zu sehen, die auf sie zusprangen. Aus der Drehung heraus schlug er mit dem Schwertgriff einem Dämon vor die Stirn. Knochen brachen mit einem lauten Knackgeräusch. Der Pirscher ging zu Boden und zuckte noch.

Der Tunnel wandte sich leicht nach rechts. Ein schneller Blick auf die Karte in seinem Helm zeigte Simon, dass sie nur noch gut 15 Meter vom Knoten entfernt waren. Selbst mit der verstärkten Nachtsicht konnte er kaum die Umgebung erkennen.

Als er durch die erste Seite des Würfels rannte, verspürte Simon einen kurzen Augenblick der Angst. Er bemerkte, wie er den Atem anhielt und das Schlimmste erwartete. Dann war er durch. Die Pirscher hingen ihm im Nacken und waren nur wenige Zentimeter entfernt.

Die Dämonen erreichten den schützenden Knoten weniger als eine Sekunde, nachdem er die Grenze überschritten hatte. Mit seiner 360-Grad-Rundumsicht beobachtete Simon, wie die ersten acht oder neun Pirscher durch die unsichtbare Mauer liefen.

Hellviolette Funken erwachten plötzlich zum Leben und breiteten sich zu einem lavendelfarbenen Flächenbrand aus, der die Dämonen verschluckte. Die Pirscher, die die Grenze vollständig überwunden hatten, verwandelten sich in Asche. Andere Pirscher, die es nicht ganz geschafft hatten, wurden nur teilweise eingeäschert. Aber weil der verwundete Teil meist der Kopf war, starben sie auf der Stelle. Ein paar wenige Dämonen wurden durch ihre nachfolgenden Artgenossen in den Bereich hineingeschubst.

„Absolut fantastisch!“, rief Nathan. Er stand mit erhobenem Schwert und Schild in der Nähe und erwartete offensichtlich nicht, dass die Barriere alle Pirscher aufhielt. „Ich hätte nicht geglaubt, dass es so gut funktionieren würde.“

Simon stimmte ihm im Stillen zu.

Die überlebenden Pirscher zogen sich zurück und knurrten vor Verwirrung und Furcht. Ein paar schlugen nach der Barriere und verloren dabei einen Teil ihrer Klauen.

„Was ist mit der Stromversorgung?“, fragte Simon. Bei der Vernichtungsrate des Feldes musste es eine Menge Energie verbraucht haben.

„Die Versorgung ist einen kurzen Moment lang gesunken“, sagte

Quincy. „Aber sie stieg wieder an. Macomber und Brewer meinten, das Feld sollte sich durch die den Dämonen innewohnende arkane Energie selbst erhalten. Es ist ein sich selbst versorgendes System."

„Die Stromversorgung ist also kein so großes Problem, wie du gedacht hast, oder?", fragte Danielle.

„Stimmt", antwortete Simon.

„Es gibt nichts Besseres als ein sich selbst versorgendes System."

„Ich weiß." Die Zuflucht konnte keine weiteren Belastungen ihrer mageren Ressourcen verkraften. So notwendig ein schützendes Feld auch war, hätte ein großer Strombedarf doch vielleicht das zerbrechliche Gleichgewicht zum Einsturz gebracht. Und nicht nur das. Das schützende Feld versorgen zu müssen, hätte es ebenso anfällig für einen Angriff gemacht.

Auf der anderen Seite der Barriere gingen die Pirscher rastlos auf und ab. Sie bellten und schrien, aber Simon vertraute der Barriere.

„Wenn Macomber und Brewer herausfinden, wie man das Feld vergrößert, könnten wir die Zuflucht schützen", sagte Nathan.

„Das werden sie schaffen", sagte Simon. „Es ist nur eine Frage der Zeit." Zum ersten Mal seit dem Beginn der Invasion spürte er echte Hoffnung, dass sich alles zum Guten wenden könnte.

Einunddreißig

Leah wartete, bis Simon und die Templer fort waren, dann überquerte sie den Bahnsteig und drang in den Tunnel ein. Die Stellen, an denen die Gerätschaften im Boden verankert worden waren, hatten noch nicht dieselbe Temperatur wie ihre Umgebung angenommen. Sie waren auf ihrer thermographischen Sicht leicht erkennbar.

Sie zog das Kampfmesser von ihrem Schienbein und kniete sich hin. Sie zögerte einen Moment.

„Schwarze Orchidee", sagte Lyra Darius. „Haben Sie Schwierigkeiten?"

Ja, wollte Leah antworten. *Simon hat mir vertraut.*

Außer bei dieser Sache, überlegte sie. *Und das könnte den Krieg für immer verändern.*

„Schwarze Orchidee, hören Sie mich?"

„Schwarze Orchidee hört", antwortete Leah. „Ich habe Angst, dass ich das Gerät zerstören könnte."

„Wenn Sie sich nicht sicher sind, kann ich ein Team dorthin schicken."

Das einzige Problem dabei war, dass die Templer jederzeit zurückkehren oder dass die Geräte von den Dämonen entdeckt werden konnten. Einige der Dämonen waren sehr intelligent.

„Nein", sagte Leah. „Wenn wir sie bergen, dann jetzt." Sie schnitt mit dem Messer in den Boden und arbeitete sehr vorsichtig. Als sie das Gerät ausgegraben hatte, machte sie automatisch mit dem Okular Bilder davon und schickte sie zur Basis.

Nachdem sie das erste geborgen hatte, ging sie zum zweiten.

Plötzlich bemerkte sie eine bewegungslose Gestalt, die im Schatten nahe der Tür zur Plattform stand. Sie erkannte die blausilberne Rüstung und wusste sofort, wer es war. Gleichzeitig beschämt und wütend schaute sie Simon Cross an.

„Kann ich dir irgendwie helfen?“, fragte er leise.

Leah wusste nicht, was sie sagen sollte. „Ich dachte, ihr wärt bereits weg.“

Er verschränkte die Arme. „Ich wusste, dass du hier warst. Irgendwo. Ich dachte mir schon, dass du hier auftauchen würdest.“

„Woher wusstest du das?“

„Mir wurde berichtet, dass du aus der Zuflucht weggelaufen bist.“

„Weglaufen impliziert, dass ich eine Gefangene war. Du selbst hast mir gesagt, ich könnte kommen und gehen, wann ich wollte.“

„Du warst keine Gefangene. Deshalb hat dich niemand am Gehen gehindert. Du selbst hast dich zur Flucht entschlossen, als du weggelaufen bist, ohne Bescheid zu sagen.“

Leah kam sich idiotisch vor. „Ich wurde gesehen?“

„Ja.“

„Schwarze Orchidee, benötigen Sie Hilfe?“, fragte Lyra.

Mit einer Bewegung ihres Kinns schaltete Leah den Funk auf stumm, sodass man sie nur noch hinter ihrem Visier hören konnte. „Nein. Bevor jemand hier sein kann, ist das sowieso vorbei.“ Sie wollte keine Konfrontation zwischen Agency und Templern. Die Dinge waren so schon schlimm genug. „Ich kümmere mich schon darum.“

„Wir sind näher dran, als Sie vielleicht denken.“

Das ärgerte Leah. Nicht nur sie war Simon gefolgt, ganz offensichtlich hatte Lyra Darius andere damit beauftragt, den Templern – und damit ihr – ebenfalls zu folgen.

„Halten Sie sie auf“, befahl Leah. „Geben Sie mir etwas Zeit.“

„Bekommen wir Gesellschaft?“ Simon schien über diese Aussicht nicht sonderlich beunruhigt zu sein. Das entnahm sie allerdings nur seiner Körpersprache. Leah konnte absolut nichts durch das Visier in seinem Helm erkennen.

„Nein“, antwortete Leah. „Aber sie sind nicht weit weg.“

„Also, was war dieses Angebot, mir dabei zu helfen, an Einfluss bei den Templern zu gewinnen? Ein Trick?“

„Nein. Das ist echt.“

„Ich verstehe.“ Seine kalte, unpersönliche Antwort verletzte sie.

Leah hasste es, so mit ihm zu reden. Ihre Helme verdeckten alles an ihnen. Sie schirmten jede menschliche Regung genauso ab wie ihr körperliches Erscheinungsbild. Und die modulierten Stimmen klangen kalt wie Eis.

„Es gibt nur nicht allzu viel Vertrauen auf deiner Seite“, fuhr er fort.

Das liegt nicht an mir, wollte Leah sagen. *Es ist die Agency. Es ist die Art, wie ich arbeite.*

„Dieses Vertrauen scheint von beiden Seiten gebrochen worden zu sein, Lord Cross.“ Leah zeigte ihm das Gerät in ihrer Hand.

„Nicht“, ermahnte sie Lyra. „Er könnte es zerstören.“

Leah kümmerte das nicht. Wenn Simon nicht gewollt hätte, dass sie das Gerät bekam, hätte er es schon eher zerstören können. Oder er hätte es zumindest versucht.

„Was meinst du?“, fragte Simon.

„Du hast mir nichts darüber erzählt.“

„Bis heute gab es nichts zu erzählen.“

„Du hast etwas, um die Dämonen mit Leichtigkeit zu vernichten.“

„Wir haben etwas, dass uns bei der Verteidigung hilft. Dieser Knoten – dieses Feld – kann man nicht bewegen. Wenn es erst mal installiert ist, muss es an diesem Ort bleiben.“

„Es ist ein Vorteil, den du vor uns verborgen hast.“

Einen Moment lang sagte Simon nichts. Sein Visier blieb undurchdringlich. „Es war noch kein Vorteil, bis es vor wenigen Minuten das erste Mal funktioniert hat. Bis dahin war es nur eine Hoffnung.“

„Das ändert alles.“

„In definierten Bereichen vielleicht. Aber diese Verteidigung ist nur ein letztes Rückzugsmittel. Wenn wir es benutzen – wenn wir dazu *gezwungen* werden –, bedeutet das, dass die Dämonen uns gefunden haben. Wir können uns vor ihnen einigeln, aber sie können uns immer noch belagern, egal, wo wir uns eingegraben haben. Du hast mitbekommen, wie verzweifelt wir bereits geworden sind. Und das, obwohl wir regelmäßig jagen. Kannst du dir vorstellen, wie es aussieht, wenn wir kein Rotwild mehr erlegen können? Oder die Stadt nach Nahrung durchsuchen?“

Leah konnte es. Während sie in der Zuflucht gewesen war, hatte sie sich so etwas vorgestellt. Simon hatte eine Aufgabe übernommen, die eines Herkules würdig war, indem er die Überlebenden versorgen wollte.

„Und das habe ich nicht vor dir verborgen“, fuhr Simon fort. „Ich bin mir recht sicher, dass die Kopie des Goetia-Manuskripts, die du mir gegeben hast, nicht die Einzige war. Besonders nicht, nachdem ich dich in Aktion gesehen habe.“

Die Abscheu in seiner Stimme klang durch seine Worte, trotz der mechanischen Qualität der Rüstungs-Lautsprecher. Seine Anschuldigung traf sie tief – besonders, weil es die Wahrheit war. Die Agency war kein Hort des Vertrauens.

„Du hattest auf dieselben Informationen Zugriff wie ich“, sagte Simon.

„Nein“, antwortete Leah kalt. „Du verfügst über das ganze Templerwissen, das ihr über Hunderte Jahre angesammelt habt.“

„Wir haben für dieses Wissen bezahlt. Der Orden wurde angegriffen, von seinen Freunden verraten, ihm wurden seine Reichtümer geraubt und er wurde in den Untergrund gezwungen."

„Du hättest da herauskommen können."

„Damit ich der Welt erzählen kann, dass Dämonen tatsächlich existieren? Ich selbst habe doch auch nicht daran geglaubt, du erinnerst dich? Ich habe den Orden verlassen. Ich habe meinen Vater verlassen. Ich habe alles verlassen, was ich kannte, weil ich nicht geglaubt habe." Simon unterbrach sich. „Niemand wollte etwas über Dämonen hören. Nicht, bis sie unter uns waren."

„Ihr habt Macomber. Er hat dabei geholfen, das Goetia-Manuskript zu übersetzen."

„Ja. Aber nur, weil ich noch jemanden habe, der uns hilft, wenn Macomber nicht weiterweiß. Wenn deine … *Organisation* Macomber behalten hätte, was sie *nicht* wollte, wäre sie dennoch nicht in der Lage gewesen, zu tun, was wir getan haben."

„Das weiß ich. Die Leute, mit denen ich arbeite, wissen das auch. Aber du kannst nicht von uns erwarten, dass wir nicht zurückschlagen wollen. Welchen Vorteil ihr auch immer erlangt habt …"

„Gehört euch", unterbrach sie Simon. Er schlenkerte mit der Hand und ein kleiner rechteckiger Diskbehälter flog ihr entgegen.

Leah fing ihn mit Leichtigkeit auf und musterte ihn. Der Behälter enthielt ein Nanospring-Microdot-Laufwerk. Es war rot wie ein Blutstropfen und nicht größer oder dicker als ihr Fingernagel.

„Darauf ist alles enthalten, was wir aus dem Goetia-Manuskript erfahren haben", sagte Simon. „Das umfasst auch die Anweisungen, wie man diese Knotenfelder erschafft. Zumindest das, was wir bislang darüber herausgefunden haben."

„Glauben Sie ihm?", fragte Lyra.

„Sie nicht?", antwortete Leah.

Nach einem kurzen Zögern antwortete Lyra: „Ja, ich glaube ihm."

Stolz erfasste Leah. Simon Cross war genau das, was er vorgab zu sein: ein Ritter, der sein Leben gab, damit andere leben konnten. Leahs Ausbildung hatte ihr genau das Gegenteil beigebracht. Von ihr wurde erwartet, dass sie andere für ihr Land oder ihre Überzeugungen opferte und sie sterben ließ.

„Was hast du in dem Tunnel gesehen?“, fragte Simon. „Das Feld war so groß, wie wir es derzeit erschaffen können. Macomber und die anderen arbeiten daran, es größer zu machen, aber sie haben bislang kein Ergebnis erreicht. Ich lasse es dich wissen, wenn – und ob – sie eine finden.“

Leah erinnerte sich an die harten Worte der Frau in der Zuflucht. „Deine Großzügigkeit überrascht mich, Simon. Aber ich weiß, dass nicht alle Templer so denken wie du.“

„Sie vertrauen den Menschen nicht gern.“

„Sie hätten das Geheimnis der Knoten für sich behalten.“

„Ja. Aber diese Entscheidung liegt nicht bei ihnen, sondern bei mir. Und ich habe sie davon überzeugt, dass das Wissen um die Knoten uns allen nützt. Je mehr Menschen gegen die Dämonen kämpfen, desto länger bestehen wir. Am Ende haben sie das eingesehen.“

Leah schloss ihre Hände um die Disk und wünschte, dass sie sich nicht so elend fühlen würde. Aber das war zum Teil auch Simons Schuld. Sogar zum großen Teil. Sie zog ihn zur Rechenschaft.

„Du hättest mich heute mitnehmen können“, sagte sie. Sie wusste, dass ihr Tonfall kalt klang.

„Noch eine Entscheidung, die ich getroffen habe.“

„Du hast versucht, mich von hier fernzuhalten.“

„Ich wollte dich aus der Gefahrenzone heraushalten“, sagte Simon. „Ich wusste, dass das hier eine blutige Angelegenheit würde.“

Das würdest du wirklich tun, dachte sie wütend.

„Wenn das Feld nicht funktioniert hätte, wäre es egal gewesen“, sagte Simon. „Ich sah keinen Grund, dir unnötig Hoffnungen zu machen. Deshalb haben wir auch niemandem sonst in der Zuflucht etwas darüber gesagt. Und das werden wir erst mal auch nicht, bevor wir nicht das Knotenfeld vergrößern können. Ein schützendes Feld für ein Dutzend Menschen hilft uns nicht weiter."

Das bestritt sie nicht.

„Ihr seid herzlich eingeladen, bei der Forschung mitzumachen", sagte Simon. „Ich möchte, dass deine Leute uns auf dem Laufenden halten, wenn sie einen Weg finden, das Feld zu vergrößern."

Leah wollte antworten, konnte es aber nicht.

„Sagen Sie ihm, Ja", sagte Lyra.

„Und lüge ich ihn dann an?", fragte Leah. *Lügst du mich an?*

„Nein. Es ist die Wahrheit. Ich schwöre es."

Leah wusste, dass dieses Versprechen nichts bedeutete. Lügen gehörte zu den wichtigsten Fähigkeiten von Agenten. Aber sie wollte es Simon trotzdem sagen.

„Wenn wir etwas finden", sagte Leah, „werdet ihr informiert."

Simon nickte. „Danke dafür." Er ließ die unangenehme Stille zwischen ihnen eine Zeit länger bestehen. „Unter diesen Umständen, vor allem, wenn man bedenkt, dass die meisten Menschen in der Zuflucht wissen, dass du ‚entflohen' bist, wäre es besser, wenn du eine Weile nicht kommen würdest."

Seine Worte klangen nüchtern. Leah fühlte sich verletzt und verwirrt. Sie besann sich auf ihre Ausbildung und sperrte diese Gefühle weg.

„In Ordnung", sagte sie. „Wenn du es so willst."

„Es geht nicht darum, was ich will", sagte Simon. „Mir ist klar geworden, dass ich nur wenig Kontrolle über die Dinge habe, die ich mag. So muss es eben sein."

Leah wollte etwas sagen, aber ihr fiel nichts ein.

„Kommst du von hier aus sicher nach Hause?", fragte Simon.

„Ja", sagte Lyra zu Leah. „Unser Team ist ganz in der Nähe."

„Ja, das schaffe ich", antwortete Leah.

„Dann achte auf dich da draußen, Leah. Ich wünsche dir alles Gute."

Simon wandte sich um und verschwand durch die Tür zur Warteplattform.

Unfähig, sich zu bewegen oder zu sprechen, sah Leah, wie er ging.

„Sie haben getan, was Sie tun mussten", sagte Lyra.

„Deshalb ist es aber nicht richtiger", antwortete Leah.

„Das wird es sein. Sie konnten nicht wissen, was Lord Cross geplant hatte."

„Ich hätte warten können. Oder ihn nach den Geräten fragen."

„Wenn er es Ihnen hätte sagen wollen, hätte er es schon vorher gemacht."

„Er wollte es mir sagen."

„Das behauptet er jetzt."

Leah ging auf die Plattform zu und kletterte hinauf. „Sind Sie nicht zu mir gekommen und wollten ihn in der Hierarchie der Templer voranbringen?"

„Ja."

„Dann müssen Sie an ihn glauben."

„Das bedeutet nicht …"

„Tun Sie mir einen Gefallen", unterbrach Leah sie. „Bleiben Sie eine Weile aus meinem Kopf draußen." Sie unterbrach die Verbindung und ging weiter durch die Finsternis.

Zweiunddreißig

„Steh auf, Warren!“

Die drängende Stimme riss Warren aus dem Schlaf. Er nahm das Kissen vom Gesicht und sah sich benommen um. Draußen war es hell, aber die Sonne war bereits aufgegangen, als er sich ins Bett gelegt hatte. Er war die ganze Nacht lang wach gewesen, um neue Wege zu erforschen, die arkane Energie einzusetzen. Seit er in das Gebäude in Soho, das er für sich vereinnahmt hatte, zurückgekehrt war, hatte er mit Lilith zusammengearbeitet. Naomi war schmollend in der Nähe geblieben. Aber auch sie schob die Feindschaft mit der Dämonin beiseite, um etwas zu lernen.

Naomi stand am Bett und zog sich an. Sie schaute auf die Sicherheitsmonitore, die an der Wand neben dem Bett hingen.

„Was ist los?“, fragte Warren. Er sah die unbeleuchteten Bildschirme. Sie hätten nicht unbeleuchtet sein sollen. Er hatte im Erdgeschoss einen Generator installiert und ihn abgeschirmt, damit die Geräusche von Dämonenpatrouillen weder gehört noch sonst wie aufgespürt werden konnten. Ein großer Treibstofftank stellte sicher, dass er wochenlang am Stück laufen konnte. Er hatte ihn bei ihrer Rückkehr aufgefüllt.

„Das Sicherheitssystem funktioniert nicht“, antwortete Naomi und schlüpfte in ihre Schuhe.

„Das sehe ich.“

„Ich habe ein Geräusch gehört und bin aufgewacht. Als ich die Sicherheitsmonitore überprüft habe, waren sie tot.“

„Wie lange ist das schon so?“

„Das weiß ich nicht.“

Warren zog seine Hose an und streifte ein Rugbyhemd über. Die Kampfstiefel anzuziehen, dauerte etwas länger. Er wohnte im vierten Stock. Jemand, der das Haus betreten hatte, würde eine Weile brauchen, bis er hier oben ankam.

Aber geflügelte Dämonen nicht, ermahnte er sich. Er schaute durch die Gitterstäbe, die das Fenster sicherten. Das war bei vielen Gebäuden in dieser Gegend vor der Invasion üblich gewesen, um Einbrecher abzuhalten. Sie zogen keinerlei Aufmerksamkeit auf sich.

Er nahm den Mantel, den Lilith ihm gegeben hatte. Das Kleidungsstück legte sich um seinen Körper, als hätte es einen eigenen Willen. Vielleicht hatte es den auch. Er wusste es immer noch nicht so genau, aber der Mantel bot ihm einen besseren Schutz als jede andere Körperrüstung, die er je getragen hatte. Warren brauchte nur an den Obsidianspeer zu denken und schon lag er in seiner Hand. Er flog durch den Raum und landete da, wo er sein sollte.

Warren griff nach der Aktentasche, die er normalerweise bei sich trug, in der er mehrere Artefakte aufbewahrte, die er geschaffen hatte. Er wusste durch eine einfache Berührung genau, wo sich alles befand. In einer extra Tasche lagerten die Blutengel-Augen, die er eingesammelt und mit seinen eigenen Sinnen verwoben hatte. Er nahm vier Stück heraus, die immer noch feucht und schleimig waren. Zwei waren vertrocknet.

Er erfüllte die Augen mit arkaner Magie, legte den Weg fest, den jedes Auge zurücklegen sollte, und warf sie in die Luft. Sie verharrten einen Moment, als würden sie die Befehle erst verarbeiten, dann bewegten sie sich. Zwei flogen durch das Fenster und zwei durch die Zimmertür.

„Wo ist Lilith?“, fragte Naomi.

„Weiß ich nicht.“

Naomi runzelte die Stirn. „Wie schön für sie, dass sie gerade dann nicht da ist, wenn es hier kritisch wird.“

„Sie will nicht, dass mir etwas passiert." Warren öffnete seinen Geist den Blutengel-Augen und sah, was sie erfassten. „Sie braucht mich noch."

Das stimmte. Bevor Lilith ihrem Körper nicht zu voller Stärke verholfen hatte, brauchte sie ihn, damit er sich um sie kümmerte und ihr half.

Eins der Augen flog über das Dach des fünfstöckigen Gebäudes. Die anderen bewegten sich auf Bodenniveau.

Dutzende Kobolde drangen durch die Eingangstür des Gebäudes ein. Schwer und grob menschenähnlich liefen sie auf breiten Beinen mit jeweils zwei Krallen. Sie waren zwar missgebildet, aber mächtige und ernst zu nehmende Gegner. In ihren flachen Gesichtern befanden sich mehrere perlartige schwarze Augen. Drei Hörner entsprangen ihren großen, knollenartigen Köpfen und zwei weitere ragten von ihrem kantigen Kinn nach unten.

Das Auge, das die Rückseite des Gebäudes überwachte, zeigte an, dass weitere Kobolde durch die Tür zur Old Compton Street eindrangen. Die Dämonen durchbrachen die Sicherheitstüren mit Leichtigkeit.

Die beiden Augen innerhalb des Gebäudes fuhren schnell die zwei Treppen am Ende der Eingangshalle hinab. Weil Blutengel im Dunkeln sehen konnten, entdeckten die Augen die Kobolde, die die Treppen hinaufstürmten. Sie erreichten gerade die zweite Etage.

Warren sah mit wild rasenden Gedanken zu, wie ein Kobold das Auge, das auf der Treppe zur dritten Etage schwebte, entdeckte. Der Dämon riss sein Gewehr von der Schulter und feuerte.

Grelles Licht durchzuckte Warren. Seine Schläfen schmerzten. Er schrie.

„Warren?" Naomi nahm ihn am Arm.

Ungeduldig und mehr als nur ein wenig ängstlich schüttelte Warren sie ab. „Kobolde sind im Gebäude."

„Wie haben sie uns gefunden?"

„Das weiß ich nicht. Sie sind jetzt im zweiten Stock. Wir müssen hier raus."

Eins der Blutengel-Augen draußen bemerkte eine Bewegung. Es drehte sich um und erfasste einen fliegenden Dämon. Kurz darauf erwischte die Kreatur das Auge mit seinem rasiermesserscharfen Schnabel.

Eine neue Welle des Schmerzes schoss durch Warrens Kopf. Diesmal schrie er nicht, aber ihm wurde übel. Als die Tür zu ihrer Wohnung aufflog, erhob er den Speer, um sich zu verteidigen.

Lilith schwebte vor ihm. Ihre Füße befanden sich mehrere Zentimeter über dem Boden. Sie konnte nicht schnell genug gehen, um zu entkommen. Ihr Körper erholte sich erst allmählich und gewann an Form, aber sie war immer noch schwach.

„Man hat uns gefunden", sagte sie.

Naomi fluchte. „Wie konnte das passieren?"

„Jetzt ist keine Zeit für Fragen", sagte Lilith. „Warren, hol das Buch. Wenn wir das hier überleben wollen, brauchen wir es."

Warren lief zu dem geschnitzten Tisch, den er irgendwo aufgestöbert hatte und den die Zombies hier heraufgebracht hatten. Er legte seine Hände auf die Schublade und gab arkane Energie in das Schloss. Dann sprach er das Codewort.

Das Schloss öffnete sich mit einer Reihe hörbarer Klickgeräusche.

Die Dämonen waren bereits im dritten Stock angekommen. Dann verschwand das Bild, als eins der Monster das Blutengel-Auge abschoss.

Warren sank für einen Moment gegen den Tisch, dann hatte er sich wieder unter Kontrolle. Er griff in die Schublade und holte das Buch heraus.

Es war 45 mal 35 Zentimeter groß, 15 Zentimeter dick und in giftig violettes Leder eingeschlagen. Der Foliant war von Linien durchzogen, die an Adern erinnerten. Warren wusste nicht, ob das

Absicht oder Zufall war. Wie immer schnurrte das Buch wie eine Katze. Das bernsteingrüne Auge öffnete sich in der Mitte des Umschlags. Darunter befand sich ein Maul mit Reißzähnen.

„Ich bin in Gefahr“, sagte das Buch.

„Ich weiß“, sagte Warren. „Ich werde dich hier herausbringen.“ Eine Zeit lang hatte er geglaubt, dass die Stimme des Buches Lilith gehörte. Aber nachdem sie sich von dem Buch getrennt hatte, redete es immer noch mit ihm. Lilith hatte das nicht erklärt.

„Gut“, sagte das Buch. „Ich möchte nicht zerstört werden.“

„Das wirst du nicht. Vertraue mir.“

„Ich vertraue dir, Warren Schimmer. Ansonsten würde ich dich töten.“

Es war schon komisch, überlegte Warren, wie viele Dämonen und Menschen – und *Dinge* – behaupteten, dein Freund zu sein, aber andererseits damit drohten, dich zu töten, wenn man sie je verraten würde. Doch es war nicht wirklich komisch. Diese Eigenart der Dämonen und dämonischen Gegenstände erinnerte ihn stark daran, wie sein Leben vor der Invasion verlaufen war.

Er drückte das Buch fest gegen den Mantel. Augenblicklich bildete sich dort eine Tasche und verschluckte den Folianten. Das Auge sah ihn an, bis sich die Tasche schloss. Einen Moment lang war die Ausbeulung im Mantel gut zu sehen, dann verschwand sie jedoch. Der Mantel konnte eine beliebige Anzahl von Taschen formen und unzählige Gegenstände darin lagern. Das Erstaunliche daran war, dass nichts davon etwas wog, nachdem die Öffnungen verschlossen waren. Er konnte selbst eine Tasche auf einer Tasche erzeugen.

Das Geschrei der herannahenden Dämonen drang durch den Korridor.

Naomi stand an einem der Fenster und hielt sich an den Gitterstäben fest.

„Du kannst nicht nach draußen“, sagte Warren. „Die meisten Dämonen sind dort.“

Verärgert und verängstigt wandte sich Naomi zu ihm um. „Was sollen wir dann tun?“

„Die erste Regel beim Anlegen einer Zufluchtsstätte lautet“, sagte Warren, „immer einen Ausweg zu haben.“ Er durchquerte den Raum, nahm sie bei der Hand und zog sie mit sich.

Eine Explosion zerstörte das Fenster, wo Naomi eben noch gestanden hatte. Die Erschütterung warf Warren und Naomi um. Mauerwerk und Stahlstangen flogen durch den Raum. Zwei Gitterstäbe blieben in der gegenüberliegenden Wand stecken. Lilith presste sich gegen die Wand, ihr war aber offensichtlich nichts passiert.

„Lilith!“, brüllte eine monströse Stimme.

„Korhdajj“, knurrte Lilith.

Warren schob Naomi hinter sich. Sein Mantel bot mehr Schutz als ihre Panzerung.

Korhdajj hing an der Seite des Gebäudes. Er musste mindestens dreieinhalb oder vier Meter groß sein und war riesig. Große Fledermausflügel hielten ihn an der Wand im Gleichgewicht. Man konnte sie durch das Loch, das er in die Wand gerissen hatte, aber kaum erkennen. Schillernde rote Schuppen bedeckten ihn und gaben ihm den Anschein, er würde brennen.

Ein silbriges Metall, das permanent in Bewegung zu sein schien, bedeckte mehrere Teile des Dämons. Das war keine Rüstung, erkannte Warren. Es war fest mit der Haut verbunden. Das Metall bedeckte das halbe Gesicht des Dämons und ein Auge.

Lilith löste sich von der Wand. Warren spürte, wie sich die arkane Energie in ihr auflud.

Fürchte ihn nicht, Warren, sagte Lilith in seinem Kopf. *Er ist groß …*

Und mächtig, dachte Warren.

… aber man kann ihn vernichten. Schlage schnell mit dem Speer zu, wenn ich es dir sage.

Wir sollten weglaufen. Ich habe einen Fluchtweg.

Wenn du wegläufst, vernichtet er dich.

Warren umfasste den Speer. Naomi packte Warren von hinten, zog an ihm und flüsterte: „Los doch. Lass sie sich doch gegenseitig umbringen."

Ohne zu sprechen, riss Warren sich los. „Warte."

„Wir werden alle getötet."

„Warte."

Lilith schwebte über dem Boden. Sie wirkte dabei unglaublich zerbrechlich und ausgelaugt, als sie dem Riesen gegenübertrat, der wie ein dämonischer King Kong an der Mauer hing. Wind wehte durch den Raum und verteilte Möbel und Papiere. Laken und Kissen wirbelten wild herum.

„Ich hatte gedacht, du wärst tot, Lilith." Korhdajj brach die Wand weiter mit seiner Faust auf. Steinbrocken fielen auf die Straße hinab und der Raum wurde erschüttert.

„Ich wurde zurückgelassen", sagte Lilith. „Sydonai hat mich betrogen."

Korhdajj lachte.

„Kannst du sie verstehen?", flüsterte Naomi in Warrens Ohr.

Warren verstand sie. Bis gerade hatte er geglaubt, die Dämonen würden Englisch sprechen. „Ja."

„Was sagen sie?"

„Sei still. Oder wir werden noch getötet."

Warren umfasste den Speer erneut.

Dreiunddreißig

Korhdajj drängte in den Raum hinein. Er zog den Kopf ein, damit er durch das Loch passte. Schließlich sah er auf Lilith hinab. Sie wirkte neben ihm fast wie ein Kind. Und genauso hilflos.

„Wo bist du all die Jahre gewesen?“, fragte Korhdajj.

„Ich habe darauf gewartet, dass Sydonai sein Versprechen hält. Er hat mich hierher geschickt, damit ich die Menschen unterwerfe und Platz für das Höllentor schaffe.“

Warren beobachtete ihr Gesicht und fragte sich, ob das Fleisch ihren Schädel derart straff umspannte, dass sie keine Furcht zeigen konnte.

„Du hast versagt“, spottete Korhdajj.

„Die Menschen waren besser und mächtiger, als wir erwartet hatten“, antwortete Lilith.

„Aber sie sterben doch so leicht. Selbst die Templer vergehen und verenden.“

„Ist Sydonai hier?“, fragte Lilith.

Plötzlich drängelten sich die Kobolde vor der Tür. Warren zögerte einen Moment, als er die unheilvollen Blicke der Kleindämonen in seinem Rücken spürte.

Vergiss sie, befahl Lilith ihm. *Um die kümmert man sich schon.*

„Sydonai ist dort, wo er sein will“, antwortete Korhdajj. „Er ist der Älteste. Sein Wille ist Gesetz. Du solltest deinen Platz besser kennen. Ansonsten wirst du schneller aus dem Quell der Mitternacht kriechen, als du denkst.“

„Wie ich sehe, trägst du immer noch deine Narben.“

Selbstbewusst strich Korhdajj mit der dreifingrigen Hand über die metallene Seite seines Gesichts. Dann grinste er. „Das war deine Tat."

„Du solltest dich deiner Stellung mir gegenüber erinnern", sagte Lilith.

„Das war einmal." Korhdajj schüttelte den Kopf. „Aber nicht mehr. Der Älteste schützt dich nicht länger."

„Das wird schon wieder."

„Wenn ich vorhätte, dich am Leben zu lassen, wäre ich vielleicht besorgt. Doch als ich dich hier aufgespürt habe, wurde mir klar, dass ich dich töten muss."

„Vorsicht, du Versager. Ich bin mächtiger, als ich wirke."

Korhdajj grinste und zeigte seine großen Reißzähne. „Das glaube ich nicht. Alles, was ich hier sehe, ist eine vertrocknete *Dakmuwah,* die es kaum wert ist, gefressen zu werden. Ich wette, dein vertrocknetes Fleisch bleibt mir zwischen den Zähnen hängen. Aber ich werde es mir mit deinen Knochen herauspulen."

Bereit?, sagte Lilith zu Warren.

Ja.

Wenn der richtige Moment gekommen ist, musst du nach seinem Hals schlagen. Durchtrenn ihn und wir werden leben.

Warren schluckte. Seine Hand war schweißüberströmt. Die Hitze, die von dem Dämon ausging, hüllte ihn ein. Nach wie vor blieben die Kobolde an der Tür stehen.

„Ich habe dir diese Wunden beigebracht", sagte Lilith. „Dennoch war ich gnädig und habe dich am Leben gelassen. Sie blieben dir Tausende Jahre erhalten und sind nie verheilt."

„Tausende Jahre dienten sie dazu, mich daran zu erinnern, warum ich dich so hasse." Mit einer schnellen Bewegung packte Korhdajj Lilith mit seiner großen Hand. Sie umschloss die vertrocknete Dämonin von den Schultern bis zu den Knien. „Aber heute bekomme ich meine Rache." Er hob Lilith an und öffnete sein Maul.

Eine Explosion von Licht erfüllte plötzlich den Raum und ließ

Warren taumeln. Er schaffte es gerade noch, das Gleichgewicht zu halten. Die Kobolde zuckten von der Tür zurück.

Korhdajjs Hände öffneten sich und er schrie vor Schmerz, als Flammen seine Handflächen und Finger bedeckten.

Jetzt, Warren, befahl Lilith. *Schlag zu!*

Warren hatte große Angst, als er sich aufrichtete und den Speer warf, so fest er konnte. Der Obsidianschaft drang in Korhdajjs Hals direkt unter dem Kinn ein.

Die Augen des Dämons weiteten sich vor Furcht. Er wandte sich zu Warren um. „Nein!", bellte Korhdajj ungläubig. „Was hast du getan?" Er griff nach dem Speer, doch sein Hals wurde plötzlich flüssig und rann von seiner Schulter. Nur seine Knochen blieben zurück.

Lilith stürmte vorwärts, als Korhdajj stürzte. Ihre Arme bewegten sich arthritisch, aber sie fing seinen großen Kopf mit den Händen auf. So hielt sie den Dämon fest, der um sein Leben kämpfte. Dann stieg ein blaues Licht von ihren Händen auf.

Warren spürte den Austausch arkaner Energien, die von Korhdajj zu Lilith flossen. Etwas davon bekam auch er ab und er absorbierte sie. Die Energie war aber zu stark. Warren spürte starke Schmerzen. Er musste die Energie sofort loswerden, um nicht innerlich zerrissen zu werden.

Warte noch damit, sagte Lilith. *Du wirst sie brauchen. Warte auf mein Signal.*

Warrens Augen füllten sich mit Tränen, als er gegen den Schmerz ankämpfte. Korhdajj schwand immer weiter und fiel in sich zusammen wie eine verschrumpelnde Sankt-Martins-Laterne. Aber Lilith wurde stärker, bis sie wie eine Frau Mitte 20 wirkte. Sie hatte üppiges volles Haar. Ihr Blick traf Warrens, als sie sich zu ihm umwandte.

Jetzt. Ruf den Speer zu dir und benutze ihn, um die Energie gegen die Kobolde zu lenken.

Die Verbindung zu dem Speer leuchtete in Warrens Geist. Er streckte die Hand aus und rief die Waffe. Zitternd löste der Speer sich aus dem Leichnam des Dämons und flog durch den Raum direkt in Warrens Hand. Warren wirbelte herum, als die Kobolde von ihrem Anführer angetrieben in den Raum strömten.

Warren führte die Waffe, als hätte er schon sein ganzes Leben lang mit dem Speer gekämpft. Der Speerkopf riss Lücken in die erste Welle der Kobolde. Einige starben augenblicklich, weil die Spitze durch ihre Herzen drang. Andere erlitten einen langsameren Tod, indem Warren ihnen die Kehle durchtrennte, die Lunge durchstach oder den Bauch aufschlitzte. Der Boden war mit Blut und Eingeweiden bedeckt.

Die Kobolde wichen vor Furcht zurück. Warren konnte nicht fassen, wie viel Schaden er angerichtet hatte, und war einen Moment lang wie versteinert.

„Wenn du hier wartest, wirst du sterben", brüllte Lilith ihm zu. Sie streckte eine Hand aus und eine gigantische elektrische Entladung ließ die Kobolde erzittern. Viele zerplatzten, ihre Glieder zuckten dabei.

Mehrere Kobolde an der Tür hoben ihre Waffen und zielten damit auf Warren und Lilith. Mit einer Geste erschuf Warren einen Schild. Die Geschosse wurden mitten in der Luft aufgehalten. Strahlen, Säure, Insekten und noch merkwürdigere Geschosse prallten harmlos an dem Schild ab.

„Es sind zu viele", rief Naomi Warren ins Ohr. „Wir müssen durch die Fenster raus."

„Nein", antwortete Warren.

„Wir können den Sturz mit unseren Kräften verlangsamen."

„Nein. Da draußen warten zu viele Dämonen auf uns."

„Wir kommen hier nicht raus."

„Doch, das kommen wir. Bleib bei mir." Warren hielt den Speer in beiden Händen vor sich. Er kanalisierte die aufgeladene arkane

Energie, die ihm jetzt zur Verfügung stand, und erschuf eine riesige Wand aus Feuer, die sich über die Kobolde erstreckte. Nur Warrens Schild verhinderte, dass er und Naomi ebenfalls davon verzehrt wurden.

Die Dämonen hatten keine Chance zur Flucht. Praktisch jeder fing sofort Feuer und brannte wie Zunder. Sie fielen als geschwärzte Brocken zu Boden. Einige verwandelten sich in Asche.

Einen Augenblick lang war der Raum leer.

Die Hitze brandete über Warren hinweg. Er konzentrierte sich erneut, kanalisierte die Energie durch den Speer und leitete die Schockwelle auf die Mauer neben der Tür, wo die Koboldleichen den Weg versperrten.

Mit einem donnernden Krachen brach die Wand zusammen und ein klaffendes Loch bildete sich. Die Kobolde, die sich dahinter aufgehalten hatten, wurden zerquetscht oder weggeblasen. Hinter ihnen dellten sich die Aufzugstüren mit metallischem Kreischen ein.

„Los!“ Warren nahm Naomi an der Hand und zog sie mit sich. Er rannte durch das Loch. Lilith folgte ihnen.

Warren rannte gemeinsam mit Naomi über die zu Boden gegangenen Kobolde direkt zum Aufzugsschacht. Er streckte den Speer vor und leitete einen weiteren Schlag der Kraft auf die schief sitzenden Türen. Sie brachen weg und fielen in den dunklen Schacht.

„Spring!“, rief Warren.

Naomi wehrte sich dagegen, aber die Kobolde hatten sich bereits so weit erholt, dass sie zurückfeuern konnten. Er zog das Mädchen mit sich, dann fielen sie über die Kante und stürzten in die Dunkelheit.

Naomi schrie.

Warren machte ihr deshalb keinen Vorwurf. Den dunklen Aufzugschacht hinunterzufallen, war schrecklich. Er schaltete auf Nachtsicht um und sah, wie der Aufzugskorb auf sie zuzurasen schien. Er bewegte sich natürlich nicht wirklich, weil Warren ihn nicht an den Notstrom angeschlossen hatte, aber es schien so.

Warren griff nach seiner Kraft, bremste den Fall ab und hielt Naomi fest. Ihr Gewicht hing am Ende seines Arms und brachte ihn aus dem Gleichgewicht. Sie fielen erneut, aber der kürzere Sturz milderte den Aufprall erheblich. Dennoch spürte Warren, wie seine Rippen brachen, als er auf den Aufzugkäfig prallte.

Lilith schwebte elegant über ihm. „Du hast uns in eine Sackgasse geführt", knurrte sie.

Warren konnte wegen der gebrochenen Rippen kaum atmen. Er taumelte beim Aufstehen und fühlte sich schlecht. Dabei bedauerte er, was er als Nächstes tun musste. Er konzentrierte sich und schlug mit seiner arkanen Kraft durch den Aufzugkäfig. Die Kabine fiel in sich zusammen und sie stürzten erneut.

Seine Rippen brannten, als er versuchte sich aufzurichten. Er legte seine freie Hand gegen die Aufzugtür und zerstörte sie. Im selben Augenblick beugten sich Kobolde im vierten Stock über den Schacht. Kugeln und Strahlen zischten an Warren, Lilith und Naomi vorbei.

Warren quetschte sich durch die Öffnung. Lilith schwebte hinter ihm her, bevor er durchkam. Er zog Naomi aus dem zerstörten Aufzug hinaus ins Erdgeschoss des Gebäudes.

Soho war ein altes Viertel. Dieses Gebäude gehörte zu den ältesten. Darunter befand sich kein Parkhaus. Maschinen, Kisten und Kästen lagen überall herum.

Schließlich ließen die Schmerzen nach und Warren atmete tief ein, als er gerade begann, Sterne zu sehen. Er schrie, aber selbst das schmerzte.

„Wo sind wir?", fragte Naomi.

„Du führst uns von einer Falle in die nächste", beschwerte sich Lilith.

„Man muss immer", keuchte Warren, „immer … einen Weg …

nach draußen haben." Er durchquerte den Raum und wies auf einen Kistenstapel. Wie von einem unsichtbaren Wind bewegt, wirbelten die Kisten herum und machten ein Stück Wand frei.

„Da ist keine Tür", sagte Naomi.

Warren atmete erneut durch. „Keine Tür", stimmte er ihr zu. „Fluchtwege … sollte man … tarnen." Er drückte gegen die Wand. „Da ist … ein alter Tunnel … nahe … dem Erdgeschoss. Vielleicht … wurde er … zum Schmuggeln … benutzt. Oder für Nachschub. Habe ihn … auf Bauplänen gefunden. Ich habe ihn … durch die Wand erweitert … die Steine wieder eingefügt … und dünn mit Mörtel gesichert."

Er schlug in die Steine. Sie fielen vor seinen Augen zusammen, zerbrachen und verteilten sich in den Tunnel dahinter.

Der Durchgang stank nach Alter und Schimmel. Lampenruß bedeckte die Decke, wie Warren mit seiner Nachtsicht erkannte.

„Wo lang?", fragte Lilith, als sie in den Gang hineinschwebte.

„Nach links." Warren betrat den Tunnel hinter ihr. Er atmete jetzt leichter, aber er hatte immer noch Schmerzen.

„Wo führt der Weg hin?"

„Weg von hier." Warren blieb stehen, um den Schalter eines Fernzünders zu aktivieren, den er an der Wand platziert hatte, als er in den Tunnel eingedrungen war.

„Was ist das?", wollte Naomi wissen.

„Plastiksprengstoff." Den fand man heutzutage sehr leicht, weil alle Waffenkammern ungeschützt waren. Es gab sogar Handbücher, die erklärten, wie man ihn benutzte.

„Du bist verrückt."

„Wir können … ihnen nicht weglaufen."

„Aber vor der Explosion können wir fliehen?"

„Das muss … ich herausfinden." Warren beugte sich vor und stellte fest, dass er nicht laufen konnte. Naomi nahm ihn am Arm und zog ihn mit sich.

Ein paar der schnelleren Kobolde erreichten die Öffnung gerade, als der Plastiksprengstoff hochging. Die Explosion erfüllte den Tunnel mit Licht und Lärm. Die Explosionswelle warf Warren zu Boden. Er befand sich am Rand der Besinnungslosigkeit und bekam kaum mit, dass ein großer Teil des Tunnels – viel mehr, als er gedacht hatte – einstürzte.

Dann sank er in Dunkelheit.

Vierunddreißig

„Was machst du noch hier, Creasey? Jeder weiß doch, dass du dich bei deinen Templerkumpels versteckst, statt dein Leben mit uns zu riskieren.“

Ruhig bleiben, sagte sich Leah. *Ignoriere sie.*

Aber das war sehr schwer. Seit sie zur Agency zurückgekehrt war, rieb der offensichtliche Mangel an Akzeptanz bei den Gleichgestellten an ihr wie Sandpapier an einem ungeschützten Nerv. Das hatte es auch schon gegeben, als sie noch nicht Lyra Darius' Nachricht zu Simon gebracht hatte. Aber mittlerweile waren die Feindseligkeiten eskaliert.

Sie stellte ihren Stiefel auf die Bank im Umkleideraum und versuchte ihn zu öffnen. Ihre Schuhe waren wie der Rest ihrer Ausrüstung mit Blut bedeckt. Das meiste Blut stammte von den Dämonen, aber einiges gehörte auch verwundeten Menschen und den beiden Männern, die heute Nacht in ihren Armen gestorben waren.

„Hörst du mir nicht zu, Creasey?“, brüllte Dockery.

Nicht aufregen, dachte Leah. Sie hatte den Stiefel fast ausgezogen. Das Blut hatte die Handschuhe glitschig gemacht, was die Sache erschwerte.

Eine schwere Hand legte sich auf ihre Schulter und zog sie herum. Dockery war einen Kopf größer als sie, ein schwerer Mann mit einer breiten Brust. Er war Anfang 30. Seinen Helm hatte er abgesetzt. Kurz geschorene Haare bedeckten seinen Kopf und Bartstoppeln das Kinn. Er wirkte stur.

Leah schlug seine Hand mit dem Unterarm weg. Sie hielt beide Fäuste abwehrbereit hoch.

„Ich habe dich verstanden, Dockery", sagte Leah. „Aber ich will nicht mit dir reden."

„Vielleicht will ich aber mit dir reden, Schätzchen", knurrte Dockery.

„Dann werde ich dich melden."

Dockery lachte. „Ich gehe jeden Tag raus und kämpfe gegen die Dämonen, Herzchen. Glaubst du wirklich, dass mich eine Meldung von dir in Angst und Schrecken versetzt?"

Leah fühlte sich nicht ernst genommen. Vor der Invasion waren Meldungen innerhalb der Agency eine ernste Angelegenheit gewesen.

„Ich war bei den königlichen Marines, bevor alles den Bach runtergegangen ist", sagte Dockery. „Ich wusste schon, wie es da draußen ist, als du noch Spionagetricks gelernt hast. Wir haben damals Mann gegen Mann gekämpft. Kein Versteckspielen oder solchen Mist, wie man euch beigebracht hat."

Eine Menge Leute hatten sich im Umkleideraum versammelt. Niemand schien dem Streit ein Ende machen zu wollen.

„Du hast eine harte Nacht hinter dir", sagte Leah ruhig. „Das haben wir alle."

„Nicht alle von uns mussten erleben, wie ein Kamerad in seinen Armen gestorben ist", sagte Dockery. „Wendell Tate war ein guter Mann. Ein königlicher Marine. Leicht vier- oder fünfmal so viel wert wie ihr Typen."

Das brachte ihm einigen Protest aus der Menge ein. Als die Spionageorganisation und das Militär zusammengelegt worden waren, war das nicht nahtlos geschehen.

„Eine Menge Leute sind heute Nacht gestorben", sagte Leah. „Eine Menge guter Leute."

„Das weiß ich. Und du rennst weg, um dich mit diesen feigen Templern zu verbrüdern."

Er will dich nur reizen. Leah atmete tief durch.

„Ich will, dass du mich in Ruhe lässt“, sagte Leah.

„So ein Pech aber auch. Ich finde, es ist an der Zeit, dass du herausfindest, wem deine Loyalität gilt.“ Dockery schlug ihr mit seiner großen Hand gegen die Schulter.

Leah erwischte sein Handgelenk mit der linken Hand, packte den Ellbogen mit der Rechten und versuchte ihn in den Polizeigriff zu nehmen. Dockery trat mit dem Fuß aus und stellte ihr ein Bein, während er sich mit seinem Oberkörper drehte. Leah verlor das Gleichgewicht, musste ihn loslassen und trat schnell zurück. Sie schaffte es gerade, die Hände schützend hochzuhalten, als Dockery auf sie zukam.

„Das hättest du nicht tun sollen, Schätzchen“, sagte er mit rauer Stimme. Ein böses Lächeln lag auf seinem Gesicht. „Denn das wirst du jetzt bereuen.“

Leah entkam dem Schlag knapp, der an ihrem Ohr vorbeiging. Instinktiv hatte sie sich vor den Spinden positioniert. Die Zuschauer hinter ihr traten zögerlich zurück, weil sie ihre Plätze in der ersten Reihe nicht verlieren wollten. Dann versuchten sie dieselben Plätze zu erhaschen, als sich der Kreis in einen Halbkreis verwandelte. Wildes Schreien erfüllte den Umkleideraum.

Dockery täuschte einen Schlag an, aber Leah erkannte an seiner Körperhaltung, dass der Schlag nicht ernst gemeint war. Sie schloss die Hände und ließ sich davon treffen. Vom Erfolg beflügelt holte Dockery erneut aus und legte diesmal Kraft in den Schlag.

Leah ging in die Knie und unterlief den Angriff. Dockerys große Faust donnerte durch die dünne Tür des Umkleideschranks. Er versuchte seine Hand aus dem zerborstenen Metall freizubekommen. Bevor er das schaffte, glitt Leah neben ihn und versetzte ihm einen Tritt in die Kniekehle.

Dockerys Bein knickte weg und er ging zu Boden. Dabei blieb seine Faust weiterhin im Schrank stecken, was ein unerwarteter

Vorteil war. Leah packte ein Haarbüschel und riss sein Gesicht zu sich heran.

„Versuch das nie wieder", sagte sie ihm ruhig. „Nicht ein einziges Mal."

Der große Mann fluchte und versuchte aufzustehen. Leah schlug mit der Handfläche gegen Dockerys Nacken und ließ 50 000 Volt Strom aus ihrem Anzug fließen. Dockery zuckte wild, jeder Muskel seines Körpers wurde überladen, dann wurde er ohnmächtig.

„Dafür wirst du bezahlen", drohte einer von Dockerys Kameraden der königlichen Marines.

Leah nahm erneut Verteidigungsstellung ein. Der Raum blieb geteilt, aber Dockery und die Leute vom Militär bildeten eine eingeschworene Gruppe, die zusammenhielt. Sie bezweifelte, dass jemand ihr zu Hilfe kommen würde.

„Das ist genug Randale", sagte eine neue Stimme. „Der Nächste, der hier um sich schlägt, wird Sergeant Dockery im Arrest Gesellschaft leisten."

Die Menge teilte sich und Lyra Darius trat heran. Vier schwer bewaffnete Sicherheitsleute begleiteten sie. Sie blieb bei Leah stehen und blickte auf die versammelte Menge.

„Riordan und Jacobs", sagte Lyra. „Sie behaupten, Freunde des Sergeants zu sein. Bringen Sie ihn in den medizinischen Bereich und lassen Sie ihn untersuchen. Nachdem der Arzt ihn für diensttauglich erklärt hat, bringen Sie ihn in den Arrest. Ich werde sicherstellen, dass das auch geschieht. Wenn nicht, werden Sie ihm Gesellschaft leisten. Habe ich mich klar ausgedrückt?"

„Kristallklar, Ma'am", knurrte einer der Männer.

Lyra sah Leah an. „Sie kommen mit mir."

Leah unterdrückte den augenblicklichen Drang, dagegen anzugehen, dass sie wie eine Schuldige behandelt wurde. „Ja, Ma'am."

Als sie Lyra Darius' Privatbüro betraten, nahm Leah vor dem Schreibtisch Haltung an. Ihr Blick streifte durch den Raum. Hier gab es nichts Persönliches. Kein einziger Hinweis darauf, wer Lyra Darius vor ihrer Zeit beim Geheimdienst gewesen war.

„Lassen Sie den Blödsinn sein. Sie haben nichts zu befürchten. Es ist nur besser, wenn Dockery und seine Schergen denken, dass ich Ihnen die Leviten lese. Setzen Sie sich."

Leah war ein wenig erleichtert und setzte sich auf einen der beiden Stühle, die vor dem Metalltisch standen. Lyra saß ihr gegenüber.

„Das alles muss für Sie sehr schwierig sein", sagte Lyra.

„Es geht mir gut, Ma'am." Leah bemühte sich um ein neutrales Gesicht.

„Ja. Das sehe ich. Eine Prügelei in der Öffentlichkeit ist der perfekte Beweis dafür, wie *gut* es Ihnen geht."

„An dem Kampf trifft mich keine Schuld."

„Natürlich tut es das." Lyra lehnte sich in ihrem Stuhl zurück.

Leah schaffte es kaum, sitzen zu bleiben. „Bei allem Respekt, Ma'am, aber ich habe nicht angefangen."

„Doch, haben Sie. In der Minute, in der Sie vor vier Jahren gegen die Dienstvorschriften der Agency verstoßen haben und mit Simon Cross Kontakt aufnahmen."

Sie sagte nicht *mit den Templern,* sondern *mit Simon Cross.* Leah nahm den Unterschied wahr.

„Sind Sie unzufrieden mit mir, Ma'am?", fragte Leah.

„Nicht mit Ihnen. Aber mit der Situation." Lyra schüttelte den Kopf.

„Ich verstehe nicht."

„Sie haben sich selbst in eine unhaltbare Position gebracht."

„Ich sehe nicht, inwiefern."

„Weil Sie eine besondere Behandlung durch die Templer erhalten haben, die Leute hier aber nicht."

„Sie wollen es nicht."

„Natürlich wollen sie es nicht. Sie sind viel zu stolz und in ihrem Elitedenken verhaftet. Sie glauben, besser als die Templer zu sein."

„Das sind sie kaum."

„Unsere Leute glauben, dass sie den Krieg zu den Dämonen tragen. Dafür wurden sie ausgebildet. Der anderen Seite ebenso viele Verluste beizubringen, wie man erlitten hat. Unglücklicherweise war keiner der Gegner, gegen den diese Soldaten und Agenten in der Vergangenheit gekämpft haben, bereit, in dem Maße Verluste hinzunehmen. Und die Feinde von früher waren auch nicht so gut ausgerüstet. Nicht mal die Terroristen aus dem Mittleren Osten in den frühen Jahren dieses Jahrhunderts."

Leah blieb regungslos.

„Auf die eine oder andere Art wird sich dieses Problem von selbst lösen", sagte Lyra. „Aber es wäre besser, wenn nicht so viele Leute hier Sie als ein Teil des Problems ansehen würden." Sie sah Leah besorgt an. „Ich will Sie nur ungern wieder ins Feld schicken."

„Aber warum? Vertrauen Sie mir nicht mehr?"

„Ich vertraue Ihnen. Ich vertraue nur nicht darauf, dass all die Leute dort draußen mit Ihnen gemeinsam kämpfen wollen, wenn es sein muss."

„Ich kann selbst auf mich aufpassen."

Lyra lächelte traurig. „Die Tage, an denen wir auf uns selbst aufpassen konnten, sind vorbei."

„Ich habe immer noch Freunde", sagte Leah.

„Ja. Das weiß ich. Und wenn Sie von Leuten wie Dockery gemieden werden? Was wollen Sie dann tun? Wie weit wird diese Teilung gehen, bevor das Ganze nicht mehr zusammenhält?"

Leah dachte darüber nach. „Schlagen Sie vor, dass ich gehen soll?"

Lyra betrachtete sie ruhig. „Noch nicht. Im Moment glaube ich nicht, dass das nötig ist. Aber es könnte passieren. Ich sage Ihnen Bescheid, wenn es so weit ist."

Leah nickte knapp.

„Wenn es so weit wäre, glauben Sie, dass Sie bei den Templern unterkommen könnten?"

Mit geübter Leichtigkeit log Leah. „Ja, Ma'am."

Lyra runzelte die Stirn. „Eine nette kleine Lüge. Selbst wenn Simon Cross noch so gutherzig ist, wie mir berichtet wurde, würde ich sagen, dass er seit dem letzten Treffen genug von Ihnen hat."

„Möglich."

„Bevor ich Sie hier rauswerfe, finde ich einen anderen Ort für Sie. Darauf haben Sie mein Wort."

„Ja, Ma'am. Danke. Gibt es noch etwas?"

„Ja." Lyra lehnte sich auf den Tisch. „Passen Sie da draußen auf sich auf. Oft ist nicht genug Zeit, um Animositäten wie diese zu überwinden. Der Freund, von dem Sie glauben, dass er Ihnen den Rücken deckt … ist es vielleicht gar nicht."

„Ja, Ma'am. Das ist mir jederzeit bewusst." Leah salutierte.

Lyra salutierte zurück. „Es gibt noch etwas, was ich von Ihnen will. Falls jemand fragt, sagen Sie ihm, dass ich Ihnen gegenüber grob und aggressiv war."

„Ja, Ma'am." Leah verließ den Raum und trat hinaus auf den Gang. Schon bevor sie in Lyras Büro gegangen war, war der Komplex kein richtiges Heim gewesen. Doch sie war erstaunt, wie viel weniger er es jetzt war.

Fünfunddreißig

Warren erwachte statt in dem unterirdischen Durchgang mitten in einem Wald. Verwirrt schaute er sich um und sah, wie das Sonnenlicht durch die smaragdgrünen Blätter und die Büsche um ihn herum schien. Er ballte die rechte Hand und stellte fest, dass er sie noch hatte, sie bestand immer noch aus Metall und sie hielt immer noch den Speer fest. Einige Dinge hatten sich nicht geändert.

Vögel sangen in den Bäumen und flatterten von Ast zu Ast. Irgendwo zu seiner Linken rauschte ein Bach. Der Geruch nach Pinien und Gras erfüllte seine Nase und er meinte auch, Äpfel riechen zu können. Sein Magen knurrte beim Gedanken an die Äpfel. Es war mehr als drei lange Jahre her, seit er das letzte Mal frisches Obst gegessen hatte. Die einzigen Äpfel, die man heute noch bekommen konnte, waren in Dosen oder als Trockennahrung.

Warren erkannte, dass der heftige Schmerz an seiner Seite fort war. Er entschloss sich, Hoffnung zu empfinden. Es war unmöglich, dass er derart gefühllos geworden war und den Schmerz nicht mehr spürte. Oder dass die Wunde gar von selbst geheilt war.

„Steh auf, Warren“, drängte eine bekannte Stimme. „An diesem Ort wird dir niemand etwas tun. Hier ist es sicher.“

Der Boden zitterte leicht, als jemand auf ihn zukam. Warren unterdrückte die Furcht, die ihn durchfuhr, wälzte sich herum und stand auf. Er nahm den Speer in beide Hände. Der Mantel fühlte sich fest und undurchdringlich an und bewegte sich kaum. Er folgte nur leicht Warrens Bewegungen.

Eine merkwürdige Kreatur stand vor Warren. Hastig wich sie vor dem Speer zurück.

„Ich würde es begrüßen, wenn du das Ding nicht auf mich richten würdest“, sagte das Wesen. „Das ist eine mächtige Waffe. Wenn es nach mir gegangen wäre, hätte ich sie zurückgelassen. Aber wie der Mantel scheint sie mit dir verbunden zu sein.“

„Wer bist du?“, fragte Warren.

Das Wesen war barfuß gut 1,20 Meter groß. Es war dünn und elfengleich und wirkte nicht sehr bedrohlich. Doch das bedeutete nichts. Warren hatte Dämonen erlebt, nicht größer als sein kleiner Finger, die sich in das Fleisch eines Mannes bohrten und sein Herz suchten oder das Gehirn und ihn dann töteten.

Die Gesichtszüge des Wesens schienen nicht zusammenzupassen, so als seien sie ungeschickt zusammengefügt statt natürlich gewachsen. Die Nase war lang und hing fast bis auf die Oberlippe hinab. Die Augen waren zu klein und standen zu nah beieinander. Der Mund war ein Strich. Dunkles, lockiges Haar wuchs auf dem eiförmigen Kopf und das Kinn war dermaßen verwachsen, dass es wie ein Komma aussah. Weiteres Haar bedeckte seine knochigen Beine. Ein gelber Lendenschurz flatterte im leichten Wind.

„Ich heiße Thakelrot“, verkündete das Wesen und lächelte zögerlich.

„Das ist mal ein Name“, sagte Warren. „Der verrät mir aber nicht, wer du bist, wo ich hier bin und was mich hierher geführt hat.“

„Du bist nicht gestorben und jetzt in so einer Art Leben nach dem Tod, wenn du das denkst.“

„Nein.“

„Ihr Menschen habt interessante Gedanken darüber.“

Warren trat vor und führte den Speer nur Zentimeter an Thakelrots Kehle vorbei.

Das kleine Wesen hob die Hände. „Ist das der Dank für die Freundlichkeit, die ich dir gewähre? Nachdem ich dich aus dem Übergang hierher gezogen und deine Wunden geheilt habe?“

„Wenn du all das getan hast, dann kannst du mir auch sagen, was ich wissen will.“

Thakelrot sah Warren in die Augen. „Du kennst mich, Warren. Du kennst meine Stimme und du kennst diesen Ort.“

Warren brauchte einen Moment, doch er kannte dieses Wesen tatsächlich. „Du bist das Buch.“

Ein Lächeln bog den Strich des Mundes. „Ja.“

Warren senkte den Speer, blieb aber wachsam. Er sah sich um.

„Du warst vorher schon im Buch“, sagte Thakelrot.

Das stimmte. „Es sah aber anders aus.“

„Das Buch hat viele Seiten. Du hast nicht alle gesehen. Das hat niemand.“

„Und du warst nicht dort.“

„Doch, war ich. Aber du hast mich nicht gesehen.“

Warren dachte nach. „Hast du mich in das Buch gezogen?“

„Ja, um dein Leben zu retten.“

„Was ist mit Naomi und Lilith?“

„Naomi trägt das Buch. Sie hat gesehen, wie ich dich hineingezogen habe. Sie konnte dich ja schlecht selbst tragen. Und jetzt, wo es mir endlich gelungen ist, mich von Lilith zu trennen, will ich nicht noch einmal mit ihr zu tun haben.“

„Kann ich hier wieder raus?“

„Natürlich. Ich bin doch kein Gefängniswärter.“

Warren betrachtete das simple Gesicht. Sein ganzes Leben lang war Warren belogen worden. Seine Mutter hatte ihn zuerst belogen, gefolgt von seinem Stiefvater und den Menschen in den Kinderheimen. Nicht zu vergessen die „Freunde“, die sich auf ihn verließen, weil er seinen Teil der Miete und der Nahrungsmittel bezahlte.

Er konnte nicht beurteilen, ob das Wesen log oder nicht.

„Ich wollte, dass du in Sicherheit bist“, sagte Thakelrot. „Als du bewusstlos geschlagen wurdest, hätten sie keine andere Möglichkeit gehabt, als dich zurückzulassen.“

Sie hätten warten können, dachte Warren.

„Sie hatten Angst. Der Durchgang hat sich nicht völlig verschlossen, wie du gehofft hast. Die Kobolde haben sich durchgegraben."

„Werden meine Begleiter entkommen?"

„Ja. Es ist genug Zeit. Du hast es gut geplant."

„Ich muss zurück."

„Nimm dir einen Augenblick Zeit. Beim letzten Mal, als du im Buch warst, hast du nur einen Krieg, den die Dämonen in der Vergangenheit bestritten haben, gesehen. Daraus kannst du etwas lernen."

Warren sah sich im Wald um. „Wo sind wir?"

„Im Buch."

„Ich meinte diesen Ort."

„Das ist einer der Orte, den die Dämonen verschlungen haben. Eigentlich ist es eine Erinnerung daran. Der Ort existiert nicht mehr, aber zwischen den Seiten des Buchs kann er für immer leben. Zumindest solange das Buch erhalten bleibt."

Thakelrot ging zu dem träge dahinfließenden Bach.

„Folge mir."

Eine Zeit lang ging Warren stumm neben dem kleinen Wesen her. Die Schönheit des Waldes überwältigte ihn. Vor der Invasion hatte er Parks für etwas Selbstverständliches gehalten. Als dann der Brand begonnen hatte, London zu verschlingen, war es unsicher geworden, sich auf weiten, offenen Flächen zu bewegen. Er bedauerte, nicht öfter in Parks gewesen zu sein.

Thakelrot machte bei einem Apfelbaum Pause. Die roten Früchte hingen schwer an den Zweigen. Nachdem er die Frucht genau untersucht hatte, pflückte er eine und warf sie Warren zu.

Warren fing den Apfel auf und untersuchte ihn. Er sah perfekt aus. Gut genug, um …

„Iss ihn", ermutigte ihn Thakelrot.

„Ist das auch ungefährlich?“

„Ja.“

„Ich habe zu viele Geschichten über böse Hexen gehört und eifersüchtige Königinnen, um einfach so Äpfel als Geschenke zu akzeptieren.“

„Ich will dir nichts tun. Wenn ich das wollte, hätte ich dich einfach in dem Durchgang zurückgelassen. Die Kobolde hätten dich getötet.“

„Vielleicht.“

„Wenn du nicht ohnmächtig gewesen wärst, hättest du gesehen, dass ich die Wahrheit sage.“ Thakelrot pflückte einen weiteren Apfel und riss ihn mit den bloßen Händen auseinander. Das Wesen warf einige Teile davon in den Bach. Fast augenblicklich tauchten Fische auf und knabberten daran. Keiner starb.

Hungrig und mit dem festen Willen, sich wieder daran zu erinnern, wie ein Apfel schmeckte, der nicht zu Mus verarbeitet war oder aus der Dose stammte, rieb Warren ihn an seinem Mantel blank und biss hinein. Der Apfel schmeckte süß und fruchtig. Der Saft lief sein Kinn hinab. Trotz der merkwürdigen Umstände musste er lachen.

„Gut, nicht?“, fragte Thakelrot.

„Ja.“

Die Kreatur wandte sich ab und ging erneut am Bach entlang. Warren folgte ihr und kaute immer noch auf dem Apfel.

„Ich wollte diese Gelegenheit nutzen, jetzt, wo wir endlich allein sind, um mit dir zu reden. Ich habe dir viel mitzuteilen.“

„Warum hast du das nicht schon zuvor gemacht?“

„Weil Lilith hier war. Sie stand zwischen uns. Es gibt Dinge, die sie nicht wissen muss. Oder von denen sie zumindest nicht wissen muss, dass du sie kennst. Ansonsten würde sie dich töten. Und zweifle nicht daran, dass sie das tut, sobald sie dich nicht mehr benötigt.“

„Das tue ich nicht.“

Thakelrot grinste über seine Schulter. „Du traust ihr nicht mehr als mir, was?“

„Ja.“ Warren warf das Apfelgehäuse in den Bach. Ein Dutzend Fische stürzte sich sofort darauf.

„Du musst jemandem vertrauen.“

„Ich traue mir selbst.“

„Du weißt nicht genug.“

Warren bestritt diesen Punkt nicht. „Was bist du?“

„Momentan, vielleicht für immer, bin ich ein Buch. Aber ich war einst wie du. Eine Kreatur mit meinem eigenen Ort auf meiner Welt. Ich hatte eine Familie. Eine Frau. Kinder.“ Schmerz war in den Augen der kleinen Kreatur zu sehen. „Die Dämonen haben sie alle getötet.“

Warren wusste nicht, was er sagen sollte. Besonders, weil er nicht wusste, ob er die Geschichte glauben sollte oder nicht.

Sechsunddreißig

„In meinem Dorf war ich ein Historiker“, sagte Thakelrot. „Ich bewahrte die alten Sagen. Diejenigen, die niemand mehr wirklich hören wollte. Aber es war mein Ort und ich tat es. Niemand glaubte mehr an diese Geschichten.“

„Warum?“

„Weil sie alle von Dämonen handelten. Niemand glaubte damals mehr an Dämonen. Alle glaubten, dass die Dunkelheit an uns vorübergegangen war. Oder – wie viele behaupteten – nie existiert hatte.“

„Die Dämonen waren schon vorher auf deiner Welt gewesen?“

„Ja. So wie auf deiner. Sie beobachten junge Welten. Schicken Vorboten und Sucher aus, um zu beurteilen, wann sie reif zur Ernte sind.“

„Wann ist das?“

„Wenn die Bevölkerung gedeiht“, sagte Thakelrot. „Am Beginn aller Welten gibt es nur wenige Bewohner. Aber im Laufe der Zeit vermehren sich die intelligenten Kreaturen, bis sie drohen, die Welt zu übervölkern. Keine andere Kreatur auf irgendeiner Welt macht das mit demselben hartnäckigen Erfolg wie die intelligenten Spezies. Wenn eine Welt erst erblüht, wenn die Dämonen entscheiden, dass die Bewohner nicht länger weitermachen können, ohne unter ihrer eigenen Last zu implodieren, dann schlagen sie zu. Genau so, wie wenn eine Frucht reif ist und man den Saft aussaugen kann.“

„Woher wissen sie das?“, fragte Warren.

„Dämonen verlassen niemals eine Welt wirklich. Sie lassen immer jemanden zurück, der sie beobachtet. Wie Lilith."

„Sie hat gesagt, dass die Dämonen schon eher zurückkommen wollten." Der Hügel neben dem Bach erhob sich steil. Warrens Oberschenkel brannten beim Aufstieg.

„Vielleicht stimmt das", sagte Thakelrot. „Deine Leute hatten viele Rückschläge als Spezies. Ich habe es miterlebt. Kriege, Hungersnöte, Seuchen. All das wirft euch zurück und bedroht die Ausrottung."

„Warum wurdest du in ein Buch verwandelt?"

„Das sollte ein Witz sein. Als Anspielung auf meinen Beruf."

„Hat Lilith das gemacht?"

„Nein. Sie war dabei, ist aber für mein Schicksal nicht verantwortlich. Ein anderer Dunkler Wille nahm meinen Körper und das Leben, das kaum noch in mir pulsierte, brach meine Knochen und veränderte mich, bis ich zu diesem Buch wurde."

„Weshalb tat er das?"

Thakelrot seufzte. „Als ich noch lebte, wusste ich, wie man den Dämonen schadet. Wie man sie verletzt und tötet. Mein Wissen hätte geholfen, dem Unausweichlichen zuvorzukommen. Aber es war zu wenig und zu spät. Wir waren zu langsam und deshalb dem Untergang geweiht. Außerdem hatten wir nicht die Wahrheiten auf unserer Welt. Nicht so, wie sie auf deiner Welt sind."

„Die Wahrheiten?"

Thakelrot blieb stehen und sah ihn an. „Ja."

„Ich weiß nicht, was das ist."

„Das weiß ich auch nicht. Nicht vollständig. Ich weiß nur, dass sie die beste Waffe sind, die man gegen die Dämonen besitzen kann. Durch deine Veranlagung bist du ein Kabalist. Als solcher bist du eng mit der Wahrheit der Mutter verbunden."

„Welcher Mutter?"

„Das weiß ich nicht. Ich weiß nur, dass, wenn die richtige Zeit gekommen ist, die Kabalisten diese Wahrheit erkennen werden und sie befreien müssen. Nur dann können die Dämonen und das Höllentor besiegt werden."

„Woher stammen diese Wahrheiten?"

„Wo alle guten Dinge herkommen. Vom Brunnen des Lichts."

„Wie viele Wahrheiten gibt es?"

„Sieben. Man muss sie alle finden und vereinigen."

Warrens Kopf schwirrte. „Wo sind diese Wahrheiten?"

„Irgendwo in deiner Stadt", sagte Thakelrot. „Du musst das Siegel finden und dann die Wahrheiten."

„Woher weißt du das?"

„Weil die Geschichte der Sieben Wahrheiten eine der Sagen war, die ich in meiner Welt kannte. Ich glaubte, dass sich die Wahrheiten auch dort befinden würden, aber wir konnten sie nicht finden."

„Sind die Wahrheiten physische Gegenstände?"

„Natürlich sind sie das. Das müssen sie sein. Sie sind ja Waffen, die man gegen die Dämonen einsetzen kann."

Warren ordnete seine Gedanken. „Du meinst, dass die Wahrheit der Mutter an die Kabalisten gebunden ist?"

„Ja."

„Welche anderen Wahrheiten gibt es noch?"

„Eine ist an die Templer gebunden. Die sind zu wichtig, als dass man sie außer Acht lassen sollte. Und eine andere Wahrheit ist an die geheimen Krieger gebunden."

„Ist das nicht dasselbe wie die Templer?"

„Nein. Es gibt Krieger in deiner Welt, die ich gesehen habe. Sie sind an die Wahrheit des Soldaten gebunden, weil sie an den Kampf glauben. Die Templer sind an die Wahrheit der Brüder gebunden, weil sie ein geteiltes Haus sind. Sie stehen für Einheit, aber sie teilten sich, als das Höllentor sich öffnete. Einige starben, während anderen befohlen wurde, zurückzubleiben. Scham hat die Lebenden befleckt."

„Wer wird diese Wahrheiten finden?"

„Der, der sie sucht." Thakelrot lächelte hoffnungsvoll. „Ich wünsche mir, dass du einer davon bist. Deshalb erzähle ich dir das alles. Du hast die Möglichkeit, etwas zu ändern, Warren. Aber nicht, bevor du nicht die Angst und die Wut bezähmst, an die du dich so verzweifelt klammerst."

Warren wollte bestreiten, dass er ängstlich oder wütend war, doch er konnte es nicht. „Wo soll ich mit der Suche beginnen?"

„Das weiß ich nicht. Du musst nur auf alles, was dir begegnet, reagieren. Ich wollte dir das schon seit Monaten sagen, aber Lilith darf nicht herausbekommen, dass ich diese Dinge weiß und bereit bin, sie dir zu verraten. Wenn sie von meinem Wissen erfährt, wird sie mich vernichten."

Warren sah das kleine Wesen an, das da vor ihm stand. Wenn es stimmte, was es sagte, führte Thakelrot seit Tausenden von Jahren ein schreckliches Leben.

„Ich verrate ihr nichts", sagte Warren.

„Achte auch darauf, was du in ihrer Gegenwart denkst. Sie kann mit Leichtigkeit deine Gedanken lesen."

„Das weiß ich."

„Solange du mich bei dir hast, kann ich dabei helfen, einige deiner Gedanken abzuschirmen."

„Dann sorge ich dafür, dass du bei mir bleibst."

„Komm mit mir auf die Hügelkuppe. Ich möchte dir etwas zeigen."

Auf dem Hügel angekommen, glaubte Warren, ihm würde übel. Am Fuß der Hügel erstreckte sich die schreckliche Schwärze des Brandes in alle Richtungen. Wie aus einem schwelenden Geschwür strömte Schwefelgas in das bemitleidenswerte, verseuchte Land. Der Himmel erinnerte an eine dunkle Beule.

„Das", flüsterte Thakelrot mit angespannter Stimme, „ist aus meiner Welt geworden. Und wenn man nichts dagegen unternimmt, wenn die Wahrheiten nicht gefunden werden, droht deiner Welt dasselbe Schicksal. Verstehst du das?"

Warren verstand.

„Selbst wenn du überlebst, ist das alles, was übrig bleibt. Obwohl ich in deinem Fall bezweifle, dass du ein langes Leben hast. Denn die Dämonen werden nicht lange unter dir leiden, ohne dass sie dich dafür mit deinem Leben bezahlen lassen", sagte Thakelrot. „So ein Leben ist kein Sieg."

„Aber du lebst doch?"

„Tue ich das?" Thakelrot schien ehrlich verwirrt zu sein. „Meistens glaube ich, dass ich nur eine Erinnerung meiner selbst bin. Du bist der erste, mit dem ich seit tausend Jahren gesprochen habe. Was für ein Leben ist das?"

Warren schaute auf die verkohlte Fläche und verspürte Angst. „Bist du dir sicher?", fragte er leise. „Bist du dir wirklich sicher, dass man die Dämonen besiegen kann?"

„Auf dieser Welt? Ja. Doch man muss die Wahrheiten finden und die Rätsel lösen. Die Mächte des Lichts haben sie hierher gebracht, damit sich Kämpfer erheben und gegen die Dämonen zurückschlagen."

„Warum hier?"

„Weil bei euch Leidenschaft, Gewalt und Liebe wichtig sind. Weil ihr die Wahrheiten erkennen könnt und auch stark genug seid, sie zu benutzen." Thakelrot machte eine Pause. „Ihr müsst sie finden oder eure Welt wird nicht überleben."

„Wie kann ich sie erkennen?"

„Das weiß ich nicht. Ich weiß nur, dass sich euch die Wahrheiten zur richtigen Zeit offenbaren werden. Du musst dafür sorgen, dass du und die anderen dann bereit sind."

„Wieso andere?"

„Weil die Wahrheiten von allen drei Gruppen kommen müssen,

die gegen die Dämonen kämpfen. Ihr müsst das Wissen der jeweils anderen nutzen."

„Niemand traut dem anderen da draußen."

„Einige tun es doch. Dieses Vertrauen muss gestärkt werden. Du musst einen Weg finden."

„Ich bin nicht der Richtige dafür."

„Dann sag es anderen", sagte Thakelrot langsam. „Verschwende dieses Wissen nicht. Das ist eine Chance, zurückzuschlagen."

Im Stillen dachte Warren, dass Thakelrot besser jemand anderen gefunden hätte, an den er sich gebunden hätte.

„Es gibt keinen anderen", sagte das kleine Wesen. „Du wurdest mir vom Licht gegeben."

„Ich bin kein Sieger", protestierte Warren. „Ich bin nicht mal ein guter Mensch. Die Dinge, die ich getan habe, die Menschen, die ich verletzt habe … wenn du nur wüsstest."

„Was du früher getan hast, zählt nicht mehr", sagte Thakelrot. „Nur was du jetzt tust, ist wichtig. Jeder Held hat schon mal versagt."

„Ich bin kein Held."

„Dann sei ein Bote." Thakelrot verzog das Gesicht und schüttelte den Kopf. „Unsere Zeit ist um. *Sie* sucht dich."

„Lilith?"

„Ja." Er presste die Augen vor Schmerz zusammen. „Du gehst besser. Bevor sie noch misstrauisch wird. Wenn sie fragt, sag einfach, dass du die ganze Zeit hier drin ohnmächtig warst."

„In Ordnung."

„Ich kontaktiere dich wieder, wenn ich kann."

In einem Moment stand Warren noch auf dem Hügel und schaute auf die Trostlosigkeit des Brandes …

… und im nächsten befand er sich wieder in dem unterirdischen Gang. Die Plötzlichkeit des Wechsels ließ ihn schwindeln. Er taumelte und fing sich mit dem Speer ab.

Lilith sah ihn mit leichtem Misstrauen an. „Wo bist du gewesen?“

Warren sah sich um. „Auf einem Schlachtfeld. Irgendwo anders.“ Er machte eine Pause. „Wie bin ich hierhergekommen?“

„Du warst im Buch“, antwortete Naomi. Sie presste es an sich.

„Hast du das Buch betreten?“, wollte Lilith wissen.

„Nein. Das letzte, woran ich mich erinnere, war die Explosion im Tunnel.“

„Wurdest du verletzt?“

Warren sah an sich selbst herab, als würde ihm erst jetzt einfallen, seine Wunden zu überprüfen. „Anscheinend nicht.“ Dann machte er das, was er immer tat, wenn er unangenehmen Fragen ausweichen wollte, er stellte selbst welche. „Wer war der Dämon?“

„Ein alter Gegner. Er ist jetzt tot. Du musst dich nicht länger um ihn sorgen.“

„Wie hat er uns gefunden?“

„Das ist unwichtig.“

Warrens Stimme wurde härter. „Doch, es ist wichtig. Wenn uns dieser Dämon finden konnte, können es andere auch. Wir müssen – *ich* muss – auf solche Sachen vorbereitet sein.“

Lilith sah ihn an. „Glaubst du wirklich, es ist wichtig, ob du vorbereitet bist?“

„Ist es für dich wichtig, dass ich weiterlebe?“

Ihre Nasenflügel bewegten sich und bewiesen, dass sie mit ihrem vertrockneten Körper wieder atmete. Warren fragte sich, ob sie das verletzlicher machte.

„Es ist wichtig“, antwortete sie.

„Dann ist es auch wichtig, dass ich vorbereitet bin. Ich habe gerade mein Versteck verloren. Wir sind jetzt verwundbar.“

„Es gibt andere Verstecke in der Stadt. Und was die Sache betrifft, wie Korhdajj mich gefunden hat: Darum habe ich mich gekümmert. Ich habe mich maskiert. Ich hatte nicht gedacht, dass ich bereits mächtig genug bin, um Aufmerksamkeit auf mich zu ziehen."

„Du hast offensichtlich eine Menge Feinde, von denen ich nichts weiß."

„Die Dämonen waren schon immer sehr eifersüchtig. Du hast doch wohl nicht geglaubt, dass die Menschen dieses Gefühl erfunden hätten, oder?"

„Wie viele andere Dämonen könnten uns töten wollen?"

„Viele. Eine Zeit lang war ich Sydonais Liebling. Es gibt viele, die nie in diesen Genuss gekommen sind." Lilith wandte sich ab und schwebte weg. „Komm. Wir haben viel zu tun. Ich muss weiterhin meine Stärke regenerieren und du musst ein Heer von Mitstreitern erwecken, das mir in die Schlacht folgt."

„Wie soll ich das machen?"

„Lass dir etwas einfallen, Warren Schimmer. Deshalb habe ich dich ja erwählt. Du findest schon einen Weg."

Warren folgte ihr, aber ein Teil von ihm wünschte sich, dass er immer noch in dem Buch wäre.

Siebenunddreißig

„Wir haben hier eine unerfahrene Mannschaft, Leah.“

„Das weiß ich, Marrick, aber dann müssen wir den Job eben mit denen erledigen.“ Leah kauerte in den Schatten auf einem Gebäude und blickte auf einen Applestore in der Regent Street im West End.

„Das ist schon sehr dürftig“, knurrte Marrick. „Die da oben hätten ruhig etwas anderes als ein paar Grünschnäbel schicken können.“ Er war Mitte 50, ein dünner, lebhafter Mann, der den größten Teil seines Lebens auf Schlachtfeldern in fernen Ländern verbracht hatte.

„Wir wissen doch noch gar nicht, ob es überhaupt etwas Wichtiges ist.“ Leah überprüfte die Vorderseite des Gebäudes. Als der Laden im Jahr 2004 eröffnet worden war, war er sehr angesagt gewesen. Ihr Vater hatte ihr dort ihren ersten 3-D-Player gekauft, als sie noch ein kleines Mädchen gewesen war.

Das einst moderne Gebäude war jetzt eine Ruine. Die großen, schmucken Fenster waren zersprungen. Computerteile lagen auf dem Gehweg verstreut, entweder von den ersten Plünderern liegen gelassen oder von Überlebenden zerpflückt, die nach einer Möglichkeit suchten, in Kontakt mit der Außenwelt zu treten.

„Von hier wurde organisierte Dämonenaktivität gemeldet?“, fragte Marrick.

„Ja.“

„Was bedeutet das genau?“

„Es bedeutet, dass wir nach organisierter Dämonenaktivität Ausschau halten.“

„Und wir erkennen so was?“

„Ganz oben scheint man daran zu glauben.“

„Toll für sie.“

Davon wenig beeindruckt, überprüfte Leah weiter das Gebäude. Sie warteten schon über eine Stunde seit Sonnenuntergang. Bislang hatten sie noch nichts entdeckt.

„Die Dämonen bauen neue Sachen“, sagte Leah.

„So wie Waffenfabriken.“

„Ja.“

„Man muss sich fragen, warum sie damit so lange gewartet haben.“

„Ich vermute mal, die hatten nicht damit gerechnet, dass es so lange dauern würde, eine Welt zu unterjochen und sie zu übernehmen“, sagte Leah.

„Wir schlagen also härter zurück, als sie es erwartet haben?“

„Vielleicht.“

„Diese Monster haben uns ja keine andere Wahl gelassen.“

„Oder eine Fluchtmöglichkeit“, stimmte ihm Leah zu. Etwas auf der Straße erregte ihre Aufmerksamkeit. Sie stellte das Fernglas neu ein.

Die Regent Street war eine kurvige Straße. Ursprünglich hatte sie dazu dienen sollen, die Ländereien des Crown Estate aufzuwerten und das verrufene Soho von der Einkaufseleganz Mayfairs abzutrennen. Als Grenze zwischen den Reichen und Armen hatte sie allerdings nicht allzu gut funktioniert. Die Taschendiebe hatten es nur nicht mehr so weit zur Arbeit gehabt.

Durch das Fernglas beobachtete Leah, wie eine Gruppe Darkspawns vier Menschen in Ketten auf das Applegebäude zuführte. Zwei waren Frauen, einer ein Mann. Und der vierte war ein Jugendlicher, der beides hätte sein können.

„Sie bringen sie lebend rein“, sagte Marrick.

Leah antwortete nicht.

„Es wäre besser, wenn wir sie jetzt töten würden, statt das den Dämonen zu überlassen. Die Leute sind sowieso schon so gut wie tot."

„Wenn wir das tun, dann verraten wir, dass wir Bescheid wissen."

„Sie haben doch gesehen, was die Dämonen mit ihrer Beute machen, Leah. Diesen Menschen eine Kugel durch den Kopf zu schießen, wäre ein Akt der Gnade."

„Ich weiß, aber die Leute sind schon im Gebäude, bevor wir überhaupt in Position sind. Wir würden nur unser Team verlieren."

Marrick seufzte. „Ich weiß."

Unten trieben die Darkspawns ihre Gefangenen in das Gebäude. Sie verschwanden in der Dunkelheit.

Leah öffnete einen Kommunikationskanal. „Roter Rabe sechs, hier ist Roter Rabe Teamführer."

„Roter Rabe sechs hört Sie, Teamführer", erklang die sofortige Antwort. Die Stimme der jungen Frau klang zuversichtlich und bereit.

„Sie haben Spy-Eye-Drohnen bei sich, oder?"

„Ja."

„Dann lassen Sie die Dinger ins Gebäude fliegen. Schauen wir uns doch mal ein wenig um."

„In Ordnung."

Obwohl sie danach Ausschau hielt und wusste, wo sich Roter Rabe sechs befand, erkannte Leah die Drohnen kaum, die über die Regent Street flogen. Sie suchte aufmerksam mit dem Fernglas, entdeckte aber nichts.

„Negativ, Teamführer", berichtete die junge Frau.

„Keine Wachen?"

„Keine."

„Starten Sie Drohnen, die den ganzen Bereich überblicken. Geben wir ihnen fünf Minuten." Leah unterbrach die Verbindung und sah zu Marrick. „Warum haben die keine Wachen?"

„Weil sie mit nichts rechnen", antwortete der ältere Agent.

„Ich weiß." Die Antwort irritierte Leah mehr, als sie zugeben wollte.

Vierzig Minuten später, ohne Hinweis auf Dämonenaktivitäten und in denen die Geiseln nicht zurückgekehrt waren – und sie die ganze Zeit versucht hatten, nicht über das Schicksal dieser Menschen nachzudenken –, entschied sich Leah, eine kleine Gruppe ins Gebäude zu führen.

„Mein Vorschlag ist", sagte Marrick, „es nicht zu tun."

„Wir wurden hergeschickt, um Antworten zu finden. Die bekommen wir nicht, wenn wir hier auf dem Dach hocken."

„Hier bekommen wir sie nur nicht *schnell*", antwortete Marrick. „Das bedeutet nicht, dass wir sie gar nicht kriegen. Dort hineinzugehen, ist riskant."

„Das gilt auch, wenn wir wieder auf dieses Dach zurückkehren ..."

„Es muss ja nicht dasselbe sein."

„... oder ein ähnliches, das ist *genauso* riskant."

Marrick knirschte unter seinem eng sitzenden Helm mit den Zähnen. „Dann ist mein nächster Vorschlag, dass einer der jungen Grünschnäbel den Trupp anführt."

„Die kennen sich noch nicht gut genug aus."

„Dann schicken Sie Ihren erfahrenen Profi."

„Sie?"

Marrick zuckte mit den Achseln. In Kombination mit dem gesichtslosen Ausdruck seines Helms wirkte das merkwürdig. „Dafür hat man doch uns Untergebene."

„Andere auszuschicken, die meine Arbeit erledigen, ist nicht meine Art."

„Sie werden nie eine leitende Position kriegen."

„Genauso wenig wie Sie."

„Ja, Ma'am."

„Ich verlasse mich darauf, dass Sie mich da rausholen, wenn irgendwas schiefgeht."

„Das werde ich." Marrick bot ihr seine Hand. „Viel Glück."

„Ihnen auch." Leah schüttelte die Hand, dann legte sie eine Handfläche an die Seite des Gebäudes und schwang sich daran herum. Die Nanowire-Haken glitten aus den Handflächen, Schuhsohlen, Unterarmen und Knien. Sie verhakten sich im Mörtel und hielten Leah wie eine Fliege fest, die an der Seite des Gebäudes hinabkroch.

Sie traf die drei Teammitglieder auf der Straße. Gemeinsam liefen sie von der Regent Street weg tiefer nach Soho hinein, dann sechs Blocks weiter hinab. Dort überquerten sie die Regent Street und arbeiteten sich zum Applestore vor.

Leah trug ihr Clustergewehr, das sie als Hauptwaffe gewählt hatte, und schlich durch die Schatten zum Zielgebäude hin. Da die Gebäude alle direkt aneinandergebaut worden waren, gab es keinen Platz für Gassen. Aber durch die Gefechte während der Invasion und die fortgesetzten Plünderungen waren die meisten Gebäude wie ein Schweizer Käse durchlöchert.

Sie arbeitete sich über das Geröll und dann über die mit Gerümpel übersäten Etagen. Leah wollte über die zweite Etage des nebenstehenden Gebäudes in den Applestore eindringen. Nachdem sie dort angekommen waren, durchquerten sie die zerborstenen Mauern. Sie hielten Funkstille.

Unter dem Boden des Hauptverkaufsraums spürte Leah etwas vibrieren. Sie drückte den linken kleinen Finger gegen den Boden, straffte das Handgelenk und schoss einen Elementarfaden durch den Beton in die darunterliegende Decke. Die Videoverbindung ging gerade in dem Moment online, als die kleine Staubwolke aufstieg, die der einzige Hinweis auf ihre Abhöranlage war. Die kleine Wolke löste sich auf, bevor sie einen Meter weit geflogen war.

Ein schneller Blick enthüllte eine makabere Maschinerie. Leah hatte so etwas noch nie zuvor gesehen. Eine rechteckige Ansammlung von Kabeln und Gerätschaften, die wie selbst gebastelt aussah, stand in der Mitte des Raums. Darkspawn-Dämonen arbeiteten eifrig daran.

Widerlich grüne und gelbe Lichter blitzten im Innern der Maschine und ließen sie wie das klaffende Maul einer riesigen Kreatur wirken. Nabelschnurähnliche Stromkabel liefen über den Boden und wirkten wie die Adern der Maschine. Jetzt erst erkannte Leah, dass die Vibrationen von der Maschine kamen.

Sie blickte ihr Team an und streckte die Hand aus. Taggart nahm sie und die Anzüge nahmen untereinander Verbindung auf, damit alle via Videolink mitbekamen, was sie sah. Alle achteten dabei auf die Dämonen.

Ein Dämon zog eine der Gefangenen auf die Beine und schob sie auf die Maschine zu. Die Frau wehrte sich. Der Darkspawn schlug sie mit dem Gewehrkolben nieder. Als sie sich wieder erhob, torkelte sie wie betrunken.

Ein weiterer Darkspawn legte der Frau ein Halsband um. Einen Augenblick später schloss der Dämon noch ein Kabel an. Die Frau fiel in die Arme eines wartenden Dämons. Sie trugen sie zu der Maschine. Ein anderer Dämon öffnete eine würfelförmige Aussparung, die aus der Maschine herausfuhr. Achtlos ließen sie die Frau dort hineinfallen und schlossen sie dann.

Wenn man die Luken an der Seite der Maschine zählte, erkannte Leah, dass dort Platz für 40 weitere Menschen war. Übelkeit stieg in ihr auf.

Ein Schatten vor ihr bewegte sich. Sie brauchte einen Moment, um zu erkennen, dass er sich im selben Raum wie sie und nicht in dem schrecklichen Raum darunter befand.

Sie zog das Elementarkabel hoch und griff nach dem Clustergewehr, als Dutzende Pirscherdämonen aus den Schatten auf sie zuströmten.

„Lauft!", befahl Leah. „Auf dem Weg zurück, den wir reingekommen sind!"

Grelle Lichter von energetischen Entladungen und Gewehrfeuer erfüllten den Raum. Das Gebäude wurde unter dem Angriff erschüttert. Leah zielte mit dem Clustergewehr auf eine der größten Pirschergruppen und betätigte den Abzug. Eine Salve Raketen schlug in die Dämonen ein und warf sie rückwärts. Sie hielten sich taumelnd auf den Beinen.

Teile von zerfetzten und brennenden Dämonen klatschten gegen die Mauern. Ein riesiges Loch öffnete sich in der Mitte der Decke und breitete sich noch weiter aus. Leah nickte kurz, befriedigt über die Zerstörung, die sie anrichtete. Doch ihr Überlebensinstinkt trieb sie weiter.

Sie lief hinter ihrem Team her. Von unten loderte Gewehrfeuer auf. Die Decke wurde erschüttert. Teile brachen heraus und der Boden stürzte ein.

Dann erreichten sie das Loch, das zum nächsten Gebäude führte. Taggart trat beiseite, zog den Splint aus der Granate. Er zählte kurz an und warf sie dann.

Der Brandsatz ging hoch und erfüllte die unmittelbare Nachbarschaft mit Flammen. Einige Flammen leckten an Leahs Anzug, aber sie ignorierte es. Das Material war feuerfest. Wenn die Flammen erst ihre Nahrung verloren hatten, gingen sie aus.

Bevor die Gruppe den Durchbruch in der Wand erreichte, der sie auf die Straße nach draußen führte, stieg ein Fäulniskoloss aus dem Geröll auf. Gewehrfeuer und Flammen erleuchteten seine grünen Schuppen. Der Dämon schlug mit seinen knüppeldicken Fäusten zu, die wie Hämmer herabkrachten.

Leah hob ihre Waffe, zielte auf die Brust des Fäulniskolosses und feuerte. Die Raketen trafen das Ziel und warfen die Kreatur mehrere Schritte zurück. Bevor Leah ihre zu Boden gegangenen Teamkollegen erreichte, tauchte ein weiterer Fäulniskoloss neben ihr auf.

Sie versuchte sich umzudrehen, die Waffe hochzureißen und zur selben Zeit zurückzuweichen. Ihr Fuß rutschte auf dem losen Geröll aus. Doch sie wäre sowieso nicht entkommen. Der Dämon war bereits zu nah.

Seine große Hand schloss sich um ihren Kopf und die Schultern und schlug sie zu Boden. Einen Augenblick lang spürte sie unglaubliche Schmerzen, dann wurde ihr schwarz vor Augen.

Achtunddreißig

Die U-Bahnstation Hatton Cross war still und leer, aber Simon wusste, dass dieser Ort nicht unbedingt unbewacht war. Besonders nicht angesichts der Geheimnisse, die er barg.

Das vertraute rot-weiß-blaue Schild der Londoner U-Bahn hing schief. Die Fenster waren zerbrochen. Mehrere Sektionen der Gleise unter dem offenen U-Bahngraben waren herausgerissen worden. Simon wusste nicht, ob diese Zerstörungen auf Dämonen zurückgingen oder ob Plünderer dafür verantwortlich waren, auf der Suche nach Stahl.

Eine Lok und mehrere Wagen lagen umgefallen und zerstört im Tunnel. Die Ladung war von Plünderern durchsucht worden – oder von Überlebenden, je nachdem, wann das geschehen war – und bedeckte den Boden. Nach der Invasion hatte man keine Verwendung mehr für die elektronischen Einrichtungen. Nahrung und Medikamente waren deutlich wichtiger geworden.

Genauso wie in der Zuflucht, dachte er bitter.

„Wir warten hier aber nicht die ganze Nacht, oder Kumpel?“, fragte Nathan.

Simon wartete einen Herzschlag lang und überprüfte erneut die Gegend. „Nein.“

„Auf wen möchtest du hier am wenigsten treffen?“, fragte Nathan. „Templer aus dem Untergrund? Oder Dämonen? Ich meine, wenn wir von Templern gejagt werden, könnte das sehr peinlich werden.“

„Ich möchte ganz still und leise da rein und auch wieder raus“, antwortete Simon. „Ohne irgendwelche Probleme. Ich hoffe nur, dass die Nahrungsmittel noch da sind und sich in gutem Zustand befinden." Er wartete einen Augenblick länger, dann gab er den Befehl zum Vorrücken. Als sie unterwegs waren, verschwand auch ein Teil der Unschlüssigkeit und der Besorgnis.

Lange stille Minuten verstrichen, während die Templer sich durch das Gerümpel in der U-Bahnstation arbeiteten und es beiseiteschafften. Sie benutzten ihre gepanzerten Hände wie kleine Schaufeln, um sich durch die Trümmer zu wühlen, und drangen dabei tiefer in den Tunnel vor. Simon befestigte in regelmäßigen Abständen Minikameras an der Wand und der Decke. Er verband sie mit den HUDs des Teams und benutzte sie, um die Entfernung abzuschätzen.

Exakt 472 Meter tief im Tunnel wandte sich Simon der Mauer zu und scannte die Oberfläche. Neongrelle Graffiti bedeckten den Beton. Ein zerbrochenes Skelett lag am Boden. Ein weiteres war über die Schienen verstreut.

„Lasst uns hier einen Knoten setzen", sagte Simon und wies auf einen Tunnelteil in 45 Metern Entfernung. „Dadurch sollten wir genug Raum bekommen. Und ich will, dass Minikameras, Hitzesensoren und Bewegungsmelder 100 Meter davon entfernt gesetzt werden."

Das Team begab sich in Position und begann zu arbeiten. Der Sicherheitsalarm wurde vor den Knoten angebracht. Das schafften sie jetzt schneller als zuvor.

Als alles bereit war, wandte Simon seine Aufmerksamkeit wieder der Wand zu.

„Sieht nicht so aus, als wäre in letzter Zeit irgendjemand hier gewesen", sagte Nathan.

„Stimmt." Simon schlug mit der gepanzerten Faust gegen die Wand. Die Betonabdeckung, unter der sich Bolzen verbargen, zerbrach und fiel aus den Löchern. „Dieses Nachschublager war mal für den Notfall gedacht. Wenn jemand außerhalb festsaß. Oder wenn die Hauptbereiche verloren waren."

„Was erwartet uns da drin?"

Simon ließ seine Rüstung Dorne bilden, die er in die sechs Bolzen rammte. Wenn man die verborgene Tür ohne den korrekten Zugangscode öffnen wollte, würde eine Explosion ausgelöst, die alles darin zerstörte.

„Trockennahrung. Frühstücksflocken. Trockenmilch. Eipulver."

„Vielleicht auch ein paar von diesen kleinen Würstchen?", fragte Nathan. „Die vermisse ich sehr."

„Bettler dürfen nicht wählerisch sein", sagte Danielle. „Ich fürchte, du wirst auf dieses Vergnügen noch eine Weile verzichten müssen."

Nachdem die Lager-KI Simon als Mitglied eines Templerhauses erkannt hatte, wurden die Bolzen gelöst. Er fasste an die Wand und drückte sie beiseite. Eine leuchtende Sicherheitstür lag dahinter. Das stählerne Rechteck wirkte wie eine U-Boot-Luke.

„Woher wusstest du von diesem Lager?", fragte Nathan.

„Mein Vater ließ mich alle Orte auswendig lernen", sagte Simon. „Zumindest versuchte er es. Er kannte sie alle wie die anderen Lords auch. Aber ich konnte sie mir nie alle merken."

„Gut, dass dir zumindest dieser eingefallen ist. Fleisch und Wasser haben wir noch für eine gewisse Zeit, die Trockennahrung wird allerdings langsam knapp."

Simon stimmte ihm zu. Sie jagten immer noch Rotwild, doch Simon befürchtete, dass sie schon zu viel erlegt hatten und sich die Herde nicht davon erholen würde. Das passte nicht zur Bewahrung der Natur, der sich die Templer verpflichtet fühlten.

„Aber für etwas Käse könnte ich töten, Kumpel. Und eine Flasche Wein."

Die Tür öffnete sich mit einer Reihe schneller Klickgeräusche. Eine automatisierte Stimme erklang in Simons HUD.

„Willkommen, Lordtempler.“

Simon zog an der schweren Tür und sie öffnete sich. Licht erhellte den Gang. Simon trat ein.

Danielle fasste ihn an der Schulter und stoppte ihn. „Das ist doch nicht der einzige Ausgang, oder?“

„Das ist ein Lagerraum der Templer“, sagte Simon. „Es gibt *zwei* Wege hinaus, wenn wir drin sind.“

„Oh. Okay, ich wollte nur sichergehen. Wie groß ist das Lager?“

„Zwei Stockwerke hoch.“

„Dann sollten eine Menge Nahrungsmittel hier drin sein.“

„Wenn vor uns niemand drin war …“

„Was ich bezweifle“, sagte Nathan. „Wenn man sich die Betonwand ansieht.“

„… sollte genug vorhanden sein, um uns ein paar Monate zu versorgen“, beendete Simon den Satz. Er ging den Gang hinunter.

„Warum sind wir dann nicht schon früher hier gewesen?“, fragte Danielle.

„Ich wollte nichts von den Templern nehmen.“

„Wir *sind* verdammt noch mal Templer, Kumpel.“ Nathan schlug gegen die Wand. Das Krachen von Metall auf Metall donnerte durch den Gang. „Nicht diese Typen, die sich immer noch verstecken.“

„Nicht alle wollen sich verstecken“, sagte Danielle.

„Bislang“, sagte Simon, „haben wir unsere Sachen immer selbst geregelt. Wir haben nie um etwas gebeten.“

„Jetzt fragen wir doch ebenfalls nicht“, sagte Nathan.

„Und wir haben uns auch nichts genommen, was wir uns nicht verdient hätten“, fuhr Simon fort.

„Manchmal, Kumpel, spielst du das Spiel zu sehr nach den Regeln. Wenn mein Vater ein Lord eines Hauses gewesen wäre und ich so einen Ort gekannt hätte, wären wir schon früher hier gewesen.“

„Simon hat recht“, sagte Danielle. „Wenn wir das hier gleich genommen hätten, hätten Booth und die anderen doch etwas gegen uns in der Hand gehabt. Sie hätten es als Diebstahl bezeichnet, nicht als Mundraub."

„Es hat nichts mit Diebstahl oder Mundraub zu tun", sagte Simon. „Es geht darum, sich um Unschuldige zu kümmern, die sich auf uns verlassen. Wir werden dieses Vertrauen nicht enttäuschen."

Er blieb vor einer weiteren Tür stehen, gab seine ID ein und öffnete sie. Dahinter befand sich auf zwei Stockwerken ein Lagerhaus mit Frühstücksflocken, Trockenmilch, Eipulver, Nudeln und Dosennahrung.

„Fantastisch", flüsterte Nathan und die Erleichterung war seiner Stimme anzuhören. „Wir brauchen größere Laster, Kumpel."

Simon hasste es, die Templer zu einer Menschenkette auszudünnen, aber alles gemeinsam hinauszutragen, hätte viel zu lang gedauert. Sie befanden sich bereits auf dem Präsentierteller und waren verwundbar. Zumindest die zusätzliche Kraft durch die Rüstungen und das erhöhte Tempo halfen dabei, Zeit zu sparen.

Sie hatten in der Nähe zwei Laster in gutem Zustand entdeckt. Mit beiden konnte man schwere Ladungen transportieren. Die Trockennahrung würde nicht unbedingt schwer sein, aber sie belegte viel Platz. Nachdem er sich davon überzeugt hatte, dass die Motoren funktionierten und genügend Sprit vorhanden war, damit sie zumindest den Stadtrand von London erreichen konnten, hatten sie beide Wagen zwei Kilometer weit zur U-Bahnstation geschoben. Eine Gruppe Überlebender hatte die Templer aus ihrem Versteck heraus beobachtet. Aber es gab kein Anzeichen von Dämonen.

Schnell beluden sie den ersten Laster und arbeiteten an dem zweiten. Die Minikameras erfassten überirdisch eine Bewegung.

„Alarm", sagte die Rüstungs-KI. Auf dem HUD erschien eine nahe gelegene Straßenecke.

„Nathan“, rief Simon.

„Hab es, Kumpel.“

„Nimm, was du hast, und sieh zu, dass es verladen wird. Alle Mann raus aus dem Tunnel.“

Nachdem jeder aus dem Lagerhaus draußen war, verschloss Simon die Luke und versiegelte sie erneut. Mit dem Schwert in der einen Hand und einem Behälter mit Müsliriegeln in der anderen erklomm er die Stufen.

Der Sonnenaufgang war noch Stunden entfernt, deshalb lag völlige Finsternis über der Stadt. Der ewige schwarze Rauch blendete den Mondschein aus. „Beladet den Laster“, sagte Simon. „Wenn wir hier in einem Stück rauskommen können, werden wir das tun.“

Bevor die Templer mit dem Beladen fertig waren, erklang eine Stimme über Lautsprecher. „Hören Sie auf und treten Sie von den Lastern zurück.“

Simons Team schnaubte vor Wut. Er steckte sein Schwert in die Scheide und hob die Hände. „Alle Mann ruhig bleiben.“

„Das wird nicht einfach“, sagte Nathan, „wenn wir in Gewehrmündungen sehen.“

„Ich bin Simon Cross“, sagte Simon. „Ich …“

„Wir wissen, wer Sie sind“, antwortete die harsche Stimme. „Treten Sie von den Lastern zurück.“

„Ich habe Leute, die diese Nahrung brauchen.“

„Die gehört den Templern. Uns.“

„Seit wann gehört den Templern etwas, was sie nicht dem ersten geben würden, den sie sehen und der es braucht?“, fragte Simon. „Mein Vater, Lord Thomas Cross, lehrte mich, dass wir zuerst und vor allem Ritter sind. Unsere Aufgabe besteht darin, anderen die Last zu erleichtern, wenn wir ihnen auf der Straße begegnen.“ Er wies auf die Laster. „Diese Nahrungsmittel sind für Frauen und Kinder, die ohne sie verhungern müssen.“

„Das ist nicht unser Problem.“

„Das sollte es aber sein“, sagte Danielle. „Ihr solltet euch schämen, euch Templer zu nennen.“

Nicht ganz das, was ich an diesem Punkt gesagt hätte, dachte Simon reumütig. Aber er widersprach nicht und wartete ab, wie es weitergehen würde.

„Hochlord Booth hat befohlen, dass Ihnen nicht erlaubt …“

„Genug“, knurrte eine tiefere Stimme. „Ich kriege Kopfschmerzen, wenn ich mir das weiter anhören muss.“ Einer der Templer trat aus den Schatten. Seine Rüstung war mattgrau mit Olivgrün. Er trug eine zweihändige Axt.

„Treten Sie zurück, Sergeant Harstead.“

„Nein, Sir, das tue ich nicht“, antwortete der. „Nicht, wenn hungrige Menschen auf diese Vorräte warten. Sie werden nicht erleben, wie ich Frauen und Kindern das Essen aus dem Mund stehle. *Ganz egal,* wer das befohlen hat. Und wenn es der Hochlord höchstpersönlich war.“ Er legte die schwere Axt über die Schulter und schaute hinter sich, wo die anderen Templer in Deckung lagen. „Wollt ihr anderen so euren Dienst versehen?“

Ein Chor von Neins erklang.

Simon entspannte sich ein wenig.

Harstead wandte sich Simon zu. „Brauchen Sie noch etwas anderes, Lord Cross?“

„Nein“, sagte Simon. „Wir haben schon so viel genommen, wie wir tragen konnten. Wir sind bereits überladen. Danke.“

„Haben Sie einen sicheren Weg aus der Stadt?“

„Das müssen wir herausfinden. Auf uns warten gepanzerte Fahrzeuge am Stadtrand.“

„Wir können Sie begleiten“, bot Harstead an. „Wir haben vier gepanzerte Wagen. Wenn Sie auf dem Weg aus der Stadt in Probleme geraten, können wir vielleicht helfen.“

„Das wäre großartig. Aber nur, wenn Sie sicher sind, dass Sie dadurch keine Nachteile haben.“

„Ich bin Templer, Lord Cross. Vielleicht haben einige dieser Männer und Frauen vergessen, was es bedeutet, das zu sein. Aber ich nicht. Ich kannte Ihren Vater. Ich wäre mit ihm zusammen gestorben, wenn ich es gekonnt hätte."

„Ich bin mir sicher, er wollte, dass Sie leben", sagte Simon.

Harstead wies mit dem Daumen über die Schulter auf den ersten Sprecher. „Das ist der Vetter des Hochlords. Uns ist aufgefallen, dass eine Menge Ämter in letzter Zeit an Mitglieder des Hauses Booth gegangen sind. Aber der hier ist clever und ein guter Schwertkämpfer. Er wird lernen, für sich selbst zu denken. Er klebt noch immer am Stiefel seines Vetters."

„Ich darf um etwas mehr Respekt bitten, Harstead", antwortete der junge Mann.

„Den habe ich, Lieutenant, sobald Sie mir beweisen, dass Sie ihn verdienen."

„Sie können diese Patrouille doch nicht einfach übernehmen."

„Wollen Sie das wirklich zur Abstimmung freigeben, Lieutenant?"

Der Offizier schwieg einen Moment. „Nein."

„Gut. Dann nehme ich Sie mit, statt Sie zu fesseln und in einem der Wagen zu verstauen."

Hinter seinem undurchsichtigen Visier grinste Simon. Mit diesen zusätzlichen Leuten würde die Fahrt durch die Stadt sicherer werden, aber es war immer noch ein langer Weg.

Neununddreißig

Leah erwachte, weil sie einen schmerzhaften Schlag erhielt. Ihr Gesicht tat höllisch weh. Durch einen Tränenschleier erblickte sie den riesigen Dämon, der sich über sie beugte. Reflexhaft versuchte die Agentin ihre Waffen zu ziehen und auf ihn zu schießen, aber sie konnte die Arme nicht bewegen. Eigentlich war sie zu gar keiner Bewegung fähig. Leah war nackt und an eins der Maschinenmodule gefesselt.

Der Dämon hatte einen länglichen Kopf und einen langen Stechrüssel, der wirkte, als könnte er mit Leichtigkeit eine Palladiumlegierung durchdringen. Der dünne Körper wirkte zu klein für den knolligen Kopf.

„Bist du jetzt wach?", wollte der Dämon wissen. Er sprach gebrochenes Englisch.

Leah antwortete nicht.

Ein Grinsen bildete sich auf dem lippenlosen Maul des Dämons. Er griff hinter sich und holte ein Halsband hervor. Seine dicken Finger stellten etwas daran ein, dann öffnete es sich.

Leah kämpfte gegen den Dämon an, als er ihr die Kette umlegte. Sie spürte eine bebende Hitze, als das Gerät seine Arbeit aufnahm. Sie knurrte hilflos vor Wut.

„Kämpfe ruhig dagegen an", ermutigte sie der Dämon. „Mir macht es Spaß, dabei zuzusehen, wie du dich dem Unausweichlichen widersetzt."

Schmerz durchfuhr Leahs Körper. Eine Zeit lang hörte sie ihre eigenen Schreie, dann wurde sie entweder taub oder sie verlor ihre Stimme. Nach einer Weile wurde sie ohnmächtig.

Leah starrte auf die unscheinbare Metallwand des kleinen Raums und versuchte sich daran zu erinnern, wie sie hierhergekommen war. Es gab offensichtliche Lücken in ihrem Gedächtnis. Das Letzte, an das sie sich erinnern konnte, war, wie ihr das Halsband umgelegt wurde.

Sie legte die Hand prüfend an den Hals, spürte aber nichts. Außerdem war sie nicht mehr nackt, sondern trug wieder ihren Kampfanzug. Sie öffnete einen Kommunikationskanal.

„Hier ist Rabe Teamführer. Hört mich jemand?"

Es gab keine Antwort.

„Hier ist Rabe Teamführer. Ist jemand da draußen?" Angst stieg in Leah auf. Einen Augenblick lang meinte sie, einen Schatten an der Decke entlangschweben zu sehen. Sie duckte sich, hob den linken Arm und zog den Thermalblaster und die SRAC-Maschinenpistole.

Ihr verzerrtes Spiegelbild bildete einen großen, undeutlichen Fleck an der Metalldecke. Auch als sie erkannte, dass es nur ihre eigene Spiegelung war, ließ Leah die Waffen nicht sinken. Die Furcht schwand nicht.

An der Decke befand sich keine Tür. Sie überprüfte den Boden. Dort gab es ebenfalls keinen Ausgang. Wie war sie in diesen versiegelten Raum gekommen?

Sie trat auf den Boden, doch er wirkte fest. Leah wollte nicht glauben, dass es keinen Ausgang geben sollte. Sie verstaute den Thermalblaster und schlug mit dem Klappschaft der Maschinenpistole gegen die Mauer. Das wiederholte sie im Abstand von 15 Zentimetern.

Als sie den ganzen Raum, ohne etwas zu finden, abgesucht hatte, machte sie eine Pause, beruhigte sich und begann von unten nach oben zu suchen. An der zweiten Wand hörte sie ein hohl klingendes *Bong,* das ihr verriet, dass sich dahinter ein Hohlraum verbarg.

Sie versuchte sich nicht allzu viele Hoffnungen zu machen und konzentrierte sich auf diesen Bereich der Wand. Dabei setzte die

Agentin Licht auf verschiedenen Frequenzbändern ein und entdeckte schließlich einen Haarriss in der Oberfläche.

Ein Bild erschien in ihrem Geist und sie erinnerte sich an die merkwürdige Maschine, die sie im Applestore entdeckt hatten. Wo war die hin? Wie war sie von dort weggekommen?

Die Hitze im Raum stieg an, bis es so heiß war wie in einem Backofen. Sie legte ihre Handfläche gegen den untersuchten Bereich und ließ ihre Nano-Haken ausfahren, die es ihr ermöglichten, an Wänden zu hängen. Die Haken bohrten sich in das Metall. Sie stemmte sich mit dem Fuß dagegen, um eine Hebelwirkung zu erzielen, dann zog sie.

Die Wand gab widerstrebend nach. Sie legte eine schmale Öffnung frei, hinter der die Dunkelheit gähnte.

„Rabe Teamführer", rief jemand schwach über den Rüstungsfunk.

Gott sei Dank. „Hier ist Rabe Teamführer", antwortete Leah. „Wer ist da?"

„Geoffrey", antwortete die Stimme. „Geoffrey Timms. Ich brauche Hilfe. Ich wurde verwundet."

Geoffrey Timms war einer der jüngeren Männer in ihrem Team gewesen.

„Bleiben Sie ruhig", sagte Leah. „Sagen Sie mir, wo Sie sind."

„Das weiß ich nicht."

„Sehen Sie sich um."

„Irgendein Raum. Metallwände."

„Wissen Sie noch, wie Sie dorthin gekommen sind?"

„Nein. Ich bin hier drin aufgewacht." Geoffrey begann zu husten. Als er erneut sprach, klang er schwächer. „Ich blute sehr stark."

„Ich finde Sie", sagte Leah, obwohl sie nicht wusste, wie sie das anstellen sollte. Sie schloss die Augen und dachte nach. „Klopfen Sie gegen die Wand, sodass ich Sie hören kann." Sie betete darum, dass er sich in der Nähe befand.

Einen Augenblick später erklangen Schläge zu ihrer Linken. Das war nicht die Wand mit der Öffnung.

„Können Sie mich hören?", fragte Geoffrey.

Zur Antwort pochte Leah gegen die linke Wand. „Kann ich. Hören Sie mich?"

„Ja." Geoffrey lachte vor Erleichterung, aber das endete schnell, als er wieder zu husten begann.

„Warten Sie", sagte Leah. „Ich finde einen Weg zu Ihnen." Sie verstaute die SRAC und schob sich in das enge Loch in der Wand.

Im Tunnel herrschte völlige Dunkelheit. Sie konnte nichts sehen. Woher stammte eigentlich das Licht in dem Raum? Gerade als sie darüber nachdachte, ging die Beleuchtung aus.

Leah konnte nicht sagen, wie weit sie bisher gekrochen war. Es konnte nicht sehr weit sein, aber sie meinte, schon eine Ewigkeit unterwegs zu sein. Ihr stockender Atem klang wie ein krächzendes Bellen. Viel schlimmer war aber, dass sie nichts sehen konnte. Ihre Einbildung füllte die Dunkelheit mit jeder Art von Dämonen. Keiner der Restlichtverstärker in ihrem Anzug funktionierte.

„Geoffrey!", rief sie, weil sie nicht mehr allein sein wollte. „Sind Sie immer noch da?"

„Ja. Aber lange halte ich nicht mehr durch."

„Warten Sie einfach. Ich bin bald da."

„Warum dauert das so lange?"

„Der Weg ist verwirrend. Reden Sie einfach mit mir." Plötzlich erklangen schmerzhafte statische Geräusche in ihrem Ohr. Sie hätte beinahe ihren Helm abgesetzt. „Geoffrey?"

Er gab keine Antwort.

„Geoffrey?" Leah krabbelte ein wenig schneller. Sie fragte sich, ob die Dämonen ihn bereits gefunden hatten.

Dann erreichte sie das Ende des Tunnels. Ihre Finger glitten darüber. Sie legte die Handflächen auf die glatte Metalloberfläche und stellte fest, dass sie den Durchgang völlig versperrte.

Panik durchfuhr sie. Sie drückte gegen die Wand, doch nichts geschah. Es erschien ihr sinnlos, dass ein Durchgang im Nirgendwo endete.

Maschinen summten hinter ihr und ein Licht ging an. Als sie zurückblickte, erkannte sie, dass das andere Ende des Durchgangs jetzt ebenfalls versperrt war. Schlimmer noch, mehrere Klingen begannen zu rotieren und kamen unaufhaltsam auf ihre Füße zu.

Sie blickte sich verzweifelt um und entdeckte eine weitere Mauersektion zu ihrer Rechten. Leah schlug mit der Handfläche dagegen, schoss die Nano-Haken hinein und entfernte so die Abdeckung. Entnervt warf die Agentin die Platte auf die Klingen, in der Hoffnung, sie damit zu verkanten. Doch ungerührt verwandelten sie die Metallscheibe mit einem lauten Dröhnen in Konfetti. Der Lärm drohte Leah taub werden zu lassen.

„Leah!“, rief Geoffrey.

Dass er sich meldete, war überraschend. Leah hatte kaum genug Platz, um ihren Körper zu drehen und sich selbst in den Raum zu wuchten. Sie stellte sich dabei vor, dass die Klingen nur wenige Zentimeter von ihren Füßen entfernt waren.

„Leah!“

Die Klingen stoppten einen Zentimeter oder weniger von der Mauer entfernt. Einen Augenblick lang hatte Leah gefürchtet, dass sie ihr folgen würden. Stattdessen versperrten sie den Rückweg.

„Geoffrey“, sagte Leah. „Es ist alles in Ordnung. Ich bin hier.“

„Das Geräusch klang schrecklich.“

„Ich weiß. Aber es ist nichts.“ *Zumindest bislang.* Leah kroch weiter vorwärts und erreichte eine 90-Grad-Abzweigung in einen Tunnel, der direkt nach oben führte. Sie schaffte es kaum, die Biegung mitzumachen, dann musste sie die Nano-Haken nutzen, um in die lauernde Dunkelheit zu klettern.

Die Öffnung hinter ihr knallte zu.

„Geoffrey“, rief sie. Aber er gab keine Antwort.

Leah fand vier weitere Öffnungen und zwei weitere Todesfallen. Sie merkte sich die Abbiegungen, legte im Geist eine Karte an und glaubte, dass sie sich schließlich in die Richtung des Wummerns bewegte, das sie bereits früher gehört hatte. Aber sie konnte es unmöglich genau wissen.

„Leah.“ Geoffreys Stimme klang schwächer als zuvor.

„Ich bin hier“, sagte sie.

„Ich dachte schon, ich hätte das nur geträumt.“

„Nein.“

„Ich hatte eine Menge verrückter Träume.“

„Das ist möglicherweise das Fieber.“ Leah erreichte das Ende einer weiteren Sackgasse und hätte vor Frust am liebsten geschrien.

„Mir ist kalt.“

„Warten Sie einfach noch.“ Vorsichtig tastete sich Leah an der Mauer entlang, die ihr im Weg stand, dann an den Seiten des Durchgangs. „Können Sie für mich noch mal gegen die Wand schlagen?“

„Ja. Ich glaube schon.“

Leah lauschte wie gebannt. Einen Augenblick später hörte sie ein langsames, schwaches Klopfen von unten. Sie verfluchte sich dafür, dass sie trotz des neuen Auges und der ganzen Technik im Anzug nichts sehen konnte.

„Ich höre Sie“, sagte sie. „Sie klingen näher.“ Sie klopfte gegen die Wände.

„Sie auch.“

„Ich bin in ein paar Minuten bei Ihnen. Warten Sie einfach.“ Leah schlug mit der Handfläche gegen den Boden des Durchgangs und versuchte die Abdeckung zu lösen. Dann prallte sie mit dem Knie gegen den Durchgang und sie hörte ein hohles Geräusch. Aufgeregt schob sie sich nach unten und schlug mit der Handfläche gegen das Metall dort. Die Platte rutschte weg. Licht schien am Ende des Tunnels etwa drei Meter unter ihr.

„Leah?“

Diesmal hörte Leah Geoffreys Stimme sowohl über Funk wie auch mit eigenen Ohren. Er war direkt unter ihr.

„Ich höre Sie, Geoffrey. Ich bin fast da.“

Sie widerstand dem Impuls, mit den Füßen zuerst nach unten zu rutschen, weil sie dann nicht sehen konnte, was – und wer – sich in dem Raum befand. Sie schob Kopf und Schultern in die Öffnung und kroch hindurch. Durch die Schwerkraft schoss ihr das Blut in den Kopf.

Am Boden sah sie sich um. Sie konnte kaum die Metallwände des kleinen Raums und den Mann, der auf dem Boden lag, ausmachen. Blut glitzerte dunkel und nass auf dem Metall.

Geoffrey war bleich. Sein Blick war glühend und hohl. Er mühte sich, die Agentin anzusehen.

„Hey“, sagte er.

„Ganz ruhig“, antwortete Leah. „Ich werde Ihnen helfen.“ Sie legte eine Hand auf die Seite der Öffnung, dann die andere auf die gegenüberliegende Seite. Als sie so für festen Halt gesorgt hatte, sprang sie und landete auf den Füßen.

„Ich kann kaum glauben, dass Sie mich gefunden haben“, krächzte Geoffrey.

„Das habe ich.“ Sie ging zu ihm.

„Haben Sie etwas Wasser?“

Leah wollte schon Nein sagen, aber dann spürte sie das vertraute Gewicht ihrer Feldflasche, die an ihrem Gürtel hing. Sie gab dem Mann die Flasche.

„Trinken Sie langsam“, ermahnte sie ihn. „Sie haben vielleicht Fieber.“ Schließlich musste sie ihm helfen. Allerdings war es sehr merkwürdig, dass sich das Wasser auf dem Boden sammelte, obwohl sie schüttete und Geoffrey trank.

Dann verschwand Geoffreys Haut langsam und es blieb nur ein Skelett zurück. Sie hatte das Wasser durch das offene elfenbeinfarbene Grinsen eines toten Mannes fließen lassen.

Leah lief ein Schauder über den Rücken. Sie trat zurück und verschloss die Wasserflasche. Wenn man bedachte, wie lange sie schon in diesem Irrgarten gefangen war, musste sie sparsam mit dem Wasser sein.

Geistig erschöpft und emotional ausgelaugt schaute Leah auf das Skelett und fragte sich, wie es hierhergekommen war. Als sie die Augen nur für einen Moment schloss, um sich ein wenig auszuruhen, passierte es.

Das Skelett verschwand und sie war erneut in dem gesichtslosen Raum.

Vierzig

„Sie werden sich über deinen Besuch nicht gerade freuen", sagte Naomi.

„Am Anfang vielleicht nicht", stimmte ihr Warren zu. „Aber wenn sie dann sehen, was ich anzubieten habe …"

„Dann hassen sie dich noch mehr. Sie werden dir glauben wollen, doch einige werden immer noch Angst haben."

„… hören sie mich an." Zumindest hoffte Warren, dass es so lief. Zwei Tage waren vergangen, seit er seinen Unterschlupf verloren hatte. Er und Naomi hatten in mehreren Verstecken geschlafen, während sie nach einer Kabalistensepte gesucht hatten, die sie beeinflussen konnten. Heute Morgen hatten sie schließlich eine gefunden.

Sie befand sich unten am Picadilly, irgendwo zwischen den Trümmern von Apartments und Läden. Naomi hatte gehört, dass sich einige Kabalistengruppen in dieser Gegend herumtrieben. Diese hier lebte im sechsten Stock eines Mietshauses.

Die Posten, die das Gebiet bewachten, stellten sich ihnen entgegen. Jeder der drei Männer war groß und offensichtlich wegen seiner Größe ausgewählt worden. Ihre Gesichter waren mit Tätowierungen überzogen. Auch auf Armen, Hälsen und der Brust prangten Bilder und Symbole. Ihre Rüstungen bestanden aus Dämonenteilen. Hautstücke, die mit Sehnen vernäht waren, weil jedes künstliche Garn oder Angelschnur ihnen das letzte bisschen arkaner Energie geraubt hätte, das sie besaßen.

„Was wollt ihr?" Der Sprecher war ein schmalgesichtiger junger Mann, der einen Irokesenschnitt trug. Sein Gesicht war mit roten

Tätowierungen bedeckt. In einer Hand trug er eine Machete und eine zweite hing über seiner Schulter.

„Ich bin Warren Schimmer. Ich muss mit dem Sprecher eurer Septe reden."

Die drei Wächter tauschten wissende Blicke aus.

„Unser Sprecher will nichts mit dir zu tun haben", sagte ein anderer Mann. Blut lief aus den Verletzungen an seinem Kopf, wo er sich kürzlich drei kleine Dämonenhörner implantiert hatte. Sie stammten von einem fliegenden Dämon, nicht größer als ein Klammeraffe, der aber elektrische Schocks verabreichen konnte.

„Ich glaube, dass er es sehr wohl will", sagte Warren zuversichtlich. „Wenn er erst hört, was ich anzubieten habe."

„Sei nicht zu stolz auf dich, Dämonenknecht."

„Das bin ich nicht." Warren führte eine Geste aus.

Eine Welle schimmernder Energie durchfuhr den Mann. Seine Knie gaben nach und er stürzte auf den Bürgersteig. Dabei schrie er vor Schmerz.

Der junge Mann mit der Machete schlug mit unerwarteter Geschwindigkeit nach Warrens Kopf. Fast mühelos hielt Warren den Schlag mit dem Speer auf, drückte die schwere Klinge zur Seite und stieß mit dem Schaft des Speers auf den Boden. Eine Energiewand stieg vom Boden auf und warf die Männer zurück.

Der dritte Mann, der einen rasierten Schädel hatte, damit man die Tätowierungen auf seinem Kopf erkennen konnte, zog eine sperrig wirkende Pistole. Ein merkwürdiger Flüssigkeitsbehälter, der darauf befestigt war, *gluckerte,* als er feuerte.

Mit einer Hand erschuf Warren einen Schild. Vier kleine Dämonen, nicht größer als die Spitze seines kleinen Fingers, bedeckten den Schild. Sie schlängelten sich mit dem gehörnten Schwanz über die Energiebarriere und schlugen immer wieder dagegen.

Naomi unterdrückte einen Fluch und trat zurück. Die Dämonen hatten Waffen, die lebendige Munition verschoss. Darunter Insektenschwärme und Dinge wie diese hier. Warren hatte solche Waffen nie in den Händen von Kabalisten gesehen.

„Interessant", bemerkte Warren. „Hast du die Waffe selbst gebastelt? Oder hast du gelernt, wie du damit umgehen musst?"

Der Kabalist legte erneut auf ihn an.

Warren vollführte eine Geste und die lebendige Munition flog vom Schild weg und blieb nur wenige Zentimeter vor dem Gesicht des Kabalisten in der Luft hängen. Der Mann verstand die Botschaft und senkte die Waffe.

Der Kabalist mit den drei kleinen Hörnern stand auf. Verwunderung lag in seinem Blick, als er sich mit der Hand über die Hörner fuhr. „Mein Kopf fühlt sich merkwürdig an", sagte er.

Der Kabalist mit der Pistole schaute ihn an. „Dein Kopf wurde geheilt, Kumpel. Die Hörner wirken, als wären sie dort schon immer gewesen."

„Geheilt?" Der Kabalist fuhr mit den Fingerspitzen über die Hörner. Überraschung zeigte sich auf seinem Gesicht. Er sah Warren an. „Hast du das gemacht? Hast du mich geheilt?"

„Ja", antwortete Warren.

„Wie?"

„Das ist eins der Dinge, die ich euch beibringen kann."

Der Kabalist zog weiterhin an seinen Hörnern, als könnte er es nicht fassen.

„Ich will mit eurem Sprecher reden", wiederholte Warren seine Forderung.

„In Ordnung", sagte der Mann. „Lass mich jemanden zu ihr schicken." Er winkte dem jungen Kabalisten mit dem Irokesenschnitt zu.

Fluchend stand der jüngere Kabalist auf und ging in das Gebäude. Warren ließ die lebendige Munition implodieren und die leblosen Körper der Dämonen fielen zu Boden.

Die Inneneinrichtung des Gebäudes war verfallen, doch einige wenige Bereiche waren gesäubert worden, damit man dort leben konnte. Warren zählte etwa 30 Menschen, es konnten aber auch mehr sein. Niemand schien erfreut zu sein, ihn zu sehen. Wachsame Augen blickten ihn an, als er die Stufen zum dritten Stock hinaufstieg.

In einem großen Bereich im zweiten Stock standen Gartenbeete. Kräuter und Gemüse wuchsen dort. Wenn man die Größe der Gemüsebeete bedachte, war alles hier darauf ausgerichtet, möglichst mobil zu sein.

Er entdeckte einige Kräuter und Gewürze, die zu medizinischen Zwecken genutzt wurden, aber einige andere Pflanzen wirkten eigentümlich und pervertiert. Ein paar wuchsen nur in den Bereichen, die der Brand geschaffen hatte.

Eine junge Frau wartete im dritten Stock. Sie wirkte wie 19 oder 20, war dünn und von asiatischer Abstammung. Ihr schulterlanges Haar war blau gefärbt und sie hatte mandelförmige grüne Augen. Ihr Gesicht war von Tätowierungen überzogen, genauso wie Arme und Beine. Auch wenn sie nicht wie die Sprecherin einer Kabalistensepte wirkte, spürte Warren doch die Kraft, die von ihr ausging.

„Ich heiße Daiyu", sagte sie. Vier Kabalisten standen um sie herum.

Warren lachte beinahe. Obwohl die Frau klein war, vielleicht nicht größer als 1,50 Meter, bot ihr die Kraft, die Warren spürte, mehr Schutz als die Männer.

„Ich bin Warren Schimmer", sagte er.

„Ich habe von dir gehört. Man sagt, du gehörst keiner Septe an."

„Das tue ich auch nicht."

Daiyu beobachtete ihn interessiert. „Ich habe auch gehört, dass du über Macht verfügst, ohne Tätowierungen oder Siegel zu besitzen."

„Die brauche ich nicht."

„Man sagt, das liege daran, dass du die Hand eines Dämons und sein Zeichen trägst." Daiyus Augen verharrten auf Warrens silberner Hand.

Warren bewegte die Hand, um zu zeigen, dass sie ihm gehörte und dass sie funktionierte. „Sie ermöglicht mir, mich auf meine Kräfte zu konzentrieren. Aber die Kraft gehört mir selbst."

„Ich verstehe." Daiyu sah ihm erneut in die Augen. „Was willst du hier?"

„Ich mache euch ein Angebot, das ihr nicht ablehnen könnt", sagte Warren.

„Du kannst mir nichts anbieten, das ich mir nicht selbst nehmen könnte."

Warren wies auf den Mann mit den Hörnern, den er geheilt hatte. Zögerlich trat er auf sie zu.

„Deine Leute versuchen die Dämonen zu imitieren, indem sie deren Trophäen tragen. Damit machen sie sich nur schwächer, weil sie ihrem Körper Wunden zufügen. Ich kann sie heilen und ich kann euch beibringen, wie man die Transplantate für immer einpflanzt."

„Sieh dir meine Hörner an", sagte der Kabalist. „Er hat sie gerade eben erst geheilt."

Daiyu bedeutete dem Mann, auf die Knie zu gehen, und untersuchte dann die Hörner. Vorsichtig berührte sie eins mit dem Zeigefinger. Ein elektrischer Funke sprang über und sie zuckte zurück.

„Wenn die Transplantate erst eingepflanzt sind", begann Warren, „werden sie zu Foci und ermöglichen eine bessere Kontrolle der arkanen Kräfte."

Die junge Frau sah ihn misstrauisch an. „Wird der Körper sie später abstoßen?"

„Nein. Zumindest so lange nicht, wie die Person, die sie trägt, es sich nicht anders überlegt."

Die Stimmen um sie herum wurden lauter. Weitere Kabalisten kamen aus den anderen Stockwerken, um ihnen zuzuhören.

„Das müssen wir dir einfach so glauben, oder?“, fragte Daiyu.

„Wenn ihr noch ein anderes Angebot habt“, sagte Warren, „dann solltet ihr das annehmen.“ Er versuchte mutig zu klingen, aber er hatte noch nie besonders gut mit Menschen umgehen können. Er war nicht von Natur aus mächtig und er wäre es auch jetzt nicht, wäre er nicht so verzweifelt. Er konnte nirgendwohin, hatte kein Versteck, und Lilith schien ihn in die eigene Vernichtung zu treiben, wenn er nicht auf sich aufpasste.

„Du wolltest uns ein Geschäft vorschlagen“, sagte Daiyu.

„Ja.“

„Aber was willst du dafür haben?“

Warren war beeindruckt. Sie war schlauer als erwartet.

„Ich will dasselbe wie du“, sagte er. „Ich will mehr Macht. Aber dafür brauche ich Hilfe.“

„Du willst meine Hilfe?“

„Nein.“

„Was dann?“

„Ich will, dass ihr mir folgt.“

„Ich folge dem Ersten Seher.“

„Das ist schön“, sagte Warren. „Folge dem Ersten Seher, wenn du willst. Aber folge mir hierbei. Ich kann dich mächtiger machen. Ich kann dir eine Macht geben, die kein Kabalist sonst hat.“

Daiyu musterte ihn einen Moment lang, dann nickte sie. „Ich muss mit meinen Gelehrten darüber sprechen. Dann reden wir weiter.“

„Warte aber nicht zu lange“, ermahnte Warren sie. „Ich kann auch mit jemand anderem reden.“

Naomi nahm eine Packung Instantnudeln aus der Tasche, die sie erst vor Kurzem aus einem Lebensmittelladen ein paar Blocks entfernt geholt hatte. Auch wenn es noch Überlebende in der Stadt gab und bereits vier Jahre seit der Invasion vergangen waren, gab es doch noch genügend Nahrung, um die Leute satt zu machen. Alle verderblichen Lebensmittel waren allerdings längst fort.

Sie öffnete die Packung und schüttete den Inhalt in einen kleinen Topf, den sie vor ein paar Jahren gefunden hatte. Sie vermisste richtige Küchenwerkzeuge, wie sie sie in Warrens Versteck gehabt hatten. Binnen Minuten brannte ein kleines Feuer in der Erdgeschosswohnung, wo sie untergekommen waren, nachdem sie mit Daiyus Kabalisten gesprochen hatten. Sie goss Wasser über die Nudeln und gab die Gewürze aus der Tüte dazu.

Warren stand am Fenster und sah durch das dreckige, zerborstene Glas. Er schien ruhig zu sein. Aber sie kannte ihn lange genug, um zu wissen, dass der Anschein trog.

„Worüber denkst du nach?“, fragte Naomi, als der Essensgeruch die Wohnung durchzog.

„Über die Kabalisten.“ Sein abgelenkter Tonfall zeigte ihr, dass es nur die halbe Wahrheit war.

„Und du sorgst dich, wofür sie sich entscheiden?“

„Nein. Sie werden die richtige Entscheidung treffen. Sie haben gar keine andere Wahl. Ich kann Sachen machen und ihnen Dinge beibringen, zu denen sie nicht in der Lage sind.“

„Ich hätte gedacht, dass sie mehr Angst vor dir haben.“

„Sie haben Angst vor mir“, sagte Warren. „Aber sie haben noch viel mehr Angst davor, das, was ich kann, nicht zu beherrschen.“

Naomi war ein wenig eifersüchtig, weil sie dieselbe Angst hatte. „Wirst du ihnen diese Dinge beibringen?“

„Ja.“

„Warum hast du sie mir nicht beigebracht?“

Er sah sie an. „Willst du sie wirklich lernen?“

Naomi dachte darüber nach. Sie war hin und her gerissen. Mehr Macht zu besitzen, war eine gute Sache, vor allem, wenn man an die Gefahren um sie herum dachte. Allerdings beunruhigte sie der Gedanke, wie nah sie dazu den Dämonen kommen musste.

„Vielleicht“, antwortete sie.

Warren lächelte bitter. „Deshalb habe ich es dir nicht beigebracht. So etwas muss man haben *wollen.*“

„Und wie war das bei dir?“

„Am Anfang wollte ich es nicht. Aber ich wusste, dass ich so viel wie möglich lernen musste, um zu überleben. Und selbst dann gibt es keine Garantien.“

Naomi rührte die Nudeln durch. „Hast du Lilith in letzter Zeit gesehen?“ Die Dämonin war schon seit zwei Tagen nicht mehr aufgetaucht, soweit Naomi wusste.

„Nein.“

„Wo ist sie denn hin?“

„Das weiß ich nicht.“

„Kommt sie zurück?“ Im Stillen hoffte Naomi, dass sie es nicht tat.

„Ja.“

„Wenn die Kabalisten dein Angebot annehmen, was machst du dann?“

„Dann bringe ich ihnen bei, wie man Dämonen bekämpft.“

„Ich dachte, du wärst überzeugt davon, dass jeder, der so was macht, nur getötet wird?“

„Nicht“, sagte Warren, „wenn du gewinnst.“

„Glaubst du wirklich, wir können gewinnen?“

„Wir können uns nicht länger verstecken. Seit all das angefangen hat, wurde ich in Kämpfe gegen Dämonen verwickelt.“ Warren unterbrach sich. „Ich habe für jedermann gekämpft, außer für mich.“

Einen Augenblick lang sah Naomi die Furcht in ihm. Oft hatte sie diesen Ausdruck mit Egoismus verwechselt, aber sie hatte gelernt, dass es in Wahrheit Furcht war. In Warren war etwas zerbrochen, was niemals repariert worden war.

„Was ist mit dir?“, fragte Warren. „Bleibst du oder gehst du?“

Naomi hatte sich selbst auch schon diese Frage gestellt. Nachdem das Versteck vernichtet worden war, hatte Warren ihr nicht mehr viel zu bieten. So zog er die Dämonen förmlich an.

„Ist das wichtig?“, fragte sie.

Er zögerte. „Ja.“

„Was soll ich denn tun?“

„Ich möchte, dass du bleibst. Doch es wird gefährlich werden. Ich will nicht, dass du verletzt wirst.“

„Das will ich auch nicht. Aber ich werde bleiben.“

Warren nickte, versuchte etwas zu sagen, schaffte es jedoch nicht. Er nickte nur noch einmal.

„Die Nudeln sind fertig“, sagte sie. „Du musst essen.“

Gemeinsam aßen sie mit Stäbchen, die sie in den Überresten eines chinesischen Restaurants gefunden hatten, und lauschten den Schreien der Dämonen und ihrer Opfer draußen auf den Straßen.

Einundvierzig

Leah hing an der Wand. Die Nano-Haken auf ihrer Handfläche waren tief ins Metall versenkt. Als sie schon glaubte, dass das Wandstück festsaß, quietschte das Metall und es bewegte sich. Sie spürte einen Lufthauch, der nach Pinie und frischem Gras duftete.

Ungläubig schaute Leah in den Wald hinter der Öffnung. Sie wusste nicht, wie die Maschine in dem Wald enden konnte, und sie würde auch keine Zeit darauf verschwenden, es herauszufinden. Sie drückte Hände und Schultern durch die Öffnung und fiel auf die weiche Erde draußen.

Ihr Herz hämmerte, sie stand auf und lief los. Nebel bedeckte die Landschaft und hielt das Sonnenlicht ab, als sie aufsah und sich zu orientieren versuchte. Sie wusste nicht, in welche Richtung sie lief, aber überall war es besser als in der Nähe der Dämonenmaschine.

In dem sumpfigen Land stand das Wasser in Lachen und Tümpeln. Sie rannte hindurch und wurde augenblicklich nass. Die vom Schlamm durchweichte klamme Kleidung klebte an ihrem Körper. Ihr Atem bildete graue Wölkchen.

Sie stand auf einer Anhöhe im Schatten einer knorrigen Fichte, völlig außer Atem und unfähig, weiterzulaufen, und blickte zurück. Die Dämonenmaschine wirkte wie ein dreistöckiges Gebäude. Sie wusste, dass das nicht stimmen konnte, weil das Gerät zuvor Platz in dem Applestore gefunden hatte.

Das war beim letzten Mal, als du draußen warst, überlegte Leah. *Die Dämonen könnten sie ausgebaut haben. Aber wie hatten sie die Maschine bewegt? Wie lange war sie darin gefangen gewesen?*

Während sie wieder zu Atem kam, überprüfte sie die Landschaft. Sie glaubte nicht, dass es hier Patrouillen gab. Hier gab es nichts. Nicht mal einen Vogel.

Wie viele andere Menschen sind wohl noch in der Maschine? Sie wusste es nicht. Leah glaubte, dass sie erst ein paar Tage darin festgehalten wurde, aber sie konnte sich nicht sicher sein. Alles, was ihr in der Maschine begegnet war, war eine Illusion gewesen.

Das musste so sein. Sie hatte schreckliche Dinge erlebt.

Als sie wieder zu Atem gekommen war, lief sie die andere Seite des Hügels hinunter. Sie wusste nicht, wo sie war. Der Boden war elastisch und feucht. Grüne Pflanzen schlugen ihr gegen Beine und Knie.

Sie lief, bis sie nicht mehr konnte. Sie musste mittlerweile einige Kilometer zurückgelegt haben. Die nebelbedeckte Landschaft war undurchdringlich. Schließlich legte sie sich erschöpft nieder. Nur um sich etwas auszuruhen. Irgendwo sangen Vögel. Obwohl sie es nicht wollte, schlief sie ein.

Als Leah erwachte, hatte sie geträumt, dass sie wieder die Waffenfabrik angriff. Sie hockte hinter einem umgeworfenen Laster. Die SRAC-Maschinenpistole und der Thermalblaster lagen schwer in ihrer Hand.

„Leah!“

Sie blickte auf den toten Mann zu ihren Füßen. Er hieß Jeremy Capps, aber lebend war er ihr nie begegnet.

„Leah!“

Als sie aufsah, erkannte Leah Robert Wickersham. Er wirkte so jung und verwundbar wie in der Nacht, als sie ihr Auge verloren hatte.

Das ist unmöglich, dachte Leah. *Ich kann nicht hier sein.*

„Leah, sind Sie es?“ Wickersham lud sein Sturmgewehr nach.

„Ja.“

Besorgnis lag in seinem Blick. „Sie sahen wie jemand anderes aus."

„Wo sind wir?"

Wickersham beobachtete sie. „Sind Sie sicher, dass alles okay ist?"

Nein. „Wo sind wir?"

„Wir versuchen die Waffenfabrik zu zerstören. Wo dachten Sie denn, dass wir sind?"

Leah schüttelte den Kopf. *Das stimmt nicht! Das stimmt nicht! Irgendetwas ist hier faul!* Ihre Sinne drehten sich. „Es geht schon."

„Nicht, dass wir eine Wahl hätten. Die Sprengladung liegt vor Ihnen. Wollen Sie sie mitnehmen? Oder soll ich?"

Als sie nach unten sah, lag die Sprengladung auf der Straße vor ihr. Blut bedeckte die abgewetzte Oberfläche.

„Wir sind jetzt Sprengkommando drei", sagte Wickersham. „Sind Sie bereit?"

Leah nickte, aber sie fühlte sich alles andere als bereit. Sie steckte den Thermalblaster weg und nahm die Sprengladung auf.

„Auf geht's." Wickersham lief vor. Er ging um die Ecke und blieb reglos stehen.

„Stimmt was nicht?", fragte Leah. Dann bemerkte sie die blutige Klaue, die aus Wickershams Rücken drang.

Er taumelte zurück und stolperte gegen sie. Als sie sich bewegte, wirbelte er zu ihr herum. Blut tropfte aus dem zerfetzten Mund. Er versuchte etwas zu sagen, schaffte es aber nicht. Seine Augen wurden glasig und er glitt zu Boden.

Nein!, dachte Leah panisch. *So war es nicht! Jeremy Capps ist auch nicht gestorben! Diese Todesarten sind nicht echt!*

Obwohl sie es nicht akzeptierte, trat ein Klingenscherge vor sie und grinste. Leah versuchte die Maschinenpistole zu heben, aber der Dämon schlug sie mit Leichtigkeit beiseite. Seine Klingenhand drang durch ihren Anzug und den Magen. Mit einem Zucken zur Seite verteilte er ihre Eingeweide über den Boden.

Leah konnte nicht mehr stehen bleiben und fiel in die dampfenden Überreste ihres eigenen Körpers. Der Schmerz überkam sie einen Augenblick lang gnadenlos, verschwand dann. Sie wurde erneut ohnmächtig.

„Bekommen Sie die Tür auf?"

Panik stieg in Leah auf, als sie erkannte, dass sie nicht tot war. Sie fuhr sich mit der freien Hand über den Körper und stellte fest, dass ihr Bauch völlig intakt war. Es gab kein Blut. In ihrer anderen Hand hielt sie einen Verzehrer, eine Pistole, die Griechisches Feuer verschießen konnte. Es war ein Templerentwurf, von einem gefallenen Krieger erbeutet.

„Sie kommen. Können Sie die Türen öffnen?"

Benommen sah Leah den Sprecher an. Selbst mit ihrer Nachtsicht konnte sie die vier Personen kaum erkennen. Alle trugen schwarze Kampfanzüge.

Der große Mann neben ihr fluchte und schob sie beiseite. „Was stimmt mit Ihnen nicht? Wenn wir hierbleiben, werden wir sterben. Diese Zombies sind uns zahlenmäßig überlegen."

Leah trat beiseite und versuchte herauszubekommen, wo sie war. Sie befand sich in einem Tunnel, vielleicht einem Versorgungsschacht der U-Bahn.

Am Ende des Durchgangs arbeitete der Mann eilig an der Tür, die vor Rost klemmte. Er zog am Türöffner, aber der Öffner riss mit einem Kreischen ab.

„Sie kommen!", rief jemand.

„In Position! Haltet sie auf, bis Pete die Tür aufbekommt!"

Leah wusste, dass sich die Tür nicht öffnen würde. Sie waren buchstäblich an einem toten Ende angekommen.

Die Zombies strömten in den Durchgang. Blut glänzte auf ihrer fleckigen Haut. Ein stummer Beweis dafür, dass sie bereits Erfolg bei ihrer Jagd auf Opfer gehabt hatten.

„Pete! Kriegst du die Tür auf, Kumpel?"

Leah sah zu dem großen Mann und erkannte, dass er voller Furcht war. Er war stumm und bewegungsunfähig. Dann erfüllte das Feuer der Waffen den Tunnel. Sie feuerte den Verzehrer ab, spürte den Rückschlag, als die Flammen über die Zombies strömten. Obwohl die erste Reihe bereits brannte, drängten dahinter Dutzende nach vorn. Die Zombies, die den Flammen erlagen, wurden von den Untoten hinter ihnen überrannt.

„Pete! *Pete!*"

Zombies wurden von Explosivwaffen in Stücke gerissen und flogen in alle Richtungen. Gliedmaßen, Köpfe und Stücke toten Fleisches trafen die Decke und fielen auf die Kämpfenden.

Die Linie brach, als die ersten Zombies sie erreichten. Leah konnte ihnen keinen Vorwurf machen. Die ausdruckslosen Augen, eingesunken und tot, waren nur schwer zu ertragen.

Das stimmt nicht, dachte Leah. Sie versuchte die hirnlose Angst zu überwinden. *Ich war noch nie in einer solchen Lage. Ich bin immer entkommen.*

Unfähig, dem Ansturm der Untoten zu entkommen, gab die Schlachtenreihe nach. Die verängstigten Schreie der Männer und Frauen erklangen in dem kleinen Raum.

Leah versuchte sich aus den verkeilten Gliedmaßen freizukämpfen. Viele waren nicht mehr mit den Körpern verbunden. Blut bedeckte ihr Visier und die Welt bekam einen Rotstich. Panik stieg in ihr auf. Sie kämpfte dagegen an und gegen jeden, der sie berührte.

Sie feuerte den Verzehrer genau in das verwüstete Gesicht des Zombies vor ihr. Mit brennendem Kopf umklammerte das untote Ding sie und zerrte sie zu Boden.

Die Toten und die Lebenden traten über sie. Schmerz durchfuhr sie, als ihre Arme und Beine unter dem Gewicht wegknickten. Dann brachen ihre Rippen und durchstachen die Lunge. Sie ertrank in ihrem eigenen Blut.

„Erkennst du, wie es ist, Mensch?“, fragte eine heisere Stimme. „Erkennst du, wie du benutzt wirst?“

Schwach zwang Leah sich, ihre Augen zu öffnen. Die Gesichtszüge des Dämons traten langsam aus der sie umgebenden Dunkelheit hervor. Die glatte Fläche hinter ihm sagte ihr, dass sie sich immer noch in der Kammer befand.

„Du hast sie niemals verlassen“, bellte der Dämon. „Zumindest nicht physisch. Nur in deinen Gedanken. Nur in deiner Angst. Und du hast diese Angst an all die Leute weitergegeben, die du kennst.“

Die Kreatur war anders als alles, was Leah zuvor gesehen hatte. Ein dunkelgrüner Panzer bedeckte den Dämon und er glänzte, als wäre er nass oder als hätte man ihn gerade mit Öl eingerieben. Das Gesicht war scharf wie eine Klinge, mit hervorstechenden, knollenartigen Augen, die orange leuchteten. Eine Ansammlung von Antennen, mindestens ein Dutzend, die gut einen halben Meter lang waren, hingen von dem Kopf auf die schmalen Schultern hinunter.

Das Ding verbreitete Angst. Eine riesige Wolke dieses Gefühls durchfuhr Leah. Instinktiv wollte sie sich da herauswinden. Doch die Wand verhinderte jede Flucht. Da sie nicht ruhig sitzen konnte, trat sie dem Dämon ins Gesicht.

Er bewegte sich mit unglaublicher Schnelligkeit, bereits als sie zu dem Tritt ansetzte. Sie trat immer wieder zu, traf ihn aber nicht.

„Du kannst mir nicht wehtun“, verhöhnte sie der Dämon. „Aber ich kann es.“ Eine sechsfingrige Hand tauchte auf. Funken blitzten an den leuchtenden Krallen.

Bevor Leah sich bewegen konnte, berührte die Kralle ihr Gesicht rechts über dem Auge, das die Templerchirurgen ausgetauscht hatten. Blut lief in die Augen und blendete sie. Panik stieg in ihr auf, als sie glaubte, ihr Auge erneut verloren zu haben. Sie drückte sich gegen die Wand, zog die Beine so nah an, wie sie konnte, und schuf so viel Distanz wie möglich zwischen sich und dem Dämon.

„Wir kennen dich", sagte der Dämon. „Wir kennen deine Ängste. Wir nutzen die Furcht in dir, um sie in deine Freunde zu transferieren. Wenn du schläfst, arbeitest du für uns. Schlafe also. Schlafe und träume von den schrecklichsten Dingen, damit du sie in den Geist derjenigen bringst, denen du verbunden bist."

Trotz ihrer Furcht und der Nähe des Dämons schloss Leah die Augen. Sie schlief ein. Und dann träumte sie.

Timothy Robinson schlief, als Leah in die wirren Albträume gelangte, die den jungen Mann bereits seit drei Wochen quälten. Damals war er beinahe unter den Klauen einer Dämonenpatrouille gestorben. Er und sein Team hatten die Gegend erkundet und gegnerische Ziele erfasst, waren dabei stets in den Schatten geblieben und hatten entschieden, welche Ziele wichtig waren.

Sie waren von einem Templer aufgestöbert worden, der sich unter dem Bann einer verfluchten Waffe befunden hatte. Ihre Aufklärung hatte von solchen Dingen berichtet und selbst Leute aus seiner Organisation fielen ihnen gelegentlich zum Opfer.

Timothy war Anfang 20. Als die Invasion begonnen hatte, war er noch grün hinter den Ohren gewesen und hatte gerade die Sandhurst Akademie abgeschlossen. Allerdings hatte ihn seine Ausbildung nicht darauf vorbereitet, gegen Monster und Untote zu kämpfen.

Die Pirscher waren aus der Dunkelheit aufgetaucht und hatten ihn und sein Team überfallen. Binnen Sekunden hatte sich das Dach, von dem aus sie die Gegend beobachtet hatten, in ein blutiges Schlachtfeld verwandelt.

„Lauft!", hatte Parker, sein Teamführer, geschrien.

Timothy war sofort geflohen. Aus Gewohnheit hatte er noch Feuerschutz gegeben. Binnen drei Sekunden hatte es fünf seiner Kameraden erwischt. Im echten Leben war er der Einzige gewesen, der in dieser Nacht entkommen war. Und das war nicht ohne Nachwirkungen geblieben.

In seinem Albtraum entkam er nicht.

Leah beobachtete hilflos, wie Timothy von einer Gruppe Pirscher niedergerissen wurde. Einer der Dämonen erwischte ihn am Knöchel. Der junge Mann stolperte, stürzte und fing sich mit einer Hand ab. Er wand sich und riss die Maschinenpistole hoch. Im wahren Leben hatte er dem Dämon das Gesicht mit Explosivgeschossen zersiebt. Heute allerdings traf er nicht.

Dann sprang ihn ein weiterer Pirscher an und biss nach seiner Kehle. Seine Reißzähne drangen mühelos durch den Kampfanzug. Es ging nur darum, ob der Druck die Kehle des jungen Mannes zerquetschen würde oder die Reißzähne sie herausrissen.

Timothy würgte und versuchte zu atmen. Leah spürte seine Angst und den Schmerz. Sie rannte zu ihm und griff nach dem Pirscher, bevor ihr klar wurde, was sie da tat. Ihre Hände griffen durch den Dämon hindurch.

„Nein!“, rief Leah und war sicher, dass sie zusehen musste, wie der junge Mann starb.

„Hilfe!“, krächzte Timothy. Er schlug den Dämon mit den Fäusten. „So war es nicht! Ich bin entkommen! Ich bin nicht gestorben! Ich bin nicht *gestorben!*“ Er kämpfte verzweifelt.

In der nächsten Sekunde erwachte Timothy in zerwühlten Laken. Er erkannte, dass er sich in der Kaserne im unterirdischen Komplex befand. Er war in Sicherheit. Aber sein Herz pochte so wild, als würde es jeden Moment explodieren.

Leah stand neben dem Bett. Irgendwie steckte der junge Mann noch in seinem Traum. Sie war immer noch bei ihm.

Er zog die SRAC-Maschinenpistole, die neben seinem Bett hing, und richtete sie auf sie. „Wer sind Sie?“, fragte er. „Was machen Sie hier?“

„Das weiß ich nicht“, antwortete Leah. Selbst für ihre Ohren klang ihre Stimme, als wäre sie eine Million Kilometer weit entfernt.

„Verschwinden Sie aus meinem Kopf“, befahl Timothy. „Und nehmen Sie diese verdammten Albträume mit.“

Leah trat zurück. Um sie herum lagen andere Männer und Frauen in den Betten. Sie spürte die Albträume in deren Köpfen.

Mit bleichem Gesicht erhob sich Timothy aus dem Bett und hielt seine Waffe weiterhin auf Leah gerichtet. Sie wusste, dass er sie damit nicht verletzen konnte, sie war ja nicht wirklich dort. Es war nur ein weiterer Albtraum.

„Sie“, sagte Timothy. „Sie sind schuld an all dem.“

„Nein“, sagte Leah. „Das bin ich nicht.“

„Ich habe Sie in meinem Traum gesehen.“

Weitere Menschen in der Kaserne erwachten. Sie waren lethargisch, erschöpft von schlaflosen Nächten und vergangenen Schrecken. Alle blickten Timothy an.

„Sie waren nicht dabei“, sagte Timothy. „Sie waren nicht dabei, als die anderen gestorben sind.“

„Ich bin nicht real“, sagte Leah. „Man benutzt mich.“

„Wer benutzt Sie?“

„Die Dämonen“, sagte Leah.

„Timothy“, brüllte ein stämmiger Mann. „Mit wem redest du da?“

„Da ist eine Frau.“ Timothy blickte sie immer noch mit fiebrigem Blick an. „Sie trägt unsere Uniform.“

„Timothy“, sagte der stämmige Mann ruhig. „Da ist niemand. Leg einfach die Pistole hin, bevor sich noch jemand verletzt.“

Ein Mann und eine Frau schlichen sich von hinten an Timothy heran.

„Sie können Sie nicht sehen", knurrte Timothy. „Warum kann man Sie nicht sehen?"

„Das weiß ich nicht", sagte Leah. „Ich weiß auch nicht, warum Sie mich sehen können."

„Ich will, dass Sie verschwinden", sagte Timothy. „Ich will, dass Sie aus meinem Kopf verschwinden."

„Ich werde Ihnen nichts tun. Das schwöre ich."

„Sie haben die Albträume verursacht."

„Nein."

„Timothy, leg die Waffe weg."

„Nein, Sergeant. Es ist diese Frau." Timothy wies auf Leah. „Sie spukt in unseren Köpfen herum. Sie verursacht die Albträume."

Der Sergeant näherte sich ihm langsam. „Ganz ruhig, Kumpel." Seine Stimme klang sanft und beruhigend. „Niemand hier will dir etwas tun."

„Kannst du sie denn nicht sehen?", fragte Timothy. „Sie steht doch genau hier."

Verzweifelt und im vollen Bewusstsein, dass die Verbindung mit dem jungen Mann nicht von den Dämonen gewollt war, sagte Leah: „Bleiben Sie ruhig, Timothy."

„Sagen Sie *nicht,* dass ich mich nicht aufregen soll!", platzte es aus Timothy heraus. „Ich erlebe seit Jahren, wie die Leute um mich herum sterben! Es reicht mir! Es reicht mir, jede Nacht hier rauszugehen und mich zu fragen, ob ich es heute auch wieder schaffe! Man kann nicht …"

Die beiden Menschen hinter Timothy warfen sich gemeinsam auf ihn. Sie legten die Arme um ihn und drückten ihn zu Boden. Der große Sergeant nahm ihm schnell die SRAC-Maschinenpistole weg. Timothy kämpfte gegen sie an, aber die Leute hatten ihn fest im Griff und er konnte nicht entkommen.

Er schrie, fluchte und kämpfte, so gut er konnte. „Sie ist hier! Sie verursacht die Albträume!"

„Gebt ihm eine Spritze", sagte der Sergeant.

Hilflos sah Leah zu, wie man dem jungen Mann ein Beruhigungsmittel injizierte. Er wand sich und verfluchte sie, dann verdrehten sich seine Augen und er rührte sich nicht mehr. Alles um Leah herum wurde undeutlich.

„Sie müssen mir zuhören", sagte sie. „Ich bin nicht dafür verantwortlich. Ich brauche Hilfe. Sie müssen …"

„… mir helfen." Leah blinzelte, als sie zurück in dem sterilen Käfig war. Ihr Herz pochte und ihre Schläfen schmerzten.

Der Dämon war fort, aber sie hörte noch sein spöttisches Gelächter.

Sieh zu, dass du dich unter Kontrolle bekommst, sagte sie sich selbst. *Beruhige dich und denk nach.* Aber sie konnte nur daran denken, dass es den Dämonen irgendwie gelungen war, sie in die Träume aller anderen im Komplex zu schleusen.

Zweiundvierzig

Simon half dabei, die letzte Ladung davon zu verstauen, was die Templer aus dem Lagerraum erbeutet hatten. Es fühlte sich gut an, dass so viel Nahrung an einem Ort war. Kisten, Kartons und Fässer voller Trockennahrung standen in den Höhlen, die sie schon angelegt hatten, als sie in die Zuflucht eingezogen waren.

„Ich muss gestehen, dass damit alles ein wenig leichter wird", sagte Sarah Kerosky. Sie war Anfang 50 und eine der Ernährungsexperten. „Zum einen haben wir jetzt eine erheblich ausgewogenere Ernährung. Außerdem reden die Leute zur Abwechslung mal darüber, wie viel wir haben, und nicht, wie wir es ohne Nahrung schaffen sollen."

„Ich weiß." Während der letzten fünf Tage, seit sie mit der ersten Ladung zurückgekehrt waren, war die Hoffnung in der Zuflucht erstarkt.

„Wir haben Fleisch und Getreide", sagte Sarah. „Das Einzige, was uns jetzt noch fehlt, sind frisches Obst und Gemüse."

„Vielleicht im Frühling", sagte Simon. „Ich kenne einige große Gehöfte außerhalb Londons."

„Glauben Sie, dass sich jemand um die kümmert?"

„Das weiß ich nicht. Aber wenn nicht, haben einige Pflanzen vielleicht von selbst gekeimt. Und die neue Saat wächst da, wo die alte zu Boden gefallen ist. Außerdem haben wir jetzt Saatgut. Wir können die Felder selbst bestellen."

„Wir sollen also Bauern werden?"

„Nein. Das wäre zu gefährlich."

Sarah schaute ihn einen Augenblick lang etwas wehmütig an.

„Das Korn wächst aber besser, wenn sich jemand darum kümmert."

„Das geht auf gar keinen Fall", antwortete Simon. „Noch nicht. Doch wir können später darüber nachdenken."

„Jemand sucht uns, Kumpel", sagte Nathan leise.

Den Sonnenaufgang im Rücken stand Simon am Rand eines schneebedeckten Hügels und schaute in das Tal, wohin das Rotwild sich zurückgezogen hatte. Wut und Hilflosigkeit schwelten in ihm, als er die toten Rehe sah, die über dem Hügel verstreut lagen.

Mindestens drei Dutzend Tiere lagen auf dem Schnee. Ihre Glieder waren verrenkt und gebrochen. Einige waren geköpft worden. Andere trugen Bissspuren. Jemand hatte versucht die kleine Herde bis aufs letzte Tier abzuschlachten.

Unter den Spuren der Rehe fanden sich auch Abdrücke von Dämonen auf der glitzernden Schneeschicht. Blut verunreinigte den Schnee und schmolz ihn an einigen Stellen.

„Sie wissen, dass wir die Rehe jagen", sagte Nathan. „Deshalb versuchen sie, uns diese Nahrungsquelle zu entziehen, indem sie die Tiere abschlachten."

Simon wusste nicht, was er sagen sollte. Sie waren verwundbarer geworden und er hatte gewusst, dass das passieren würde.

„Was sollen wir tun?", fragte Danielle.

„Als Erstes sammeln wir das Fleisch hier ein. Schick eine Mannschaft aus, die dabei helfen soll. Wir können immerhin dafür sorgen, dass das Fleisch nicht verschwendet ist."

„Aber was ist mit später, Kumpel?", fragte Nathan leise. „Dieser Dämon wird heute Nacht zurückkommen und den Rest der Herde suchen."

„Wir haben keine Alternative", sagte Simon. „Die Dämonen lassen die Lage eskalieren. Also müssen wir das auch."

„Was meinst du?"

„Wenn die Nacht kommt, werden wir Dämonen jagen“, sagte Simon. „Wir werden für eine Weile mal die Jäger sein, nicht die Beute.“

Das Fleisch einzusammeln, war eine blutige und bittere Arbeit. Simon ließ die Teams sich beim Ausnehmen und Wachehalten abwechseln. Das Fleisch in die Zuflucht zu bringen, gestaltete sich problematisch. Sie mussten sicherstellen, dass sie keine blutige Spur hinterließen, die direkt zu ihrer Basis führte.

In der Zuflucht verbreitete sich die Geschichte über die von Dämonen abgeschlachteten Rehe wie ein Lauffeuer. Die Stimmung sackte immer tiefer. Das Stimmungsplus, das sie durch das Ergattern des Templernachschubs erreicht hatten, verschwand binnen Stunden.

Am Mittag hatten sie alles Fleisch eingesammelt und verpackt. Simon stellte Wachen auf und teilte dann die Männer der Jagdgruppe zu, die er heute Nacht anführen würde. Er gab ihnen auch den Befehl, ins Bett zu gehen und sich bis zum Abend auszuruhen.

Simon saß vor dem Computer und ging die topographischen Karten der Gegend um die Zuflucht durch. Flugdrohnen überwachten das Tal, in dem das Rehmassaker stattgefunden hatte. Er hatte auch Patrouillen zu Fuß ausgeschickt.

Bislang hatte niemand die Dämonen gefunden, die die Rehe gejagt hatten.

Die Tür öffnete sich und Nathan betrat den Raum. Er kam zu Simon und überprüfte ebenfalls die Karten.

„Ich dachte, du würdest ein wenig schlafen, Kumpel“, sagte Nathan.

„Das werde ich noch.“

„Die Uhr tickt. Du wirst nicht mehr allzu viel Ruhe kriegen, wenn du nicht bald damit anfängst.“

„Wir müssen wissen, wo wir jagen werden."

„Wenn wir nichts herausfinden", sagte Nathan, „können wir immer noch in London zuschlagen. Eine Botschaft ist eine Botschaft."

„Ich weiß. Aber ich vermute, dass die Dämonen hier kein Einzelfall sind."

„Nein, wohl nicht."

Simon stieß angewidert den Atem aus. „Ich weiß."

„Der Brand breitet sich weiter aus."

Das war durch die Aufklärung der Drohnen und aus Berichten von Kundschaftern offensichtlich geworden, die sich nahe an den Stadtrand heranwagten.

„Im Idealfall sind wir hier nur noch ein paar Monate sicher", sagte Nathan. „Wir sollten darüber nachdenken, von hier fortzugehen."

„Das machen wir doch schon."

„Wir müssen das ernsthafter angehen, Kumpel. Kinder und Zivilisten kann man nur schwer transportieren. Wenn wir von der Frühlingsschmelze überrascht werden oder wenn der Brand sich schneller ausbreitet und den Boden in Matsch verwandelt, dann wird es noch schwieriger."

„Ich weiß."

„Wenn wir bis zum Sommer warten, dann riskieren wir, dass das Wasser knapp wird."

Simon wusste auch das. Der Brand beeinflusste das Grundwasser zu stark.

„Das größte Problem ist, einen Ort zu finden, wo wir hinkönnen", sagte Simon.

„Hast du schon eine Idee?"

„Exeter." Simon drückte auf eine Taste und die Karte der Stadt überdeckte die topographischen Bilder des Bereichs um die Zuflucht.

„Warum gerade dorthin?“

„Es liegt zentral. Außerdem haben wir nicht den Ärmelkanal im Rücken und können deshalb nicht abgeschnitten werden. Wenn wir dort angegriffen werden, können wir in jede Richtung fliehen. Außerdem ließen sich die dortigen Verteidigungsanlagen nutzen. Und es gibt militärische Einrichtungen, die Kathedrale von Exeter und andere Gebäude, die einem Angriff widerstehen können.“

„Ja, außerdem funktionieren die Knoten jetzt einigermaßen.“

„Unter der Stadt befinden sich Tunnel, die wir nutzen können“, sagte Simon. „Dort könnten wir uns verstecken.“

„Das klingt gut, Kumpel, aber es ist ein verdammt langer Weg. Und wenn wir mit allen auf einmal losziehen, sind wir ein wirklich verlockendes Ziel.“

„Das sind die Nachteile.“ Simon setzte sich aufrechter hin. „Ich habe mich bereits mit Wertham über die Details unterhalten. Wir müssen die Leute phasenweise herausschaffen, zusammen mit einer Templereskorte, und wir lassen Wachen zurück, falls es nötig sein sollte.“

„Dann werden unsere Kräfte aber reichlich ausgedünnt.“

„Das ist das größte Problem. Wir brauchen mehr Leute, damit es klappt. Aber das ist unsere einzige Möglichkeit. Von Exeter aus können wir versuchen nach Frankreich überzusetzen, wenn wir genügend Boote finden. Oder vielleicht sogar in die Vereinigten Staaten, falls wir ein richtiges Schiff auftreiben.“

„Es gibt keine Garantie, dass der Nordatlantik sicher ist. Es gibt Geschichten, dass die Dämonen Wachen entlang der Küste aufgestellt haben, die alle Schiffe angreifen. Und es soll in den Vereinigten Staaten und Frankreich ebenfalls Höllentore geben.“

„Wir können aber auf keinen Fall hierbleiben“, sagte Simon. „Wir müssen den Plan weiter ausarbeiten.“

„Ich weiß.“ Nathan schlug ihm auf die Schulter. „Wir finden einen Weg, Kumpel. Aber du brauchst etwas Schlaf.“

„Den werde ich bekommen."

„Hast du etwas von Leah gehört?"

Dieses Thema war ein schmerzhafter Punkt. Simon hatte sie schon seit einer ganzen Woche nicht mehr gesehen. Dennoch war sie nie länger als fünf Minuten aus seinen Gedanken verschwunden.

„Nein", antwortete Simon.

„Hast du überlegt, nach ihr zu sehen?"

„Nein", log Simon. Er hatte daran gedacht, aber er wusste, dass er das nicht konnte. Er hatte auch keine Ahnung, wo er mit der Suche hätte beginnen sollen.

„Vielleicht solltest du das." Nathan zögerte. „An ihrer Stelle hätten wir das Design der Knoten auch gestohlen."

Simon atmete tief durch. „Ich weiß."

„Am Ende, Kumpel, versuchen wir doch alle nur zu überleben."

Simon kroch in die Ecke der U-Bahnstation. Er wusste nicht, wo er war oder wie er hierhergekommen war. Das Letzte, woran er sich erinnerte, war, dass er den Kopf auf den Arm an seinem Schreibtisch gelegt hatte, um sich einen Moment auszuruhen. Der Ort mit all seinen Schildern und dem Geröll wirkte vertraut, aber die meisten U-Bahnstationen in London sahen so aus.

Dunkelheit erfüllte den Bereich. Simon überprüfte die Gegend mit seiner Nachtsicht. Etwas *kratzte* an der Wand zu seiner Rechten.

Simon blieb stehen, um sein Schwert besser fassen zu können. Er zog den Schild vom Rücken und hielt ihn vor sich gestreckt.

„Nathan", rief er leise über Funk.

Es gab keine Antwort.

„Suche nach anderen Templern", befahl Simon der Rüstungs-KI.

„Suche läuft“, antwortete die KI.

Das Kratzen erklang erneut. Diesmal näher. Und höher über ihm.

Simon sah zur Decke. Sie war so niedrig, dass er sie berühren konnte. Er spürte, dass etwas ihn beobachtete.

„Kein Templer im Bereich“, berichtete die KI.

Das schien nicht zu passen. Simon wusste, dass er niemals allein hierhergekommen wäre. „Suche nach anderen Lebenszeichen.“

„Suche läuft.“

Simon ging von dem Kratzen weg und versuchte die Nachtsicht zu verstärken. Was auch immer das Geräusch verursachte, schien genau zu wissen, wie weit seine Nachtsicht reichte. Es blieb außer Sichtweite.

„Kein Lebenszeichen im Bereich“, berichtete die Rüstungs-KI.

„Was ist mit Untoten?“

„Parameter bestimmen.“

Simon dachte schnell nach. „Suche nach verfaulenden menschlichen Überresten, die fünf Kilo oder schwerer sind.“

„Suche läuft.“ Fast augenblicklich stieß die KI eine Warnung aus. „Unidentifizierte Objekte nähern sich.“

Simon reagierte auf die unsichtbare Bedrohung und hob den Schild. Das Netz tauchte aus der Dunkelheit auf, von seiner Nachtsicht erhellt. Die Fäden waren fünf Zentimeter dick. Das Netz war zweieinhalb mal zweieinhalb Meter groß und reichte von der Decke bis zum Boden.

Simon wusste, dass er dem Netz nicht entkommen konnte. Es näherte sich zu schnell und war zu groß. Er hielt den Schild vor sich und hoffte, sich damit etwas Platz zu verschaffen. Stattdessen traf das Netz den Schild, wickelte ihn ein und legte sich mit einem metallischen Klirren eng um Simons Körper.

Obwohl er wusste, dass es sinnlos war, kämpfte Simon dagegen an. Das Netz engte ihn ein. Er konnte nicht glauben, wie er derart leicht gefangen worden war.

Schritte erklangen auf dem Boden. Im nächsten Augenblick flackerte das Licht in der U-Bahnstation auf und enthüllte eine gepanzerte Gestalt.

Sie war eine Templerin gewesen. Ihren Gesichtszügen nach, die man durch ihr Visier erkennen konnte, war sie etwa in Simons Alter. Ihr braunes Haar trug sie zurückgebunden und ihre geschwungenen Brauen verliehen ihren stahlblauen Augen einen ernsthaften Blick.

„Hallo Simon", sagte sie mit tiefer, verführerischer Stimme. „Oder sollte ich dich Lord Cross nennen?"

„Miriam?", fragte Simon, als er die Frau erkannte. Er hatte sie seit seinem letzten Besuch im Templeruntergrund vor über vier Jahren nicht mehr gesehen.

„Die war ich mal." Miriam zog ihr Schwert und hockte sich vor ihn. Sie legte die Klinge auf ihre Oberschenkel. „Und bin es noch."

„Warum tust du das?"

„Weil ich jagen wollte."

Zum ersten Mal fiel Simon die grünliche Farbe auf, die auf Miriams Gesicht lag. Sie war immer schon eher eine hübsche als schöne Frau gewesen. Aber die grünliche Farbe war auffällig.

„Warum?", fragte Simon.

„Mein Herr wollte dich."

„Welcher Herr?"

Das vertraute Rumpeln der Bahn erfüllte plötzlich den Tunnel. Simon kannte das Geräusch, aber er konnte es nicht glauben. Kein Zug war mehr seit der Nacht gefahren, als er mit den Überlebenden der Stadt entkommen war.

„Du wirst schon bald mehr sehen", sagte Miriam.

Ein Zug fuhr in die Station und blieb quietschend stehen. Funken flogen von den Stahlrädern auf, als die Bremsen griffen.

Simon kämpfte erneut gegen das Netz an, aber es wurde so eng, dass er selbst mit der Rüstung Probleme beim Atmen bekam.

„Achtung“, verkündete die KI. „Externer Druck jetzt gefährlich. Rüstung hält dem vielleicht nicht stand.“

Die Tür des Zuges öffnete sich automatisch. Dampf drang aus den Wagen heraus. Miriam packte das Netz und hob Simon an. Sie ging auf den Wagen zu.

„Wohin bringst du mich?“, fragte Simon.

„Warte einfach ab“, sagte Miriam. „Das ist eine Überraschung.“ Sie trat durch die Tür und ließ ihn mitten im Wagen fallen. Sie setzte sich und las in einem elektronischen Buch, als wäre sie ein ganz normaler Fahrgast.

Simon kämpfte erneut, erhielt aber nur erneut die Warnung. Sein Geist raste, als er herauszufinden versuchte, wie er in die U-Bahn gekommen war und wie der Zug überhaupt fahren konnte, wo es doch gar keine Stromversorgung mehr gab.

Es war verrückt.

„Du bist verrückt“, sagte Miriam, als hätte sie seine unausgesprochene Schlussfolgerung gehört. Sie sah ihn von ihrem eBook aus an. „Hast du darüber mal nachgedacht?“

Unfähig, sich selbst zu befreien, lehnte Simon sich zurück, als der Zug durch den Tunnel donnerte.

Dreiundvierzig

Es kreischte in Simons Ohren, als die Zugbremsen griffen. Funken sprühten an den Fenstern vorbei und sandten Lichtblitze in den Waggon.

„Zeit, auszusteigen.“ Miriam erhob sich und griff sich Simon, erwischte das Netz nahe seinem Nacken und verhakte dort die Finger. Sie zog ihn aus dem Wagen, als wäre er ein Sack Kartoffeln. Dadurch drückte das Netz noch stärker und einzelne Fäden schnitten in seine Rüstung.

„Achtung. Rüstungsintegrität überschritten“, warnte die KI.

Die Türen des Waggons öffneten sich und grelles Licht strömte herein. Simons Augen schmerzten, bis der Polarisationsfilter des Visiers es abdunkelte.

Als er wieder sehen konnte, schaute er sich überrascht um. Statt in eine U-Bahnstation zog Miriam Simon auf ein offenes Feld mit verbranntem Gras und verrotteten Bäumen. Simon war noch nie zuvor dort gewesen.

Miriam schleifte ihn mühelos mit sich. Er rutschte über den Boden, schlug hier und da auf und riss Grasstücke aus der verbrannten Erde heraus. Simon rollte in einen niedrigen See und versank im Schlamm, knapp einen Meter unter die Oberfläche. Stachelige Pflanzen standen am Rand des Sees und reichten bis zu ihm. Sie bewegten sich augenblicklich, wichen zurück und belauerten Simon.

„Gefahr“, ermahnte die KI. „Wasser dringt durch Rüstungsriss ein.“

Simon spürte, wie das Wasser an der Hüfte einströmte. Doch es war nicht kühl oder kalt, wie er erwartet hatte, sondern drohte ihn zu verbrühen. Seine Taille schmerzte.

„Verschließe Riss“, befahl Simon.

„Versuche Versiegelung“, antwortete die KI.

Das Wasser gurgelte in die Rüstung. Das Geräusch drang an Simons Ohren. Das heiße Wasser stieg weiter an und erreichte den Brustraum. Dann lief es in den Helm.

„Fehler“, sagte die KI. „Fehler, Fehler, Fehler.“

Die stacheligen Pflanzen schlugen ohne Warnung zu. Die scharfen Dornen kratzten über das Visier. Risse bildeten sich auf der Oberfläche, aber es hielt noch. Heiße Wassertropfen bildeten sich entlang der Risse und liefen in den Helm hinein.

Simon bekam Panik. Er rang darum, die Fassung zu bewahren. Er wälzte sich hin und her und trieb dabei weiter auf den See hinaus. Dadurch sackte er noch tiefer in den Schlamm. Dann sah er, dass hier Leben existierte. Dornige kleine Kreaturen mit klaffenden Mäulern schnappten nach der Rüstung. Sein Helm lief weiter voll.

Du träumst nur, sagte er sich selbst. *Das muss so sein.* Weil er sich nicht daran erinnern konnte, wie er hierhergekommen war, mussten die U-Bahnstation und diese merkwürdige Welt einem Albtraum entsprungen sein.

Aber er konnte nicht aufwachen.

Etwas Dunkles und Glitschiges glitt aus den schummrigen Untiefen. Es sah wie eine Schlange aus, doch er erkannte schnell, dass es nur Teil von etwas viel Größerem war. Der Tentakel verankerte sich unter ihm, dann umschlang er ihn und hob ihn vom Grund des Sees an.

„Weißt du, was das für ein Ort ist, Simon?“, fragte Miriam über den Rüstungsfunk.

„Nein.“ Simon musste den Kopf drehen, damit ihm das Wasser nicht in Hals und Nase lief.

„Dies ist eine der Dämonenwelten, allerdings stammen die Dämonen nicht von hier. Ihre Heimatwelt haben sie mir bislang noch nicht gezeigt. Diese Welt wurde verbrannt und neu gestaltet."

Der Tentakel zog Simon über den Grund des Sees. Zum ersten Mal sah er, dass dort unten Überreste von Gebäuden lagen.

„Das wird auch mit deiner Welt geschehen", verspottete ihn Miriam.

Simon spie Wasser und versuchte im Helm zu atmen. „Es ist auch deine Welt."

„Nicht mehr."

„Was ist geschehen?"

„Ich … ich wurde jemand anderes. Jemand, der auf dieser Welt überleben kann."

„Wie?"

„Du stellst zu viele Fragen."

Simon konzentrierte sich augenblicklich wieder auf das eigene Überleben, als er sah, wozu der Tentakel gehörte. Man konnte nur schwer durch das schlammige Wasser sehen, aber er erkannte den großen aufgedunsenen Körper, der sich in der Mitte des Sees befand.

Die dunkelgrüne Kreatur besaß sechs Tentakel. Ein einziges böses Auge von fast einem Meter Durchmesser schaute Simon aus der Mitte des Körpers heraus an.

„Identifiziere Dämon", flüsterte Simon. Er konnte sich nicht daran erinnern, dass sie irgendwelche Aufzeichnungen über diesen Dämon in der Templerbibliothek hatten.

„Befehl unausführbar", antwortete die KI.

„Kannst du den Dämon identifizieren?"

„Anfrage gescheitert."

Simon schlug gegen den schlammigen Grund des Sees.

Das Seewasser, das seinen Helm ausfüllte, schmeckte faulig und stank noch übler. „Was für ein Dämon hält mich fest?"

„Parameter der Frage ungültig."

„Warum sind die Parameter ungültig?"

„Keine Kreatur hält Sie fest."

„Scanne nach Dämonen."

„Scanne." Ein paar Sekunden verstrichen. „Keine Dämonen gefunden."

Simon konzentrierte sich auf den Dämon. Wie auch immer das Monster die Sensoren der Rüstung blockierte, es machte das sehr gut.

Etwas klatschte neben ihm ins Wasser. Simon hielt den Atem an und drehte sein Gesicht in das ansteigende Wasser des Helms.

Dort stand eine schimmernde Gestalt. Sie war so durchsichtig, dass sie wirkte, als sei sie aus Glas gefertigt. Der Umriss deutete darauf hin, dass sie eine Frau war. Ihr Haar floss frei im See. Eine einteilige Uniform bedeckte den Körper. Dann erkannte er sie.

„Leah", stammelte Simon.

Sie wandte sich ihm zu. Ihr Ausdruck zeigte Zweifel und Angst. „Simon?" Er wusste nicht, wie sie unter Wasser reden konnte.

Das Wasser in seinem Helm machte es ihm unmöglich, sie noch weiter zu beobachten. Er musste atmen. Er drehte den Kopf, atmete tief ein und sah dann zurück zu Leah. Er war überrascht, sie direkt an seiner Seite vorzufinden.

„Was machst du hier?", fragte sie.

Simon schüttelte den Kopf, unfähig zu sprechen wegen des Wassers in seinem Helm. Er würde nicht viel länger atmen können.

„Das ist nicht echt", sagte Leah.

Simon dachte, dass dies ein interessantes Thema gewesen wäre, würde er nicht gerade ertrinken.

„Soweit ich weiß", sagte Leah, „bist du nicht wirklich hier."

Der Tentakel zog Simon weiter auf den Dämon zu. Ein klaffendes Maul öffnete sich im Körper der Kreatur. Ein rosafarbener Schlund mit zentimeterlangen Reißzähnen tauchte auf.

„Bist du echt?", fragte Leah.

Simon wandte ihr den Kopf zu und versuchte zu antworten, aber es war zu spät. Das Wasser war so weit in dem Helm angestiegen, dass er nicht länger atmen oder sprechen konnte. Er sah sie durch das zersprungene Visier an.

Leah klappte ein langes Messer aus. Sie schnitt in den Tentakel. Schwarzes Blut strömte in einer sich ausbreitenden Wolke ins Wasser. Der Tentakel krümmte sich, dann ließ er Simon los.

Er wusste, dass es zu spät war. Er würde im Wasser in seinem Helm ertrinken. Simon kämpfte gegen das Netz an. Leah fuhr mit dem Messer an der Rüstung entlang. Die Netzfäden teilten sich. Das war völlig unrealistisch.

Simon stemmte die Beine gegen den schlammigen Seegrund und drückte sich ab. Seine Hände öffneten den Helmverschluss, weil er den Befehl dazu nicht mehr sprechen konnte. Er bekam den Helm in dem Moment ab, als er durch die Oberfläche stieß.

Als er das Wasser durchbrach, sog er gierig die Luft ein. Den Helm hielt er in einer Hand. In der Rüstung Wasser zu treten, war fast unmöglich. Hätte er nicht die automatische Schwimmfunktion gehabt, die sein Gewicht neutralisierte, hätte er es nie geschafft.

„Du lebst noch?“, rief Miriam von einem kleinen Hügel nahe dem See.

Simon antwortete nicht. Er wirbelte im Wasser herum und sah Leah an. Trotz ihrer unerklärlichen Fähigkeit, unter Wasser zu atmen und zu reden, wusste er immer noch nicht, in welcher Gefahr sie schwebte.

„Simon.“

Er wandte sich Leahs Stimme zu und sah, dass sie im Wasser genau unter der Oberfläche stand. Sie machte keinerlei Schwimmbewegungen, sondern stand da, als hätte sie festen Boden unter den Füßen. Einen Moment lang faszinierte ihn das Bild von ihr, wie sie ihm das Schwert aus dem Wasser heraus überreichte.

„Nimm es“, sagte sie.

Simon schloss die Faust um den Schwertgriff, eine Sekunde bevor ein Tentakel sich um sein Bein legte und ihn unter die Oberfläche zog. Er konnte gerade noch einatmen, dann glitt er erneut unter Wasser.

Untergetaucht blies er manuell die Luft aus der Auftriebsblase, die die Rüstung automatisch aus den Luftvorräten angelegt hatte. Blasen stiegen um ihn herum auf und blubberten zur Oberfläche. Er nahm das Schwert in beide Hände, drehte es um und fasste den Griff fest. Er sank wie ein Stein zu Boden, dann machte er vier schnelle Schritte auf den Dämon zu, der am Boden hockte.

Die Tentakel des Dämons schlugen nach Simon und hielten ihn fest. Er wusste nicht, wo Leah hinverschwunden war, bis sie plötzlich neben ihm auftauchte. Irgendwie war es ihr gelungen, einige Tentakel zur Seite zu schlagen.

Als würde er spüren, was Simon plante, zog sich der Dämon zurück und entfernte sich. Simon sprang hinterher und setzte beide Füße auf den Körper des Dämons. Er aktivierte die Verankerung der Stiefel und spürte, wie sie ins Fleisch des Dämons drangen. Dann rammte er das Schwert durch das fürchterlich starrende Auge, das ihn hilflos anblickte.

Blut und eine tintige grüne Flüssigkeit strömten ins Wasser. Entweder das Blut oder die Flüssigkeit – oder beides – brannten auf Simons freiliegendem Gesicht. Das warme Prickeln wurde schnell aggressiver.

Mit einer letzten Drehung des Schwertes ließ Simon die Verankerung einfahren und zog die Klinge heraus. Ein Krampf erschütterte den Dämon. Die Tentakel peitschten durch das Wasser und wirbelten den Schlamm vom Boden auf.

Simon hielt den Atem an, wandte sich um und rannte zum Rand des Sees. Selbst mit der erhöhten Stärke der Templerrüstung war das sehr schwer. Als er dort ankam, erwartete ihn bereits Miriam mit gezogenem Schwert.

Vierundvierzig

„Wer ist die Frau?“, verlangte Miriam zu wissen.

Mit dem Schwert in der Hand sah Simon über die Schulter zurück. Leah entstieg dem See in ihrem einteiligen Kampfanzug. Sie trug ihren Helm nicht. Ihr Haar hing nass und schwer herab. Sie hatte keine Waffe.

„Sie ist meine Freundin“, sagte Simon.

Miriam lächelte, es war eine grässliche Karikatur des Ausdrucks, den Simon früher an ihr gesehen hatte. „Dann ist ‚deine Freundin‘ den ganzen Weg gekommen, um dich sterben zu sehen.“

„Nein. Ich bin nicht hier, um zu sterben, Miriam.“

„Simon!“, rief Leah.

Simon bewegte sich, damit er beide Frauen im Auge behalten konnte.

„Das ist nicht wirklich“, sagte Leah. „Nichts davon. Du träumst nur. Oder ich träume.“

„Das ist kein Traum.“ Simon fühlte sich unbehaglich.

„Wie bist du hierhergekommen?“

„Das weiß ich nicht. Es ist auch egal.“

„Ist es nicht. Das Letzte, woran du dich erinnern kannst, ist, dass du eingeschlafen bist, oder? In der Zuflucht.“

Simon schüttelte den Kopf. „Das ergibt doch keinen Sinn. Ich bin hier. Ich fühle mich, als wäre ich hier. Mein Schwert fühlt sich echt an. Der Dämon im See wirkte echt.“

„Ich weiß.“ Leahs Stimme klang geduldig. „Ich erlebe das schon seit einigen Tagen.“

„Was?“

„Ich wurde von den Dämonen gefangen genommen. Sie halten mich in diesem Applestore fest. Man hat mich in so eine Art Maschine gesteckt, die …"

„Sei still!", knurrte Miriam. Sie peitschte mit der Hand vor und ein Dolch glitzerte, als er auf Leah zugeflogen kam.

Simon griff nach der tödlichen Klinge, aber selbst seine beschleunigten Reflexe waren zu langsam. Der Dolch drang tief in Leahs Brust ein.

Neugierig, nicht vor Schmerzen verkrümmt oder besorgt, sah Leah auf das Messer, das aus ihrem Brustbein herausragte. „Es ist nicht echt." Sie packte das Messer und zog es sich heraus.

Es gab weder Blut noch eine Wunde.

Sie sah Simon an. „Du träumst. Siehst du? Aber es ist hier gefährlich. Während du träumst, dringen die Dämonen in deinen Geist ein. Du musst aufwachen." Sie warf ihm das Messer zu.

Mühelos fing Simon das wirbelnde Messer auf. Ein metallisches Geräusch entstand, als es gegen seine gepanzerte Faust flog.

Miriam zog das Schwert vom Rücken und durchschnitt damit die Luft. Augenblicklich entzündete sich die Klinge und war von Flammen überzogen.

„Ich werde dich töten, Simon."

Miriam stürmte vor. Die Hitze, die von ihrem Schwert ausging, erwärmte Simons freiliegende Haut. „Du kannst deiner kleinen Harpyie so lange zuhören, wie du willst. Sie wird einfach dein Tod sein."

„Simon, nicht …" Was immer Leah auch hatte sagen wollen, verklang, als sie plötzlich verschwand.

Simon ging langsam vor, dabei bemühte er sich, das Gleichgewicht zu halten. Starr hielt er das Schwert vor sich. „Wo ist sie hin?"

„Wer?" Miriams Lächeln war giftig.

„Was ist mit ihr geschehen?"

„Sie war niemals hier. Nur ein Teil deiner jämmerlichen Vorstellungskraft." Miriam schlug mit dem Schwert zu und näherte sich Simon, der sich aber noch nicht verteidigte. „Bist du verliebt, Simon?"

Simon trat vorsichtig vor. Miriam war eine gute Schwertkämpferin. Aber das war nicht Miriam.

„Du bist nicht echt, oder?", fragte Simon.

In einer glänzenden Demonstration ihrer Fähigkeiten führte Miriam ein paar schnelle Schnitte und Stöße aus und schaffte es so, Simons linken Oberschenkel zu verletzen. Warmes Blut lief seine Hüfte hinab.

„Wie echt bin ich jetzt, Simon?"

Ohne zu antworten, griff Simon an. Er nutzte seine Körpergröße, die größere Reichweite seiner Arme und seine überlegene Stärke, um sie in die Defensive zu drängen. Metall klirrte und klang über den See hinaus.

Dann bildeten sich kräuselnde Wellen in der Mitte des Sees. Binnen Sekunden tauchte ein Schwall von Tentakeln auf und schoss auf das Ufer zu.

„Du hast doch nicht geglaubt, es gäbe nur einen Dämon dort unten, oder?" Miriam schlug nach Simons ungeschützten Augen und trieb ihn so zurück in den See.

Da Simon nicht sehen konnte, wie nah der Dämon in seinem Rücken bereits war, versuchte er die Oberhand zu behalten, indem er Miriam erneut angriff. Sie parierte ihn. Als er zurückwich, in der Hoffnung, so einen kleinen Aufschub zu erlangen, kam sie ihm so nahe, dass er keine Zeit hatte, hinter sich zu blicken. Schweiß strömte an ihm herab. Seine Muskeln schmerzten.

„Du wirst müde", sagte Miriam lächelnd. „Ich werde nie müde. Entweder werden ich oder die Dämonen dich töten."

Ein Tentakel kam an Land. Sich windend und drehend suchte er nach Beute. Außerhalb des Wassers bewegte er sich nicht mehr so mühelos und anmutig.

„Es tut mir leid.“ Simon parierte ihren Angriff.

„Was? Dein Blut wird mich nicht verunreinigen.“

„Das, was ich jetzt tun werde.“ Simon hatte seinen Rhythmus gefunden. Wie die echte Miriam hatte auch diese Version einen Fehler in der Schwertkampftechnik, der ihr gelegentlich unterlief. Als sie spürte, dass sie die Oberhand gewann, wurde ihre Technik routinierter, während sie zugleich immer schneller wurde.

„Du wirst nicht …“

Simon parierte ihren Schlag, aber diesmal stieß er auch nach vorn vor. Es war ein gewagter, gefährlicher Stoß, weil er seine Waffe nicht vollständig kontrollieren konnte. Die Flammen ihres Schwertes verbrannten seine Rippen. Sie hielt ihm ihre Waffe entgegen.

„Achtung“, verkündete die Rüstungs-KI. „Versagen der Verteidigungssysteme und der Rüstung stehen unmittelbar bevor.“

Simon ignorierte die KI und den Schmerz, den er in der Seite verspürte. Er hielt ihr Schwert auf, sank dann auf ein Knie und griff ihr mit dem Arm unter die Schulter. So hielt er sie fest. Er wusste, dass der Tentakel immer noch über den Sand strich, und warf sie in einem Judogriff herum.

Fluchend flog Miriam durch die Luft auf den knollenförmigen Kopf des Dämons im See zu. Die Tentakel fingen sie und zogen sie ins Maul. Der Dämon verschluckte sie in einem Stück.

Bevor Simon sich bewegen konnte, wanden sich weitere Tentakel um seinen Körper und hoben ihn von den Füßen. Er versuchte sein Schwert einzusetzen, aber die Tentakel fesselten ihn. Er drehte und wand sich, doch es half nichts.

Simon.

Leahs Stimme erklang in seinem Kopf. Simon dachte an sie. Sie war irgendwo in einer teuflischen Maschine eingeschlossen, die von Dämonen gebaut worden war. Es war mehr, als er ertragen konnte.

Wenn das nicht auch nur ein Teil des Traums war.

„Achtung“, sagte die KI. „Biometrische Werte nähern sich gefährlichen Werten.“

Biometrische Werte? In dieser Sekunde spürte Simon sein pochendes Herz und zwang sich zur Ruhe. Das klang wie ein Teil des Traums und erschien ihm logisch, aber das war es nicht.

„Wecke mich auf.“ Simon kämpfte gegen die Tentakel, unfähig, den Traum völlig zu verlassen.

„Vorsicht: Das Stimulans könnte Herzprobleme verursachen.“

„Wecke mich auf.“ Das Maul öffnete sich unter Simon. „Wecke mich *jetzt* auf!“

Die Tentakel ließen ihn los und Simon fiel auf das wartende Maul zu. Er wirbelte hilflos mit Armen und Beinen herum. Als er in die höhlenartige Öffnung stürzte, schlossen sich die Zähne und das Maul des Dämons.

Simon erwachte in der Dunkelheit. Einen Moment lang glaubte er, er wäre irgendwo im Schlund des Dämons. Sein Atem stockte in der Lunge, als er mit den Armen um sich schlug. Er war schweißgebadet.

„Hey Kumpel, alles in Ordnung?“ Nathan sah von seinem oberen Bett herab. Die Müdigkeit lag noch in seiner Stimme.

„Ja.“ Weil er wusste, dass er keinen weiteren Schlaf mehr finden würde, stand Simon auf. „Nein.“

Nathan fluchte. „Du schläfst ja immer noch.“

„Nicht mehr.“

„Du klingst verwirrt.“

Simon wartete einen Herzschlag lang und spürte, wie er sich verlangsamte. Der Schweiß ließ ihn frösteln. „Hattest du einen Albtraum?“

„Ich? Willst du mir ein Schlaflied singen?“

„Wenn du einen Albtraum hattest, dann gibt es einen Grund dafür.“

„Du hat verdammt recht. Der ist, dass wir uns im Krieg mit einer Dämonenhorde befinden, die die Welt erobern will. So was ähnliches, Kumpel. Davon kriegt man wirklich Albträume."

„Ich habe von Leah geträumt."

„Ich wusste doch, dass sie dir im Kopf herumspukt."

Simon ignorierte den Kommentar. „Sie hat mit mir im Traum gesprochen. Sie meinte, sie wäre in einer dämonischen Maschine gefangen, die in unsere Träume eindringt."

„Okay, jetzt bin ich wirklich wach."

„Gut. Wir müssen etwas unternehmen."

„Was denn?"

„Wir werden herausfinden, wer sonst noch unter Albträumen leidet." Simon erhob sich und ging unter die Dusche, bevor er in seine Rüstung stieg.

Fünfundvierzig

Warren stand mit ausgebreiteten Armen auf einem Gebäude und ließ den heißen Wind des Brandes durch sich tosen. Er atmete den fauligen Geruch ein und spürte, wie seine Sinne wankten. Diese Nacht fühlte sich anders an als jede andere, die er in der Stadt verbracht hatte. Ein Teil von ihm wusste, dass es daran lag, dass er heute Nacht der Jäger war und nicht der Gejagte.

Er sah eine Eule, die über den Himmel glitt. Seit London dunkel geworden und der Geräuschpegel mechanischer Dinge gesunken war, waren einige der Plünderer in die Innenstadt gezogen, um Nahrung zu sammeln. Das zog wiederum andere Jäger an, die sich an ihnen gütlich tun wollten.

Mühelos ließ Warren seinen Geist in den der Eule gleiten. Während der vergangenen Nächte hatte er in der Stadt auf ähnliche Weise gejagt. Es war ihm immer leichter gefallen. Seine Kräfte wuchsen nach wie vor, aber er wusste nicht, wie viel davon auf die andauernde Übung und wie viel auf die in ihm schwelende Verzweiflung zurückging.

Es war ihm sogar gelungen, einige der niederen Dämonen zu übernehmen. Aber dabei bekam er immer Kopfschmerzen, zudem blieb stundenlang ein fauliger Geschmack in seinem Mund zurück. Die Hirne und Gedanken selbst der einfachen Jäger waren zu fremd, zu dunkel, zu bösartig.

Als Eule schlug er mit den Flügeln und gewann so an Höhe. Er flog durch die bewölkte Nacht und kreiste einen Moment lang über dem Gebäude, auf dem sein Körper stand. Einen Augenblick lang war er besorgt darüber, wie verletzlich er dort im Freien war. Aber er vertraute Daiyu und ihren Anhängern, dass sie ihn beschützten. Das war eine der anderen Änderungen gewesen. Nachdem sie erkannt hatten, wie wertvoll er für die Kabalisten war, hatten sie ihn gern beschützt.

Alle Kabalisten der Septe wollten die Macht, die Warren innewohnte. Die meisten hatten sich mit Warrens Hilfe kleinere Dinge der Dämonen implantieren lassen wie Fleischstücke, Hörner und Knochen. Ihre Kräfte waren gewachsen, und so wie die Kabalisten dadurch gewannen, gewann die Septe auch an Mitgliedern. Daiyus Gruppe war jetzt an die hundert Mann stark. 20 davon waren heute gemeinsam mit Warren gekommen. Er musste sie auf diese Zahl begrenzen und darüber war es bereits zum Streit gekommen. Sie glaubten an ihn und das tat gut.

Warren, was machst du da?

Liliths Stimme erklang in Warrens Kopf. Während der letzten Tage hatte er nur gelegentlich Kontakt mit ihr gehabt. Er wusste nicht, was sie tat, und er versuchte auch nicht mehr, es herauszufinden. Sie hatte ihren eigenen Plan und sie hatte sein Versteck zerstört.

„Ich jage." Warren fühlte sich in die Defensive gedrängt und bedauerte das.

Du hast eine Gruppe, die dir folgt.

„Ja."

Endlich zeigst du mal Ambitionen.

Warren dachte über eine beleidigende Antwort nach. „Ich habe bereits ein Ziel. Ich will am Leben bleiben."

Du willst immer noch am Leben bleiben?

„Ich kann das nicht mehr ganz auf mich allein gestellt."

Hattest du dich deshalb versteckt?

„Ja."

Du hast die Kräfte zu einem bestimmten Zweck erhalten. Du wirst ein Teil der großen Schlacht sein, die von diesem Moment an vor dir liegt.

Warren fragte sich, ob die Kraft, auf die sie sich bezog, die silberne Hand war, die sie ihm gegeben hatte, oder ob es die Kräfte waren, über die er schon verfügt hatte, bevor das Höllentor sich geöffnet hatte. Er flog durch die Luft und segelte durch den niedrig liegenden Nebel, der die Hausdächer verbarg. Daiyus Kabalisten besetzten Hausdächer, Feuertreppen und die Gassen. Sie alle warteten auf seine Befehle.

Ich werde dich bald schon brauchen.

Einen eiskalten Augenblick lang dachte Warren darüber nach, ihr zu sagen, dass er nicht mehr ihr Sklave sei. Dass er seinen eigenen Weg gehen würde. Dann hatte er Angst, dass er das zu laut gedacht hatte. „In Ordnung."

Bleibe in Sicherheit, bis ich dich rufe. Du und ich haben mit Merihim noch ein Hühnchen zu rupfen. Ich weiß von einer Maschine, die seine Dämonen gebaut haben und die ihm sehr viel bedeutet. Wir werden ihm schon bald gegenübertreten.

Warren lief angesichts dieser Aussichten ein Schauder über den Rücken.

Du willst doch auch deine Rache haben, oder?

„Ja."

Gut. Ich sehe dich dann.

Warren spürte ihre Abwesenheit, als sie sich von ihm entfernte. Er zwang die Eule, schneller mit den Flügeln zu schlagen, bis sie über die hohen Gebäude des East Ends hinwegglitt. Im Vorbeifliegen sah er Gargoyles auf einigen Gebäuden sitzen und einige der Gargoyles sahen ihn ebenso.

Wachtposten, erkannte er.

Einer der geflügelten Dämonen, der auf der Dachkante hockte, schlug mit den Flügeln und verfolgte ihn. Mit ungewöhnlicher Eleganz kontrollierte Warren die Eule, damit sie schnell an den Gebäuden vorbeiflog. Ihre Flügelspitzen schrammten am Gebäude entlang.

Der Gargoyle schoss an ihm vorbei. Bevor die Kreatur ihren Kurs korrigieren konnte, flog Warren in ein offenes Fenster, durch einen Raum voller Arbeitsnischen und aus einem zerbrochenen Fenster zur benachbarten Mauer. Draußen stürzte er hinab und flog tief über der Straße.

Aus Erfahrung wusste er, dass er im Tiefflug angreifbar war. Raubvögel jagten von oben und nutzten ihre exzellente Sicht, um Beute auszumachen. So nah am Boden *war* er Beute.

Geräuschlos glitt er durch die stillen Straßen. Eine Gruppe Blutzombies labte sich an einer Gruppe Plünderer, die sie in einer Gasse gestellt hatten. Die Schreie der unglückseligen Opfer waren haarsträubend.

Warren taten sie leid. Niemand sollte so sterben müssen. Allerdings war er froh, dass er nicht dazugehörte. Es war egoistisch, aber er schämte sich seiner Gefühle nicht.

Drei Blocks weiter fand Warren seine Beute. Die Kreatur gehörte zu den größeren Dämonen. Warren spürte die Macht in der dahintrottenden Monstrosität und wusste, dass sie einen Namen trug. Aber der Dämon schien neu auf der Erde zu sein, so wie Shulgoth, den Warren vor vier Jahren das erste Mal auf Londons Straßen gesehen hatte.

Der Dämon war mindestens drei Meter groß, breitschultrig und hatte einen langen Körper. Seine kurzen Beine verliehen ihm das Aussehen eines Affen. Schlangenähnliche Tentakel schossen aus seinem Kopf und hingen über seine niedrige Stirn. Rotviolette Schuppen bedeckten den schweren Körper. Seine Schnauze erinnerte an einen Raubvogel, lang und stark gebogen.

Ah, du hast höhere Ziele.

Warren flog in ein leeres Fenster drei Stockwerke über dem Dämon. Seine flatternden Flügel zogen einen Augenblick lang die Aufmerksamkeit des Dämons auf sich. Dann sah die Kreatur weg und wanderte weiter durch die Straßen.

„Kennst du ihn?“ Warren beobachtete den Dämon.

Ja.

„Er wirkt, als sei er neu eingetroffen.“

Das stimmt.

„Woher kennst du ihn?“

Du bist nicht der Einzige mit Ambitionen. Ich habe viel herausgefunden, seit ich in der Stadt bin.

Warren hatte die Gerüchte der letzten Wochen gehört. Aber nie wurde Lilith erwähnt.

Ich bin immer noch nicht bereit, zuzuschlagen. Es gibt einige, die über meine Rückkehr nicht glücklich sind.

Warren hasste es, dass sie so viele seiner Gedanken lesen konnte.

Der Dämon heißt Kareloth. Er ist in der Rangliste aufgestiegen, seit er durch das Höllentor gekommen ist.

„Wie?“

Die Templer kämpfen hier immer noch sehr viel. Genauso wie die Militäreinheiten, die sich noch in London befinden. Sie haben ein paar Dämonen getötet. Andere haben sich gegenseitig umgebracht. Schwund gibt es immer. Dämonen sind immer eifersüchtig und werden immer gegeneinander kämpfen.

„Wie gefährlich ist Kareloth?“

Liliths Gelächter verspottete ihn. *Hast du Angst?*

Warren ignorierte es. „Ich will gewinnen. Und deshalb kann ich nicht ohne Not die Leben meiner Anhänger riskieren. Ich muss ihnen Siege geben, keine Niederlagen.“

Du hast viel gelernt.

Warren sah, dass der Dämon zu einer Gruppe Darkspawns ging und sie einfach beiseiteschlug, um zu einer eingekesselten Frau vorzudringen. Vorsichtig griff Kareloth in den Wagen, in den die Frau sich gerettet hatte. Er zog sie heraus. Sie schrie um Hilfe. Doch der Dämon riss sie in Stücke und warf sie sich in den Mund.

Wirst du deinen Kriegern einen Sieg geben?

„Ja“, sagte Warren.

Gut. Ändere diese Einstellung nicht. Wir werden bald Merihim gegenübertreten.

Warren verließ den Geist der Eule und gelangte in seinen Körper zurück.

In seinem eigenen Körper spürte Warren einen Augenblick lang eine Welle der Benommenheit. Er taumelte, dann war es vorbei. Er öffnete die Augen und blickte auf das Dach.

Naomi sah ihn besorgt an. Er winkte ab und wandte sich Daiyu zu.

„Hast du einen Dämon gefunden?“, fragte Daiyu.

„Ja. Er wird nicht leicht zu besiegen sein, aber wir können es schaffen.“

„Wie mächtig ist er?“

„Er trägt einen Namen.“

Wenn Daiyu besorgt war, zeigte sie es nicht. Ihre Miene blieb ruhig. Einen Augenblick später nickte sie. „Die Belohnung ist es wert.“

„Das glaube ich auch.“

Daiyu sprach in ihr Walkie-Talkie und gab die Befehle.

„Bist du dir sicher, dass du es mit diesem Ding aufnehmen kannst?“, fragte Naomi.

Warren stand neben ihr am Zugang zur Straße. Er spürte die Macht unter seiner Haut brodeln. Er würde explodieren, wenn er sie nicht herausließ.

„Wir müssen es“, sagte Warren. „Wenn wir ihn besiegen können und die Körperteile einsammeln, werden wir stärker sein.“ Er unterbrach sich, als er Kareloth einen Block entfernt beobachtete. „Um zu überleben, müssen wir stärker werden.“

„Du meinst, dass *wir beide* stärker werden müssen.“ Naomi lächelte schwach.

Warren nickte. „Ich meine, dass ihr alle stärker werden müsst. Je mehr wir erfahren, desto mehr werden die Dämonen uns jagen."

„Bist du bereit?", fragte Daiyu über das Headset, das Warren trug.

„Ja."

Daiyu zögerte. „Ich will keinen meiner Leute verlieren."

„Das kann ich nicht garantieren. Ich kann aber versprechen, dass jedes Körperteil, das wir von Kareloth entnehmen, die Fähigkeiten desjenigen erhöht, dem wir es einpflanzen."

Stille lag einen Moment über dem Walkie-Talkie.

„In Ordnung", sagte Daiyu. „Aber lass uns nicht hängen."

„Das werde ich nicht."

„Wenn du es doch machst, werde ich dich jagen und töten."

„Das ist nicht der beste Anreiz", sagte Warren.

„Vielleicht nicht, doch ich meine es ernst."

Warren bezweifelte es nicht. Er blieb in den Schatten und wartete, bis Kareloth die Gasse erreichte, wo er stand. Er plante, den Dämon passieren zu lassen und ihn ohne Vorwarnung anzugreifen.

Stattdessen zögerte Kareloth. Er blieb stehen und schnüffelte in der Luft wie ein Schwein. Zielsicher wandte sich der Dämon um und lächelte in die Schatten, die die Gasse bedeckten.

„Mensch." Kareloth grinste. Speichel floss aus seinem Maul. Seine Lippen waren zurückgezogen und zeigten seine scharfen, gezackten Zähne, die von seinem vorherigen Opfer immer noch blutverschmiert waren. „Ich kenne dich, Warren Schimmer."

Panik durchströmte Warren, als er wie angewurzelt unter dem Blick des Dämons stand.

„Merihim sendet dir Grüße." Kareloth öffnete sein Maul und stieß Feuer aus.

Sechsundvierzig

Leah stürzte durch Albträume.

Sie wusste nicht, wie viele davon sie bereits besucht – oder erschaffen – hatte, weil sie alle ineinander überzugehen schienen. Sie wurden zu einem Kaleidoskop des Wahnsinns, das sie zu ertränken drohte.

Jedes Mal, wenn sie sich zusammenreißen wollte, um sich auf die Dinge zu konzentrieren, von denen sie wusste, dass sie real waren, veränderte sich die Landschaft und sie befand sich woanders. Die größte Mühe gab sie sich, um im Gedächtnis von Simon Cross zu bleiben. Sie hatte seine Gedanken berührt. Dessen war sie sich sicher.

Aber sie wusste nicht, ob er wirklich glaubte, dass sie dort gewesen war, und ob er sich daran erinnern würde, was sie ihm gesagt hatte.

Die verrückten Sprünge hielten weiter an. Sie lief neben einem Soldaten her, der in ein explodierendes Gebäude eindringen wollte, um einen Kameraden zu retten. Sie spürte seine Panik, als er durch die herabstürzenden Balken lief und den heißen Flammen auszuweichen versuchte. Sein Kampfanzug schützte ihn ein wenig, aber die Hitze drohte ihn ohnmächtig werden zu lassen.

„Sie müssen hier raus“, sagte Leah dem Mann.

„Ich kann nicht.“ Der Soldat packte einen herabgefallenen Balken und schob daran. „George muss hier irgendwo sein.“ Er hob seine Stimme. *„George!“*

„Es ist zu spät.“

„Es ist nicht zu spät. Ich werde dafür sorgen, dass es nicht zu spät ist. George ist mein Kamerad. Ich habe ihm versprochen, auf ihn aufzupassen."

Ein Pirscherdämon kroch aus einer Ecke. Die Kreatur zog die Beine an und war bereit zum Sprung.

„Achtung!" Leah umfasste die SRAC-Maschinenpistole und richtete sie auf den Dämon, als der sprang. Sie schubste den Soldaten mit ihrer freien Hand weg. Aber die Hand glitt durch den Körper des Mannes hindurch. Im nächsten Augenblick durchschlugen die Kugeln aus der Maschinenpistole den Pirscher ohne Auswirkungen.

Der Pirscher erwischte den Soldaten und warf ihn um. Sie beide lagen auf dem brennenden Teppich. Das feuerfeste Material des Kampfanzugs schützte den Soldaten davor, in Flammen aufzugehen, aber die Hitze verschlang ihn.

Leah spürte, wie der Körper des Mannes brannte. Der Schmerz schlug seine wütenden Klauen auch durch ihr eigenes Fleisch. Sie schrie auf. Instinktiv rannte sie zu dem Mann und versuchte ihn aus dem Feuer zu ziehen. Aber Leah konnte ihn nicht anfassen. Frustriert und hilflos sah sie zu, wie der Kampf weiterging.

Dann brach ein Teil der Decke ein und fiel auf beide. Sie verschwanden aus Leahs Sicht.

„Nein!" Leah stürmte vor, stolperte über das Geröll und stürzte.

Als sie wieder festen Boden unter den Füßen hatte, stand sie bis zur Brust im Wasser einer Höhle. Das kalte Nass fühlte sich schleimig an, selbst durch den Kampfanzug hindurch. Der Gestank des Todes, nach Verwesung und Abwässern, machte es fast unmöglich, die Luft zu atmen.

Die Infrarotsysteme ihres Kampfanzugs konnten das dumpfe Dämmerlicht nicht weit genug erhellen, sie sah keine Mauern. Leah lauschte intensiv und wollte sich nicht bewegen, bevor sie wusste, ob etwas bei ihr im Wasser war.

Sie spürte eine Bewegung unter sich.

Leah trat zur Seite und zog das Schwert, das sie auf dem Rücken verstaut hatte. Weil sie normalerweise niemals ein Schwert mitnahm, wusste sie, dass sie nicht sie selbst, sondern jemand anderes war. Mit einer nie zuvor gekonnten Perfektion stand sie da und wartete. Zum ersten Mal erkannte sie, dass das HUD vor ihren Augen einen 360-Grad-Rundumblick bot.

Im nächsten Augenblick tauchten drei Templer aus dem dunklen Wasser auf. Alle zogen ihre Schwerter. Sie ignorierten sie und sahen sich in der Höhle um. Simon war nicht dabei.

„Hast du irgendwas gesehen?"

Leah brauchte einen Moment, bevor sie erkannte, dass die Frau mit ihr sprach. „Nein. Noch nicht."

„Gut. Vielleicht sind wir ihnen ja entkommen." Der Templer bewegte sich vorwärts durch das Wasser. „Joseph, weißt du, wo wir sind? Dieses Höhlensystem habe ich nicht auf dem HUD. Wir sind immer noch unter der Stadt. Das sehe ich, aber ich weiß nicht, wie wir hier rauskommen sollen."

„Eins ist sicher", sagte die dritte Person, ein Mann. „Wir können nicht auf demselben Weg zurück, den wir hergekommen sind. Dort werden wir unter Dämonen begraben."

Leah arbeitete sich hinter ihnen her. Sie konnte sonst nichts tun.

„Es gibt eine Menge Höhlensysteme und verlassene Tunnel unter London", sagte Joseph. „Die stammen entweder vom Bergbau oder dem öffentlichen Nahverkehr."

„Es war deine Idee, hierherzukommen, Kumpel", warf ihm der andere Mann vor.

„Halt den Rand, Nigel", sagte die Frau. „Wir haben schon genug Probleme, ohne uns auch noch gegenseitig zu beschuldigen."

„Hör dich doch an, Mai. Woher nimmst du das Recht …"

Sie wirbelte zu dem Templer herum, zog ihr Schwert und richtete es gegen seinen Helm. „Lord Cross hat mir das Recht verliehen, zu sagen, was ich denke, du Idiot. Und wenn du nicht wie geplant weitermachst, dann lasse ich dich allein hier unten zurück und du kannst selbst den Weg heraus suchen. Verstanden?"

Nigels Visier blieb undurchsichtig und konturlos. Trotzdem konnte Leah seine Furcht und Wut spüren. Beide Gefühle waren gleichstark, aber er gab der Furcht nach.

„In Ordnung, Mai", sagte Nigel. „Wir machen es so, wie du sagst."

„Gut." Mai senkte das Schwert. Sie wandte sich von ihm ab und watete erneut durch den Dreck.

Leah beeilte sich und schloss zu ihr auf. „Sie kennen Simon?"

Mai ging weiter. „Natürlich kenne ich ihn. Wir haben jetzt keine Zeit für dumme Fragen."

„Sie müssen ihm eine Nachricht überbringen."

„Sag ihm das, wenn du selbst wieder zurück bist."

„Ich weiß nicht, ob ich es schaffe."

„Du solltest das Handtuch nicht so schnell schmeißen, hörst du? Weil du dann nur …"

Der Echsendämon schlug ohne Vorwarnung zu. Er erhob sich aus den dunklen Tiefen und sprang auf Mai zu. Die verstärkten Reflexe der Templerin retteten sie fast, als sie sich zur Seite warf. Das Echsending riss das Maul auf und ließ eine stachelige Zunge hervorschnellen, die drei Meter in einer Nanosekunde zurücklegte. Unglaublicherweise durchdrang die Zunge die Rüstung beim ersten Mal.

Mai zuckte und wand sich. Ihre panischen, schmerzerfüllten Schreie drangen durch Leahs Audiosysteme. Die Agentin stürmte vorwärts und hob das Schwert. Sie schlug immer wieder zu und durchbohrte die harte Haut der Echse. Eiter schoss aus den Wunden, aber die Echse zog dennoch ihre sich wehrende Beute in das lange Maul.

„Helft mir!“, schrie Leah. „Wir können sie noch retten.“

Die Templer rissen sich aus der Paralyse und rannten vorwärts.

Leah versuchte abzuschätzen, wo sich das Gehirn der Echse befand. Sie hoffte darauf, dass, wenn sie das Hirn durchbohrte oder das Rückenmark erwischte, sie die Templerin retten konnte.

„Achtung!“

Die Stimme kam aus der Rüstung. Leah hatte das nicht erwartet. Sie kämpfte immer noch damit, zu verstehen, wie der 360-Grad-Rundumblick funktionierte. Alles sah irgendwie *falsch* aus.

„Achtung! Zweiter Dämon in Reichweite!“

Dann sah Leah den Dämon. Die zweite Echse war aus dem Wasser gestiegen und lief auf sie zu. Die dürren Beine waren unglaublich kräftig. Sie wandte sich der neuen Bedrohung zu, wusste aber, dass sie zu langsam war.

Der Dämon riss sein Maul weit auf. Die schwarze Zunge schoss daraus hervor.

Leah versuchte sich zu bewegen. Die Zunge traf sie links an der Brust. Sie wusste nicht, ob der Dämon das Herz verfehlte. Doch wenn, dann würde es eine knappe Angelegenheit. Sie war überrascht, dass sie keinen Schmerz verspürte. Der Schock hatte sie bereits erwischt und fuhr alle Systeme herunter.

Sie taumelte rückwärts, schaffte es aber, die Zunge mit einer Hand zu erwischen. Die Dornen drangen in ihr Fleisch ein, als die Echse den Kopf zurückwarf und Leah zu sich heranzog. Dann schlossen sich die Zähne um sie, zerquetschten sie und sie …

… war plötzlich ganz woanders. Sie unterdrückte einen Schrei.

„Ruhe“, zischte jemand. Dann spürte Leah, wie ihre Hand fest gedrückt wurde. „Unterbrich die Stimme nicht.“

Leah saß mit untergeschlagenen Beinen in einem Kreis in einem dunklen Raum. In der Mitte befand sich eine merkwürdig geformte Kiste, die schwebte. Schwarze Vorhänge bedeckten die Fenster.

Aber die Bewegungen der Gardinen verrieten Leah, dass die Fenster zerbrochen waren.

Als Leah ihre Begleiter inspizierte, stellte sie fest, dass alle Kabalisten waren. Ihre Roben und die merkwürdigen Rüstungen, die aus Dämonenhaut gefertigt waren, verrieten ihre Identität genau wie die Tätowierungen und Dämonenteile, die sie in ihre Körper implantiert hatten. Die meisten Wunden wirkten entzündet.

Den Informationen nach, die sie von der Agency erhalten hatte, glaubten die Kabalisten, ihre natürlichen Kräfte dadurch verstärken zu können, dass sie sich Dämonenteile implantierten. Den Berichten nach waren sie zumindest teilweise erfolgreich damit. Aber oft funktionierte es auch nicht. Dann waren diese Teile die meiste Zeit entzündet und bedrohten den Gastkörper, bis sie wieder entfernt wurden.

Andere, die zu stur waren oder glaubten, dass die Entzündung wieder vergehen würde, starben einen fürchterlichen Tod. Mehrere der Kabalisten um Leah herum sahen krank und schwach aus. Mit eingesunkenen lodernden Augen starrten sie auf die schwebende Kiste.

„Dies ist Ordonars Truhe“, sagte ein Mann, der sich nahe daran befand. „Homer und Aristoteles haben darüber geschrieben, aber diese Schriften wurden unter Verschluss gehalten. Sie glaubten, dass dort drin die Seele eines Dämons hauste. Die Griechen haben diese Truhe nicht erschaffen. Ordonar, so glaubt man, war ein Priester im alten Tibet, ein heiliger Mann, der wusste, dass Dämonen auf der Welt wandelten.“

Die Truhe drehte sich schneller. Zuerst dachte Leah, dass sie aus Messing bestünde, dann sah sie das rötliche Leuchten und glaubte, es wäre eher Kupfer. Merkwürdige Siegel ragten reliefartig daraus hervor.

„Obwohl unsere Vorfahren versuchten, die Truhe zu verstehen“, fuhr der Sprecher fort, „wurde keines ihrer Geheimnisse entschlüsselt. Als die Römer einen Großteil der griechischen Kultur übernahmen, entdeckten sie auch die Truhe neu. So wurde sie nach England gebracht. Ein Gelehrter meinte, eine Gruft mit ähnlichen Symbolen darauf entdeckt zu haben. Bevor die Truhe eintraf, wurde der Gelehrte tot aufgefunden. Man sagte, das wäre der Fluch der Gruft, die nie gefunden wurde."

Die Kraft in dem Raum stieg an. Ein Teil von Leah wusste, was es war. Die Kraft fühlte sich an, als ob ein elektrisches Feld aufgebaut würde. Ihre Haut wurde straff und trocken. Ihr Haar stand hoch. Elektrische Funken sprangen auf einige der Kabalisten im Kreis über. Leah wollte aufstehen und weglaufen.

„Ganz ruhig", flüsterte der Mann neben Leah. „Die Stimme weiß, was sie tut. Alles ist in Ordnung."

„In England", fuhr die Stimme fort, „ging die Truhe ebenfalls verloren. Geschichten von Meuchelmördern, Heiden und eifersüchtigen Offizieren folgten der Truhe. Keiner kennt die Wahrheit. Im frühen 19. Jahrhundert fanden Forscher die Truhe. Bis heute stand sie im Museum. Niemand wusste, was es war. Ich schon."

Die Stimme erhob sich. Er war ein großer schlanker Mann mit dem Gesicht eines Wolfs. Er sah wie ein Ska-Fan aus, trug Kampfstiefel, sein Kopf war rasiert, Piercings bedeckten sein Gesicht.

„Heute Nacht, Brüder und Schwestern, öffnen wir die Truhe und befreien die Dämonenseele darin. Sie wird versuchen unserem Kreis zu entkommen, aber das werden wir nicht zulassen. Wir werden sie unserem Willen untertan machen. Wenn wir das geschafft haben, werden unsere Kenntnisse über die Dämonen ansteigen genau wie die Kraft, über die wir verfügen. Wir werden alle davon profitieren."

„Nein!" Leah versuchte zu sprechen, schaffte es aber nicht. *Dämonen haben keine Seele!* Das wusste sie aus den Forschungsergebnissen, die sie den Templern gestohlen hatte, als sie das erste Mal mit Simon in den Templeruntergrund gegangen war.

Sie wusste nicht, was sich in der Truhe befand. Doch es war ganz sicher etwas Böses.

Und Mächtiges. Das erschreckte sie am allermeisten.

„Jetzt“, sagte die Stimme, „ist es an der Zeit, die Truhe zu öffnen. Haltet eure Schilde bereit. Lasst die Seele nicht entkommen.“

Magentafarbenes Schimmern erfüllte den abgedunkelten Raum, ein Leuchten wie eine Lavablase.

Leah versuchte ihre Hände freizubekommen. Aber Kabalisten auf beiden Seiten hielten sie fest.

„Nein“, zischte der Mann. „Sei stark. Glaube! Wir können den Dämon unserem Willen unterwerfen. Das ist unsere Bestimmung. Darauf haben wir hingearbeitet.“

Leah konnte sich nicht bewegen. Sie hatte ihren Körper nicht unter Kontrolle.

Die Stimme sprach merkwürdige Worte, die Leah nicht verstehen konnte. Die Truhe drehte sich schneller. Blaues Licht flackerte über die kupferne Oberfläche der Truhe. Die Stimme sprach weiter. Die Worte wurden lauter und kamen schneller. Wind wehte durch den Raum. Blaue Blitze sprühten aus der Truhe.

Einer der Blitze schlug in den Mann neben Leah ein. Entsetzt sah sie, wie der Mann zuckte. Elektrizität floss durch sie und machte jede Bewegung unmöglich. Leah blieb nur mit Mühe bei Bewusstsein.

Abrupt hörte die Truhe auf, sich zu drehen. Die Blitze sprühten weiter und bildeten einen direkten Kontakt mit den Kabalisten.

„Kontrolliert sie!“, schrie die Stimme. „Benutzt eure Kräfte!“

Leah hielt die beiden Männer neben ihr fest. Sie hatte keine andere Wahl. Die Elektrizität, die durch sie strömte, erlaubte nicht, dass sie losließ. Der Mann zu ihrer Rechten hatte Schaum vor dem Mund.

Dann explodierte die Truhe. Ein greller blauer Blitz erfüllte den Raum und ein Dämon stand in der Mitte des Kreises.

Der Dämon hatte zwei nebeneinanderstehende Gesichter. Beide waren hässlich. Schuppen liefen den dicken Hals hinab, der in eine breite Brust mündete. Vier Arme, zwei an jeder Seite, ragten aus dem Körper. Die Beine waren im Vergleich zum restlichen Körper lang und dick wie Baumstümpfe. Ein Wald von Hörnern bedeckte den Kopf.

„Mich kontrollieren?", knurrte der Dämon. „Ihr Narren!" Er hob einen Arm und lachte.

Weitere Blitze sprangen aus dem Stab in der Hand des Dämons. Leah spürte, wie die erhöhte Stromstärke ihren Körper zerstörte. Der Kopf des Mannes zu ihrer Linken explodierte plötzlich. Blut, Hirn und Knochen wurden verspritzt – alles war gekocht. Weitere Kabalisten wurden enthauptet.

Ein tiefer, quälender Schmerz entstand in Leahs Kopf. Schließlich kam es zur Entladung und dann wusste sie nichts mehr.

Erschöpft und mit Schmerzen erwachte Leah wieder in dem quadratischen Raum. Erbrochenes bedeckte den Boden. Sie legte eine Hand an den Kopf, um zu überprüfen, ob er noch in einem Stück war. Der letzte Teil – egal, ob Traum oder Erinnerung – war zu intensiv gewesen.

Dann wurde ihr bewusst, dass jemand sie beobachtete.

Als sie sich umsah, war der Würfeldämon zurückgekehrt. Sie drückte den Rücken an die Wand und zog die Beine an.

„Du machst das sehr gut." Der Dämon brüstete sich fast damit. „Besser, als erwartet. Während der Zeit, die du hier warst, hast du viele deiner Menschenfreunde erreicht."

Leah sagte nichts. Sie weigerte sich, das Ding wissen zu lassen, wie sehr sie das alles mitnahm.

„Andere Menschen sind gestorben", sagte der Dämon. „Einige davon sind sogar nach dir gekommen. Du bist bemerkenswert belastbar. Aber am Ende wirst du nur etwas länger leben. Du kannst nicht entkommen. Du wirst hier sterben. Und bis dahin wirst du uns weiterhin helfen.“

Leah gab sich ihrer Wut hin und sprang quer durch den Raum. Selbst wenn sie diesen Angriff nicht überleben sollte, konnte sie nicht mehr gegen Simon oder sonst jemanden eingesetzt werden. Dafür lohnte es sich, zu sterben.

Der Dämon fing sie mühelos ab. Eine Hand packte ihr Handgelenk, die andere hielt ihren Kopf fest. Er nahm sie und warf sie so fest gegen die Stahlwand, dass ihr der Atem aus der Lunge gepresst wurde.

Keuchend und verzweifelt versuchte sie wieder Luft in die Lungen zu bekommen. Leah legte die Hände an den Kopf, um leichter atmen zu können.

„Das war dumm“, sagte der Dämon. „Du kannst dich nicht so leicht selbst opfern. Wenn die Zeit gekommen ist, wirst du sterben. Aber erst dann. Du hast in dieser Sache keine Wahl mehr.“

Leah zwang sich, ruhig zu bleiben und ihren Atem zu kontrollieren. Sie starrte den Dämon an, doch sie wusste nicht, wann er die Zelle verlassen hatte. In einem Moment war er da und im nächsten fort.

Leah wusste, dass am Ende der Zelle eine Tür sein musste, sie kroch dorthin und untersuchte die Wand, den Boden und die Decke. Sie fand nichts. Es war, als hätte der Dämon seine Atome mit denen der Wand verbunden und wäre so hindurchgeglitten.

Als sie sich wieder umsah, stand eine Kiste mit Nahrung am anderen Ende der Zelle. Niemand war an ihr vorbeigekommen, was bedeutete, dass die Dämonen nach Belieben kommen und gehen konnten. Sie blieb eine Gefangene.

Siebenundvierzig

Warren hob die Hände und bildete einen Schild vor sich. Der feurige Atem des Dämons knackte und zischte, als er auf die Barriere traf. Flammen überlappten die Ecken, als sie sich darum herumwanden. Hitzewellen schlugen darin ein, beinahe heiß genug, um die Haut zum Kochen zu bringen.

Naomi stand in seinem Rücken und nutzte Warren und dessen Schild als Schutz.

Daiyu und die Kabalisten griffen den Dämon an. Schwere Netze, verstärkt durch Energie, fielen auf ihn herab. Die Netze knallten und zischten, als sie wie elektrische Kabel, die mit dem Gegenpol verbunden wurden, auf die Haut des Dämons trafen.

Kareloth kämpfte gegen die Netze an. Er krallte alle vier Hände in die Fasern und zog kräftig. Ein paar der Netze rissen und die darin enthaltene Energie brannte wie Feuer. Der Dämon atmete erneut aus. Flammen überzogen die Netze, aber sie waren feuerfest. Allerdings würden sie dem Angriff nicht mehr lange standhalten können.

Warren zog den Speer aus dem magischen Mantel. Als Kareloth den Speer sah, weiteten sich seine Augen.

„Wo hast du den her?“, wollte Kareloth wissen.

Weil er Angst hatte, verletzt zu werden, und wusste, dass der Dämon, solange er lebte, gefährlich war, antwortete Warren nicht. Er ging auf Kareloth zu und wollte den Speer tief ins Herz des Dämons treiben.

Doch Kareloth erwischte den Speer und hielt ihn auf, kurz bevor die Waffe seine Haut durchdringen konnte. Die Berührung färbte den Speer kirschrot. Kareloths Hände brannten und platzten auf. Er brüllte vor Wut und stieß den Speer zurück.

Von der immensen Kraft des Dämons fortgestoßen, fiel Warren hin und taumelte zurück in die Gasse. Er traf auf Naomi und sie stürzte ebenfalls. Erst da spürte Warren den Schmerz der eigenen verbrannten Hand.

Seine Hand, seine menschliche Hand war verbrüht worden. Augenblicklich bildeten sich Blasen. Gleichzeitig entstand eine schwarze Kruste. Er konnte nicht den ganzen Schmerz spüren, weil ein Teil seiner Nerven ebenfalls verbrannt war. Das war ein kleiner Segen. Er konnte seine Hand auch nicht mehr bewegen. Die Panik schien ihn zu übermannen.

„Lass mich dir helfen." Naomi kam auf die Knie, half ihm auf, dann nahm sie seine Hand in ihre. Fast augenblicklich verschwand ein Teil des Schmerzes. Die schwarze Kruste wurde dünner und die Blasen gingen ebenfalls zurück.

Warren beruhigte sich.

„Ich brauche dich." Naomi sah ihn an. „Hilf mir. Gemeinsam sind wir stärker."

Nachdem er die animalische Angst unter Kontrolle gebracht hatte, konzentrierte sich Warren auf seine Hand. Die Heilung beschleunigte sich. In nur wenigen Sekunden war sie völlig unverletzt. Er testete die Hand, spürte sie und stellte fest, dass er die volle Beweglichkeit zurückerlangt hatte.

Erneut auf den Beinen, nahm Warren den Speer und wandte sich dem Dämon zu. Daiyu und die Kabalisten griffen mit Feuer und Blitzen, mit Schwertern und Pistolen an, die Insekten abfeuerten, welche sich in Kareloths Fleisch bohrten. Der Dämon brüllte vor Wut und kämpfte gegen die Netze an. Andere Kabalisten hielten die Seile fest und damit den Dämonen an einem Ort, damit er nicht fliehen konnte.

Pusteln bedeckten den Körper des Dämons. Die Insekten gruben sich in sein Fleisch und entzogen ihm nicht nur seine Kraft. Sie sonderten Gifte ab, die in das zentrale Nervensystem eindrangen. Bevor man auch nur ein einziges Teil des Dämons zur Verstärkung implantieren konnte, würde man ihn zuerst gründlich desinfizieren müssen.

Die Netze rissen weiter. Ein Loch weitete sich und Kareloth steckte seinen zweigesichtigen Kopf hindurch. Seine rechte Hand schlug nach den Netzen und er schob seine Schulter nach.

Warren wollte den Dämon erneut aufspießen, aber er zögerte. Der Schmerz vom vorherigen Versuch war noch frisch in seinem Gedächtnis.

„Wenn ich hier herauskomme“, brüllte Kareloth, „werde ich dich töten. Ich wollte dir ja eigentlich ein schnelles Ende bereiten. Du warst nur ein kleiner Gefallen, den ich Merihim erweisen wollte. Aber jetzt schulde ich dir den Schmerz, den du mir bereitet hast.“

Warren wollte instinktiv weglaufen. Er konnte sich nicht vorstellen, Kareloth gegenüberzutreten. Die Kabalisten kämpften hart, um den Dämon zu bändigen – und der letzte Vorteil schwand.

Du kannst nicht weglaufen. Er wird dir folgen. Dies ist deine einzige Chance.

Warren konzentrierte sich auf seine Angst, hieß sie willkommen und nährte daraus die Kraft, die ihn durchströmte. Er war kein Held. Er war nie einer gewesen. Aber er war ein Überlebender. Er war seinem Stiefvater gegenübergetreten, als er noch ein Kind gewesen war. Und er nutzte die einzige Kraft, die er immer schon besessen hatte.

„Kareloth“, sagte Warren mit kaum zitternder Stimme.

Der Dämon schlug mit seinen beiden rechten Händen nach Warren. Sie waren nur 90 Zentimeter lang. Die Netze hingen jetzt an der Brust des Dämons. Wenn sie herunterrutschten, würden sie schnell ganz abfallen.

„Ich kenne deinen Namen“, sagte Warren. „Du musst auf mich hören.“

„Muss ich nicht“, antwortete Kareloth. „Ich werde deine Knochen zu Staub zermahlen.“

„Hör auf zu kämpfen. Sofort.“

Die Netze fielen schließlich ab und landeten auf dem Gehweg. Kareloth machte einen Schritt nach vorn … und blieb dann stehen.

„Daiyu“, rief Warren und fühlte sich, als würde sein Herz gleich explodieren. „Zieh deine Leute zurück.“

Daiyu gab den Befehl. Nachdem der Dämon sich befreit hatte, gehorchten sie der Anweisung nur zu gern.

Kareloth taumelte, konnte aber keinen weiteren Schritt machen. Er ruderte hilflos mit den Armen. Muskeln wogten über seinen Körper, als er versuchte, Warrens Macht über ihn abzustreifen.

„Du bist meiner Gnade ausgeliefert.“ Warren hob den Speer mit seiner Metallhand. „Ich werde dich töten und du kannst nichts dagegen tun.“

Angst glänzte in Kareloths Augen. Seine beiden Gesichter zitterten. „Das … kannst … du … nicht … machen.“

„Ich kann.“ Warren spürte, wie der Dämon gegen ihn ankämpfte. Der Dämon fühlte sich jeden Augenblick müder und schwächer. Mit dem Speer in der Hand trat Warren vor und holte aus. Wenn dort noch andere Dämonen gewesen wären, hätte seine Kraft nicht so gut gewirkt. Während er Kareloth kontrollierte, hätte ein anderer Dämon Warren töten können. Aber diesmal funktionierte seine Kraft und seine Strategie.

Ohne ein weiteres Wort trieb Warren den Speer in das Herz des Dämons. Erneut flammte der Obsidianspeer kirschrot auf. Zu diesem Zeitpunkt färbte sich Kareloths Brust schwarz, als sie von der Hitze verzehrt wurde. Binnen Sekunden hielt ihn nurmehr der Speer auf den Beinen.

Als Warren den Speer zurückzog, fiel Kareloth auf den Gehsteig. Seine vier Augen starrten ausdruckslos.

Warren versuchte, nicht zu zeigen, wie entsetzt er war, und ging zu dem Dämon. Seine Knie zitterten und gaben fast nach. Er atmete ein und hätte sich beinahe übergeben. Das lag aber nicht am Geruch des verbrannten Fleischs. Vielmehr belastete ihn, dass er dem Tod so nahe gekommen war.

„Der Leichnam wird weitere Jäger anziehen“, sagte Daiyu.

Warren nickte und trat Kareloth in eins seiner Gesichter. Der Dämon bewegte sich nicht.

„Nehmt ihn aus“, befahl Warren.

Die Kabalisten widmeten sich der Aufgabe mit Lust. Hörner, Augen, Hände und mit Schuppen überzogene Hautpartien packten sie in ihre Taschen. Der Leichnam des Dämons verschwand und zitterte immer noch ein wenig, als sie nahmen, was sie wollten.

Naomi zog ihr Messer und machte ebenfalls mit.

Warren beobachtete sie still und versuchte ruhig und kontrolliert zu bleiben. Er musste daran denken, dass die Blutlust der Kabalisten sich kaum von der der Dämonen unterschied.

Aber es waren seine Leute.

Später, zurück in Daiyus Versteck, wurden Kareloths Einzelteile sortiert und verteilt. Warren zog sich zurück und fand einen Raum für sich allein. Die Angst und die verbrauchte Energie forderten ihren Tribut.

Der Raum war dunkel. Es war immer noch Nacht, aber die würde nicht mehr lange dauern.

Ohne sich auszuziehen, legte er sich aufs Bett. Er war froh, allein zu sein. Aber er wünschte sich auch, dass Naomi bei ihm wäre. Er würde sie allerdings nicht fragen.

Bevor er weiter darüber nachdenken konnte, schlief er ein.

„Du hast schon wieder das ganze Geld ausgegeben!“

Als er die Stimme seines Stiefvaters so deutlich hörte, wachte Warren wie vor all den Jahren auf. Er lag wieder auf der abgenutzten Couch in der Wohnung in Manchester.

Martin DeYoung, sein Stiefvater, saß am offenen Fenster und trank aus der Whiskeyflasche. Er war ein starker Mann, der allmählich fett wurde. Seine schwarze Haut hatte eine bläuliche Färbung. Sein rasierter Schädel glänzte im Licht der Straßenlaternen. Ein kurz geschnittener Bart rahmte sein kantiges Kinn ein. Seine Nase war schon so oft gebrochen, dass sie völlig missgebildet war und er Probleme beim Atmen und Schlafen hatte. Er trug Khakihosen und ein Fußballtrikot.

„Ich stehe wirklich kurz vor einem Durchbruch“, protestierte Tamara Schimmer.

Warren sah seine Mutter an. Sie war weiß und Jüdin, hatte bleiche Haut, dunkles Haar, das sich ringelte, und dunkle Augen, die permanent verletzt schauten. Über ihre Studien vergaß sie oft zu essen und sich zu pflegen.

Ich will hier raus, dachte Warren verzweifelt. *Das ist bereits geschehen. Ich will es nicht erneut durchleben.* Aber er war wieder in dem Albtraum gefangen. Sein acht Jahre altes Ich vergrub den Kopf in den Kissen, so wie vor vielen Jahren.

„Ich brauchte ein paar Dinge“, fuhr seine Mutter fort.

Warren wusste, dass ihr dieses Argument nicht helfen würde. Das tat es nie. Niemand auf der Welt hatte mehr recht als Martin DeYoung, wenn er meinte, recht zu haben.

„Das Geld, das ich ausgegeben habe, um in Kontakt mit der Macht zu treten, ist nicht so wichtig“, sagte seine Mutter. „Wenn ich erst die arkanen Künste beherrsche …“

Warren wusste, dass etwas Schlimmes geschehen würde. Wenn Martin so viel trank, wie er es jetzt tat, passierten immer schlimme Dinge. Er hatte einen schlechten Tag auf der Rennbahn gehabt oder mit seinen Fußballwetten. Er wettete permanent. Buchmacher und Schläger suchten ihn oft. Das hatte Warren selbst erlebt.

„Arkane Künste!“ Martins Stimme war so laut und unnachgiebig, dass Warren glaubte, das Fenster würde zerbrechen. „Du schaffst es ja nicht mal, dich um den Haushalt zu kümmern, du dumme Kuh! Wir leben im Dreck!“

Das hatten die Leute vom Sozialamt Warrens Mutter auch gesagt. Sie hatten gedroht, ihr Warren wegzunehmen. Sie hatte weitergemacht, hatte alles außer ihren Magiebüchern vernachlässigt. Diese Dinge waren ihr wirklich wichtig. Sie lernte daraus in jedem freien Augenblick.

Martin setzte seinen Redeschwall fort. „Ich arbeite jeden Tag hart …“

„Du bist ein Dieb!“, unterbrach ihn seine Mutter. „Sei ja nicht so scheinheilig.“

Wut überzog Martins Gesicht, wodurch es noch dunkler wirkte.

„Ich weiß, was du bist!“, fuhr seine Mutter fort. „Du und deine Freunde sind nur …“

Als Martin aufstand, sprang Warren aus dem Bett und versteckte sich hinter der Couch. Es war kein besonders gutes Versteck. Martin fand ihn dort immer und schlug ihn. Aber Warren hatte immer versucht, einer weiteren Tracht Prügel zu entgehen.

„Ich brauchte das Geld!“, sagte Martin. „Ich habe gesagt, ich hätte es! Du hättest nicht an meine privaten Sachen gehen dürfen!“

„Du lebst hier!“, antwortete seine Mutter. „Du lebst unter meinem Dach. Was ich genommen habe, reicht nicht mal für die Miete!“

„Du kriegst die Wohnung umsonst vom Sozialamt und du warst dumm genug, dich schwängern zu lassen! Du lebst umsonst! Mein Geld ist *mein* Geld! Das habe ich dir von Anfang an gesagt!“

Warren vergrub sein Gesicht in der Couch und hoffte, dass der Albtraum bald enden würde.

Achtundvierzig

Warren wusste, dass der Traum normalerweise schnell an diesem Punkt endete. Obwohl er es nicht wollte, schaute er um die Couch herum, weil sein acht Jahre altes Pendant es vor so vielen Jahren auch gemacht hatte.

Martin zog eine große, kurzläufige Pistole aus seinem Gürtel. Das Licht glitzerte auf seiner goldenen Uhr, dem Ring und dem silbrig glänzenden Lauf der Pistole. Fluchend richtete er die Waffe auf Warrens Mutter.

Sie bewegte sich nicht. Er hatte während der Monate, in denen sie zusammen waren, schon oft mit der Pistole auf sie gezielt, sodass sie das nicht schockierte. Er hatte nicht ein einziges Mal tatsächlich geschossen.

Martin spannte den Hahn. Weiße Speichelflecken klebten auf seinen blauschwarzen Lippen. Dann betätigte er den Abzug.

Fünf laute Donnerschläge erfüllten den Raum.

Obwohl er es nicht wollte, schrie Warren vor Angst, als seine Mutter zuckte und aus der Brust, dem Bauch und dem Gesicht blutete. Sie war bereits tot, aber sein acht Jahre altes Ich hatte das damals nicht gewusst.

Vom Whiskey betrunken, öffnete Martin die Trommel und ließ die leeren Hülsen auf den Boden fallen. Er tat neue Patronen hinein und sah Warren an.

„Jetzt kriegst du deinen Teil, du kleiner Affe!“, knurrte Martin. „Mir wird schlecht, wenn ich dich nur ansehe oder den Vorträgen deiner Mutter über Magie zuhören muss! Das tue ich mir nicht mehr an!“ Er ließ die Trommel einrasten und zielte.

Warren schrie, aber er hörte seine Stimme nicht mehr. Martin drückte ab. Die Kugel streifte Warrens rechte Hüfte und warf ihn um. Panik erfüllte ihn, als er all das Blut aus seiner Seite strömen sah. Es tat weh, fühlte sich aber auch taub an.

Martin schoss erneut, doch der zweite Schuss drang in die Wand über Warrens Bett ein. Weißes Pulver stob von der Gipswand auf.

„Nein!“, schrie Warren. Er wollte seinen Stiefvater anbetteln, ihn nicht zu erschießen und für seine Mutter das Krankenhaus anzurufen, aber er konnte es nicht. Er versuchte etwas zu sagen, nur gelang es ihm nicht.

„Betteln nützt dir auch nichts“, sagte Martin. „Ich werde dir direkt in den Kopf schießen. Dann muss ich dich im Leben nie wieder sehen.“ Er zielte.

Warren sah den Mann an und ließ all den Hass wirken, der sich über die Monate angestaut hatte. Seine Mutter hatte gesagt, sie wolle, dass er mit Martin klarkam. Warren hatte es versucht. Er tat immer das, was seine Mutter ihm sagte, selbst wenn er es nicht wollte oder den Grund nicht einsah.

„Ich hasse dich!“, schrie Warren. Dann sagte er mit ruhiger Stimme: „Ich wünschte, du wärst tot.“

Martin lächelte. „Sieh an, du hast doch etwas Rückgrat. Das hätte ich nicht geglaubt, wenn ich es nicht gerade selbst gesehen hätte.“ Er zielte auf ihn.

Warren lag hilflos auf dem Boden.

Aber merkwürdigerweise schoss Martin nicht. Stattdessen richtete er die Pistole auf sich selbst. Er bettelte um Hilfe, als er sich den Lauf an die Schläfe hielt.

Dann drückte er ab.

Der Knall echote durch die Wohnung. Warren roch verbranntes Fleisch. Er lag auf dem Boden und wartete darauf, dass er in seinem Bett erwachte. Während er da so lag, hörte er die Rufe der Nachbarn. Jemand schlug gegen die Tür und wollte wissen, was los war.

Martins Körper zuckte. Doch plötzlich richtete sich der tote Mann auf.

Im wahren Leben war Martin tot zu Boden gefallen und hatte sich nicht mehr gerührt. Die Polizei hatte die Leiche nach einer Weile abtransportiert. Das hatten die Anwälte ihm später gesagt.

Das würde diesmal nicht geschehen. Diesmal grinste Martin Warren an, eine Seite seines Gesichts war aufgerissen. Blutiges Fleisch und Knochenreste hingen an seiner Wange.

„Du hast geglaubt, du hättest mich getötet, oder?“ Martin fuhr sich mit der Hand über die Gesichtshälfte. „Nun, da hast du unrecht. Welche Kraft auch immer du besitzt, meine ist stärker.“

Das ist nicht geschehen. Er ist tot! Eine Stimme plapperte vor Angst in Warrens Hinterkopf. Er versuchte aufzustehen. Damals hatte er sich nicht mehr bewegt. Dann war der Rettungsdienst eingetroffen. Sie hatten ihn auf einer Krankentrage aus der Wohnung gebracht.

Jetzt stand er auf, aber seine Seite brannte höllisch.

Als Martin seine Hand vom Kopf fortnahm, zeigten sich dort Dämonenschuppen. Teile seines Kopfes waren weg. Ein gebogenes Horn ragte von der Schläfe auf, da, wo die Wunde gewesen war. Als er die Pistole fand, schloss er seine Dämonenklaue darum.

Martin grinste. „So hätte es eigentlich enden sollen, Warren.“ Er zielte. „So wird es heute Nacht enden. Und du wirst tot sein.“

„Nein!“, flüsterte Warren mit rauer Stimme.

Bevor Martin schießen konnte, trat plötzlich eine Frau in den Raum. Warren kannte sie nicht. Sie hatte dunkle Haare und violette Augen. Sie erfasste die Situation sofort, trat auf Martin zu und erwischte ihn am Handgelenk. Der Knochen brach mit einem knackenden Geräusch. Die Pistole flog in die Luft und überschlug sich dabei.

Die Frau wirbelte erneut herum und traf Martin diesmal direkt ins Gesicht. Fleisch flog aus dem Gesicht und darunter traten seine dämonischen Gesichtszüge zutage. Er stolperte zurück und krachte gegen die Wand. Die Regale mit den Büchern von Warrens Mutter fielen zu Boden.

Unmenschlich schnell fing sich Martin wieder und warf sich auf die Frau, als sie die Pistole gerade auffing. Gemeinsam stürzten sie über den Lehnstuhl, den Warrens Stiefvater eines Tages mit nach Hause gebracht hatte.

Die Frau wechselte die Pistole in die andere Hand. Als der Martin-Dämon versuchte, ihr in die Kehle zu beißen, presste sie die Pistole zwischen seine Zähne und drückte ab. Der Kopf des Martin-Dämons explodierte.

Die Frau verzog das Gesicht und warf den Leichnam des Dämons von sich. Sie kam auf die Beine und ging zu Warren hinüber.

„Hey, es wird alles gut", sagte sie. „Dir passiert nichts. Das Ding ist tot. Es kann dir nichts mehr tun." Sie hielt ihn einen Moment lang fest, um ihm Trost zu schenken.

„Wer bist du?", fragte er. „So ist es damals nicht gewesen. Du warst nicht dort."

Die Frau schob ihn zurück und sah ihn an. „Du bist kein Kind, oder? Nicht im wahren Leben."

„Nein."

„Dann musst du nur aufwachen. Wach auf und das alles ist vorbei."

„Was ist das? So etwas ist mir noch nie passiert." Warren war verängstigt. Seine Gedanken gehörten ihm. Nur Merihim und Lilith waren darin eingedrungen.

„Ich heiße Leah", sagte sie. „Ich werde von den Dämonen in einer Art Maschine gefangen gehalten. Sie benutzen mich – und einige andere –, um sich Zugang zu den Träumen der Menschen zu verschaffen. Ich weiß nicht, warum. Ich habe versucht es herauszufinden. Vielleicht wollen sie Angst als Waffe einsetzen. Vielleicht ist es auch eine Methode der Dämonen, um die Menschen in der Stadt zu überwachen. Ich habe versucht das zu stoppen, aber sobald ich meine Augen schließe, bin ich im Kopf von jemand anderem."

Warren sah sie an und bemerkte, wie müde sie war.

„Wo bist du?"

„Im Applestore. Zumindest glaube ich das. Dort wurde ich gefangen genommen."

Hinter ihr begann Martin erneut zu zittern. Sie musste den verzweifelten Ausdruck in Warrens Augen bemerkt haben, weil sie über die Schulter sah und erkannte, dass das Ding sich neu zu bilden begann. Es sah aus, als wäre es diesmal dämonischer als zuvor.

Leah wandte sich Warren zu. „Ich muss weg. Einige Leute haben diese Albträume nicht überlebt. Du könntest einer davon sein."

„Wenn das stimmt", sagte Warren, in dem die Angst erneut erwachte, „dann hast du mir heute Nacht das Leben gerettet."

Leah lächelte ihm zu. „Vielleicht. Vielleicht habe ich dich auch nur vor einem wirklich fiesen Traum gerettet."

Hinter ihr zuckte Martin und zwang sich auf die Beine. Er bewegte sich jetzt langsamer. „Ich kriege euch", knurrte er mit unmenschlicher Stimme. „Ich kriege euch beide."

„Geh", sagte Leah. „Du musst hier raus."

„Wie?"

„Wach einfach auf. Das ist auch schon alles. Wach einfach nur auf."

Warren erwachte in der Dunkelheit, war jedoch nicht allein. Lilith, die jung und frisch aussah, saß am Fuß seines Bettes. Stimmen erklangen vom Gang her und ließen ihn wissen, dass die Kabalisten immer noch die Körperteile des Dämons aufteilten.

„Ich bin gekommen, sobald ich merkte, dass du der Schlaffalle verfallen warst", sagte Lilith.

Warren sah sie an, sagte aber nichts.

„Diese Frau“, begann Lilith, „hat vermutlich mit ihrem Eingreifen dein Leben gerettet.“ Sie lächelte. „Andererseits ist sie auch der eigentliche Grund dafür, dass Merihims Schergen in deinen Geist eindringen konnten.“

„Was war das?“, fragte Warren. Seine Stimme klang trocken und schwach.

„Eine Waffe. Ich hätte schon eher darüber gesprochen. Aber ich wusste nicht, dass Merihim bereits so gut mit ihr arbeitet. Sie ist mittlerweile recht gefährlich geworden. Einige der Menschen sind in ihren Träumen gestorben. Andere wachen auf und verletzen noch mehr Menschen.“

Warren setzte sich auf und hielt sich seinen pochenden Schädel. Der Schmerz zwischen den Schläfen war schlimmer als alles, was er seit Jahren erduldet hatte.

„Ich habe versucht die Maschine zu finden“, sagte Lilith. „Aber Merihim hat sie versteckt.“

„Die Frau hat mir verraten, dass sie sich im Applestore befindet.“

Lilith studierte sein Gesicht. „Weißt du, wo das ist?“

„Ja.“

„Dann musst du dort hingehen.“

Warren konnte es nicht glauben. „Nein. Das ist der letzte Ort, zu dem ich gehen will.“ Aber er dachte an die Frau und er fühlte sich schlecht, weil sie dort gefangen gehalten wurde. Er tröstete sich mit dem Gedanken, dass sie bereits tot war und nur noch ihre Erinnerung in der Maschine existierte. Oder dass sie nur ein Gebilde war, das von der Maschine geträumt wurde. Aber ihm wäre aufgefallen, wenn sie gelogen hätte. Dessen war er sich sicher. Es gab keinerlei Hinweis auf eine Lüge.

„Merihim wird dort sein“, sagte Lilith mit tiefer Stimme. „Du und ich haben beide noch eine Rechnung mit ihm offen.“

Obwohl er wusste, was Merihim ihm angetan hatte, wusste Warren nicht, was der Dämon Lilith angetan hatte. Wenn sie nach Tausenden von Jahren immer noch daran dachte, musste es schon etwas Größeres sein.

„Es ist so weit", sagte Lilith. „Die Zeit ist reif für die Abrechnung. Du hast nun eine Armee. Heile sie. Mach sie mächtig. Und wir werden Merihim ein für alle Mal erledigen."

Warren war nicht davon überzeugt.

„Wenn du es nicht tust", sagte Lilith, „wird Merihims Kreatur dir im Schlaf erscheinen. Dann entkommst du vielleicht nicht mehr so leicht."

Warren erkannte, dass er keine Wahl hatte. Er wollte nicht noch eine Nacht erleben, in der Martin DeYoung und der Tod seiner Mutter vorkamen. Diese Albträume waren schon schlimm genug, wenn er durch seine Suggestionskraft den Tod seines Stiefvaters auslöste. Aber mitzuerleben, dass Martin überlebte, war zu viel für ihn.

Bedauernd stand Warren vom Bett auf und ging zur Tür. Als er sich zum Bett umwandte, entdeckte er, dass Lilith fort war. Einen Augenblick lang fragte er sich, ob er das Gespräch auch nur geträumt hatte.

Nein, flüsterte sie in seinem Kopf. *Du hast viel zu erledigen.*

Warren ging.

Neunundvierzig

Lyra Darius befand sich wieder in der Templerkirche, als die Schlacht am Vorabend von Allerheiligen gerade begann, nachdem das Höllentor sich geöffnet hatte. Dämonen hatten den Konvoi angegriffen, den Lord Sumerisle zusammengestellt hatte, um seine Enkelin in Sicherheit zu bringen. Lord Sumerisle hatte Lyra gebeten, Jessica zum unterirdischen Eingang unterhalb der Templerkirche zu bringen. Dort würden Leute auf sie warten, hatte Lord Sumerisle gesagt, die sich um sie kümmern würden.

Vor der Kirche hatten sich die Dämonen zusammengezogen und angegriffen. Die Wachen – andere Leute vom Militär, die mit Lyra zusammenarbeiteten – hatten die Kreaturen lange genug aufhalten können, sodass Lyra mit Jessica in die Kirche gelangen konnte. Das wäre ihnen ohne Keira Skyler und ihren Kabalisten niemals gelungen. Sie alle hatten zusammengearbeitet, um das kleine Mädchen zu retten, von dem Lord Sumerisle glaubte, sie würde einst eine mächtige Kämpferin gegen die Dämonen werden.

„Was geschieht mit Großvater?", fragte Jessica. Sie war acht Jahre alt. Obwohl man ihr seit frühester Kindheit von Dämonen erzählt hatte, hatte sie erst heute Abend die ersten Monster gesehen. Sie war erschüttert.

Sie ist noch ein Kind, dachte Lyra, als sie durch das Kirchenportal schritt. *Warum sollten die Dämonen ein Kind töten wollen?* Die ganze Idee klang monströs. Aber genau das war ja der Punkt, nahm sie an.

„Dem geht es gut", antwortete Lyra. Doch sie dachte: *Er wird sterben.* Als sie gehört hatte, was die Templer planten und warum, hatte Lyra das für eine große Verschwendung gehalten. Aber die Dämonen wussten, dass die Templer ihre härtesten Gegner sein würden. Es war besser, wenn sie glaubten, sie wären alle tot.

Und irgendwo, tief in ihrem Herzen, hoffte Lyra, dass die Templer Erfolg hatten.

„Ich habe sie gesehen“, sagte Jessica. „Ich habe sie gesehen.“

„Ich weiß.“ Lyra rannte mit dem Kind an der Seite durch die dunkle Kirche. Sie waren keine 15 Meter mehr vom Altar entfernt, wo sich der Eingang befinden sollte.

Draußen vom Kirchenfriedhof hörte sie Schüsse und verängstigte Stimmen. Es klang schon sehr nach einem richtigen Krieg. Blitze zischten über die großen Buntglasfenster.

„Großvater hat mir immer von den Dämonen erzählt“, sagte Jessica. „Ich wusste, dass er nicht log. Er hat mich nie angelogen.“

Bis auf heute Abend, dachte Lyra. *Als er gesagt hat, er würde dich bald wiedersehen.*

„Aber ich hatte nicht erwartet, die Dämonen mit eigenen Augen zu sehen“, sagte Jessica.

„Ich weiß. Versuche, nicht daran zu denken. Los jetzt. Wir sind fast da.“

Plötzlich zersprang eins der hohen Buntglasfenster. Glassplitter flogen durch die Kirche. Ein Pirscherdämon – groß und mit Flügeln, gebaut wie ein Mensch, aber eindeutig ein dämonisches Wesen mit Hörnern, Klauen und Reißzähnen – kam durch das Fenster und hielt Keira Skyler in der Hand.

Die Erste Seherin der Kabalisten sah ebenfalls sehr dämonisch aus. Dicke Dämonenhörner ragten von beiden Seiten des Kopfes auf. Ihre Haut wirkte bleich gegenüber der Dämonenhaut, die sie als Rüstung trug.

Der Pirscher biss in Keiras Brust und riss ihr Herz heraus. Er nahm das Organ in den Mund und kaute darauf, während Keira in seinen Armen starb. Dann wandte sich der Dämon Lyra und ihrer jungen Schutzbefohlenen zu.

Lyra brachte Jessica hinter einer der großen Kirchenbänke vorübergehend in Sicherheit. Sie zog ihre Maschinenpistole und schaute das böse Ding an. Dessen rubinroten Augen starrten zurück. Sie konnte sich nicht verstecken.

„Lauf weiter, Jessica", feuerte Lyra das Mädchen an. „Lauf weiter!"

Ihrer Abstammung entsprechend, stand Jessica tapfer auf und rannte auf den verborgenen Eingang zu.

Lyra richtete die Maschinenpistole auf den Dämon und feuerte. Der Dämon, der fast dreimal so groß war wie sie, schlug mit einem Krummschwert zu, das durch die Kirchenbänke drang und sie zu Kleinholz verarbeitete. Lyra feuerte weiter, aber es schien nichts zu nützen. Sie versteckte sich hinter einer Säule, als der Pirscher hinter ihr her jagte.

Er knurrte und schlug mit dem schweren Schwert gegen die Säule, die zersplitterte. Lyra feuerte immer noch und rannte. Sie wich der Klinge aus, während der Dämon immer wieder damit zuschlug.

Durch die Kirche laufend, erreichte Jessica den verborgenen Eingang und öffnete ihn. Lyra zog Trost daraus, dann schlug der Pirscher mit einem seiner Flügel zu und erwischte sie, warf sie um und raubte ihr dabei fast die Sinne.

„Lyra!"

Lyra hörte die Stimme des Kindes und Panik und Sorge erfasste sie. Sie riss sich zusammen, als der Pirscher gerade seine Klinge aus dem Steinboden zog und sich Jessica zuwandte.

„Jessica!" Lyra schrie, als sie eine Granate hervorholte. Sie aktivierte sie und das blaue Leuchten durchdrang grell das Innere der Kirche.

„Lyra!" Jessica wartete im Tunnel, der in den Untergrund führte.

„Jessica! Runter da!“ Lyra warf die Granate auf den Dämon.

Jessica suchte Deckung, kurz bevor die Granate explodierte. Knurrend fiel der Pirscher wie ein gefällter Baum um.

„Drück den Knopf!“, befahl Lyra. Ihr rechter Arm war verletzt. Sie stützte ihn, als sie auf den Eingang zurannte.

Einen Augenblick später fand Jessica den Schalter und betätigte ihn. Mit einem schabenden Geräusch begann sich die Platte im Boden wieder zu verschließen. Lyra rannte, so schnell sie konnte, darauf zu. Es war ausreichend Zeit, um die Öffnung zu erreichen …

… dann umfasste etwas plötzlich ihren Knöchel und riss sie zu Boden. Sie fiel schwer hin und umfasste die Kante der Öffnung. Der Pirscher war aus der Ohnmacht erwacht. Er knurrte, als er sie zu sich zog.

Plötzlich packte Jessica sie an den Handgelenken und versuchte sie in die Öffnung zu zerren.

„Bring dich in Sicherheit!“, befahl Lyra.

„Ich lasse dich nicht allein!“ Tränen liefen Jessicas erschrecktes, aber entschlossenes Gesicht hinunter.

„Ich habe es *versprochen!*“ Lyra drängte das Mädchen in die Öffnung zurück und konnte sie nicht mehr sehen. Sie aktivierte eine weitere Granate und rollte sich auf den Rücken, um den Pirscher anzusehen. „Für die Lebenden!“, sagte sie und erinnerte sich an Lord Sumerisles letzten Gruß. Dann aktivierte sie die Granate.

„Lyra!“, schrie Jessica.

Damals hatte Lyra den Pirscher gerade noch rechtzeitig töten können. Heute aber schlug der Dämon die Granate mit seiner großen Hand aus Lyras.

„Nein!“, brüllte Lyra und konnte nicht glauben, was gerade passierte. So war es nicht gewesen.

Der Pirscher grinste Lyra an und wusste, dass sie praktisch hilflos war. Er sprang zu der Öffnung. Bevor Jessica sich in Sicherheit bringen konnte, war der Dämon über ihr und riss sie mit einer Hand hoch.

„Jessica!“ Lyra zwang sich auf die Beine, aber sie wusste, dass sie zu spät kommen würde.

Das Maul des Dämons weitete sich, als er Jessica hochhob. Tapfer sah das kleine Mädchen sein Ende kommen. Es weinte nicht, was zeigte, aus welchem Holz die Sumerisles geschnitzt waren.

„Nein!“, schrie Lyra. „So ist es nicht gewesen!“

Eine Gestalt sprang hinter Lyra vor. Der vertraute Kampfanzug verriet ihr schnell, wer es war. Leah packte den Dämon an den Flügeln, stemmte die Füße gegen den Rücken des Pirschers und drückte eine Maschinenpistole gegen den Schädel der Kreatur. Eine volle Salve hämmerte in den Schädel des Dämons.

Geräuschlos ließ der Pirscher Jessica fallen und stürzte mit dem Gesicht vornüber zu Boden.

Lyra lief zu Jessica und umarmte das Mädchen.

Die Agentin wandte sich Lyra zu, dann nahm sie den Helm ab. Leah lächelte Lyra müde an. „Das ist also Ihre Verbindung mit den Templern.“

Lyra hielt das Mädchen fest. „Ja.“

„Kein Wunder, dass Sie Simon zurück im Untergrund haben wollen. Das ist Jessica Sumerisle, richtig?“

„Ja. Aber ich verstehe nicht, was Sie hier tun. Ich träume. Ich muss träumen. Das ist vor vier Jahren geschehen und da waren Sie nicht dabei.“

„Stimmt.“ Leah nickte. „Ich wurde gefangen genommen. Die Dämonen benutzen mich, um die Menschen zu orten – mittlerweile alle möglichen Leute – und ihre Träume mit Albträumen zu erfüllen.“

„Wir haben plötzlich eine hohe Zahl von Albträumern und Schlafwandlern“, sagte Lyra. „Ein paar Leute sind sogar im Schlaf gestorben.“

„Sie müssen zum Applestore kommen“, sagte Leah. „Dort werde ich festgehalten. Die Dämonen haben dort eine Maschine. Ich habe heute Abend nach Ihnen gesucht. Ich weiß nicht, ob es geklappt hat. Wenn Sie nicht geschlafen hätten, hätte es wohl nicht funktioniert.“

„Können Sie das beenden?“

„Ich habe es versucht.“ Leah schüttelte traurig den Kopf. „Ich hab es versucht, seit ich hier bin. Und ich bin nicht die Einzige. Diese Maschine muss zerstört werden. Sie müssen …“

Panisch und schwer atmend wachte Lyra in ihrem Quartier im Komplex auf. Sie brauchte einen Moment, um sich zu sammeln. Dann stand sie auf, duschte und zog ihren Kampfanzug an.

Als sie die Tür ihres Quartiers erreichte, hatte sie schon ein Einsatzteam zusammengestellt, dessen Anführer sie im Bereitschaftsraum erwarteten.

Fünfzig

„Weißt du eigentlich, Kumpel“, sagte Nathan, „dass das hier die wahrscheinlich verrückteste Sache ist, die ich je gemacht habe?“

Simon sah durch die Ladungstüren des Helikopters auf die Stadt hinunter. Trotz der Anspannung und der vor ihnen liegenden Gefahren, musste er einfach: „Bei mir reicht es nicht mal für die Top Ten“, sagen.

„Tja, nicht alle von uns wurden als potentielle Selbstmörder geboren.“

„Habt ihr bei eurem kleinen Disput auch die dämonenverseuchte Landezone berücksichtigt?“, fragte Danielle. „Weil unser Unternehmen dann doch einen Anspruch auf einen Platz in den Charts hat.“

„Nein, daran habe ich nicht gedacht“, sagte Simon. Er überprüfte ein letztes Mal seinen Fallschirm. „Also reicht es doch für die Top Ten.“

„Vielleicht sollte man das auf deinen Grabstein schreiben“, sagte Nathan.

„Nur nicht so viel Optimismus“, neckte ihn Danielle. „Dafür muss genug von uns übrig bleiben, was man begraben kann.“

„Meine Erinnerungen werden sie irgendwo unterbringen“, sagte Nathan.

Simon dachte kurz über Nathan nach. Er würde bald Vater werden. Bevor sie die Zuflucht verlassen hatten, hatte Simon ihm angeboten, zurückzubleiben. Doch Nathan hatte abgelehnt.

„Es ist noch nicht zu spät, um zurückzukehren“, sagte Simon über die Privatleitung.

„Ich kehre erst zurück", sagte Nathan, „wenn du den Befehl dazu gibst. Willst du das tun?"

Leah ist dort unten. „Nein."

„Dann mache ich es auch nicht. Wir werden ihnen eins überbraten und den Job erledigen."

Ein paar Minuten später informierte sie der Hubschrauberpilot darüber, dass sie die Landezone erreichten. Der Hubschrauber ging tiefer und wurde auf einmal zum Ziel für kleine fliegende Dämonen. Bislang konnten die Monster den Helikopter nicht erwischen. Er durfte aber nicht langsamer werden oder er wurde Beute der Blutengel.

Simon sah zu den Templern, die ihn begleiteten. Dann sprach er über Funk zu ihnen und den Kameraden in den beiden anderen Transporthubschraubern. „Heute Nacht schlagen wir zum ersten Mal zurück. Zeigt den Dämonen, dass wir noch nicht verloren haben. Beweist ihnen, dass sie diese Welt nicht kampflos erobern werden." Er machte eine Pause. „Für die Lebenden."

„Für die Lebenden!", antworteten die Templer.

Der Pilot bereitete sie auf den Absprung vor.

Simon sprang als Erster durch die Tür. Er warf sich in die vertraute Seesternhaltung und beobachtete, wie die Höhenanzeige auf dem HUD runterzählte.

„Fallschirm initiieren", sagte die KI.

Simon drückte auf seine Brust und aktivierte so den Fallschirm. Das Seidentuch öffnete sich über ihm. Simon packte die Steuerleine und schwebte in Richtung Applestore. 53 Templer landeten auf dem Dach des Gebäudes. Vier fehlten und kamen auf den Straßen runter.

Ohne ein Wort setzten einige Templer Dachsprengladungen, während Simon und die anderen sich abseilten. Er überprüfte ein letztes Mal seine Waffen.

„Lord Cross", sagte eine weibliche Stimme über Funk.

Dieser Kontakt kam nicht völlig unerwartet. Simon hatte absichtlich eine Frequenz gewählt, von der er wusste, dass Leah sie nutzte. Er hoffte, dass er irgendwo mit ihr Kontakt bekommen würde.

„Ja“, antwortete Simon.

„Wir kennen uns nicht“, sagte die Frau. „Ich heiße Lyra Darius. Ich bin eine Freundin von Leah.“

Simon lächelte. „Ich vermute mal, dass Sie keinen Abendspaziergang machen.“

„Nein. Ich hatte heute Kontakt mit Leah. Ich habe erfahren, wo sie steckt. Wir haben das Gebäude umstellt und werden dort eindringen. Scheitert das, werden wir das Gebäude sprengen.“

„Und Leah töten?“ Simon wollte darüber nicht nachdenken.

„Wenn es nötig ist. Ich muss zugeben, seit ich Ihre Hubschrauber und dann diese Rüstungen gesehen habe, fühle ich mich deutlich optimistischer.“

„Ich bin nicht hier, um Leah zu töten.“

„Genauso wenig wie ich. Ich hoffe, dass wir es nicht müssen.“

„Das wird nicht geschehen.“

„Wie wollen Sie vorgehen?“

Simon sah, wie die Templer von den Sprengladungen auf dem Dach zurücktraten. „Mittlerweile sollten die Dämonen wissen, dass wir hier sind. Deshalb habe ich mich für den direkten Zugang entschlossen. Mal sehen, wie viel Verwirrung wir so stiften können.“

„Sie gehen durchs Dach rein.“

Simon war uberrascht. „Ja.“

„Wenn wir Rüstungen wie Ihre hätten, hätten wir das auch versucht. Aber so was haben wir nicht.“

„Wir schon“, sagte Simon. „Wir gehen rein, holen Leah und die anderen, verursachen so viel Schaden wie möglich und dann gehen wir wieder raus.“

„Die Dämonen werden Ihnen auf den Fersen sein.“

„Schon möglich."

„Dann ist es ja gut, dass wir auf den Straßen positioniert sind, um Ihnen Deckung zu geben."

„Das klingt gut."

„Wir haben auch ein paar Ihrer Leute gefunden, die das Gebäude verfehlt haben. Wir kümmern uns um sie, bis Sie es selbst können."

Simon lächelte wieder. „Wenn das hier vorbei ist, gebe ich Ihnen einen aus."

„Das gilt auch für mich. Ich habe so das Gefühl, dass wir dann einen guten Schluck vertragen können. Viel Glück!"

Simon dankte ihr, dann gab er den Befehl, die Sprengladungen auf dem Dach zu zünden. Die Explosionen erfolgten kurz aufeinander. Staubwolken stiegen in den Himmel auf und das Dach wurde zerstört.

Bevor das Höllentor sich geöffnet hatte, war einer der Kabalisten bei der Stadt dafür zuständig gewesen, mittels HARP-Technologie einige der eingestürzten Tunnel unterhalb Londons zu reinigen, um neue Wege zu schaffen. Er hieß Jernigan und war ein wahrer Meister mit dem tragbaren HARP-Modul, das die Kabalisten sich aus dem öffentlichen Dienst besorgt hatten

Fast krank vor Angst folgte Warren dem Mann, während der einen neuen Weg von einem Versorgungstunnel aus brannte, der unter der Straße hindurchführte. Mit der HARP-Technologie, die alles anorganische Material binnen Sekunden zerstörte, kamen sie gut voran.

Nachdem er ein drittes Mal die Entfernung überprüft hatte, wusste Warren, dass sie sich unter dem Applestore befanden. Seit die Frau ihn in seinen Träumen kontaktiert hatte, hatte Warren oft an sie gedacht und sich gefragt, wer sie wohl war. Der Plan, sie zu befreien, war sehr schnell entwickelt worden.

Warren wies den Kabalisten an, sich an die Oberfläche zu arbeiten. Das war relativ schwer, weil er ein Gefälle erzeugen musste, das sie nach oben brachte, aber nicht zu steil war.

Die Kabalisten folgten ihm eifrig. Alle hatten mittlerweile etwas von Kareloth an sich, was ihre Kräfte verstärkte. Sie wollten herausfinden, wie stark sie in einem Kampf waren. Niemand wollte sterben, aber sie waren bereit, dieses Risiko einzugehen.

Warren fühlte sich von dieser Frau – Leah – dort hingezogen. Der letzte Albtraum über seinen Stiefvater war anders gewesen als alles, was er zuvor erlebt hatte. Er wollte so etwas nicht noch einmal durchmachen.

Außerdem ging es auch um Merihim. Wenn der Dämon wirklich hinter dieser Sache steckte, wie Lilith behauptet hatte, musste er eine Schuld begleichen, was nur mit Blut ging.

Er folgte dem Tunnelgräber nach oben und hatte Schwierigkeiten, die Steigung zu schaffen. Einen Augenblick später verschwand die letzte Schicht zwischen Boden und dem darüberliegenden Laden. Der Weg war frei.

Warren erwartete, dass sie mitten unter Darkspawns herauskommen würden. Aber das geschah nicht. Die Kabalistengruppe fand sich im hinteren Bereich des Gebäudes wieder, wo Werbematerialien lagerten.

Durch die Türen schaute Warren hinaus und stellte fest, dass die meisten Dämonen sich auf die Decke konzentrierten. Sie standen um eine große Maschine herum, die fast so hoch war wie der Laden.

Im nächsten Augenblick donnerten Explosionen durch das Gebäude. Ein großer Teil des Daches stürzte ein. Danach ließen sich acht Templer an Seilen hängend herab. Sie feuerten augenblicklich.

Zahlreiche Dämonen wurden getroffen, bevor sie in Deckung gehen und die eigenen Waffen ziehen konnten. Die Templer landeten auf dem Boden und zogen das Feuer auf sich. Während sie sich in Verteidigungsposition begaben, kam eine weitere Gruppe Templer von der Decke herunter.

Dennoch gaben die Darkspawns nicht kampflos auf.

„Wir werden zwischen den Templern und den Darkspawns eingekesselt“, sagte Warren.

„Die Templer sind nicht unsere Feinde“, antwortete Daiyu. „Die Dämonen sind es. Wenn dieser Einsatz so wichtig ist, wie du sagst, haben wir keine Wahl. Die Templer können uns dabei nützlich sein.“

Es sei denn, sie töten uns, dachte Warren. Seine eigenen Erfahrungen mit Templern waren weniger positiv. Aber er ging in den Kampf.

Simon war einer der ersten Templer auf dem Boden. Er sah die Maschine in weniger als 15 Metern Entfernung. Sie stand fast in der Mitte des Gebäudes. Jetzt mussten sie nur noch Leah finden, die Maschine zerstören und wieder lebend hier herauskommen.

Wenn man nicht aus schweren Dämonenwaffen auf ihn gefeuert hätte, wäre er fast optimistisch gewesen.

„Simon“, rief Danielle, „hier sind auch noch Kabalisten im Gebäude.“

Simon griff auf die Sicht ihres HUDs zu und sah die Kabalisten. Deren Tätowierungen und die Kleidung ließen keinen anderen Schluss zu. „Wo kommen die denn her?“

„Da ist ein Loch im Boden. Sie haben sich hier hereingebuddelt.“

„Fürchterlich bequem, findest du nicht?“, fragte Nathan sarkastisch, als er eine Rakete in einen Haufen Darkspawns feuerte, die nahe der Maschine standen.

Simon dachte darüber nach. „Leah sagte, dass sie im Kopf mehrerer Menschen war. Ihre Freundin Lyra ist hier. Ich war offensichtlich nicht der Einzige, der diese Nachricht erhalten hat.“

„Vielleicht hätten wir einen Kuchen mitbringen sollen“, sagte Nathan.

Simon machte seine Waffen klar. „Bist du bereit?“

„Sicher, Kumpel. Ich bin bereit. Du gehst vor und ich decke dich.“

Mit dem Schwert in einer Hand und dem Bolzenwerfer in der anderen trat Simon aus der Deckung und stellte sich gegen die Darkspawns. Er feuerte mit dem Bolzenwerfer direkt in die Masse hinein. Bevor sie fliehen konnten, war er mitten unter ihnen und schlug mit dem Schwert zu. Ihre Körperteile und Eingeweide bedeckten den Boden. Simon steckte die Pistole weg und konzentrierte sich auf den Schwertkampf.

Nathan tat es ihm gleich und kämpfte genauso wie er. Gemeinsam wurden sie zu einer zerstörerischen Kraft.

Ein Darkspawn warf sich auf Simon und hoffte, ihn aus seinem toten Winkel heraus zu erwischen. Wenn er einen gehabt hätte. Ohne den 360-Grad-Blickwinkel auf Simons HUD hätte die Aktion des Dämons vielleicht funktioniert. Stattdessen erwischte ihn Simon mit der linken Hand und drückte den Schädel des Dämons ein. Dann fing er den fallenden Körper auf und warf ihn weiteren Dämonen entgegen. So räumte er den Weg frei.

Allmählich näherten sie sich der Maschine. Darkspawns feuerten von Gerüsten, die die Apparatur umgaben.

In der nächsten Sekunde schleuderte ein Kabalist einen Feuerball. Die meisten Darkspawns gingen in Flammen auf und waren vielleicht schon tot, bevor sie auf den Boden krachten.

„Kannst du in dem Ding einen Eingang erkennen?“ Simon schlug weitere Dämonen zur Seite und bewegte sich vorwärts.

„Ja“, sagte Nathan, „während ich die Gegend ein wenig ausgekundschaftet habe, habe ich ihn markiert.“

Simon griff auf Nathans Beobachtungen durch das HUD zu.

„Wenn wir da drin sind“, sagte Simon, „könnte es schwierig werden, wieder herauszukommen.“

„Leicht rein, schwer raus. Wenn Leah in dem Ding steckt, werden wir sie rausholen. Wenn du bereit bist, gib Bescheid.“

„Bereit“, sagte Simon, dachte an Leah und alles, was sie durchlitten hatte.

„Das hatte ich befürchtet.“

Simon trat, kämpfte, feuerte und schob sich den Weg frei, immer auf die Tür zu. Als er dort ankam, stellte er fest, dass der Zugang eher wie eine luftdichte Luke war, die man auch im Templeruntergrund gefunden hätte.

Bevor er die Luke öffnen konnte, sprang eine Frau aus den Schatten und landete neben ihm. Die Dämonenhörner und der Schwanz wiesen sie als eine der Kabalisten aus. Jeder Zentimeter ihrer Haut war von Tätowierungen bedeckt. Ihre rechte Hand leuchtete leicht, und als sie Simon damit schlug, dachte er, er würde von einem Rammbock getroffen.

Er taumelte gegen das Gerüstgeländer und hielt sich kaum auf den Beinen. Bevor er sich erholen konnte, drehte sie sich und trat ihm ins Gesicht. Er taumelte gegen Nathan und brachte sie einen Augenblick lang beide aus dem Gleichgewicht.

„Nimm sie dir vor“, knurrte Nathan und schubste Simon vorwärts.

Einundfünfzig

Wut stieg in Warren auf, als er sah, wie die Kabalistin den Templer auf dem Gerüst attackierte. Er erkannte in ihr Merihims Günstling. Sie trug immer noch die Hand, die Merihim einst ihm gegeben hatte.

„Warren“, sagte Naomi.

„Ich sehe sie“, antwortete Warren. Er schob den Darkspawn beiseite, gegen den er kämpfte, und überließ ihn Naomi. Sie bedeckte ihn mit Feuer, das an dem Dämon kleben blieb, als er auf seine Artgenossen zutaumelte.

Mit einem Satz erreichte Warren das Gerüst sechs Meter über ihm. Als er auf der metallenen Fläche landete, sah die Kabalistin ihn an. Wilde Freude erfüllte ihr Gesicht.

„Hallo Schwächling“, grüßte sie ihn.

Warren sagte nichts. Sie schleuderte ihm einen Feuerball entgegen. Er blockte ihn mit einem Schild, dann entgegnete er den Angriff mit einem eigenen Feuerball. Die Frau wurde getroffen und zog sich an mehreren Stellen Verbrennungen zu. Sie schrie vor Wut, begann aber sofort ihre Heilung.

„Du kannst mir nicht wehtun“, keuchte sie. „Merihim hat mir mehr beigebracht als dir.“ Sie erschuf einen Blitz.

Warren nahm den Obsidianspeer und schlug damit auf den Boden. Der Blitz traf den Speer und ging durch ihn hindurch, geerdet durch das Gerüst. Warren hatte sich selbst vor der elektrischen Ladung abgeschirmt, aber er wusste nicht, ob der Templer geschützt war.

Bevor die Frau reagieren konnte, schleuderte Warren den Speer, erwischte ihren Kopf und tötete sie augenblicklich. Er warf den Leichnam in die Massen der Kämpfenden unter ihm.

Warren bemerkte, dass die beiden Templer die Maschine betreten hatten. Er blickte zur Seite, sah Naomi und hob sie telekinetisch auf das Gerüst.

„Wir gehen dort hinein“, sagte er.

„In Ordnung.“

Warren trat durch die Tür und dachte an Leah.

Nachdem er in der Maschine war, stellte Simon fest, dass der Funk nach außen nicht mehr funktionierte. Aber er konnte mit Leah in Kontakt treten.

„Simon?“, fragte sie und der Klang von Panik und Zweifel in ihrer Stimme verletzte ihn.

„Ich bin hier.“ Simon schaute auf die Reihen von Behältern hinunter, die wie Schlafabteile in den Bahnhöfen von Tokio aussahen. Es waren Mini-Särge, kaum groß genug, dass ein Mensch hineinpasste. Er verfolgte ihr Signal zu einem der Behälter, brach das Schloss auf und zog den Inhalt heraus.

Leah lag mit über der Brust verschränkten Armen darin. Sie wirkte krank, aber ihre Augen waren geöffnet und sie war ansprechbar.

„Wo bin ich?“, fragte sie.

„Immer noch in der Maschine.“ Simon bot ihr seine Hand und sie nahm sie. Sanft half er ihr auf die Beine. Glücklicherweise waren keine Dämonen hier, aber die Kämpfe draußen gingen weiter. Der Kampflärm drang durch den Gang herein.

Als er sich umdrehte, um hinauszugehen, blockierte ein Kabalist seinen Weg. Er erkannte ihn als den Mann, dem er vor vier Jahren die Hand abgetrennt hatte. Derjenige, der mit dem Dämon verbündet gewesen war.

„Warren“, sagte Leah krächzend.

„Kennst du ihn?“, fragte Simon.

„Ja. Ich habe ihn in seinen Träumen besucht. Es war einer von denen, mit denen ich reden konnte. So wie mit dir.“

Simon behielt seine Abwehrhaltung bei und stellte sich vor Leah, um sie zu beschützen. Sein Schwert glitzerte.

„Leah?“, fragte der Kabalist.

„Ja“, antwortete Leah.

„Du gehörst zu den Templern?“ Warren klang, als könnte er es nicht glauben.

Simon hatte Respekt vor dem Speer des Mannes. In der engen Umgebung verlieh der Speer dem Kabalisten Reichweite und Geschwindigkeit.

„Nein“, antwortete Leah. „Aber Simon und ich kennen uns.“

„Ach so.“ Warren klang enttäuscht. Er sah Simon an. „Vor vier Jahren hast du meine Hand abgetrennt.“

„Vor vier Jahren warst du mit einem Dämonen zusammen, der uns töten wollte“, antwortete Simon. „Ich habe gehört, du befindest dich derzeit auch in keiner besseren Gesellschaft.“

„Heute Abend gehört er zu uns“, sagte Leah. „Vielleicht sollten wir uns woanders weiter darüber unterhalten. Wo wir nicht von Dämonen angegriffen werden. Und wir müssen eine Menge Leute hier herausholen.“

„Wir reden also später?“, fragte Simon.

Warren nickte knurrend.

Dann begannen sie, all die anderen Menschen aus der Maschine zu befreien.

Einen Augenblick lang glaubte Warren, dass sie es geschafft hatten. Obwohl es in dem Gebäude immer noch gefährlich war, hatten die vereinten Kräfte der Kabalisten und Templer die Darkspawns zurückgetrieben.

Die Templer kümmerten sich um die Leute, die in der Maschine gefangen gehalten worden waren. Nur 14 von ihnen lebten noch. 17 weitere Behälter enthielten Leichen von Menschen, die erst wenige Stunden tot waren.

Simon Cross gab den Templern den Befehl, Sprengladungen an der Maschine anzubringen. Sie arbeiteten schnell und brachten vorbereitete Ladungen an.

„Hol deine Leute hier raus", sagte Simon zu Warren. „Wenn das hier in die Luft fliegt, bleibt das Gebäude vielleicht nicht stehen."

Warren gab die Befehle, er verließ die Templer aber nicht. Naomi blieb bei ihm.

Plötzlich erschien Merihim in einem tosenden Wirbel, der jeden zu Boden warf. Selbst die Templer stürzten.

Der Dämon war knapp zweieinhalb Meter groß, die Hörner nicht mitgerechnet. Er war schwer und muskulös. Rote Schuppen bedeckten seinen Körper. Sein hartes, stumpfes Gesicht erinnerte Warren wie auch früher schon an eine Echse. Merihim trug eine blaugrüne Rüstung und hatte einen metallenen grünen Dreizack.

„Nun gut, du Wurm!" Merihim sprach Warren direkt an. „Ich sehe, du willst dein Glück versuchen."

Warrens Herz pochte und er hatte weiche Knie. Er dachte an Helden und dass sie sich in Gefechten wie diesen stets klug verhielten. Aber er war es nicht. Er war weder ein Held noch tapfer oder schlau.

„Du hättest nicht herkommen sollen", sagte Merihim. Er holte mit dem Dreizack aus und warf ihn auf Warrens Brust zu.

Ein Schwert schlug den Dreizack beiseite. Dann stellte sich Simon vor Warren. Der Templer hielt das Schwert in beiden Händen.

„Wenn du ihn töten willst", erklärte Simon, „musst du erst an mir vorbei."

Merihim lächelte. „Nun gut." Er machte eine Geste und Simon hob, wie von einer unsichtbaren Hand gegriffen, vom Boden ab.

Der Templer zog den Bolzenwerfer und eröffnete das Feuer. Der Dämon wurde verwundet. Merihim knurrte wütend.

Im nächsten Augenblick griffen zwei weitere Templer den Dämon von hinten an. Merihim schlug mit seinem Dreizack nach ihnen. Warren blockte den Schlag mit einem Schild, den er erzeugte.

Simon kämpfte gegen die Kraft an, die ihn festhielt, und gewann schließlich. Er wusste nicht, ob er seine Freiheit den eigenen Anstrengungen verdankte oder denen von Nathan, Danielle, Leah und den Kabalisten, die zurückgeblieben waren.

Sobald er wieder auf festem Boden stand, nahm Simon das Schwert in beide Hände und stürmte vor. Er zögerte nicht, als er sich in den Kampf warf. Der Dämon versuchte den Dreizack herumzureißen, aber Warren blockte ihn wieder mit dem Schild.

Simon stach das Schwert in Merihims breite Brust. Die palladiumverstärkte Klinge sank tief in den Körper des Dämons ein und schabte über Knochen. Simons Gewicht und seine kinetische Energie warfen Merihim rückwärts zu Boden. Er stürzte, kämpfte aber sofort weiter. Simon hielt das Schwert fest, doch es prallte vom Boden ab.

„Achtung!“, schrie eine Frau. „Er wird versuchen, mithilfe seiner Magie zu fliehen.“

Aus dem Augenwinkel sah Simon eine schöne schwarzhaarige Frau, die nur wenige Meter entfernt stand. Er wusste nicht, wo sie herkam.

In der nächsten Minute schleuderte Warren den Obsidianspeer durch den Kopf des Dämons. Merihim zuckte und schüttelte sich. Mit seinem ersterbenden letzten Atemzug verfluchte er sie alle.

„Ich sehe euch wieder“, versprach ihnen der Dämon, als seine Kraft ihn verließ. „Wenn ich dem Quell der Mitternacht entsteige, werde ich nach euch suchen.“

Die schwarzhaarige Frau ging zu Merihim und legte ihre Hände an beide Seiten seines Kopfes. Sie hauchte Worte, die Simon nicht verstand. Blauer Dunst stieg von Merihim auf und sie atmete ihn ein. Als sie fertig war, lächelte sie breit, dann ging Merihims Körper in Flammen auf.

Simon gab den Befehl, die Sprengladungen anzubringen, und sie verließen das Gebäude. Er sah von der anderen Straßenseite aus zu, wie die Explosionen das Gebäude zerstörten und es einstürzte.

Zu diesem Zeitpunkt begannen die Dämonen, sich zu sammeln. Sie hatten keine andere Wahl, als zu fliehen. Vielleicht war die Maschine zerstört, genauso wie der Dämon, der sie erschaffen hatte. Doch das Höllentor stand immer noch offen und der Brand veränderte London weiterhin.

Epilog

„Was wirst du jetzt machen?“, fragte Leah.

Simon stand auf einem Hügel in der Nähe der Zuflucht. Die Sonne ging im Westen unter und ein herrliches Farbenspiel zeichnete sich ab.

„Wir müssen von hier fort“, sagte er. „Wir haben keine Wahl. Die Dämonen breiten sich immer weiter aus. Früher oder später würden sie uns hier finden.“

„Aber ihr habt doch die Knotentechnologie.“

„Nein. Wir kennen die Knotentechnologie *ein wenig*. Wir wissen nicht, ob sie jemals ausreicht, um ganze Städte zu schützen. Oder auch nur die Überlebenden, die wir eingesammelt haben. Bis dahin müssen wir aufpassen und andere Wege finden, die Dämonen zu schlagen.“

„Mit den Wahrheiten, die im Goetia-Manuskript erwähnt werden?“

Simon nickte. „Daran arbeiten wir gerade. Wir können diesen Kampf immer noch gewinnen. Nur geschieht das nicht über Nacht. Die Dämonen kämpfen bereits seit Tausenden Jahren. Wir haben gerade erst damit angefangen.“ Er sah sie an. „Was ist mit dir?“

„Lyra interessiert sich für die Ergebnisse eurer Forschung am Goetia-Manuskript. Ich vermute, ich werde den Teams dabei helfen, die Informationen auszusieben, die wir aus alten Büchern erhalten können. Alten Manuskripten. Und wir können gelegentlich Dämonen befragen. Wenn es diese sogenannten Wahrheiten da draußen wirklich gibt, werden wir sie finden.“

Simon legte seine großen Hände auf ihre Schultern. „Ich werde dich vermissen."

Sie lächelte ihn an. „Noch bist du nicht weg. Und du gehst ja nicht ans andere Ende der Welt. Ich kann ja mal bei euch vorbeikommen und vielleicht musst du ab und zu nach London, um mit den hiesigen Templern zu reden."

Er nahm sie in die Arme und küsste sie. Einen Moment gestattete er sich den Gedanken, dass nur sie beide allein auf dieser Welt waren und dass keins ihrer Probleme existierte.

Die Illusion hielt nicht lange vor.

Das Höllentor prangte immer noch stolz über London.

Ende

Über den Autor

Mel Odom lebt mit Frau und Kindern in Moore, Oklahoma. Er hat Dutzende Romane geschrieben, darunter sowohl Geschichten, die in eigenen Szenarien angesiedelt sind, als auch Romane zu Spielen, Fernsehserien und Filmen wie *Buffy – Im Bann der Dämonen* oder *Blade*. Er erhielt den Alex Award für seinen Roman *The Rover*. Seine Geschichte *Apocalypse Dawn* war für den Christie Award nominiert.

Er arbeitet auch im Jugend-Baseball und -Basketball als Trainer, hält Kurse für Kreatives Schreiben ab und schreibt Kritiken über Filme, DVDs, Bücher und Videospiele.

Im Internet findet man ihn unter www.melodom.com. Zudem betreibt er einen Blog unter www.melodom.blogspot.com. Post kann man an mel@melodom.net schicken.

STAR WARS
REPUBLIC COMMANDO™

DIE ELITE DER KLONKRIEGER IM UNDERCOVER-EINSATZ!

Die offiziellen Klonkriegsromane zum atemberaubenden Videogame von LucasArts.

Star Wars
REPUBLIC COMMANDO
Band 3: True Colors
ISBN 978-3-8332-1653-4

Star Wars
REPUBLIC COMMANDO
Band 2: Triple Zero
ISBN 978-3-8332-1366-3

Star Wars
REPUBLIC COMMANDO
Band 1: Feindkontakt
ISBN 978-3-8332-1199-7

Außerdem im Buchhandel erhältlich:

Star Wars REPUBLIC COMMANDO
Band 4: Order 66
ISBN 978-3-8332-1735-7

Star Wars The Force Unleashed
ISBN 978-3-8332-1737-1

DARTH VADER
Aufstieg und Fall
ISBN 978-3-8332-1655-8

THE WORLD OF BLIZZARD

Diablo Band 1: Das Vermächtnis des Blutes
ISBN 978-3-8332-1267-3

Diablo Band 2: Der Dunkle Pfad
ISBN 978-3-8332-1268-0

Diablo Band 3: Das Königreich der Schatten
ISBN 978-3-8332-1042-6

Diablo Band 4: Der Mond der Spinne
ISBN 978-3-8332-1091-4

Diablo: Sündenkrieg 1 – Geburtsrecht
ISBN 978-3-8332-1574-2

Diablo: Sündenkrieg 2 – Die Schuppen der Schlange
ISBN 978-3-8332-1564-3

Diablo: Sündenkrieg 3 – Der verhüllte Prophet
ISBN 978-3-8332-1713-5

Diablo Premium-Ausgabe
mit Band 1-3
ISBN 978-3-8332-1395-3

StarCraft Band 1: Libertys Kreuzzug
ISBN 978-3-8332-1043-3

StarCraft Band 2: Schatten der Xel'Naga
ISBN 978-3-8332-1090-7

StarCraft Band 3: Im Sog der Dunkelheit
ISBN 978-3-8332-1148-5

StarCraft Band 4: Die Königin der Klingen
ISBN 978-3-8332-1460-8

StarCraft Ghost: Nova
ISBN 978-3-8332-1461-5

StarCraft: Dunkle Templer Band 1: Erstgeboren
ISBN 978-3-8332-1650-3

StarCraft: Dunkle Templer Band 2: Schattenjäger
ISBN 978-3-8332-1744-9

Panini BOOKS

www.paninicomics.de/videogame